met.

Denise Mina
Götter und Tiere

metro wurde begründet
von Thomas Wörtche

Zu diesem Buch

Einen fremden kleinen Jungen im Arm, hockt Martin Pavel im Glasgower Regen auf der Bordsteinkante. Beide stehen unter Schock und hören kaum die Sirenen – doch im Gegensatz zum Großvater des Jungen leben sie noch. Es ist das Ende eines brutalen Raubüberfalls. Detective Sergeant Alex Morrow und ihrem Partner DC Harris stellen sich etliche Fragen: Wer ist der maskierte Mann, der die Kunden der Postfiliale mit einer AK 47 bedroht hat? Warum ist der Großvater des Jungen plötzlich aufgestanden und hat dem Täter assistiert – nur um anschließend von ihm erschossen zu werden? Wer vertraut einem völlig Fremden seinen Enkel an und stürzt sich dann in ein Selbstmordkommando? Morrow und Harris suchen die Drahtzieher in einem harten Fall, der sich durch ganz Glasgow zieht.

»Mina verbindet Kriminalhandlung und Lokaldrama. Soziale Härten, verknöcherte Strukturen, gesellschaftliche Spannungen blitzen auf. Die schottische Landschaft spielt dazu ganz selbstverständlich Kulisse.« *taz*

Die Autorin

Denise Mina (*1966 in East Kilbride, Schottland) hat Kriminalromane, Bühnenstücke, Storys und Graphic Novels veröffentlicht und macht Podcasts, TV- und Radiosendungen. Als junge Frau jobbte sie in Bars, einer Fleischfabrik, als Köchin und Krankenpflegehelferin, studierte dann Jura, promovierte und lehrte Kriminologie an der University of Strathclyde. 2014 wurde sie in die Crime Writers' Association Hall of Fame aufgenommen. Für ihre Werke erhielt sie u. a. dreimal den Deutschen Krimipreis. Mina lebt in Glasgow.

Die Übersetzerin

Karen Gerwig studierte Angewandte Sprach- und Kulturwissenschaften und übersetzt aus dem Englischen, Französischen und Portugiesischen, wofür sie mehrfach Stipendien erhielt. Sie überträgt u. a. Werke von Paula McGrath, Melissa Broder, Clare Chambers und Hiromi Goto. Sie lebt in München.

Mehr über die Autorin und ihr Werk auf *www.unionsverlag.com*

Denise Mina

Götter und Tiere

Kriminalroman

Aus dem Englischen
von Karen Gerwig

Unionsverlag

Die Originalausgabe erschien 2021 bei Orion Publishing Group, London.
Die deutsche Erstausgabe erschien 2020 im Argument Verlag mit Ariadne, Hamburg.

Im Internet
Aktuelle Informationen, Dokumente und Materialien
zu Denise Mina und diesem Buch
www.unionsverlag.com

Unionsverlag Taschenbuch 1037
© by Denise Mina 2012
© der deutschen Ausgabe by Argument Verlag mit Ariadne, Hamburg 2020
Diese Ausgabe erscheint mit freundlicher Genehmigung des Argument Verlags
Originaltitel: Gods and Beasts
© by Unionsverlag 2025
Neptunstrasse 20, CH-8032 Zürich
Telefon +41 44 283 20 00
mail@unionsverlag.ch
Alle Rechte vorbehalten
Der Verlag behält sich das Recht des Text- und Data-Minings an diesem Werk vor,
was hiermit Dritten ohne Zustimmung des Verlags untersagt ist.
Reihengestaltung: Heinz Unternährer
Umschlagmotiv: *Paradise, Anniesland* © Jim Byrne
www.glasgowwestend.co.uk
Umschlaggestaltung: Sven Schrape
Druck und Bindung: CPI – Clausen & Bosse, Leck
www.unionsverlag.com/produktsicherheit
ISBN 978-3-293-71037-5

Der Unionsverlag wird vom Bundesamt für Kultur mit einem
Verlagsförderungs-Strukturbeitrag für die Jahre 2021–2025 unterstützt.

*Für Ben und Bella und Freddy:
Zwei Augen und tadda!*

»Fast alle Menschen ertragen schlechte Zeiten, aber willst du den Charakter eines Menschen prüfen, gib ihm Macht.«
Abraham Lincoln

1

Martin Pavel hörte alles wie durch ein Kissen: das schwache Greinen der Notarztsirenen, das Hubschraubermurmeln in der Luft, die gedämpften Rufe von Männern in dicken Uniformen, Sanitäter und Cops brüllten sich Anweisungen zu – HOLT DAS ABSPERRBAND, SCHAFFT DIE LEUTE WEG. Aber es war ein Anbrüllen gegen längst vergangenes Chaos. Das Chaos war lässig aus der Postfiliale geschlendert und davonspaziert. Jetzt war das Chaos irgendwo in der Stadt unterwegs, sah in Schaufenster, aß vielleicht etwas, schaute womöglich fern, auf jeden Fall in aller Ruhe. Wo immer das Chaos auch war, es war ruhig dort. Martin wünschte, er wäre bei ihm.

Er saß auf der Bordsteinkante, die Beine auf die Great Western Road gestreckt. Er sah die Menschenmengen am Fuß des Hügels und unten bei den Lichtern, die Hälse gereckt, denn so viele Polizeiautos und der darüber kreisende Hubschrauber konnten nur bedeuten, dass etwas Schlimmes passiert war.

Die Ampel auf der anderen Straßenseite sprang um, von der Seite war das rote Leuchten zu sehen. Erstaunt stellte Martin fest, dass es schon dämmerte. Die Welt wurde wirklich dunkler, das kam ihm nicht nur so vor. Er drückte den Rücken durch, um tief einzuatmen, und warf beinahe den kleinen Jungen ab, der sich wie ein Koala an ihn klammerte. Der Junge barg verbissen das Gesicht an seiner Brust, presste sich an ihn, schrak zusammen, wenn jemand in ihre Nähe kam.

Jetzt, wo der Nebel des Schocks nachließ, erinnerte sich Martin an Schüsse aus einer automatischen Waffe, rote Explosionen auf dem Rücken des alten Mannes, seinen zuckenden

Rumpf, das glitschige Abwärtsgleiten. Die Bilder fielen ihn an. Entsetzt von seiner Reaktion zog er den Jungen an sich, schützte seinen Kopf mit der Hand, nahm ihn unter seine Jacke.

Der Junge drückte sich fest an ihn, während Martins Sichtfeld grün wurde. Eine Sanitäteruniform. Der Mann kniete sich vor ihn hin, versuchte Martins Blick einzufangen, bewegte den Kopf hoch und runter, nach links und rechts. »Hey, Freund, können Sie mich hören?«

Martin brachte ein Nicken zustande.

»Sind Sie verletzt?«

Er schüttelte den Kopf.

»Und der kleine Mann? Ist Ihr Sohn verletzt?«

Martin blinzelte langsam. »Das …« Er öffnete den Mund, um etwas zu sagen, und der Junge wimmerte vor Angst, aber Martin musste es aussprechen: »Er ist nicht mein Sohn.«

»Wer ist er dann?«

In Martin sträubte sich alles. Der Junge war jetzt seiner, daran war nichts zu ändern, aber danach hatte der Mann nicht gefragt. Er drehte den Oberkörper, zeigte mit dem Daumen nach hinten auf das zersplitterte Fenster der Post. Drinnen war alles rot und schwarz gesprenkelt. »Seiner.«

Der Junge bohrte sich noch enger an Martins Brust, presste ihm die Luft aus den Lungen.

Martin hob die Knie, drückte den Jungen heftig an sich, versuchte ihn einer Welt zu entreißen, in der ein Großvater so etwas tat.

In einem Rollstuhl aus Segeltuch durch den Warteraum der Notaufnahme; nicht besonders sauber hier, nicht besonders hübsch. Nicht gleich Caracas, aber auch nicht das Cedars-Sinai. Ein Kasten aus Panzerglas für die Angestellten am Empfang, aufgereihte Stühle. Der Junge immer noch auf seinem Schoß, die Arme um seinen Hals geschlungen, die Augen fest zugekniffen.

Durch eine Tür. Da wartete eine große Frau auf ihn. Sie war blond, grauer Anzug. Ich bin Detective Sergeant Alex Morrow. Ich komme gleich und rede mit Ihnen. Martin nickte. Sie rollten weiter.

In einen Korridor mit Vorhängen zwischen Kabinen. Die Person, die den Stuhl schob, parkte sie beide in einer ruhigen Ecke, zog einen Vorhang vor, trat auf die Feststellbremse und ging.

Zeit verrann. Uhren tickten und Rollwagen rollten. Pflegepersonalschuhe quietschten vor dem Vorhang vorbei.

Plötzlich das Geräusch hektischer Schritte, die hohe Stimme einer Frau: »Joseph?« Der Junge löste die Arme und Beine, drückte sich von Martin ab, horchte. »Joe!«

Er kletterte von Martins Schoß und stellte sich vor den Vorhang, als hätte er Angst, ihn aufzuziehen. Er wirkte winzig und hilflos und den Tränen nahe, dieses Maschinchen, und Martins Hand streckte sich nach ihm aus, er wollte ihn wiederhaben. Rasch nahm er die Hand wieder runter: Ihm fiel ein, wie es aussah, wenn sich ein Mann nach der Berührung eines Jungen sehnte; er gehörte einer Generation an, die dazu erzogen war, sich selbst zu misstrauen.

Er sah den Jungen am Vorhang zittern, die Schultern bis zu den Ohren hochgezogen. Auf Safari hatte Martin Löwen, Nilpferde, sogar Leoparden Beute hetzen und reißen sehen. Er hatte zugesehen, wie ein Nilpferd einem Löwen das Bein abbiss. Aufregend, überraschend, ja demütigend, aber nichts im Vergleich zu dem, was er heute gesehen hatte, denn das heute war furchtbar sinnlos gewesen.

Der Vorhang wurde zurückgerissen. Ein roter Daunenmantel, lang, wie ein blutiger Schlafsack. Der kleine Junge sah nicht auf, stand nur da, erstarrt, stierte auf die Beine der Frau. »Tut mir leid, Mami.«

Sie ließ sich auf die Knie fallen, wickelte sich um ihn. Sie war kräftig, dick um die Hüften – der dicke Steppmantel machte das nicht besser – und hatte ein dunkles, fein gezeichnetes Gesicht. So blieben sie lange, bis die Pflegerin ungeduldig hüstelte.

Die Mutter sah zu Martin auf, und der Kummer in ihren rotgeweinten Augen wich Entsetzen. Sie hielt den Jungen von sich ab, um ihn anzusehen, spuckte heftig in ihre Hand und rubbelte mit ihrer Spucke über sein Gesicht. Martin schaute auf seinen Unterarm: Er war übersät mit getrockneten, blutigen Sprenkeln.

Sie schmierte dem Jungen das Blut in die Haare, spuckte wieder, weinte und spuckte. Die Pflegerin reichte ihr ein feuchtes Tuch. Sie rubbelte fest, drückte ihm den Kopf in den Nacken, und er verdrehte bei ihrer Berührung verzückt die Augen.

Sie stand auf. Ihr kummervolles Gesicht kam Martin bekannt vor, dann wurde ihm klar, dass der tote Großvater ihr Vater war, und dass sie ihn sehr geliebt hatte.

Der Vorhang fiel und sie waren weg und Martin blieb allein zurück, kalt und betäubt.

Leute, die er nicht sehen konnte, sprachen miteinander. Telefone klingelten. Um ihn herum verrann knirschend die Zeit.

Eine junge Ärztin kam nach ihm sehen. Sie leuchtete ihm mit einer Stiftlampe in die Augen, schaute in seine Ohren, fragte ihn, ob er einen Schlag auf den Kopf bekommen hätte. Hatte er nicht. Er stehe unter Schock, erklärte sie ihm. Sie ging.

Eine Pflegerin kam mit einer Pille und er nahm sie. Das Zeug wirkte ein bisschen wie das Xanax seiner Stiefmutter, nur schnell. Nach einer Weile fühlte sich alles weicher an. Es war angenehm.

Eine andere Pflegerin tauchte auf, nahm ihn beim Ellbogen, bewegte ihn zum Aufstehen. Sie passte auf, dass er nicht stolperte, und führte ihn sanft und mit aufmunternden Lauten den Korridor entlang, um eine Ecke in einen kleinen, hellen Raum mit weißen Wänden und einem ausgeschalteten Computer auf einem Tisch.

Die blonde Polizistin war da und ein Mann. Sie standen auf und stellten sich vor: Detective Sergeant Morrow und Detective Constable Harris. Sie schüttelten ihm die Hand.

Dann setzten sie sich alle.

Der Polizist zog ein Klemmbrett mit kopierten Fragebögen heraus. Er hielt allerdings die Tasche zusammen mit dem Klemmbrett fest, und als er sich wieder hinsetzte, rutschte ihm das Brett aus der Hand. Er reagierte übertrieben hektisch, versuchte, es zu fangen, bekam nur das Papier zu fassen und riss das leere oberste Blatt aus dem Metallclip.

Sie sahen alle zu, wie das Brett auf den Boden fiel, auf der Kante abprallte und mit dem Gesicht nach oben landete. Ein ausgefülltes Formular darunter: Joseph Lyons, Lallans Road 9 ... – die Hand des Polizisten landete auf der Adresse. Er hob es auf, zog den Rest des leeren Blatts heraus. Seine Lippen waren vor Verlegenheit blutleer. Martin verstand gar nicht, was daran so schlimm war.

Die Frau übernahm das Kommando. Sie bat Martin, ihr zu erzählen, was in der Postfiliale in der Great Western Road passiert war. Warum war er dort gewesen?

Er wollte Weihnachtsgeschenke nach Hause schicken.

Martin hätte längst nach Hause fahren sollen, aber er konnte sich nicht dazu aufraffen. Seine Ausrede waren fiktive Prüfungen und eine fiktive Freundin. Er fuhr mit ihr zum Weihnachtsessen zu ihren fiktiven Eltern. Im Januar würden sie sich trennen, und seine Eltern würden nie erfahren, dass er sie erfunden hatte.

Den Cops erzählte er nichts davon, nur dass er Martin Pavel war, einundzwanzig Jahre alt, Geologiestudent an der Glasgow University. In der Post war er mit zwei Päckchen, die er zu Weihnachten nach Hause schicken wollte.

»Wo ist zu Hause?«

San Francisco.

Sie sah skeptisch drein. »In *Amerika*?«
Kalifornien.
»Sind Sie hier in Schottland aufgewachsen?«
Martin schüttelte den Kopf.
»Aber Sie haben einen schottischen Akzent.«
Aye.
Sie sah deswegen wütend aus. »Und woher *kommen* Sie nun?«
Von hier. Oder sonst wo.
»Aber Sie sind hier nicht aufgewachsen und Ihre Familie ist nicht hier …«
Die Fragen waren zu kompliziert, die Antworten zu wortreich, und er konnte nur daran denken, dass er am liebsten den Gangster mit seiner Pistole hierhätte, damit er sie wegpustete. Er schüttelte den Kopf, das war zu hart, und die Frau beugte sich vor, sprach sanft, um ihn zu trösten, dabei wusste Martin, dass er es nicht verdient hatte.
»Schon gut, das macht nichts. Vergessen Sie das mal. Vorhin in der Post, wer war da noch?«
Der Großvater stand genau vor ihm und hielt den Jungen an der Hand.
Der Mann hatte weiße Haare, ein eckiges Gesicht wie die Mutter, die den Jungen abgeholt hatte. Er trug eine rote Funktionsjacke mit schwarzen Schultern und einen roten Schal. Er war braun, wie ein sizilianischer Bauer, und seine Kleidung war so gut gebügelt wie die eines Parisers, aber er sprach mit Glasgower Akzent.
Martin kam am Ende der Schlange an. Er schaltete seine Musik aus und der Junge lächelte zu seinem Großvater hoch und fragte: »Würstchen im Schlafrock?«, und der Großvater nickte ernst und antwortete: »*Natürlich* Würstchen im Schlafrock«.
Martin verhedderte sich in dieser Erinnerung. Natürlich. *Natürlich* Würstchen im Schlafrock. Innere Werte. Die Würstchen im Schlafrock waren eine ernste Angelegenheit.

»Wirkte der alte Mann nervös?«

Nein, denn Nervosität hätte auf Unsicherheit hingedeutet. Nein, er war weder unsicher noch nervös. Er hatte Martin den Jungen mit Bestimmtheit übergeben, sich dem Chaos, dem bewaffneten Barbaren mit entschiedener, würdevoller Klarheit dargeboten. Martin wünschte, er selbst wäre derjenige gewesen, und er wusste, dieses Gefühl war falsch. Er begann zu weinen.

»Lassen Sie sich Zeit«, versuchte die Frau ihn anzutreiben.

Er war ruhig, der Großvater. Sehr ruhig. *Natürlich* Würstchen im Schlafrock. Der Junge lächelte und wandte sich ab, sah zu dem »Frohe Weihnachten«-Banner hinüber, das an einer Seite aus der Halterung gerutscht war und träge im Luftzug eines Heizlüfters schlenkerte.

Vor ihnen zog sich eine lange Schlange durch die Gurtabsperrung zu den Kassen. Fünf, vielleicht sechs Leute: ein großer Typ in teurer Radsportausrüstung, sehr fit, orangefarbener Rucksack und schwarzer, spitz zulaufender Helm. Nervös, ungeduldig, sah ständig auf die Uhr. Vor ihm vielleicht noch ein anderer Mann und weiter vorn eine Frau. Martin achtete nur vage auf die Schlange, er spielte mit seinem Handy. Checkte E-Mails, löschte Spam. Eine Frau kam herein, stellte sich hinter ihn. Er sah sie nicht, wusste aber, dass ihre Haare gelb waren. Er hatte gesehen, wie sie in dem blutigen Nebel rosa wurden.

In der Postfiliale waren drei Schalter geöffnet, von insgesamt vier. Martin war oft dort, denn es lag auf dem Weg zur Bibliothek, er hatte die Familie beobachtet, die den Laden betrieb. Der Mann, den er für den Vater hielt, arbeitete immer: ein Asiate über fünfzig, mit grauen Schläfen, höflich und fleißig; die Filiale war auch sonntags geöffnet. Die Tochter hatte die weibliche Version des Gesichts ihres Vaters, schmaleres Kinn, lange schwarze Haare und glitzernde Haarspangen. Sie war zu alt für Haarspangen.

Ein jüngerer Mann, vielleicht ein Cousin, er sah nicht wie der Vater und die Tochter aus, aber sie verhielten sich wie Familienmitglieder, standen dicht beieinander und kommunizierten mit Ein-Wort-Bemerkungen.

»Wann haben Sie den Bewaffneten bemerkt?«

Martin setzte sich auf, als er daran dachte, wie am Rand seines Blickfelds eine schwarze Gestalt zur Tür hereingekommen war. Schwarze Kleidung, eine schwere Segeltuchtasche. Die Gestalt trat beiseite, hinter die freistehenden Regale mit Schreibwaren direkt an der Tür; schlüpfte hinter Aufsteller mit Geburtstagskarten, hässlichen Kühlschrankmagneten, Teddybären mit Schottenkaroschärpen, billigem Mist.

Martin sah erneut auf sein Handy.

Die Gestalt kam wieder hervor. Und die Tasche war nicht mehr schwer. Der Mann ging einfach an der Schlange vorbei nach vorn. Dass er sich vordrängelte, machte alle aufmerksam, noch bevor sie seine hellgraue Maske bemerkten, lange bevor sie den Bogen des Ladestreifens der AK-47 bemerkten, der an seinem Oberschenkel hervorlugte.

»In seiner rechten Hand oder in der linken?«

Er hielt sie in der rechten Hand, unten neben dem rechten Bein, von der Schlange abgewandt. Es war eine Pistole.

»Sie sagten, eine AK-47 ...«

Ja, aber eine AK-47-Pistole.

»Wo ist der Unterschied für jemanden, der nichts von Waffen versteht?«

Pistole: kürzerer Lauf natürlich.

Er trug eine enganliegende Jagdhaube, die seinen Mund und Hals und Kopf verdeckte, aber nicht seine Augen.

»Mit zwei Löchern für die Augen?«

Nein. Es war ein durchgehendes Loch. Ein Oval. Es war eine Tarnhaube für Jäger. Die Cops verstanden ihn nicht, deshalb musste Martin es erklären: Sie war aus anliegendem Filz und nicht aus gestrickter Wolle, sodass sie eng um Kinn und Mund lag, damit das Wild den Atem des Jägers nicht roch. Martin hatte so etwas bei der Jagd in Kanada gesehen.

Der Bewaffnete ging zum Anfang der Schlange. Die Jagdhaube sah lässig aus. Und die Augen darin sahen lässig aus. Das hatte Martin wirklich getroffen: Dieser Mann hatte seine ganze Welt im Griff, er war nicht besorgt, zweifelte nicht, suchte nicht nach Halt. Er ging nicht zum Psychiater und heulte rum wie ein Mädchen. Er war lässig.

»Was meinen Sie mit lässig?«

Martin dachte an diese Augen. Der Mann war nicht nervös. Kein bisschen. Die Augen leuchteten, als er die Waffe ans Gesicht hob. Tiefblaue Augen, umrahmt von weißen Wimpern.

Der Radfahrer schrie auf. Niemand sah ihn an. Sie waren hypnotisiert von dem Bewaffneten. Er hob das Kinn, sodass die Lippen näher an die Augenöffnung kamen, und brüllte: »ALLE RUNTER AUF DEN SCHEISS-BODEN!«

»Wie klang er?«

Dem Akzent nach Greenock oder Ayr, untere Arbeiterklasse. War vielleicht mal eine Weile in Birmingham, in England.

»Ayr?«

Breite, offene Vokale von der Westküste und das schmelzende Singen des Birmingham-Akzents. Außerdem hatte er etwas Raues in der Stimme, als hätte er am Abend vorher viel geraucht, als wäre er heiser vom Überschreien der Musik in einem Nachtclub.

»Was ist dann passiert?«

Alle legten sich auf den Boden. Sie tauchten so schnell ab, als gäbe es etwas zu gewinnen. Sie legten sich so flach hin, wie sie konnten, die Nasen an den schmutzig nassen Boden gedrückt, sie alle. Bis auf den Großvater. Der blieb stehen.

»Woher wissen Sie das?«

Martin lag mit der Nase auf dem Boden, als er den Jungen

neben sich sah, eng zusammengerollt wie eine Walnuss, die Knie unter der Brust, die Fäuste vor dem Mund. Der Großvater war zwei Schritte weitergegangen, sodass es aussah, als gehörte der Junge zu Martin.

Er hörte den Großvater murmeln: »Du?« Wie eine Frage.

Der Bewaffnete hauchte: »*Du.*«

Pause. Der Großvater wartete, bis sich der Bewaffnete wegdrehte, dann raunte er Martin zu: »*Er gehört zu dir.*«

In der Rückschau wusste Martin nicht, ob der Großvater mit ihm sprach oder mit dem Jungen, aber jetzt gehörte er plötzlich zu ihrer Geschichte.

»Wer gehörte zu was für einer Geschichte?«

Martin. Er gehörte zu ihrer Geschichte.

»Meinen Sie damit, Sie haben sich vorher unbeteiligt gefühlt?«

Nein, aber er hatte Verpflichtungen ihnen gegenüber, weil er jetzt zu ihrer Geschichte gehörte. Die Polizistin sah ihn ausdruckslos an. *Geschichte*, erklärte er, wir sind Teil einer Geschichte. Sie sah skeptisch aus.

»Nein, sind wir nicht. Das hier ist die Wirklichkeit.«

Er öffnete den Mund und schloss ihn wieder. Es war zu viel zu erklären. Ein Schotte aus Kalifornien, Barbarei und die Zugehörigkeit zu einer Geschichte. Sie runzelte die Stirn, genervt von ihm. »Er hat gesagt ›Er gehört zu dir‹, und was dann?«

Der alte Mann stand da, dem Bewaffneten zugewandt, die Fäuste seitlich geballt. Martin konnte nur bis zu seiner Brust sehen.

»Kannten Sie den Großvater?«

Martin sagte nein.

»Sind Sie sicher?«

Martin dachte darüber nach: sein Leben vor diesem Moment. Graue Zeitschlieren, Anwälte, Spaziergänge, Hitze und Hügel, Palmen, Ratten und Orangen und Streit. Und dann rief er sich den Großvater ins Gedächtnis, wie er ihm in der

Schlange aufgefallen war, wie ihre Blicke sich trafen, klick, ein Blinzeln, klick, zweiter Blick. Nichts. Kein Anflug eines Wiedererkennens.

Martin war sich sicher, dass er ihn nicht kannte. Er hätte sich an den Mann erinnert. Er war sehr braungebrannt und gepflegt, aber sehr schottisch, und Martin hätte ihn gefragt, warum.

»Er hat gesagt ›Er gehört dir‹, und dann?«

Und dann Stille, eine tiefe, schreckliche Stille, bis der Bewaffnete wieder etwas sagte: »Scheiße, dann komm her!«

»Das sagte er zu dem Großvater?«

Ja.

»Was meinte er damit?«

Er meinte, komm hierher. Er meinte, stell dich zu mir, fühl mein herrliches Feuer. Er meinte, komm her und hilf mir und dann bringe ich dich um.

»Und was hat der alte Mann getan?«

Martin sagte ihnen, was er gesehen hatte: *Scheiße, dann komm her.* Da hoben sich die Absätze des alten Mannes kurz vom Boden, als ob er salutieren wollte: ein Soldat, für eine ruhmreiche Mission ausgewählt. Die Absätze der Lederslipper hatten Metallbeschläge, damit sie länger hielten, und sie knallten laut auf dem Boden.

Ein Slipper hob sich, stieg über den Radfahrer, der in die Erde schluchzte, über die Leute und die auf dem Boden verteilten Taschen. Martins Blick folgte den Füßen, bis sie dicht vor den schwarzen Turnschuhen am Schalter standen. Der Bewaffnete gab dem Großvater die Tasche, und der alte Mann hielt sie ihm auf.

»Er hat dem Typ freiwillig geholfen?«

Martin antwortete nicht. Natürlich hatte er ihm geholfen. Sie war nicht dabei gewesen. Martin hätte es auch nicht geglaubt, wenn er es nicht selbst gesehen hätte.

»Wo waren Sie da?«

Die Frage warf ihn zurück zu dem Geräusch des Jungen, der mit dem Gesicht nach unten in die nasse Straßenschmiere hechelte. Aus unerfindlichem Grund streckte Martin den Arm über den Rücken des Jungen und zog ihn herüber und an sich, bis sie Stirn an Stirn waren. Der Junge sah ihn mit teilnahmslosen braunen Augen an. Martin schaute zurück, und sie blinzelten einander an, verankert, hörten die Welt da draußen, aber sahen nichts. Martin war ein Einzelkind und ein einsames Kind. Er hatte sich noch nie jemandem so nah gefühlt wie da auf dem staubigen Boden, als er den Jungen ansah. Das verdankten sie dem Bewaffneten.

Hinter ihnen, an einem weit entfernten Ort, befahl der Bewaffnete den Leuten hinterm Schalter zu verschwinden, nein, du nicht, du bleibst. Menschen bewegten sich. Türen öffneten sich. Türen schlossen sich. Die Welt wurde auf seinen Befehl hin neu geordnet.

Eine Stimme hinter dem Schalter, gedämpft durch das dicke Panzerglas.

»Beweg dich!«, sagte der Bewaffnete.

Und dann schlug er wohl gegen die Scheibe, denn ein Donnern erschütterte den Raum und alle auf dem Boden zuckten vor Schreck.

»Spar dir die Mühe, verdammt, die ist *immer noch* aus.«

Beim Wortlaut war Martin sich sicher. Die Polizistin bat ihn, es zu wiederholen, und er tat es – *die ist immer noch aus*. Der Mann wurde deswegen wütend. »Aye, *immer noch*, versuch bloß nicht, mich zu verarschen!« Er wurde immer wütender, und dann schrie er: »Du! Geh rüber und hau ihr eine rein!«

Pause.

Dann das Tappen der Schuhe des alten Mannes durch den Laden. Das Gewicht verlagerte sich, Sohlen knirschten auf dem schmutzigen Boden, das laute Klatschen eines Schlags, gefolgt vom erschrockenen Aufschrei einer Frau. Er brachte sie dazu, sich gegenseitig anzugreifen, und Martin spürte, wie er das genoss.

Der Junge schloss die Augen, nur einmal, ein kurzes Blinzeln, er nahm die Hand seines Großvaters auf sich.

»BRING ES RAUS!« Türenöffnen, Schritte. Das Ziehen einer Tasche über den knirschigen Boden.

Dann bewegten sich zwei Paar Schritte auf den Ausgang zu: die hart knallenden Slipper und die schmatzenden Sohlen der Turnschuhe des Räubers. Martin atmete schneller bei der Erinnerung daran, was als Nächstes kam.

Die Tür schnappte auf, ein quietschendes Scharnier, und der kalte Luftzug von der Straße brauste über den Boden, wirbelte Staub auf und schleuderte ihn ihm in die Haare. Er blinzelte angestrengt, um den Blickkontakt mit dem Jungen zu brechen, und drehte den Kopf zur Tür, um zu sehen, ob sie weg waren.

Doch sie waren noch im Laden, ziemlich weit weg jetzt, und Martin konnte sie deutlich sehen. Zwischen ihnen und ihm lag die blonde Frau auf dem Bauch, das Gesicht in Martins Richtung gedreht, Tränen quollen zwischen ihren fest zugekniffenen Augenlidern hervor.

Die beiden Männer standen voreinander an der offenen Tür.

»Wie groß war der Bewaffnete im Vergleich mit dem Großvater?«

Er war groß, vielleicht eins fünfundachtzig oder eins achtundachtzig. Er trug ein schwarzes Sweatshirt ohne Logo und dunkle Jeans und schwarze Turnschuhe. Billige, abgetragene Klamotten, aber seine Pose war elegant, wie ein verwegener Cowboy. Die Polizistin bat ihn, das zu erklären, und Martin stand auf, um es ihr zu zeigen: Der Gangster stand mit ausgestelltem Becken da, der Kolben der Waffe ruhte auf seinem rechten Hüftknochen, ihr Lauf deutete nach oben, er hielt sie mit einer Hand. Martin stand da und schaute an der Wand des schmucklosen Raums hinauf, genoss es, ihn nachzuahmen, spürte die Kurve seiner Wirbelsäule und wusste, wie entspannt und sicher er sein müsste, um so dazustehen. Er blickte dorthin, wo der alte Mann gewesen wäre, und hatte kurz das Gefühl, er könnte ihn sehen. Dann ergriff sie wieder das Wort und verdarb alles:

»Warum stand er so da?«

Martin setzte sich wieder. Er sammelte sich, legte sein idiotisches Grinsen ab. Es ist das Gewicht, erklärte er. Bei diesen Waffen liegt das ganze Gewicht vorn, deshalb neigt man sie, wenn man sie mit einer Hand hält. Martin brach ab. Er hatte sich hinreißen lassen und sein Akzent glitt über den Atlantik, rauschte über turmhohe Wellen, ditschte über die schwarzblauen Täler, auf dem Weg nach nirgendwo. Er schwieg verwirrt.

Die Frau hakte nach: »Wer hatte die Tasche? Wer hatte in dem Moment die Tasche?«

Der Gangster hielt sie in seiner anderen Hand, er trug die Sporttasche mit dem, was sie mitgenommen hatten. Sie sah nicht schwer oder sonderlich voll aus. Eigentlich nach fast nichts. Martin glaubte nicht, dass es hier um Geld ging.

Der Großvater hielt die Tür auf.

Martin war plötzlich erschöpft, als ihm die Haltung des alten Mannes wieder einfiel: aufrecht, die Schultern zurück, so würdevoll wie ein Portier an der Upper Eastside nach fünfzig Jahren im Beruf. Doch sein Kinn zitterte über seiner Brust, denn er weinte. Martin spürte, er wusste, was passieren würde, und er stand einfach da und weinte.

Der Lauf der Pistole senkte sich auf seine Brust.

Das Geräusch des ersten Schusses traf Martins Ohr, und Feuer blitzte am Lauf auf. Er war schockiert, wie laut es war. Er hatte noch nie ohne Ohrenschützer eine Waffe losgehen hören. Zu laut, um es zu hören, kein Knall, sondern ein schmerzhaft lautes Ffft, das auf sein Innenohr eindrosch.

Feuer in der Patronenkammer, und fft, fft, fftfftfft fftfftfftfft, zehn Kugeln, Patronenhülsen flogen in alle Richtungen, blinkendes Messing schlug fröhlich Räder in der Luft.

Martin sah Austrittswunde um Austrittswunde aus dem Rücken des alten Mannes explodieren, roter Nebel sprühte aus ihm heraus, landete auf Postkarten und färbte die Haare der schluchzenden Blonden hübsch prinzessinnenrosa.

Plötzlich zersplitterte das Schaufenster zur Straße milchig weiß.

Dann Stille.

Der Kiefer des alten Mannes klappte herunter. Sein Körper neigte sich zur Seite, die Schultern drehten sich zur Tür, als zeigte er den Leuten im Laden das kraterübersäte Fleisch seines Rückens. Dann rutschte er irgendwie weg, der Oberkörper, rutschte von den Beinen in Richtung Tür, und Beine und Becken fielen nach vorn.

Martin stockte bei der Erinnerung der Atem, aber eine winzige Hand, wie eine fleischige Spinne, legte sich flach an seine Wange: Der Junge griff durch die Lücke unter seinem Hals. Er zog Martins Gesicht wieder zu sich herum, befahl ihm, ihn anzusehen. *Ich bin noch hier. Jetzt gehören wir gemeinsam zu einer Geschichte.*

Dankbar ließ sich Martin von den braunen Augen in Empfang nehmen, und der Junge sah nicht weg.

Die rettende Hand blieb lange an seiner Wange, bis die Polizei kam und sie anschrie, sie sollten aufstehen.

2

Es war schon dunkel. DC Tamsin Leonard und DC Wilder fuhren in die Stadt zurück, als der Anruf reinkam: Ein Audi Q7, in der vorigen Saison das Auto der Wahl bei Drogendealern, war als Letztes auf Kamera 217 zu sehen, als er an der Anschlussstelle 2 der M77 vorbeikam. Er wurde im Rahmen einer laufenden Ermittlung gesucht. Sie sollten ihn anhalten und das Handy des Fahrers auf einen Anruf überprüfen, der um 16:53 Uhr hereingekommen war, und sich dessen Nummer notieren.

Es war eine Routinesache und fiel ihnen zu, weil alle anderen schon zu einem bewaffneten Überfall auf eine Postfiliale unterwegs waren. Routinekram fiel oft ihnen zu.

Wilder legte auf, starrte Leonard finster an und machte eine unwillige Geste in Richtung der Autos vor ihnen, als wäre sie schuld am Berufsverkehr. Sie würden dem zähfließenden Verkehr auf der Fahrspur nach Norden folgen müssen, bevor sie überhaupt auf die Straße nach Süden kamen, aber Wilder war nicht deswegen angepisst. Wilder war einfach immer angepisst.

Wilder und Leonard wurden öfter zusammen eingeteilt. Beide wurden von den anderen DCs in ihrer Schicht an den Rand gedrängt; Wilder, weil er unsympathisch war, Leonard, weil sie eine Frau war, älter, und Cricket schaute statt Fußball. Ihr machte das nichts aus, sie fühlte sich wohl am Rand, aber so langsam spielte es doch eine Rolle: Es gab Entlassungen, und dass sie am Rand standen, machte sie beide angreifbarer. Inzwischen nervte es, dass sie zusammen eingeteilt wurden, als verstärkte die Unbeliebtheit des anderen ihr eigenes Versagen. Beide hatten das Gefühl, eine Zielscheibe auf dem Rücken zu tragen.

Leonard ließ sich auf der Auffahrt Kinning Park ausmanövrieren, und Wilder schnalzte tadelnd mit der Zunge.

Sie ignorierte es. »Meinst du, wir sollten das Blaulicht benutzen?« Sie fragte ihn wirklich um Rat, es war kein Einschleimen.

»Was glaubst du wohl?«

Statt in den Streit einzusteigen, auf den er aus war, schaltete Leonard Blaulicht und Sirene ein. Es war ein Fehler. Es riss die Autos vor ihnen aus ihrer Pendlertrance und sie wurden langsamer, drängten zum Randstreifen, versuchten, aus dem Weg zu gehen.

Wilder dünstete Schmach aus, als er wegen der Verzögerung frustriert mit der Hand ausholte. Leonard sagte nichts, sondern manövrierte sie sorgsam durch das Chaos auf der Ausfahrt und über den Kreisverkehr auf die Spur nach Süden.

Heute würde sie froh sein, wenn sie Wilder los war. Es war schließlich nicht so, als hätte sie keine Sorgen. Vor einer Woche hatte die zweite Runde Fruchtbarkeitsbehandlung ihrer Frau angefangen, und sie warteten darauf zu erfahren, ob sich der Embryo eingenistet hatte. Es war furchtbar teuer und sie hatten schon eine Fehlgeburt hinter sich. Entgegen den Vorschriften hatte Tamsin ihr privates Handy auf Vibration in der Tasche. Bei allem, was sie den Tag über tat, war sie nicht ganz bei der Sache, sondern bei der Haut ihrer rechten Hüfte und fürchtete das Kribbeln schlechter Nachrichten. Sie sprach bei der Arbeit nicht darüber. Sonst redete auch keiner über Fortpflanzung oder seine Sexualität, sie sah nicht ein, warum sie das tun sollte.

Wilder schnaubte, als sie hinter einem LKW feststeckte, der umständlich versuchte, von der Überholspur zu kommen. Sie hätte die Sirene auslassen sollen.

Sehr langsam löste sich der Verkehr auf, und sie rasten die Straße entlang. Als sie sich der Stelle näherten, wo das Auto ungefähr sein musste, schaltete Leonard die Sirene aus, um den Fahrer nicht auf die Idee zu bringen, abzufahren, bevor sie ihn ausfindig machten.

Sie kamen an eine lange, gerade Steigung der Autobahn, im Rückspiegel konnte man die ganze Stadt sehen, und entdeckten den Audi direkt vor sich.

Der dicke klobige Wagen glitt auf der Mitte der Steigung auf der Überholspur dahin, konstant und unbeirrt. Die Form und Größe des Fahrzeugs machten die zurückhaltende Fahrweise zunichte; er fiel auf wie ein Stiefel in einer Reihe von Flip-Flops. Die Autos waren bei Drogendealern so beliebt, dass manche Officers automatisch jeden Audi Q7 anhielten, den sie sahen. Der hier hatte eine Speziallackierung, verräterisch getönte Scheiben und die typischen Chromleisten der teuren Sondermodelle.

Die Autos zwischen ihnen und dem Audi verschwanden auf die Kriechspur, und Leonard fuhr hinter ihn und ließ ihr Blaulicht aufblitzen.

Er wusste, dass sie seinetwegen da waren. Er machte kleine, panische Schlenker nach links, leichte Ruckbewegungen nach vorn, überlegte sich eine Strategie, einen Ausweg, aber es gab keinen.

Leonard setzte den Blinker und signalisierte ihm, ranzufahren. Die Autos neben ihnen ließen zwei Wagenlängen Platz, und sie schoben sich als Tandem auf die Kriechspur. Sie blinkte noch mal kurz, um ihm zu signalisieren, er solle auf den Standstreifen fahren, aber sie hatte nicht bemerkt, dass sie kurz vor einer Ausfahrt waren, und er nahm stattdessen die.

Wilder geriet in Panik, als der Audi davonfuhr. »Er haut ab ...«

Doch Leonard sah, dass der Audi langsamer geworden war, dass er gehorchen wollte, aber nicht wusste, wo er anhalten sollte. »Nein, er hat uns nur missverstanden, glaube ich ...«

Die Ausfahrt war eine Steigung. Nach der Kuppe fiel sie direkt in eine Abbiegespur ab. Der Audi nahm die Steigung mit zehn Meilen pro Stunde, vielleicht wusste er, dass er einen alarmierenden Eindruck gemacht hatte, und hoffte, das wiedergutzumachen. Oder er wollte folgsam wirken, um sie in Sicherheit zu wiegen, und fuhr langsam, weil er nebenher nach einem Messer angelte, nach einer Pistole, per Handy Verstärkung rief.

Sie konnten nicht einmal bis zum Rücksitz sehen; der Audi lag so hoch, dass die LCD-Rücklichter sie blind für mögliche Komplizen machten.

An der Abbiegespur hielt der Audi an, das Fahrerfenster fuhr herunter, und er lehnte sich gerade so weit heraus, dass Leonard sein Gesicht im Seitenspiegel sehen konnte.

Er war überraschend jung, trug eine hellblaue Beaniemütze und eine große Brille. Er zeigte ihr die erhobene Hand, wusste nicht, was er tun sollte. Er sah klein aus, aber weil das Auto so groß war, konnte man sich da leicht verschätzen.

»Mist«, sagte Wilder. »Mist, Mist, Mist! Es ist Barrowfields, sie haben gesagt, der Anruf kam von jemandem aus Barrowfields ...«

Leonard begann zu schwitzen: Die Ermittlung um die Barrowfields-Crew hatte als unbedeutendere Untersuchung angefangen, Schmalspurdealer, die auf unanständig junge Kundschaft aus waren. Dann saß ihre sechzehnjährige Informantin mit gebrochenem Genick an einer Bushaltestelle. Der örtliche Buschfunk führte sie zu einem fetten Bodybuilder namens Benny Mullen. Eine oberflächliche Überwachung zeigte, dass Mullen eine Gang von sehr bösen Männern anführte, die ganz offen knittrige Plastiktüten voller Kokain, Heroin und Waffen vertickten. Als sie ihn sich genauer anschauten, fanden sie heraus, dass Mullen schon seit sechs Jahren von internationalen Diensten beobachtet wurde. Niemand in der Gegend machte den Mund auf, inzwischen wurde der Polizei nicht mal mehr die Tür geöffnet. Ein Kontakt beim Wohnungsamt hatte ihnen erzählt, sechzig Prozent der Anwohner hätten eine andere Unterbringung beantragt. Und von dieser Crew hatte der Fahrer den Anruf bekommen.

»Da könnte ein ganzer Haufen von denen drinsitzen ...«

Wilders Panik machte Leonard künstlich ruhig. »Tja, das werden wir ja sehen ...« Sie fuhr ihr eigenes Fenster herunter und wedelte mit der Hand über dem Autodach, um dem Audifahrer zu signalisieren, er solle den Motor abstellen.

Er tat genau das, was sie verlangt hatte.

Sie standen am Anfang einer Straße in ein verlassenes Industriegebiet. Hinter einer Reihe von Betonpollern waren alle Straßenlaternen brandneu, die Straßen makellos, aber statt Gebäuden gab es Brachen mit kniehohem, braunem Gras, das sich im sanften Abendwind wiegte. Ein Jahr nach Hiroshima.

An dem Audi gingen jetzt die Park- und Warnleuchten an, durchschnitten rasiermesserscharf die Dunkelheit.

Leonard schaltete ihr eigenes Warnblinklicht ein, das *Klink, Klink, Klink* klang wie splitterndes Billigglas. Wilder öffnete seine Tür und das Kabinenlicht ging an.

»Ich übernehm das Reden«, mahnte er und stieg aus.

Sie tauschten vor der Motorhaube die Plätze, sodass Wilder auf der Fahrerseite war. Leonard sah seinen Schattenriss gegenüber, als er die Rückbank auf eine Armee von Bewaffneten überprüfte.

Sie schaute zum Fahrer hinein.

Er war allein. Er trug Jeans und eine hellblaue Trainingsjacke, den Reißverschluss bis zum Kinn hochgezogen, der Zipper baumelte wie ein Kettenanhänger. Er drehte sich zu ihr und lächelte, schlechte Zähne, mageres Gesicht, die Mütze tief über die Augenbrauen gezogen, so tief, dass seine Wimpern den Rand berührten, wenn er aufsah. Nicht attraktiv, nicht einmal gesund. Er hatte eine dicke Brille, eine unmoderne Brille und schielte leicht auf dem rechten Auge. Als er sie angrinste, hätte Tamsin am liebsten zurückgelächelt.

Leonard bedeutete ihm, das Fenster auf ihrer Seite herunterzufahren, und er tat es, Gesicht zu ihr, war sich aber Wilders Anwesenheit hinter ihm auch bewusst, sein Blick huschte hin und her.

»Könnten Sie bitte die hintere Tür entriegeln, Sir?«, fragte Leonard.

Er erwiderte ihr Lächeln beinahe dankbar und tastete nach dem Knopf. Leonard öffnete die Tür und wurde fast erschlagen vom köstlichen Duft nach neuem Leder. Die Rückbank war leer, aber sie konnte nicht widerstehen und strich über den butterweichen Sitz.

Wilder beanspruchte seine Aufmerksamkeit, fragte ihn nach seinem Namen und der Adresse, kritzelte sie in sein Notizbuch: Hugh Boyle, Abernathy Street 9, Milton.

Hugh kicherte über seine eigene Adresse, sah Wilder an, damit er mitmachte, doch das tat er nicht.

»Nicht sehr nett«, murmelte er, meinte wahrscheinlich Milton, klang aber, als würde er Wilder vorwerfen, nicht mitgelacht zu haben.

Wilder ließ beim Schreiben eine Pause entstehen und sah dann Hugh an. »Ist das Ihr Wagen, Sir?«

»Aye.« Hugh streichelte stolz das Lederlenkrad, und Leonard hörte deutlich das spröde Wispern von Haut auf Haut. Boyle schwitzte nicht, bemerkte Leonard. Seine Finger waren trocken.

Selbst für einen Drogendealer war das ein teures Auto, aber Boyle verhielt sich nicht wie jemand, der abgebrüht genug war, um so weit oben in der Nahrungskette zu stehen. Er stellte Augenkontakt her, machte selbstironische Witze, als wäre es ihm leicht peinlich, angehalten zu werden. Einem eiskalten Kriminellen wäre das egal. Ein eiskalter Krimineller hätte schon, bevor sie von der Autobahn fuhren, seinen Anwalt in der Leitung gehabt.

Wilder tippte mit seinem Stift auf sein Notizbuch. »Haben Sie da vorhin Ihr Handy benutzt, Sir?«

»Beim Fahren?«, fragte Hugh. »Nein ...« Er war so ehrlich verblüfft von dem Vorwurf, dass er ihn nicht als klassischen Trick erkannte, um unberechtigt sein Telefon sichten zu können. Wilder machte eine kurze Pause, damit er Einspruch erheben konnte, aber er tat es nicht.

»Dürfte ich dann Ihr Handy sehen, Sir?«

Widerstrebend griff Hugh in seine Trainingsjackentasche und zog ein BlackBerry heraus. Er reichte es Wilder. Wilder nahm es und trat einen Schritt aus Hugh Boyles Blickfeld, um es zu überprüfen, wodurch er und Leonard allein waren.

Boyle lächelte zu Leonard hinüber. »Alles klar?«

Sie lächelte nicht, erwiderte den Respekt aber durch ein Nicken.

Wilder kritzelte etwas in sein Notizbuch. Sie hatten die Nummer.

»Viel los heut Nacht?«

»Nicht schlecht«, sagte Leonard.

Er lächelte und versuchte, weiter Konversation zu machen: »Dann sind Sie die ganze Nacht unterwegs?«

»Nein«, antwortete sie und beließ es dabei. Basiswissen für Kriminelle: Boyle kannte die Zeiten ihrer Schichtwechsel nicht. Sogar zehnjährige Glasgower Rowdys kannten sie.

Wilder trat wieder ans Fenster, gab Boyle das Handy zurück und dankte ihm knapp. »Würden Sie jetzt bitte aus dem Wagen steigen, Sir?«

Boyle versteifte sich plötzlich, umklammerte das Lenkrad mit beiden Händen und starrte stur geradeaus. Im Profil sah Leonard, wie auf seiner Unterlippe ein Lächeln zuckte. Wilder schien es nicht zu bemerken, aber Leonard hatte das deutliche Gefühl, dass etwas Übles passieren würde, wenn Boyle wirklich aus dem Auto stieg. Etwas ganz Übles.

»Raus aus dem Auto, Sir.« Wilder zog die Tür auf und trat zurück, um ihm Platz zu machen.

Noch immer blieb Boyle, wo er war. Nach einem resignierten Seufzen schwang er auf seinem Sitz herum und setzte beide Füße auf den Boden. Er war größer als Wilder, eins fünfundachtzig oder achtundachtzig, aber schlaksig. Leonard schaute auf seine Taschen und den Hosenbund, suchte nach Anzeichen einer Pistole, eines Messers. Nichts.

Wilder wies ihn an, zum Einsatzwagen zu gehen. Boyle machte einen widerwilligen Schritt, dann noch einen.

Leonard eilte um den Audi herum zu ihnen, als Wilder die hintere Tür aufhielt, damit Boyle einsteigen konnte, und sie hinter ihm schloss. Wilder und Leonard stiegen vorn ein und schlossen ihre Türen.

Sie hoffte, Wilder hatte einen Plan, abgesehen von ein bisschen professioneller Schikane, denn hier lief eindeutig irgendwas mit Hugh Boyle, und sie hatte keine Ahnung, was es war.

Vom Fahrersitz aus fragte Wilder Hugh, ohne nach hinten zu schauen, nach dem Auto aus: Woher hatte er es? Wann hatte er es gekauft? Wie kam er auf dieses Autohaus? Ein Kumpel habe es empfohlen, sagte Hugh. Welcher Kumpel? Hugh wusste es nicht mehr.

Wilder fuhr mit seinen ziellosen Fragen fort: Wo war Boyle am Nachmittag gewesen?

»Keine Ahnung. Einfach so unterwegs, warum?«

»*Wo* unterwegs?«

Er zuckte mit den Schultern. »Treffen mit Kumpels und so. In der Stadt.«

»Wo in der Stadt?«

Leonard beobachtete ihn im Rückspiegel, sah, dass er sich genau erinnerte, wo er gewesen war, und es sich dann anders überlegte.

»Einfach rumgefahren. Shoppen und so.«

»In welchen Läden?«

Er zögerte nicht. »Cruise, Boss, Baker, Lacoste ...« Er schien sich mit dem Vortrag selbst zu beruhigen. »Armani, JD Sports ...«

Leonard fragte: »Welchen Weg haben Sie genommen?«

»Bin gefahren.«

»Nein.« Leonard drehte sich zu ihm um. »Als Sie Ihre Shoppingtour gemacht haben, mit welchem Laden haben Sie angefangen und wo sind Sie dann hin?«

»Angefangen hab ich bei ... Cruise?« Seine Verwirrung löste sich in ein ansteckendes Lächeln auf.

Leonard bemühte sich, nicht zurückzulächeln. »Und was haben Sie sich angeschaut?«

»Schuhe?« Dann verzog er das Gesicht, lächelte und zog gleichzeitig eine Grimasse, und sie beide grinsten über seine lausige Lüge.

»Haben Sie Schuhe gekauft?«, fragte sie grinsend.

Boyle wurde rot. »Ähm.« Er musterte seine Füße. »Sieht nicht so aus, nein.«

Sie hörte auf zu lächeln. Es war unprofessionell. »Und wohin sind Sie dann gegangen?«

»Äh ... hm.« Er versuchte, in ihrem Gesicht zu lesen, als hätte er seinen Text vergessen und bräuchte ein Stichwort. »Vielleicht zu Boss?«

»*Vielleicht* zu Boss?«

Er zog verwirrt die Augenbrauen hoch. »Ja?«

»Warum fragen Sie mich das, Hugh?«

»Keine Ahnung, warum ich Sie frag.« Er kicherte. »Warum fragen Sie mich?«

Wilder schrieb etwas in sein Notizbuch. »Wo waren Sie sonst noch, Sir?«

»Weiß nicht so genau«, flüsterte er. »Bin nur so rumgelaufen und so ...« Hugh schaute aus dem Fenster in die Dunkelheit und ließ den Blick an dem steilen Grasabhang zur Autobahn hochwandern, zu der Kette von Lichtkegeln, die über den Rand streiften.

»Sie waren in all diesen Geschäften«, sagte Wilder, »aber Sie haben nichts gekauft?«

»Nicht wirklich.« Plötzlich hatte Hugh Angst, beugte sich ruckartig vor. »Warum fragen Sie mich das alles?«

Wilder drehte langsam den Kopf, bis seine Nase dicht vor der von Hugh war. »*Setzen Sie sich wieder gerade hin.*«

Boyle tat es, aber Leonard fiel auf, dass er sich langsam zurücklehnte, kontrolliert, ruhig.

Wilder schrieb beim rhythmischen Klimpern der Warnblinkanlage schweigend in sein Notizbuch.

Leonard drehte sich wieder um, sah ihn an. Sie fragte sich plötzlich, ob es eine harmlose Erklärung geben könnte: Er war ein verzogener Junge aus einer guten Familie, hatte ein dickes Auto geschenkt bekommen und war nach Milton gezogen, aber sie konnte sehen, dass es nicht so war. Seine Fingernägel waren bis aufs Nagelbett abgekaut, seine Hände vernarbt und schwielig.

»Wurden Sie vorher schon mal von der Polizei angehalten, Hugh?«

Er schüttelte den Kopf.

»Haben Sie einen Beruf?«

»Tischler.« Seine Hände bestätigten es.

»Das ist ein großes Auto für einen Tischler«, sagte Wilder und überließ es ihm, eine Erklärung zu liefern: Mein Dad hat eine Firma, mein Onkel hat es mir geschenkt, die üblichen, nicht nachvollziehbaren Quellen.

Boyle beugte sich vor und sah den Kofferraum an. »Ich will nur raus. Wenn ich es versaue, vertrauen die mir nie wieder.«

Abrupt klappte Wilder sein Notizbuch zu und öffnete seine Tür. »Würden Sie bitte den Kofferraum für mich aufschließen, Sir?«

Boyles Mund verzog sich kurz zu einem Lächeln. Er merkte nicht, dass Leonard ihn im Seitenspiegel beobachtete.

Wilder stieg aus und öffnete die hintere Tür. »Raus, Sir.«

Boyle stieg aus. Leonard ebenfalls, und sie versammelten sich alle drei am Kofferraum von Hughs Auto. Gleich würde das ganz Üble passieren, sie wusste es und versuchte, Wilders Blick einzufangen. Ihr Gefühl der Panik wuchs, als ihr klar wurde, dass Wilder auf keine Warnung von ihr hören würde.

Wilder machte eine knappe Bewegung mit dem Zeigefinger. »Öffnen, bitte.«

Boyle streckte die Hand aus und drückte den Mechanismus am Kofferraum. Die Klappe hob sich langsam.

Der Kofferraum war leer. Es war nichts drin.

Leonard sah Boyle an, sah einen flehenden Ausdruck auf seinem Gesicht und folgte seinem Blick zu einem Chromgriff im Kofferraumboden. Wilder hatte den Blick auch gesehen. »Öffnen Sie bitte die Klappe da, Sir.«

Boyle streckte die Hand aus und erstarrte. Er ließ sie seitlich sinken. Er brauchte sich nur zu weigern, mehr nicht. Sie hatten keinen Durchsuchungsbeschluss, kein Recht, dort hineinzuschauen, wenn er nein sagte.

Scheinwerfer strichen über den Böschungsrand, der Wind pfiff durch das lange Gras, und einen Moment lang sagte keiner etwas.

Leonard sah Wilder an und machte eine Kopfbewegung in Richtung Einsatzfahrzeug. Sie hatten die Telefonnummer aus Barrowfields. Ihre Schicht war beinahe zu Ende. Wilder sah sie, sie wusste, dass er es sah, und trotzdem rührte er sich nicht.

Plötzlich trat Boyle vor, schob den Finger unter den Griff, hob die Klappe an. Darin lag eine große IKEA-Tasche, plattgequetscht wie ein Fossil, voller Zwanzigpfundnoten. Dreckig, zerknautscht, zusammengehalten von roten Gummibändern, ein wirrer Haufen schmieriges Bargeld.

Boyle sprach so leise, dass er kaum zu hören war. »Tun Sie mir einen Gefallen. Ich hab eine Scheißangst vor diesen Typen. Ich will nur raus. Meine Mum ist krank, sie hat nur mich. Ich meine, so wie ich es sehe, ist der Kofferraum leer …«

Dann schlüpfte er davon, schlich schuldbewusst zu ihrem Einsatzfahrzeug, stieg ein, knallte die Tür zu und ließ sie allein.

Sie standen Schulter an Schulter, und um sie herum wurde es dunkler. Wilder starrte in den Kofferraum und leckte über seinen Mundwinkel. »Das sind etwa zweihunderttausend.«

»Falsch«, hörte Leonard sich flüstern. »Falsch.«

»Ja.« Wilder starrte immer noch hin und keuchte ein bisschen. »Ja, okay, es ist mehr …«

»Nein, Wilder! *Boyle* ist falsch. Ich spüre es, hier stimmt was nicht.«

Wilder sah sie an. »Er muss doch gar nicht richtig sein. Wem könnte er es verraten? Und selbst wenn, steht sein Wort gegen unseres.«

»Ich weiß es nicht. Er grinst.«

»Er ist nervös.«

»Ach, wirklich?«

Wilder schaute das Geld an. »Er will raus.«

»Schau dir das dicke Auto an, Wilder. Er behauptet, es gehört ihm.«

»Jetzt ist der Audi A3 8 gefragt, der Q7 ist vom letzten Jahr. Er kann ihn auch einfach geschenkt bekommen haben. Sie verkaufen sie für kleines Geld, um Gewinne aus Straftaten zu verschleiern.«

Ein leichter Wind kam auf, kühlte den Schweiß auf ihrer Oberlippe. Sie folgte Wilders Blick zu dem Geld. Hoch über ihnen auf der Autobahn waren Autos blind und eilig auf dem Weg nach Hause.

»Er braucht unsere Hilfe. Diese Leute sind Gefangene dieser Gang, das weißt du.«

Leonard sah das Geld an. Vielleicht hatte sie sich vertan.

»Die feuern mich demnächst, Leonard. Ich habe Kinder und eine Hypothek. Da draußen gibt es sonst nichts …«

3

Es war Viertel nach zehn, als Kenny Gallagher vom Rednerpult in den Saal hinabsah. Grobschlächtig aussehende Ehefrauen in paillettenbesetzten Abendkleidern, die fetten Arme an den Unterseiten gerötet, genossen ein freudloses, geheucheltes Weihnachtsdinner, serviert in einem schäbigen Hotelbankettsaal. Die Ziehharmonikawand war hinter ihnen ausgezogen, denn die Tickets hatten sich nicht besonders gut verkauft. Es hatte mal eine Zeit gegeben, noch gar nicht so lange her, da hätte er diesen Saal zweimal ausverkauft bekommen. Es hatte eine Zeit gegeben, es kam ihm vor wie gestern, da hatte er das volle Programm durchgezogen. Aber sie mochten Kenny nicht mehr. Es schmerzte ihn zutiefst, das zuzugeben. Er spürte es als Schmerz hinterm Auge, als Nadelstiche im Magen, als undurchdringlichen Nebel jugendlichen Selbstmitleids.

Kenny Gallagher hatte bei internationalen Kongressen gesprochen, vor Tausenden von Leuten, von Wirtschaftsbossen bis Gewerkschaftlern, und ihre gewogene Aufmerksamkeit war ihm sicher gewesen. Ehefrauen fragten nach seiner Familie, wollten ein Foto von sich mit ihm, Ehemänner schüttelten ihm die Hand. Und jetzt konnten ihm die hier, seine eigenen Leute, kaum noch in die Augen schauen, nur wegen eines klitzekleinen bösartigen Gerüchts.

Es war alles einmal so glorreich gewesen. Vor sechzehn Jahren hatte Kenny Gallagher an einem kalten, hellen Morgen an der Spitze einer Demonstration von dreitausend Leuten gestanden. Er erinnerte sich in Einzelbildern daran: ein buntes Banner, handgemalt. Er selbst: jung, ernst, noch völlig unbekannt. Ein Fotograf ging voraus – Rückt mal enger für mich zusammen, Jungs, es muss voller aussehen. Damals standen sie vereint am Fuß des Hügels. Kenneth war nicht einmal wichtig genug, das Banner zu tragen. Ein Junge von der Privatschule, den Uniabschluss frisch in der Tasche, der nach seinem Platz suchte, irgendwo dazugehören wollte, ein Anfänger im Management, der sich auf die Seite der Arbeiter stellte.

Sie marschierten bis zur Bath Street, bevor die Schlacht entbrannte. Auf beiden Seiten flankiert von den eleganten Stadthäusern wohlhabender georgianischer Zucker- und Tabakhändler, blinzelte die vorderste Reihe in die tiefstehende Sonne wie sowjetische Kriegshelden, trotzte dem Aufmarsch der Polizisten vor ihnen. Sie hatten keine Genehmigung für die Demo, denn sie waren eine neue Gewerkschaft, nicht eingetragen, und ihre Sache war unpopulär – besserer Lohn für gut bezahlte Arbeiter –, aber sie waren jung und idealistisch und sahen es als etwas anderes: ein trotziges Ansprüchestellen von Leuten ohne Besitz. Die Presse wandte sich geschlossen gegen sie, machte ihr Anliegen lächerlich, und ihre alte Gewerkschaft hatte sie ausgeschlossen. Doch sie waren jung genug, um an absolute Werte zu glauben, an die Illusion eines intakten demokratischen Konsenses.

Ein Polizist, die spätere Untersuchung ergab, dass er auf eigene Initiative handelte, hob seinen Schlagstock über den Kopf eines jungen Mannes, und Gallagher trat vor, um ihn zu verteidigen, und bekam die volle Wucht des Schlags aufs Jochbein ab. Er war benommen, spürte weder die Platzwunde noch das warme Blut, sondern streckte dem Polizisten die Hand entgegen. »Wir wollen nur gehört werden«, wurde er später zitiert, auch wenn er sich nicht daran erinnerte, das gesagt zu haben, und es klang auch nicht nach ihm. Der Polizist sah die Hand auf sich zukommen, missverstand es und schlug noch einmal zu. Kenny wurde fotografiert: blutüberströmt, würdevoll, die Hände beschwörend ausgestreckt, und das veränderte sein Leben.

Jetzt schaute er runter auf die fetten Dinnergäste, die die letzten Löffel Plumpudding in sich hineinschaufelten. Das waren dieselben Leute, die ihn früher auf der Straße angestarrt hatten. Ein bewunderndes Lächeln auf den Lippen. Frauen erröteten bei seinem Anblick, erkundigten sich nach seinem toten Bruder, nach seiner Mutter, seiner Frau. Männer wollten über Bands mit ihm reden, über Golf, über Autos. Sie wollten ihn mit Beschlag belegen als einen der ihren. Das war vorbei. Der Schmerz fühlte sich vertraut an, wie ein Echo von etwas anderem.

Das Dinner sollte sensibilisieren und Spenden einbringen. Gallagher kannte niemanden mit der Krankheit, aber sie war erblich, und überproportional viele seiner Wähler hatten sie. Jedes Mal, wenn sie in den Reden vor dem Essen erwähnt wurde, legten alle die Stirn in Falten. Gallagher legte die Stirn in Falten. Die Leute nickten.

Fünfzig Mäuse pro Platz, und fünfundzwanzig gingen für die Kosten drauf. Wäre es den Leuten im Publikum wirklich wichtig, könnten sie der Stiftung auch einfach fünfzig Pfund geben, aber sie waren zum Netzwerken hier und um bei der Auktion anzugeben. Alle heuchelten ehrliche Betroffenheit, wenn die Stiftungsziele erwähnt wurden. Sie flunkerten alle. Ganz besonders die, die unerbittlich nickten und sich unter ihren Sitznachbarn nach Bestätigung umschauten. Gallagher wusste aus Erfahrung, dass Unerbittlichkeit und Entrüstung Anzeichen von Verlogenheit waren. Aber diese kleinen Lügen waren notwendig. Fünfzig Mäuse spenden würden sie vielleicht ein Mal, aber zu so einem Dinner kamen sie jedes Jahr wieder. Es ging immer um Zugeständnisse.

»Er ist gar kein Arzt*sohn*«, das war alles, was sein Stiefvater sagte, als er ihn das erste Mal auf dem Titelblatt der Zeitung sah. Rückblickend hatte Kenny das Gefühl, Malcolm hatte ihn als Bedrohung empfunden. Malcolm war sein Vater, seit Kenneth drei war, und hatte als Parteiloser selbst eine Wahl verloren. Kenny hatte keine einzige Wahl verloren, denn er hatte, was Malcolm nie haben würde: Er hatte Wärme, war vertrauenswürdig und konnte beide Seiten sehen, er konnte Zugeständnisse machen.

Dieser Moment, als er sich zum ersten Mal in der Zeitung sah, war ihm lebhafter in Erinnerung als der Hieb auf die Wange, die Demo oder auch sein erster Wahlsieg. Es war eine berührendere Erinnerung als die Geburt seiner Kinder. Er dachte oft daran, um sich Tag für Tag bei der Stange zu halten, den banalen Alltag zu adeln.

Es war der Morgen nach der Schlacht in der Bath Street. Gallagher saß mit jemandem aus dem Streikkomitee in einem Café – starker Tee und Speckbrötchen mit essigsaurem Ketchup – und jemand kam mit der Morgenzeitung herein.

»Wir haben gewonnen.« Sie warf die Zeitung triumphierend auf den Tisch. Sie war Maschinenschlosserin, schon älter, dicke Knöchel.

Dasselbe Bild in allen Zeitungen: Gallagher, sein Körper eine dynamische Diagonale, und ein Streifen Blut von dem Hieb, rotes, rotes Blut, als hätten sie es nachkoloriert, troff auf die Brust seines weißen Sweatshirts. In dem Artikel ging es um ihn, nicht um die Bewegung. »ARZTSOHN SUCHT FRIEDEN MIT DER POLIZEI – ›WIR WOLLEN NUR GEHÖRT WERDEN‹«.

Sie behielt recht, die Maschinenschlosserin, mit dem Bild gewannen sie den Konflikt.

Gallagher erinnerte sich, wie er das Foto zum ersten Mal sah, der Essiggeruch und der klebrige Dunst, der von seiner vollgeregneten Jacke aufstieg, die harte Bank unter ihm. Er sah es und spürte, wie sich die Welt veränderte. Er hatte etwas

Gutes getan. In diesem Café, im Mief von Essig und Feuchtigkeit, spürte er, wie sich eine Hülle der Scham von ihm hob. Nicht mehr das enttäuschende Kind, keine Last mehr für seine trauernde Mutter, nicht mehr weniger wert als Malcolm.

Er betastete die Narbe an seinem Jochbein. Jetzt war es eine alte Narbe, mit jedem Jahr weniger sichtbar, und die Überzeugung, die an jenem Tag geboren wurde, schien ihm an diesem Abend weit, weit entfernt.

Er schaute an dem Abendanzug hinab, den er sorgfältig mit seiner Frau Annie ausgesucht hatte. Kein Abendanzug, nur ein dunkler Anzug mit Abendanzug-Anmutung, aber kein formeller Abendanzug. Annie sagte, er könne keinen Abendanzug kaufen, das würde aussehen, als hätte er seine Unterstützer aus den Augen verloren. Jetzt wandten sie sich von ihm ab. Annie lag falsch, er hätte den Abendanzug einfach kaufen sollen.

Annie saß in der Mitte des Raums bei den Partnern der anderen vom Podiumstisch; er sah ihren Hinterkopf. Sie hörte dem Mann neben sich zu, einem jungen Mann. Sogar Annie, sie brach ihm einfach weg. Er hätte nie gedacht, dass das mal passieren könnte.

Kenny wollte Annie, bevor er sie überhaupt sah. Er stand mit Lizzy, seiner damaligen Freundin, bei einem Empfang für Donald Dewar auf einer Galerie. Gemeinsam sahen sie zu, wie sich der ganze Raum um eine Frau gruppierte, die sich als Annie herausstellte. Sie machte ein paar Schritte, und die Blicke der Männer folgten ihr diskret, die Frauen beäugten sie scheel. »Ach du Scheiße«, sagte Lizzy, »wer hat die denn reingelassen?« Als Annie aus der Menge auftauchte, war Lizzy schon seine Exfreundin. Annie hätte ihn keines Blickes gewürdigt, wäre das Foto von der Schlacht in der Bath Street nicht gewesen, das wusste er. Sie hatte Klassenressentiments, stammte von einem Paar ab, das sich in der Maryhill-Ortsgruppe der kommunistischen Partei kennengelernt hatte. Sein Stiefvater gaffte die Tochter des Müllmanns nur an, als er sie zum ersten Mal traf, konnte nicht sprechen, denn er konnte nichts sagen, ohne herablassend zu werden, und Annie ließ sich so was nicht gefallen. Sie war stolz und stark und kannte sich aus in der Politik. Früher hatte sie selbst Karriere machen wollen. Aber jetzt war ihr Bauch vernarbt von drei Schwangerschaften und ihr Gesicht wurde hart. In bitteren Momenten sah er, dass sie nicht mehr sie selbst war. Sie war eine bourgeoise Hausfrau geworden, stolz auf ihre neue Küche, wollte alles mögliche Zeugs, wollte ständig Zeugs.

Unten im Parkett des Bankettsaals bemerkte Kenny jetzt einen grobschlächtigen Schatten, der zwischen den Tischen durchscherte, sich an zurückgesetzten Stühlen vorbeischob, direkt auf Annie zu. Er trug Abendanzug, einen teuren, aber so wie er sich hielt, Brust raus und Schultern hoch, sah er aus, als wollte er sich prügeln. Sein rasierter Schädel machte es auch nicht besser. Er unterbrach Annies Gespräch mit einer Hand auf ihrer nackten Schulter, und noch bevor sie wusste, wer es war, lächelte sie und hob das Gesicht, als wollte sie ihn küssen.

Ihre Lippen formten seinen Namen, »Danny«, und sie stand auf, um ihn auf die Wange zu küssen.

Danny McGraths fleischige Hand glitt an ihrem nackten Oberarm herab, umfasste ihren Ellbogen, als hielte er ihre Titte, und dann, als wüsste er, dass er beobachtet wurde, ließ er die Hand sinken, drehte sich zum Podiumstisch und sah Kenny. Er winkte.

Kenny winkte zurück und Danny kam rüber, blieb unter dem erhöhten Tisch stehen, die Finger auf der Podestkante, schaute herauf wie ein armer Bauer, der eine Bitte vorzubringen hat. »Alles klar, Kenny, wie geht's dir?«

»Sehr gut, Danny, und dir?«

»Nicht schlecht, Mann, überhaupt nicht schlecht.«

»Genießt du den Abend?«

»Auf jeden Fall. Ein fantastischer Abend. Und du?«

Kenny nickte. »Ganz großartig. Ist es nicht schön, dass so viele Leute die Veranstaltung unterstützen?«

»Fantastisch. Absolut fantastisch. Hoffe, du hast einen Haufen Kohle für die Auktion dabei?«

»Die Frau lässt mich nicht.« Kenny lächelte sein Lächeln, das hilflose, und biss sich auf die Unterlippe.

Danny lächelte zurück, wie die Leute immer zurücklächelten. »Also, ich lass mich das heute was kosten.«

Danny war ein Gangster von hier, erfolgreich, vermögend. Er kam damals zu Kennys erster Wahlkampfspendensammlung und machte sich bekannt, lobte Kenny dafür, dass er sich für die Arbeiter starkmachte, obwohl er selbst keiner war. »Mir gefällt Ihr Stil«, hatte er gesagt und mit einem Seitenblick die Oberlippe verzogen. Sie waren im gleichen Alter. Es war eine nützliche Bekanntschaft: Danach hatte Brendan Lyons Kenny zu Danny geschickt, um über einen Jungen zu reden, der Ärger hatte. Danny erließ dem Jungen seine Schulden, ein persönlicher Gefallen für Kenny. Seitdem hielt er den Kontakt, ohne je zu versuchen, Kenny in irgendwas reinzuziehen. Inoffiziell und nur vor sich selbst musste Kenny zugeben, dass er Danny mochte.

»Neuer Anzug?«, fragte Kenny.

»Aye.« Danny strich sich mit den Händen über die Brust, als hätte er den Anzug gerade erst an sich bemerkt. »Ich bin solche Klamotten nicht gewöhnt.« Er fasste sich an die Seidenfliege. »Ich glaub, ich bin ein bisschen overdressed.«

»Irgendwie überrascht es mich, dich hier zu sehen«, Kenny lächelte. »Dachte, du wärst mehr der Typ für Fußball.«

»Aye, normalerweise schon.« Danny sah unbehaglich aus. »Hab genug vom kleinen Teich, du verstehst? Da gibt's nur kleine Fische.«

Kenny war ihm dankbar für diese Ansage: Genau das war sein Problem. »Ich weiß, Danny. Ich weiß *genau*, was du meinst.«

»Die schnappen einem nach den Waden.«

»Genau. Ich kenn das so gut.«

Sie nickten kurz in verschiedene Richtungen, und Danny löste es auf. »Wir sehn uns.« Und er ging zu seinem eigenen Tisch zurück.

»Wir sehen uns«, echote Kenny hinter ihm her.

Der Kaffee wurde serviert, flache Tassen, die richtige Farbe, aber ohne Geschmack, am Podiumstisch zuerst, wie alle anderen Gänge. Die Sprecher tranken kleine Schlucke und wachten auf, unterhielten sich jetzt hektischer, der Adrenalinpegel stieg, kurz bevor sie dran waren. Der Moderator, ein herrischer Mann, als Bestattungsunternehmer daran gewöhnt, aufgelöste Leute zu dirigieren, nannte ihnen die Reihenfolge, in der sie sprechen würden.

Er setzte Gallagher an die zweitletzte Stelle.

Als Letzte würde eine stark geschminkte Frau sprechen, deren Schwester an der Krankheit gestorben war. Peter hatte Kenny über sie informiert: Sie war in einer regionalen Nachmittagsfernsehsendung gewesen und hatte von den letzten Tagen ihrer Schwester erzählt. Hatte für Wirbel gesorgt. Sie würde das Ganze noch mal durchkauen, vom Weihnachtsfest ohne sie erzählen, alle zu Tränen rühren.

»Danke«, sagte Gallagher. »Bestens.«

Er lächelte auf seinen Kaffee runter. Gallagher hätte Letzter sein müssen. Er war der einzige professionelle Redner auf dem Podium. Er war immerzu in der Zeitung und im Fernsehen. Er war zweimal hintereinander zum *Greatest Scot* gewählt worden. Schwestern starben, das war eine Tragödie, aber das passierte vielen. Sein eigener Bruder war bei einem Autounfall gestorben und er war drüber weggekommen. Vielleicht konnte er das einflechten.

Er sah sich im Raum nach Annie um, hätte sie gern dazu gebracht, ihn anzusehen, aber sie hörte immer noch dem jungen Mann zu. Gallagher fragte sich, ob sie über ihn sprachen.

Er hob seine Kaffeetasse, um sein Gesicht zu verstecken, und leerte sie. Die Frau, deren Schwester gestorben war, saß neben ihm. Sie hatte versucht, ihn in ein Gespräch zu verwickeln. Er hatte sie mit einsilbigen Antworten abgespeist, aber jetzt, wo es dem Ende zuging und er wusste, dass sie die Ehre hatte, als Letzte zu sprechen, redete er doch mit ihr.

»Ich habe gehört, Sie waren ganz toll im Fernsehen.«

Strahlend wandte sie sich ihm zu. »Ach, das ist sehr nett, dass Sie das sagen.« Sie fasste sich ans Haar. »Ich war vorher dermaßen nervös, und dieser Stephen Jardin – was für ein netter Mann – hat es geschafft, dass ich mich so wohlfühlte, als wäre ich bei mir zu Hause. Es kam alles einfach so raus. Danach musste ich mir das Video anschauen, um zu sehen, was ich gesagt habe, ich wusste nichts mehr davon.«

Sie machte eine Pause, dachte darüber nach, dass sie gesehen wurde, blinzelte und fuhr sich langsam mit der Zunge zwischen Oberlippe und Zähnen entlang, ein träges Streifen, von links nach rechts.

Er stellte sich vor, wie sie in einem überladenen Wohnzimmer saß, vollgestopft mit Nippes und Promizeitschriften, und sich selbst in Fernsehen anschaute. Er überlegte, ob sie sich losgelöst von sich selbst sah, ob sie hinterher versehentlich von sich in der dritten Person dachte. Er beugte sich näher. »Ich hasse es, mich im Fernsehen zu sehen.«

Sie kicherte. »Ich weiß! Man sieht sich eigentlich selbst ganz anders, oder? Wie wenn man eine Aufnahme von der eigenen Stimme hört und denkt, o Gott, wer ist *das* denn?« Sie kicherte wieder, flirtete mit ihm, hob die Hand zur Brust. »Und man sieht wirklich dicker aus, o Gott, ich habe so fett ausgesehen.«

Gallagher antwortete höflich: »Darüber dürfen Sie sich keine Gedanken machen, Sie sehen toll aus.«

Sie lachte zu laut und wurde ein bisschen rot. Sie hatte ihn falsch verstanden und dachte, er flirtete mit ihr. Noch mehr

Gerüchte konnte er nun wirklich nicht brauchen, deshalb relativierte er es: »Ich bin mir sicher, Ihre Schwester wäre sehr stolz auf Ihre großartige Arbeit. Mein Bruder ist auch jung gestorben, wissen Sie?«

Sie hörte sofort auf zu lachen und machte ein ernstes Gesicht, ein trauriges, unerbittliches Gesicht. »Traurig.« Sie sagte es, als müsste ihr Gesichtsausdruck kommentiert werden. Aber dann wurde sie plötzlich wieder fröhlich. »Jedenfalls ist es wirklich nett, Sie kennenzulernen. Meine Mum liebt Sie. Unsere Sandra, die, die gestorben ist, die hat immer gesagt, sie fand Ihre Haare so schön, wenn sie so waren ...« Sie legte vage die flache Hand an ihre Schläfe.

»Ach, ja«, sagte er.

Sie lehnte sich zu ihm herüber und flüsterte: »Meine Freundin steht auf Sie.« Sie prustete. »Sie schämt sich bestimmt zu Tode, weil ich das sage.«

»Ach, ja«, sagte er noch einmal.

Der Moderator trat ans Pult, und die Reden begannen.

Sie liefen so gut, wie man es erwarten konnte, also überhaupt nicht gut. Das Publikum war mürrisch, ein bisschen angetrunken, und sie waren sich nicht einig, was sie wollten. Sämtliche Redner deuteten diese Stimmung als feindselig, wurden kleinlaut und verhedderten sich in ihren Notizen. Sie lasen Wort für Wort ab, schleppten sich mühsam zum Ende der letzten Seite, während im Publikum Gemurmel einsetzte. Man dankte Komiteemitgliedern ohne gemeinsamen Applaus, Witze verebbten in der Apathie. Danach stand der nächste Sprecher auf, schlurfte das schmale Podium entlang, um das Pult zu übernehmen und seinen Sermon vorzulesen.

Jetzt war Gallagher dran. Das Publikum wusste vielleicht nicht, was es wollte, aber er schon: Sie wollten, dass jemand die Sache in die Hand nahm. Er stand auf und zog sein Jackett aus, lockerte die Krawatte und ging zum Mikro. Die Hände links und rechts ans Pult gestützt, nahm er sich die Zeit, sich im Raum umzusehen und ihren Blicken zu begegnen. Dann beugte er sich vor und erzählte ihnen, er wisse, wie es sei, ein Familienmitglied zu verlieren: das Gefühl schmerzhaften Verlustes, die schreckliche Leere eines ungelebten Lebens. Er sagte ihnen, alles was zähle, seien Familie und Gemeinschaft, denn dort käme alles her. Er setzte all seine rhetorischen Tricks ein, die Pausen, die Betonungen, den Schlagwortsatz, mit dem man das Publikum in irgendeine wichtige gemeinsame Sache einbezog. Aber ihre Reaktionen waren rein pawlowsch, sie klatschten, wenn er sie dazu animierte, sie lächelten, denn sie liebten ihn nicht mehr. Aber er liebte sie noch.

Er sah hinab in die nach oben gerichteten Gesichter, die ihn aufforderten, ein Gefühl in ihnen zu wecken, und Gallagher spürte einen Funken unkontrollierter Wut.

»Und *Sie* hier ...«, er hielt inne, sah sich im Raum um, zügelte seinen Ekel, »Sie sind die Menschen, die etwas bewirken können. Sie *bewirken* schon etwas.« Er hatte versucht, die zweite Betonung so prägnant rüberzubringen wie die erste, aber er fühlte es nicht. »Einfach, weil Sie heute Abend hier sind. Vielen, vielen Dank.«

Er trat vom Pult zurück, um sich eine höfliche Runde Applaus abzuholen, übergab dann mit einem Lächeln an die letzte Rednerin. Als der Applaus verebbte, stand hinten im Raum ein Mann auf und brüllte:

»THOMAS McFALL!«

Der ganze Raum drehte sich nach dem Zwischenrufer um. Vereinzeltes Kichern. Ein entrüstetes Aufkeuchen.

Sie wollten eine Antwort. Sie würden ihn nicht wieder lieben, solange sie keine bekamen. Das Problem war nicht einmal Kenny, es war sein Stiefvater Malcolm. Thomas McFall war Malcolms neuester Rivale. Die beiden alternden Hengste beharkten sich sinnlos wegen eines Golfclubs, in den McFall nicht aufgenommen wurde, weil Malcolm es mehrere Male verhindert hatte. Es hätte mit bösen Worten ein Ende finden müssen oder mit einer Rauferei unter alten Männern in einer Bar. Stattdessen blies McFall das Ganze unangemessen auf, indem er sich in der Presse gegen Kenny wandte. Eigentlich war aber egal, warum McFall gerade jetzt mit seiner Anschuldigung kam und ob er die Boulevardpresse kontaktiert hatte oder sie ihn. Jetzt zählte nur, dass das Publikum eine Antwort wollte. Das war also aus seinem öffentlichen Leben geworden: ein immerwährender Klingelstreich, und man durfte nicht dagegen protestieren.

Wütend blieb Gallagher stehen und schaute sich nach der Stimme um. Dahinten stand er, das Gesicht glänzend vom Alkohol, das Deckenlicht spiegelte sich in seiner Brille, und er wartete auf eine Antwort. Zwei Frauen am Tisch des Zwischenrufers sahen, dass der ganze Raum sie anstarrte, und versuchten auf Abstand zu gehen, indem sie pantomimisch ihre Entrüstung kundtaten.

Gallaghers Wut trieb ihm die Galle hoch. Er trat zurück ans Mikro und seine Lippen streiften es, was den Saal mit einem elektronischen Knistern erfüllte.

»Thomas McFall«, fauchte er giftig, »ist ein Verräter an seiner Klasse.«

Das Publikum war begeistert. Sie jubelten und applaudierten. Sie liebten ihn. Sie standen auf, hoben die Hände über die Köpfe, um ihm ihre Solidarität zu zeigen. Hoben ihre offenen Gesichter, alkoholisiert und in Hochstimmung begrüßten sie Kenny Gallaghers Unerbittlichkeit.

Nur Annie nicht.

Tief aus dem schwarzen Herzen seines Publikums waren die lodernden Augen seiner Frau auf ihn gerichtet und schmerzten wie Gewissensbisse.

4

DS Alex Morrow trat mit DC Harris entschlossen aus dem hinteren Korridor ins Wartezimmer der Notaufnahme. Sie musste mehr über den Großvater Brendan Lyons erfahren. Nach Gesprächen mit der Tochter, den Zeugen, den Ersthelfern hatte sie das Gefühl, er könnte praktisch jeder sein: Er war nett, er war freundlich, er kaufte Briefmarken. Morrow wollte sehen, was er in den Taschen hatte, die Kleinigkeiten, die ein Leben ausmachen, und das alles war in der Leichenhalle. Als sie den warmen Wartebereich durchquerten, überfielen sie Hunger und Müdigkeit und bremsten ihren Schritt.

Sie warf einen Blick auf Harris' Aktentasche. »Machen Sie nebenbei Marktforschung?«

Harris verdrehte die Augen und wurde rot. »Oh, Ma'am, es tut mir echt leid.«

Sie hatte ihn gehetzt und ihm kaum Zeit gelassen, das Formular mit den Informationen über Joseph Lyons zu den Akten zu nehmen, bevor sie Pavel hereinrief. Er hatte wahrscheinlich gedacht, er könnte das auch danach noch erledigen, aber die Sache geriet zum Desaster, als er es fallen ließ. Eine Zeugenadresse stand darauf, und jetzt hatte Pavel sie möglicherweise gesehen. Sie wussten nicht, ob Pavel sauber war; es war schlampig und unprofessionell. Das überraschte sie von Harris, er war normalerweise so verlässlich.

»Das darf nie wieder vorkommen.«

»Wird es nicht.« Harris runzelte die Stirn, als wäre er genauso ratlos über seinen Patzer. Beim Anblick des Automaten hellte sich sein Gesicht auf. »Ich glaube, jetzt könnte ich was essen.«

»Ja?«, fragte Morrow, die dachte, sie vielleicht auch. »Ich glaube, ich bin auch drüber weg.«

Das hätte sie nicht sagen sollen. Es erinnerte sie beide wieder daran, warum sie vorher nichts hatten essen können.

Klebriger, blutiger Dunst hatte sich auf jede Oberfläche gelegt, als sie in der Postfiliale ankamen. Bei jeder Bewegung fühlte man sich kontaminiert von dem metallischen Gestank von Blut. Brendan Lyons war überall. Als Morrow den Blick hob, um ihren Augen eine Pause zu gönnen, sah sie Einstichstellen in den Deckenplatten aus Styropor, und ihr wurde klar, dass das Knochensplitter waren.

Ihre Augen fingen an zu tränen, als sie dastand und ihre Atmung kontrollierte und hinsah. Noch grotesker war, dass ihre Nippel hart wurden und die Einlagen in ihrem BH mit Milch tränkten. Sie musste sich auf der Toilette nebenan wieder in Ordnung bringen, gab dem Zwang zum Multitasking nach und rief nebenher zu Hause an.

Jetzt sah sie Harris zu, wie er Münzen in den Automaten steckte. Sie standen Schulter an Schulter, ernst, versuchten, sich nicht zu erinnern, und beobachteten, wie sich die Metallspirale von der Chipstütenreihe wegschraubte. Eine große Tüte Salt & Vinegar-Chips kippte über die Klippe in die Wanne darunter.

»Tja.« Harris sah sie mit hochgezogenen Augenbrauen an. »Das lief gut.« Und sie lächelten darüber, wie gespannt sie vermutlich ausgesehen hatten.

Harris zog die Chipstüte heraus. »Suchen Sie sich auch was aus«, sagte er und steckte Münzen für sie hinein.

»Ach«, sie zuckte zusammen, als ihr das Bild der Decke in den Sinn kam, »ich weiß nicht …«

»Nein«, sagte er fest, »nehmen Sie was. Sie brauchen was.«

Sie mochte nichts essen, aber er hatte recht, sie sollte. Sie stillte Zwillinge und konnte mit ihrem Körper nicht umspringen, wie es ihr passte. Bei jedem anderen hätte sie das impertinent gefunden, aber Harris hatte selbst Kinder, er wusste Bescheid.

»Das Geld ist sowieso schon drin«, sagte er. »Lassen Sie sich überraschen: Drücken Sie einfach irgendwelche Knöpfe.«

Morrow hielt sich mit einer Hand die Augen zu, linste zwischen den Fingern durch und drückte A6. Die Spirale mit den Cheese&Onion-Chips erwachte mit einem Ruck zum Leben und Harris grunzte überrascht, denn er wusste, das war Morrows Lieblingssnack. Sie drehte sich um und sah ihn durch ihre Finger an, und er grinste über ihren blöden Witz.

Sie öffneten die Chipstüten und aßen, dabei starrten sie ins Wartezimmer. Drei, vier Minuten müssten zum Essen reichen, rechnete sie sich aus. Vier Minuten, um die Leichenhalle zu finden, reinzugehen, Leute zu treffen. Acht Minuten, um Lyons' persönliche Sachen durchzusehen, alles aufzusaugen, herauszufinden, was es über ihn zu wissen gab. Zurück ins Auto, aufs Revier, nach Hause. Direkt nach Hause? Vielleicht konnte Harris sie absetzen. Sie hatte bei den Jungs die Schicht von zwei bis sechs Uhr morgens, möglicherweise überhaupt kein Schlaf, wenn die Nacht unruhig wurde, und dann wieder zur Arbeit. Die Barrowfields-Ermittlung wurde langsam zum Fluch. Wenn sie Benny Mullen erwischten, würde sie mit Ruhm überhäuft. Wenn sie ein paar Befehlsempfänger erwischten, konnte sie die Ausgaben rechtfertigen. Wenn sie am Ende gar nichts hatten, war sie bei ihren Vorgesetzten unten durch. Letzteres sah momentan am wahrscheinlichsten aus.

Sie sah sich in dem bodentiefen Fenster, wie sie Chips aß, immer schneller, bis die Tüte leer war und ihre Backen lächerlich voll. Harris' Spiegelung schaute ins Wartezimmer, kaute ruhig, schmeckte, schluckte sogar, bevor er sich wieder etwas in den Mund steckte.

Sie folgte seinem Blick. Die Sperrstunde der Pubs war erst in zwei Stunden, aber in der Unfallambulanz war ordentlich

Betrieb: wartende Eltern, die Zeitung lasen, eine Gruppe von drei jungen Männern im Fußballdress, einer heulte wegen eines blutigen Schienbeins, seine Kumpels überspielten ihre Verlegenheit mit künstlicher Ausgelassenheit.

Die Weihnachtsdeko beschränkte sich auf die kugelsichere Scheibe der Schwesternstation: blaue Lamettaschnüre, von innen an die Scheibe geklebte Papierschneemänner mit Klebepunkt-Einschusslöchern auf der Stirn.

Harris sah sie stirnrunzelnd an. »Pavels Tattoos«, sagte er mit einer Handbewegung zu seinem Hals. »Das waren nicht gerade Delfine, oder?«

Morrow nickte, als sie an ihre letzte Befragung zurückdachte. Heutzutage war jeder tätowiert, das hieß nicht, dass Pavel kein Bankdirektor sein konnte, aber seine waren großflächig, an der Hand, am Hals, und hübsch waren sie auch nicht: Punkte schlängelten sich seinen Arm hinauf, Ziffernreihen, eigenartige Wörter ohne Kontext. »Beasts«, hatte sie an seinem Hals gelesen. Sie hatten alle verschiedene Schattierungen von Schwarz. Es sah aus, als würde er sich absichtlich verunstalten.

»Wie Gefängnistätowierungen, aber von einem Profi gemacht. Glauben Sie, er ist ein Spinner?«

Harris nickte. »Und dieser verflixte Akzent.«

Pavels Akzent hatte sie auch gestört, er wechselte ständig. Sie war so empört darüber, dass sie bewusst über ihre Reaktion nachdachte. Morrow hatte Komplexe, das war ihr schon klar, aber bei Pavel mit seinen minutiösen Kenntnissen von Akzenten hatte sie nicht bloß das Gefühl, bespöttelt zu werden: Es kam ihr wie ein Ausweichen vor, fast schon wissenschaftlich unaufrichtig.

»Vielleicht sagt uns Pavel nur, dass sogar Spinner an Weihnachten zur Post gehen.«

»Glauben Sie?« Sie faltete ihre leere Chipstüte und murmelte vor sich hin: »Seine Zähne sehen amerikanisch aus.«

»Mm«, er hatte den Mund voll, »stimmt schon. Das ist seltsam: Tattoos und Zähne passen nicht zusammen.«

Pavel hatte aberwitzig gerade weiße Zähne. Morrow hatte sich gefragt, ob es Dritte waren, bis sie sein Zahnfleisch sah.

So merkwürdig und unsympathisch Pavel auch war, er hatte ihnen wichtige Informationen geliefert. Der Raub sah aus wie ein wahlloses Verbrechen, sehr schwer aufzuklären, aber Pavels Aussage verriet ihnen, dass der Räuber von der ausgeschalteten Alarmanlage gewusst hatte: *Spar dir die Mühe, verdammt, sie ist immer noch aus.*

Die Alarmanlage war am Morgen kaputt gegangen. Der Chef wusste, es war eine durchgebrannte Leiterplatte, denn als er kam, um aufzusperren, hing ein schwefliger Geruch im Flur. Es war nicht das erste Mal. Gemäß ihren Versicherungsauflagen hätten sie die Filiale schließen müssen, aber es war die Woche vor Weihnachten, da war am meisten los im ganzen Jahr. Der Filialleiter verschwieg es den anderen, nicht weil er ihnen nicht traute – sie waren seine Tochter und der Cousin seiner Frau –, aber er wollte ihnen keine Angst machen, und am frühen Nachmittag hätte sie sowieso repariert werden sollen. Der Hersteller war informiert. Im Lauf des Vormittags sollte die neue Leiterplatte an einen Techniker geliefert werden, der direkt kommen und sie einbauen sollte. Der Bewaffnete hatte drei mögliche Informationsquellen: den Hersteller, den Techniker oder den Betreiber der Postfiliale.

Sie kaute am Inhalt ihrer vollen Backen, wünschte, sie hätte etwas zu trinken oder mehr Spucke, und ging die Liste durch: Die Herstellerfirma hatte alles zu verlieren, wenn sie solche Informationen durchsickern ließ. Die Postfiliale war vermutlich nicht gegen das verlorene Geld versichert, also hatten sie Einbußen. Sie setzte auf den Techniker: Falls er in Kontakt mit dem Bewaffneten stand, war das vielleicht rückverfolgbar.

Sie schaute hinaus in die dunkle Nacht hinter den Glastüren.

Es war windig, und das Licht des Warteraums fing silbrige horizontale Regennadeln ein. Eine Zeitungsseite flog draußen durch die Haltebucht für die Rettungswagen, landete in einer großen Pfütze, blieb auf der Wasseroberfläche kleben.

»Kommen Sie, Harris, gehen wir.«

Sie wartete nicht ab, bis Harris seinen Mantel zuhatte, sondern ging voraus durch die Tür, wappnete ihr Gesicht für Regen und Kälte.

Das Southern General Hospital war ein Stadtstaat im Bau. Krane krümmten sich über einem halbfertigen mehrstöckigen Parkhaus. In der Ferne, hinter dem Hubschrauberlandeplatz, stand ein massiver Beton-Aufzugsschacht allein hinter einem Zaun, der mit Postern gepflastert war, die ein neues Kinderkrankenhaus ankündigten.

Der bescheidene viktorianische Gebäudekomplex des alten Krankenhauses war noch da, aber seit der Stilllegung der Schiffswerft stand er einsam auf vier Quadratmeilen billigem, windgepeitschtem Land. Gerätschaften aus besser ausgestatteten Krankenhäusern wurden hierher verlagert. Schwere Baugeräte hatten den Boden verwüstet und breite Pfützen unbekannter Tiefe hinterlassen. Morrow und Harris schlängelten sich darum herum, suchten sich über matschige Trampelpfade, die sich tief zwischen Grasflicken eingruben, einen Weg von der Straße zu gepflasterten Bereichen.

Die Wegweiser zum Leichenschauhaus führten nirgendwohin, aber Morrow hatte zwei Monate in der Geburtsklinik vier Blocks weiter verbracht und kannte sich auf dem Krankenhausgelände sehr genau aus. Sie hatte sich schon gedacht, dass das Leichenschauhaus das unbeschriftete Flachdachgebäude war.

Sie ging außen herum zu einer Tür neben einer Laderampe und drückte auf einen Knopf. Dann trat sie zurück und schaute direkt in ein kleines, konvexes Auge, sah sich selbst darin verzerrt zurücklächeln. Sie nahm sich vor, künftig bei ihrer Arbeit weniger zu lächeln, weniger verspielt zu sein. Es untergrub ihre Autorität.

Eine Stimme fragte sie, wer sie war. Sie antwortete, zog ihre Brieftasche heraus und hielt ihren Dienstausweis hoch.

Die Tür öffnete sich.

Dieser Korridor war einladender als die Notaufnahme, trotz des grellen Geruchs nach Desinfektionsmitteln. Ein junger Asiate in einem schwarzen Wollpullover mit dem Namensschild einer Sicherheitsfirma drückte sich in der Nähe herum und musterte sie.

»Das ist nicht der Eingang«, sagte er freundlich.

»Entschuldigung«, sagte Morrow und dachte daran, nicht zu lächeln, »irgendwie sind die Wegweiser ausgegangen.«

»Ist besser, wenn es kein großes Schild gibt, wissen Sie? Weil wir direkt neben der Chirurgie liegen.« Er lächelte entschuldigend. »Kann ich Ihre Ausweise noch mal sehen, Leute?«

Morrow und Harris zeigten ihre Ausweise, und der Blick des Wächters schnellte von ihren Fotos zu ihren Gesichtern, prüfte Übereinstimmungen. Ungewöhnlich gründlich. Er lehnte sich nach hinten und rief über die Schulter: »Hey, Johno! Die Polizei ist da!«

Ein Mann mittleren Alters mit dem trottenden Gang eines Teenagers kam aus einem Büro, schüttelte ihnen die Hand und stellte sich als John, der Leiter der Leichenhalle vor. Er sagte ihnen, was sie schon wussten: Der Großvater war so stark beschossen worden, dass sein Körper auseinanderfiel. Er zog die Hand quer über seinen Körper und nickte ihnen zu.

»Wollen Sie ihn sehen?«

»Himmel, nein«, sagte Morrow zu schnell. »Nein, wir bekommen die Fotos morgen früh.«

»Entschuldigung«, sagte John und wurde rot, als hätte er unterstellt, sie wollten gern.

»Nein, wir wollten nur seine persönlichen Gegenstände sehen.«

»Klar.« Er ging zu einer ausladenden Stahltür. »Ist alles hier drin.«

Mit einer Schlüsselkarte, die er um den Hals trug, öffnete er die Tür, trat ein und knipste brutale Lampen an. Ein langer Metalltisch stand vor einer Reihe Stahlaktenschränke. Es war ein großer Raum, der durch die ganzen Metalloberflächen angenehm kühl wirkte.

John der Leiter zog eine Schublade auf und hob vorsichtig einen durchsichtigen Plastikbeutel heraus. Er stützte die blutverschmierte Tüte von unten mit der Hand ab, um sie flach zu halten, und legte sie auf den Tisch.

»Tut mir leid«, sagte er und wurde wieder rot, »es ist dreckig, ich weiß, aber man erlaubt uns nicht …«

»Nein, schon klar«, unterbrach ihn Morrow.

»Wegen Spurenmaterial und all so was.«

»Aye, das ist richtig. Keine Sorge.«

John legte eine Plastikmatte auf den Tisch und zog den roten Reißverschluss des Beutels auf. Dann trat er einen Schritt zurück.

Morrow nahm sich Einmalhandschuhe aus der Schachtel und zog sie schnappend über.

Obwohl es so kalt war im Raum, roch sie das Blut. Es brachte sie zurück in die Postfiliale und zu Messerstechereien auf Partys, anonymen Morden und mörderischen Paaren, Schnappschüsse der Schlagadern menschlicher Niedertracht, die sie in den letzten zehn Jahren erlebt hatte. Irgendwo tief in ihrem Inneren schaute sie wieder kurz in das tiefe Reservoir voll finsterer Verzweiflung. Sie war ein bisschen erschrocken, dass es immer noch da war, unverändert.

Sie griff in den Beweisbeutel. Eine blutverschmierte Monatskarte für den Bus in einer blauen Plastikhülle. Das Gesicht des alten Mannes auf dem Foto war leicht verschwommen, aber sympathisch. Er sah sie direkt an, mit funkelnden Augen, die Lippen leicht geöffnet, als würde er vielleicht gleich lächeln. Morrow legte die Karte sorgfältig auf die Plastikmatte.

Ein Mitgliedsausweis der Gewerkschaft, als Beruf stand darauf: »Fahrer.«

»Da steht Fahrer«, murmelte sie.

Harris sah zu, wie sie wieder in den Beutel griff, als würde er Zeuge einer Operation. »Das bestätigt, was die Tochter gesagt hat: Er hat den Bus für einen Behindertenverein gefahren. Jetzt im Ruhestand.«

»Seit wann?«

»Einem Jahr. Hat ab und zu noch ausgeholfen, aber kein regelmäßiger Job mehr.«

Ein paar Münzen: ein Fünfzigcentstück und zwei Kupferpennys.

Ein Spielzeugroboter aus Plastik, billig und klein, ein Arm abgebrochen. Er sah aus wie eines dieser Spielzeuge aus den Knallbonbons.

Papiertaschentücher, das oberste blutgetränkt, angeschwollen wie eine Rose, die aus der Packung blühte.

John war es wieder peinlich. »Tut mir leid. Sie haben gesagt, wir sollen alles reinpacken. Ich habe ein Päckchen Silikagel dazugelegt, aber es hat noch nicht viel bewirkt …« Er deutete auf ein kleines Päckchen in der blutigen Ecke des Beutels mit den persönlichen Gegenständen. Mit Chemikalien gefüllt und mit dem Blut eines alten Mannes verkrustet: *Nicht zum Verzehr geeignet.*

»Ach, Sie haben alles richtig gemacht, John, keine Sorge.«

Der letzte Gegenstand in dem Beutel war eine Brieftasche. Sie war flach, aus weichem schwarzem Leder, das sich zu einer angedeuteten Mondsichel gewölbt hatte, als es sich dem Hintern des alten Mannes anpasste. Unter der dunklen Prägung auf der Klappe war der durchgedrückte Umriss von Bankkarten zu erkennen. Als sie das Blut wegwischte, konnte sie das Wort *Mallorca* lesen. Das dunkle Muster war eine Karte der Insel. Sie klappte die Börse mit der Fingerspitze auf. Eine Bankkarte für ein gemeinsames Konto mit seiner Frau. Ein blutgetränkter Zehner, ein ermäßigtes Zugticket vom Bahnhof Kelvindale, ein paar Kassenzettel einer Apotheke und ein gefaltetes Dauerrezept. Sie öffnete es. Brendan Lyons hatte Cholesterinsenker und ein mildes Abführmittel genommen.

Morrow steckte alles zurück in den Beutel. John der Leiter trat auf das Pedal eines gelben Mülleimers, damit der Deckel hochklappte, solange sie ihre blutigen Handschuhe abstreife.

»Seine Frau ist hier, um ihn zu identifizieren«, teilte er ihr leise mit.

Sie vermieden es, einander anzusehen, niemand von ihnen wollte an die Frau oder die Familie denken, die in der Woche vor Weihnachten mit alledem klarkommen musste.

Sie ließ die blutverschmierten Handschuhe in die Dunkelheit des Mülleimers fallen.

»Okay«, sagte sie, zu müde, um Mitgefühl zu empfinden, aber dafür gab es Routinen. »Sie soll wissen, dass wir hier sind. Wir warten, bis sie herauskommt, und stellen uns ihr dann vor.«

»Klar.« John zog den Verschluss des Beweisbeutels zu und legte ihn in die Schublade zurück. »Ich gehe nachsehen, ob Mrs. Lyons fertig ist.« Er führte sie hinaus und über den Flur in einen kleinen Raum, wo er sie zurückließ.

Im Raum für die Hiobsbotschaften der Leichenhalle wimmelte es von kleinen Zeichen: eine Taschentuchbox auf dem Tisch, aus der eines einsatzbereit herausschaute. Ein Wasserkühler, ein Sessel und eine kleine Couch, beide mit abwischbarem Stoff bezogen. An der Wand: ein beruhigender Druck einer Sommerwiese, Jalousien an den Fenstern zum Korridor, gedämpftes Licht. Morrow dachte über die Menschenleben nach, die hier drin vom leisen Murmeln eines verirrten Details heimgesucht wurden: Das Auto wurde nicht gefunden. Todesursache war Blutverlust. Nachbarn riefen an, als sie ihn schreien hörten.

Harris und Morrow warteten ein paar Minuten, sahen die Sitzecke an, setzten sich aber nicht, behielten die Mäntel an.

»Und, haben Sie schon was für Brian?«, fragte Harris.

Morrow schüttelte den Kopf. »Nee, wir schenken uns dieses Jahr nichts. Wir geben es für die Kleinen und die Taufe aus.« Sie waren nicht religiös, mochten aber beide Zeremonien als Markierungen.

»Ich und die Frau machen es andersrum«, murmelte Harris leise.

Morrow fing seinen Blick auf und registrierte das freche Funkeln. »Kommen Sie mir bloß nicht …«

»Die Kinder können uns kreuzweise. Die Frau kauft mir ein Boot und ich ihr ein Lifting …«

Besiegt stöhnte sie auf: »Ach, Sie Mistkerl!« Der Herrenwitz wirkte viel alberner und lustiger, weil sie in einem Leichenschauhaus waren, weil es kurz vor Weihnachten war und spät nachts und Lyons' trauernde Witwe um die Ecke und sie nicht beim Lachen erwischt werden durften. Prustend rangen sie um Fassung.

Morrow rief sich gerade noch rechtzeitig den Tatort ins Gedächtnis, um ihr Gesicht unter Kontrolle zu bekommen, als John der Leiter mit einer Frau im Schlepptau wiederkam. Harris hielt sein Gesicht noch abgewandt.

Rita Lyons war gebräunt, die Haare rostrot gefärbt und zur Mähne gestylt. Sie sah schick aus in ihrer blassblauen Leinenbluse und -hose, beides schmeichelhaft weit geschnitten. In ihrem sonnengerunzelten Dekolleté ruhte eine einzelne Goldkette. Sie blieb an der Tür stehen und sah sich den Raum an, widerstand all diesen sanften Aufforderungen, zusammenzubrechen, und atmete tief ein und aus.

»Mrs. Lyons, ich bin Detective Sergeant Morrow. Ihr Verlust tut mir sehr leid. Ich leite die Ermittlungen. Ich wollte mich Ihnen nur vorstellen. Können wir Sie nach Hause fahren?«

»Nein.« Rita holte wieder tief Luft. »Ich habe ein Taxi ...«

»Okay.« Morrow versuchte die Frau zu deuten, zu erkennen, ob sie feindselig oder starr vor Trauer war. Sie kam nicht so ganz dahinter. »Also gut, wie Sie möchten. Wir können mit Ihnen warten.«

Rita Lyons atmete stockend durch und sah Morrow dann an. »Brauchen Sie jetzt eine Aussage von mir?«

Es klang nicht nach Feindseligkeit, aber auch nicht gerade nach Zuneigung. »Sie haben heute wahrscheinlich schon genug durchgemacht«, sagte Morrow. »Wir kommen morgen zu Ihnen.«

Rita verschränkte die Arme und starrte sie bohrend an. »Sie kriegen den Mann, der das getan hat. Oder etwa nicht?«

Morrow hasste diese Frage, und sie stellten sie alle. »Wir tun unser Bestes.«

Wütend über diese Ausflucht warf Rita Harris einen hilfesuchenden Blick zu. Er trat dichter an Morrow heran, stellte seine Zugehörigkeit klar.

»Ich hole mal ...« Rita hatte ein altmodisches Handy und drückte auf »Letzte Anrufe«, wovon sie die erste Nummer auswählte. Der Anruf wurde sofort angenommen.

»Ich bin so weit, Donald«, sagte sie. »Da, wo du mich abgesetzt hast.«

Sie legte auf, ließ das Telefon in ihre Tasche fallen, nagte kurz an ihrer Unterlippe und sagte: »Ich habe Brendan kennengelernt, als wir beide fünfunddreißig waren. Jemanden wie ihn hatte ich noch nie getroffen. Er war ein zutiefst moralischer Mann.«

Morrow nickte. Die Formulierung war eigenartig. »Er war ein guter Mensch?«

»Durch und durch gut.« Ritas Blick wirkte plötzlich leer und abwesend. »Aber ein Praktiker, kein Träumer, und er bewirkte etwas.« Sie ließ den Kopf nach vorn sinken und perfekt perlenförmige Tränen tropften auf den Boden.

»Wissen Sie«, sagte Morrow, »dass er den Bewaffneten begrüßt und ihm die Tasche mit dem Geld gehalten hat?«

Rita sah sie stirnrunzelnd an. »Wollen Sie damit sagen, er hat diesem Mann *geholfen*?«

»Möglicherweise. Fällt Ihnen etwas ein, wieso er mitgespielt haben könnte?«

Sie schüttelte den Kopf. »Hat er ihn bedroht? Ich weiß es nicht.«

Morrow zuckte die Achseln. »Könnte er ihn von irgendwoher gekannt haben? Was hat Brendan gearbeitet?«

»Er war in Rente. Davor war er Busfahrer. Warum sollte er ihm helfen, nur weil er ihn erkannt hat?«

»Na ja, anscheinend haben sie einander gegrüßt, als würden sie sich kennen …« Das leise Murmeln eines verirrten Details.

Rita schaute auf den Boden, ihre Augen wurden groß, als sie den Gedankengang nachvollzog, den Morrow für den Moment schon beschritten hatte: dass Brendan seinen Mörder kannte, ihm half, dass er vielleicht wusste, dass der Mann ihn umbringen würde.

»War Brendan religiös?«, fragte Morrow, denn dann könnte er den Täter im Zuge irgendeiner Kirchentätigkeit kennengelernt haben.

Rita sprudelte empört hervor: »Guter Gott, nein, Bren war sein Leben lang Kommunist.«

»Oh, als Sie gesagt haben, er sei ein guter Mensch …«

»Er war eine andere Art ›guter Mensch‹.«

»Verstehe. Vielleicht könnte er den Mann ja bei einer kommunistischen Versammlung getroffen haben?«

»Nein.«

Morrow sah skeptisch drein, und Rita erklärte: »Weil er nicht mehr zu Versammlungen ging. Er war schon lange nicht mehr in der Partei aktiv.«

»Hatte er je Ärger mit der Polizei?«

»Nie. Nicht mal, als wir jung waren, da war er politisch aktiv, ging in den Achtzigern auf massenhaft Demos, engagierte sich für die Minenarbeiter, und selbst da hatte er nie Ärger, dabei hat die Polizei wahllos Leute eingebuchtet …« Sie sah Morrow an. »Entschuldigung. Nichts für ungut.«

»Kein Problem.« Aber sie war Morrow unsympathisch, weil sie das sagte. »Kannte er irgendwelche Kriminellen?«

»Nicht einen.« Da war Rita eisern.

»Niemanden, der in Ihrer Nähe wohnt oder mit Ihnen verwandt ist …?«

»Ganz sicher nicht.« In ihren Mundwinkeln zuckte leichte Abscheu. »Mit *solchen* Leuten haben wir nichts zu tun.«

Morrows Halbbruder Danny McGrath war ein Gangster. Die meisten Leute in Glasgow kannten jemanden, wohnten neben jemandem, hatten einen Verwandten oder eine Tochter mit einem zweifelhaften Freund. Aber Rita Lyons legte sich eindeutig fest. Das machte Morrow sicher, dass sie log.

Die beiden Frauen sahen einander an, nicht eben freundlich.

Rita unterbrach das Duell. »Mein Taxi wartet bestimmt schon.«

Morrow bereute ihren unbeherrschten Blick. Sie wusste, sie brauchte Rita noch als Verbündete. »Wir begleiten Sie.«

Sie wirkte plötzlich wütend und den Tränen nah. »Nein …«

Morrow legte ihr die Hand auf den Unterarm. »Es gehört zu meinem Job, unangenehme Fragen zu stellen.«

Aber Rita entzog sich Morrows Berührung und warf einen verächtlichen Blick auf ihre ausgestreckte Hand. »Frau«, flüsterte sie, »mein Mann ist gerade gestorben. Auf *Sie* nehme ich bestimmt keine Rücksicht.«

Dann drehte sie sich um und ging zum Ausgang. Morrow und Harris folgten ihr nach draußen.

An der nassen und windigen Straße, neben einer Pfütze, holte Rita ein Päckchen zollfreie Zigaretten und ein Plastikmundstück heraus. Morrow sah zu, wie sie beides mit zitternden Fingern ineinandersteckte und die Zigarette anzündete. Sie dachte über die Autorität dieser Frau nach. Rita Lyons war eine Frau aus der Arbeiterklasse, es schien kein Geld in der Familie zu geben, und doch war sie mehr als einfach nur stolz: Rita wirkte majestätisch.

»Ich komme morgen noch mal zu Ihnen«, sagte sie. »Wir müssen herausfinden, ob Brendan den Bewaffneten kannte und wenn ja, woher.«

Rita ließ sich zu einem langsamen und gefassten Nicken der Zustimmung herab, aber sie hob die Zigarette zum Mund, und die orangefarbene Glutspitze zitterte in der Dunkelheit. Ein roter Ford kam in ihre Richtung die Straße runter, und sie drehten sich um und sahen zu, wie er vorsichtig um die Pfützen manövrierte.

Er hielt direkt vor ihnen. Morrow nickte Harris zu, damit er das Kennzeichen notierte.

Die Tür öffnete sich und ein gedrungener, kahlköpfiger Mann stieg aus, eilte zur Beifahrerseite und hielt Rita ehrerbietig die Tür auf. Er sah ihr ins Gesicht, als sie einstieg, hoffte auf Blickkontakt. Rita gewährte ihm keinen. Er ging zurück zu seiner eigenen Tür, und Morrow sah, dass seine Augen vom Weinen geschwollen waren.

»Entschuldigen Sie?«, rief sie.

Der Fahrer drehte sich zu ihr um und sein Gesichtsausdruck wurde hart. »Aye?«

»Wie heißen Sie?«

»Donald McGlyn. Sind Sie von der Polente?«

»Aye.« Morrow sah auf dem Rücksitz des Taxis einen roten

Punkt aufleuchten. Es war Ritas Zigarette. Sie wusste, wie Taxifahrer mit ihren Autos waren: Donald musste sie zutiefst verehren, wenn er sie rauchen ließ.

»Donald, können wir vorbeikommen und Ihnen ein paar Fragen stellen, wenn es nötig ist?«

»Klar, für Bren tu ich alles.« Er schluckte mühsam. »Abbi Cabs in Anniesland. Ab mittags bin ich da.« Seine Tränen gewannen die Oberhand und er winkte einen Abschiedsgruß und stieg wieder in sein Taxi.

»Haben Sie das Kennzeichen?«, murmelte Morrow.

Harris nickte und klappte sein Notizbuch zu.

Sie blickten dem Ford nach, wie er durch diese Blaupause einer Stadt fuhr, sich vorsichtig durch die Pfützen kämpfte, dabei langsame Tsunamis übers Straßenpflaster schickte.

»Überprüfen Sie ihn gleich morgen früh.« Sie schaute auf die Uhr: zwanzig vor zwölf. »Himmel, wir sind in sieben Stunden wieder dran.«

»Sechs«, korrigierte Harris, »wenn man die Fahrzeiten mitrechnet.«

Morrow sah zu, wie die roten Rückleuchten in einem grauen Regenschleier verschwanden. Sie spürte den grimmigen Wind, der vom Fluss hochkam, Regen wie Nadelstiche auf ihren Wangen, aber ihr wurde schon wärmer, als sie den seligen Satz sagte: »Ich geh nach Hause.«

5

Morrow lehnte sich von der Tür aus ins Schlafzimmer und flüsterte: »Brian?«

Tief in samtig dunklem Schlaf lag Brian auf dem Bett, als wäre er von einem Hochhaus gefallen: ein Arm quer über dem Körper, ein Bein zur Seite weggestreckt und die Decke halb über dem Gesicht.

»Brian?«

Sein Atem stockte kurz und ging dann regelmäßig weiter, tief in den Bauch, herrlich. Alex ging zum Bett hinüber und setzte sich auf die Kante, zog ihm die Decke vom Gesicht. Sie lächelte auf ihn runter. Salziger Schlaf war schichtweise in seinen Augenwinkeln getrocknet. Sein Gesicht war schlaff, sie sah, wie die Haut seiner Wange zum Ohr hin eine Wulst schlug. Sie wurden älter.

»Ich muss jetzt los zur Arbeit, Brian.«

Brian zwang mühsam ein Auge auf. »Bin wach.«

Aber er blieb reglos liegen.

»Thomas hab ich gerade gestillt und Danny wacht bestimmt gleich auf.« Sie stand auf und strich sich den Anzug glatt. »Sein Fläschchen ist schon warm. Kannst du heute wegen der Taufe anrufen? Stehst du auf, Brian?«

Er öffnete das Auge erneut, diesmal sah man mehr als das Weiße, und schaute zu ihr hoch. »Bin wach.«

Sie lächelte. »Soll ich das Licht einschalten?«

»Hmm. Fragst du heute Danny?«

»Ach, keine Ahnung.« Sie drückte den Lichtschalter, als sie

den Raum verließ, und hörte ihn aufstöhnen und die Decke von sich werfen.

Auf Zehenspitzen ging sie die Treppe hinunter, nahm unten ihre Aktentasche, zog den Mantel an und lächelte vor sich hin, als sie dem knackig kalten Tag die Tür öffnete.

Die Morgenkälte überspülte ihr Gesicht, und sie schloss einen luxuriösen Moment lang die Augen, um ihr Brennen zu lindern. Sie zog die Tür zu und hörte hinter sich von ganz oben im Haus das Greinen eines Babys, ein leises Geräusch, das auf einer geheimen Frequenz weit trug.

Im Auto startete sie den Motor, schaltete die Heizung ein, das Radio, und dann saß sie einen Moment nur da, wartete, bis die beschlagenen Scheiben klar wurden, und grinste durch die Windschutzscheibe den Umriss des Hauses an. Sie musste oft fast weinen vor Dankbarkeit, wenn sie morgens hier saß und wartete, denn sie hatte ein weiches Bett, nach dem sie sich sehnen, und ein friedliches Zuhause, in das sie zurückkehren konnte. Dann kamen die Nachrichten im Radio und erinnerten sie an das Reservoir voll düsterer Verzweiflung, in das sie am Abend zuvor geblickt hatte. Sie wusste, das alles wartete jetzt auf sie, aber vor ihr stand das Haus, und darin waren ihre Jungs.

Diesmal war es anders. Bevor ihr kleiner Sohn Gerald an Meningitis starb, hatte sie seine Gesundheit als etwas Selbstverständliches gesehen, sich über Schlaflosigkeit beschwert, über sein ständiges Trinkenwollen gestöhnt. Diesmal war sie dankbar für das alles. Dieser Schwebezustand würde nicht ewig halten. Die Jungs würden größer werden, Schikane bei der Arbeit und Sorgen würden wiederkommen, aber derzeit, nur für den Augenblick, genoss Morrow diese Schonfrist ihres Gemüts.

Die Scheibe wurde langsam klar, und immer noch lächelnd fuhr sie rückwärts aus der steilen Einfahrt, drehte und nahm die Straße Richtung Stadt.

Unterwegs dachte sie über Brendan Lyons nach, führte Gedanken weiter, die sich halb gebildet hatten, als sie einschlief.

Lyons' Verhalten ergab keinen Sinn. Wie konnte er diesen Mann kennen? *Du.* Lyons hatte Stil, alle sagten, er habe Stil gehabt. Womöglich war er heimlich schwul, hatte mit dem Bewaffneten eine Liaison gehabt. Oder vielleicht kannte er den Bewaffneten über den Behindertenbus, über die Gemeinschaft im Viertel, über eine alte Familienverbindung.

Sie fuhr auf den leeren Parkplatz hinterm Revier in der London Street und schaltete das Radio aus, nichts wie rein und weitermachen.

Am Arrestschalter war ganz schön was los für sieben Uhr morgens. Es war das wunde Ende der Nachtschicht, und vor Morrow blaffte der Diensthabende mit Fragen auf einen winzigen muskelbepackten Mann ein. Der Mann sah zugekokst aus, stand mit hochgezogenen Schultern da wie ein Stier kurz vor dem Angriff. Der Tresen war spuckebespritzt, und die zwei Officers, die ihn festhielten, hatten rote Gesichter und keuchten, als hätten sie gebrüllt.

Als sie Morrow zur Tür hereinkommen sahen, änderte sich das Auftreten der Officers. Sie stellten sich gerade hin, professionell, und der Diensthabende nickte ihr dankbar zu, weil sie ihnen ins Bewusstsein rief, dass sie selbst keine Rowdys waren. Der Muskelmann spürte die Veränderung in der Luft und sah sich nach dem Auslöser um.

»EINE FRAU!«, schrie er, weder höhnisch noch erbost, bloß eine gebrüllte Feststellung.

Die Cops, die ihn festhielten, brachen in Gelächter aus, weil ihnen plötzlich klar wurde, dass er ein Spinner war, einfach nur ein Spinner, und sie waren besser als er. Der Muskelmann schien ebenfalls zu bemerken, dass er sein Publikum verloren hatte, dass er ein chaotischer Dummkopf war, unterlegen und in der Klemme. Resigniert ließ er die Schultern hängen.

Morrow ging durch in die Vorhalle, und als die Tür hinter ihr zuschwang, hörte sie ihn noch brüllen: »NICHT MEINE MUM ANRUFEN!«

In ihrem Büro angekommen stellte sie fest, dass sich auf ihrem Schreibtisch vorläufige Berichte stapelten.

Die Spätschicht hatte hart gearbeitet. Brendan Lyons war von 1967 bis 1983 Mitglied der kommunistischen Partei gewesen. Davon fünfzehn Jahre als Funktionär. Anderthalb Jahre nach Verlust seines Amtes war er ausgetreten. Noch wichtiger: Er hatte eine Lebensversicherung. Seine Familie konnte eine Zahlung von siebzigtausend Pfund erwarten. Der Cop, der den Bericht geschrieben hatte, nahm ihre Fragen vorweg: Lyons hatte keine nachweisbaren Schulden. Den Lyons gehörte ihr Haus nicht, es war ein Pachtobjekt der öffentlichen Hand. Lyons war nicht als Spieler bekannt. Es gab keinen ersichtlichen Grund für ihn, seine eigene Ermordung zu planen, damit seine Familie die Versicherungssumme bekam. Aber Schulden waren nicht immer legal oder aktenkundig. Möglicherweise stand er bei einem Kredithai in der Kreide. Illegale Schulden gerieten leicht mal außer Kontrolle.

Sie schloss die Augen und dachte es durch: Wenn Brendan angeboten hatte, dem Bewaffneten zu helfen, wenn er mit Bedacht dort war und sich ermorden ließ, hätte er seinen Enkel nicht mitgebracht. Es sei denn, Pavel war ebenfalls in die Sache verwickelt. Es sei denn, Pavel hätte das Kind da rausholen sollen und hatte es nicht getan.

Sie zwang die Augen wieder auf und zog den nächsten Bericht heran.

Berichte von zwei alten Fällen, in denen eine AK-47 benutzt wurde: eine Familienstreitigkeit wegen einer Intrige, der andere vier Jahre alt und aus dem Gang-Milieu, und in beiden Fällen hatte man die Waffen sichergestellt.

Die Nachforschung zu bewaffneten Überfällen war genauso

lückenhaft: ein paar Fälle mit Replikatwaffen, irrelevant; ein paar mit alten Waffen, auch irrelevant.

Es gab nur einen Fall, der klang, als wäre er es wert, weiterverfolgt zu werden: Ein einzelner Bewaffneter »mit einer Art grauer Sturmhaube« war in eine einfache Wohnung in Battlefield eingedrungen, hatte die Eigentümerin Anita Costello und ihre vierzehnjährige Tochter Francesca bedroht. Die Nachbarn hatten die Polizei gerufen, als ein Schuss in die Decke abgefeuert wurde. Er machte sich aus dem Staub, bevor die erste Einheit dort war. Die Mutter hatte mehrere kleinere Vorstrafen: Drogenbesitz, Ruhestörung, Abgabe von Alkohol an Minderjährige, alles zusammen ergab den unmissverständlichen Eindruck einer kleinen Dealerin, die vielleicht Geld im Haus gehabt hatte, als der Räuber hinkam. Bei Eintreffen der Polizei hatte sie keins mehr. Hinten an den Bericht über den Raubüberfall angeheftet war noch eine Meldung, zwei Monate später: Anita Costello war in einem Park ermordet worden, Täter unbekannt. Morrow machte sich eine Notiz: *Francesca Costello*. Sie sollten mit ihr sprechen, falls sie sie ausfindig machen konnten.

Sie wühlte sich durch die Unterlagen bis zur Liste der Zeugen und schlug sie auf, suchte speziell nach Martin Pavels Akte: Pavel hatte gelogen. Er war nicht als Geologiestudent an der Glasgow University eingeschrieben. Er war außerdem Mitglied einer ganzen Reihe politischer Gruppierungen: 8G, FEPA, ULF. Morrow kannte keine davon, aber sie klangen paramilitärisch und hatten vielleicht Zugang zu Waffen.

Das sah nach einem allzu großen Zufall aus, dass Lyons und Pavel beide politisch dermaßen aktiv waren.

Sie warf einen Blick auf die Unterschrift auf dem Laufzettel und öffnete ihre Bürotür, ging in die Einsatzzentrale hinüber. DC McCarthy saß an seinem Schreibtisch, kaute auf seiner Wange und starrte finster auf seinen Bildschirm. McCarthy war ein unwahrscheinlich elend aussehender Mann, dünn, schlechte Haut, keine Lippen. Seine Kränklichkeit täuschte weitgehend, Morrow hatte schon erlebt, wie er stämmige Verdächtige niederrang. Er hatte eine Schwäche für alte Motorräder, aber sie hegte den Verdacht, das hatte damit zu tun, dass die Lederklamotten dick gepolstert waren und er darin normaler aussah.

»McCarthy?« Er blickte auf und sie hielt die Akte hoch. »Haben Sie das zum Zeugen Pavel zusammengestellt?«

»Aye.«

»Kommen Sie mal.« Sie ging zurück in ihr Büro und setzte sich.

McCarthy kam herein und schloss die Tür hinter sich. Ein bisschen zögerlich versuchte er in ihrem Gesicht abzulesen, ob er Probleme hatte.

»Alles gut«, sagte sie und winkte zu einem Stuhl in der Ecke hinüber. »Holen Sie sich den rüber, setzen Sie sich.«

Er tat es, und als er sich umdrehte, sah sie ihn grinsen.

»Was ist so lustig?«

Er zuckte mit einer Schulter. »Nichts. Was kann ich Ihnen darüber sagen?« Er machte eine Pause, bevor er hinzufügte: »Ma'am?«

Zu vertraulich. Sie erlebte so was jetzt ständig, diese Wärme. Sie hatten gemerkt, dass die furchtbare Wut sie verlassen hatte, und waren nicht mehr eingeschüchtert. Sie starrte McCarthy erschöpft an und überlegte, ob es wichtig war, ob es die Mühe wert war, Leute anzuschreien oder sich anzugewöhnen, den ganzen Tag finster aus der Wäsche zu gucken. Sie brauchte ziemlich lange, um die Gedanken zu verarbeiten, um die Kränkung zu bemerken, und beschloss dann, sich mit einem Urteil zurückzuhalten. Als sie so weit war, merkte sie, dass McCarthy unbehaglich blinzelte und sich an der Seite seines Stuhls festhielt.

»Also gut«, sagte sie mit dem Gefühl, dass das vielleicht schon gereicht hatte. »Worum geht es bei diesen Organisationen?«

Er schaute auf das Blatt: »8G ist eine Kampagneninitiative, die Organisationen aus verschiedenen Ländern zusammenbringt, damit sie sich vernetzen können.«

»Wofür vernetzen?«

»Gegen Armut.«

Sie runzelte die Stirn. Ziemlich viele solche Organisationen kamen ihr vor wie sinnlose Manöver aggressiver Scheinheiligkeit. »Die riskieren ja nun nicht gerade Kopf und Kragen … Und was ist das hier?«

»FEPA ist die Abkürzung von ›*Further Education Parliament Action*‹, da geht es um weiterführende Bildung. Sie werben Stimmen im Parlament dafür, verfügbare Mittel umzuleiten und das Bildungsbudget damit aufzustocken, als Zuschussfonds für bedürftige Studierende.«

»Jetzt wär ich gerade fast eingeschlafen.«

»Langweilig, ich weiß. Sogar ihr Internetauftritt ist scheiße, sieht nach einem Alleinunterhalter aus. Es gibt eine Fotogalerie mit Bildern von Veranstaltungen, da ist immer derselbe Typ drauf, wie er Leuten die Hände schüttelt.«

»Aber Pavel ist da beigetreten?«

»Ja.«

»McCarthy, woher haben Sie diese Information?«

»Er hat die Links auf seiner Facebookseite stehen.«

»Sie haben ihm eine Freundschaftsanfrage geschickt, und er hat angenommen?«

»Ja. Vorher bin ich allerdings FEPA-Mitglied geworden.«

Sie hielt gar nichts davon, dass die Polizei sich irgendwie politisch betätigte. Ganz egal, wie es ausging, sie sahen immer schlecht dabei aus.

McCarthy wusste, was sie dachte. »Ist schon okay, ich hab einen falschen Namen benutzt.«

»Ja, trotzdem. Machen Sie das nicht noch mal.«

»Okay.« Immer noch unsicher, ob er Ärger am Hals hatte, zeigte McCarthy auf die nächste Seite. »Aber, Ma'am, sehen Sie sich mal seine Facebookbilder an.«

An die Akte Pavel angeheftet war ein Ausdruck seiner Facebook-Fotos: Pavel in Skikleidung in einer schneebedeckten Berglandschaft, Pavel mit ziemlich traurigem Gesicht in einer Menge von Jugendlichen – Amerikaner, den Klamotten und Frisuren nach. Er war ganz hübsch, aber schlaksig, sah noch nicht so gut aus wie jetzt. Auf dem Bild mit den Amerikanern trug er ein T-Shirt, und zu der Zeit war nur seine linke Hand tätowiert, der Hals noch frei. Weiter unten Pavel mit einer gelben Schutzbrille, mehr Tattoos. Dann Pavel lächelnd, mit einem Gewehr in den Händen, mit einer Pistole, mit einer Maschinenpistole. Auf dem Bild mit der Maschinenpistole hatte er schon den halben Hals tätowiert: ein großer schwarzer Slogan an seinem Kragen, der sich den Hals hinaufzog, zu hoch, um ihn unter dem Shirt zu verstecken. Morrow gefielen Tätowierungen allgemein nicht sonderlich, aber in Gesichtsnähe kamen sie ihr besonders selbstentstellend vor.

»Und dieses ›ULF‹«, fragte sie, »ist das eine Gewerkschaftsorganisation?«

»Nein, das ist die ›*Unity of Life Foundation*‹.«

»Worum geht's da? Für Abtreibung, gegen Abtreibung?«

»Auf der Website steht überhaupt nichts von Abtreibung. Es ist nicht so ganz klar. Sie haben aber einen Haufen Geld, die Website ist irre: hochwertige Videos, Downloads, Treffen überall auf der Welt. Das scheint eine religiöse Organisation zu sein. Viel Gerede von Tugenden. Da steht«, er beugte sich vor und las den Text über Kopf ab, »sie sind ein ›Thinktank, der alternative Lösungen für gesellschaftliche Probleme entwickelt‹.«

»Das kann alles Mögliche heißen.« Sie dachte darüber nach.

Hoffentlich war es etwas Religiöses. Religion war leichter zu überprüfen als Politik. »Hat irgendwer von denen Vorstrafen?«
»Ist nicht ganz klar, wer dazugehört. Pavel ist jedenfalls sauber.«
»Ist das überhaupt sein richtiger Name?«
Auf die Idee war er noch nicht gekommen. »Ich prüf das.«
Sie schaute wieder auf die Papiere. »Wenn das was Religiöses ist, dann besorgen Sie mir die Mitgliederlisten.« Aber McCarthy hatte in einer Stunde Dienstschluss, also konnte er das nicht weiterverfolgen. »Vergessen Sie es. Ich drücke das jemand anderem auf.«
Er sah sie an, wartete auf weitere Anweisungen. »Sie sehen ganz schön geschlaucht aus, Ma'am.«
Sie lächelte unwillkürlich, dann verkniff sie es sich. »Verschwinden Sie«, sagte sie, und das tat er.

Tamsin Leonard saß im Dunkeln in ihrem Auto und achtete nicht darauf, dass die Scheibenwischer empört quietschten, weil der Regen nachgelassen hatte. Sie hatte sieben Minuten, um reinzugehen, ihre Sachen in ihren Spind zu stopfen, sich einzutragen und in den Besprechungsraum zu kommen, aber sie wollte Wilder sehen, bevor sie sich zum Dienst meldete, wollte prüfen, wie er aussah. Sie hatte vor lauter Grübeln über ihn nicht geschlafen.
Je näher der Schichtwechsel rückte, desto mehr tat sich am Hintereingang: Autos trafen ein und parkten, ihre Schichtkollegen sprangen heraus und eilten ins Revier. Zwei von ihnen kamen mit dem Fahrrad. Sie begrüßten sich und schoben dann ihre Räder über den Parkplatz. Es machte sie traurig, ihnen zuzusehen, so als fehlte ihr jetzt dieses Zugehörigkeitsgefühl. Dabei hatte sie sich doch immer ausgegrenzt gefühlt, hatte nicht erwartet, das so akut zu vermissen.
Da entdeckte sie die Motorhaube von Wilders blauem Corsa, der sich gerade aus der Parkplatzzufahrt schob. Leonard beug-

te sich vor, versuchte sein Gesicht zu sehen, aber er schaute in die andere Richtung, ob die Straße frei war, deshalb konnte sie seinen Gesichtsausdruck nicht erkennen. Aber er verließ den Parkplatz, was seltsam war, denn ihre Schicht begann in sechs Minuten. Vielleicht war der Parkplatz voll. Er fuhr hinaus und um das Revier herum nach hinten auf die Brache. Die war zwar uneben, aber gesichert: Kameras waren darauf gerichtet, weil das Revier auf dem Nachbargrundstück lag.

Leonard startete ihren Wagen und folgte ihm langsam. Sie würde neben ihm parken, sich ganz normal geben, wenn sie zusammentrafen, erst mal ein Gefühl für seine Stimmung kriegen.

Am Ende der Straße schaute sie zu der Brache hinüber; sie war leer. Ein Blick nach links zeigte ihr Wilders Rücklichter an der Ecke, er bog gerade wieder auf die Hauptstraße ein. Wenn sie das ebenfalls tat, würde er merken, dass sie ihm folgte.

Sie parkte auf dem leeren Gelände und stieg aus, sah sich aus Gewohnheit nach den Kameras um, prüfte, ob sie funktionierten, ob es sicher war.

Es traf sie wie ein Schlag: Es war nirgendwo sicher, jetzt nicht mehr. Sie hatte drei Plastiktüten im Kofferraum mit insgesamt hundertdreiundsechzig Riesen drin. Da sie das Geld unterschlagen hatten, konnte sie es nicht melden. Sie war vollkommen allein.

Weicher Regen streichelte ihr Gesicht in der Dunkelheit, während sie auf das Grollen des Verkehrs in der Ferne horchte. Sie fühlte sich wie ein verlorenes Kind, und sie wollte zu Hause anrufen, wollte Camilla anrufen und ihr erzählen, was sie getan hatte.

Aber sie tat es nicht.

Sie stieg wieder in ihr Auto und ließ den Motor an, fuhr um die Ecke und parkte näher an den anderen Autos, stieg aus und schloss ab.

Dann ging sie die Rampe hinauf zur Hintertür und war sich die ganze Zeit sehr wohl bewusst, dass sie selbst ihre Hand in Hugh Boyles Kofferraum gesteckt hatte, dass sie hineingegriffen und sich dabei gedacht hatte, dass sie eine Tüte voll Sicherheit herausholte. Jetzt sah sie, dass sie etwas Schreckliches getan hatte, dass sie zwar etwas gewonnen, aber noch mehr verloren hatte.

An der hinteren Pforte war es ruhig, als sie sich eintrug, die Türen zum Zellenblock standen offen. Irgendwer schnarchte da drin, das leise Schniefen hallte von den Betonwänden wider. Sie ging bis in das Gewusel in der Umkleide durch, sagte ein paar von den Jungs hallo, während sie die Schlüssel herausholte und ihren Spind öffnete, ihre Jacke und die Handtasche hineinstopfte. Innen an die Tür hatte sie einen Spiegel geklebt, und sie frischte ihre Wimperntusche auf, weil sie sich so absurd unsicher fühlte.

Hinterm Vorraum gab sie den Zugangscode zum Flügel der Kriminalabteilung ein und ging direkt in den Besprechungsraum. Sie gab dem Impuls, sich hinten oder an der Seite zu verstecken, nicht nach, sondern setzte sich ganz nach vorn, wie sonst auch. Sie wagte es nicht, sich nach ihm umzusehen, war sich aber sicher, dass Wilder noch nicht da war.

DS Morrow kam herein, flankiert von Harris, der eine dünne Akte dabeihatte. Die Schicht nahm mit übertriebenem Respekt die Plätze ein. Es war nur zum Teil sarkastisch gemeint. Morrow war ein guter DS, nicht zu hart, nicht zu dicke mit der Chefetage. Sie gab ihnen das Gefühl, dass es ihr ernsthaft um den Job ging, dass sie alle in einem Boot saßen. Leonard fühlte sich von Morrow angezogen, achtete aber darauf, es nicht zu zeigen; sie wollte nicht, dass die Kollegen dachten, sie hätten eine besondere Verbindung, weil sie dieselbe Toilette benutzten.

Harris legte die Akte für Morrow auf den Tisch, kam rüber und setzte sich zu Leonard, nickte ihr grüßend zu, während Morrow einen beredten Blick zur Tür warf. Routher sprang auf und schloss sie, und Ruhe kehrte ein. Sie erwarteten niemanden mehr. Wilder war wohl doch schon da.

Morrow gab ihnen einen kurzen Überblick: Der Fall in Barrowfields fügte sich ganz gut – sie hatten seit gestern eine Handynummer, mit deren Hilfe sie die Bewegungen eines Dealers verfolgen konnten. Sie nickte Leonard anerkennend zu, sie meinte damit den angehaltenen Audi vom Vorabend. Leonard beobachtete ihre Augen, wartete auf einen Blick zu Wilder, aber Morrow sprach weiter.

Sie brauchten heute zwei Zweierteams bei der Barrowfield-Befragung, sagte sie, eins für Nachforschungen in der Nachbarschaft, ein zweites sollte im Van sitzen und Benny Mullens Tür filmen. Dafür schossen Hände in die Höhe, denn man konnte dabei sitzen. Leonard ließ ihre Hand im Schoß liegen. Sie hatte Angst, mit Wilder eingeteilt zu werden und den ganzen Tag neben ihm sitzen zu müssen.

Morrow vergab die Barrowfield-Jobs – Gobby und Erskine im Van, zwei von den Neuen, um die Nachbarn abzuklappern – und wandte sich dann der Präsentation des Falles zu, über den sie alle mehr erfahren wollten: der Überfall auf die Postfiliale. Sie baute die Lagebesprechung als eine Reihe von Fragen auf.

Erstens: Der Großvater war ein Mann mit einem guten Leben aus einer gut aufgestellten Familie. Warum ließ er seinen Enkel bei einem seltsam aussehenden Fremden und half dem Bewaffneten?

Zweitens: Der seltsam aussehende Fremde hatte gelogen, was seinen Hintergrund anging, und sie mussten herausfinden, warum. Morrow würde das übernehmen, es könnte politische Hintergründe haben und war heikel.

Jemand im hinteren Teil des Raums prustete: DS Morrow war nicht für ihr Feingefühl berühmt. Morrow sah kurz auf, eine Warnung mit schmunzelndem Eingeständnis.

Drittens: Der Bewaffnete wusste, dass die Alarmanlage in der Postfiliale kaputt war. Woher wusste er das? Jemand musste den Techniker aufsuchen, der auf das Ersatzteil gewartet hatte, bevor er losfuhr, um sie zu reparieren: Was war seine Geschichte? War er verlässlich?

Morrow deutete auf Leonard, dann schwebte ihr Zeigefinger über ihren Köpfen, als würde sie aus einer Pralinenschachtel auswählen, und deutete nach hinten. »Aye«, sagte sie, »Sie und sie.«

Leonard drehte sich um und stellte fest, dass Routher sie ansah. Sie schaute sich im Raum um. Wilder fehlte. Morrow fing ihren Blick auf.

»Ihr üblicher Nebenmann ist heute Morgen krank geworden«, sagte sie. »Er musste nach Hause.« Damit kehrte sie zu ihren Notizen zurück.

Als Nächstes: Der Bewaffnete hatte eine AK-47, ein Zeuge sagte, es sei eine Pistole gewesen, hatte irgendwer schon mal eine AK-47-Pistole gesehen? Sie kamen vorwiegend aus Irland. Paramilitärs mochten sie, weil man nicht viel Übung brauchte, um sie zu bedienen, und man konnte sie monatelang vergraben, ohne dass sie ihre Brauchbarkeit einbüßten. Die meisten entstammten einem Freundschaftsgeschenk von Gaddafi. Morrow sagte ihnen, sie sollten nach republikanischen und loyalistischen Vereinigungen Ausschau halten oder nach Hinweisen auf Nordirland.

Leonard hörte nicht mehr zu und verlor sich in ihren eigenen Sorgen: Wo, verdammt, war Wilder? Warum kam er erst rein und ging dann nach Hause? Hätte er sie angezeigt, dann hätte Morrow ihr keine Aufgaben übertragen. Als sie am Vorabend mit den Tüten im Kofferraum nach Hause gefahren war, hatte sie hin und her überlegt: Wilder musste vorher schon mal in so eine Lage gekommen sein, er war sehr viel länger bei der Truppe als sie. Sie hätte an diesem Morgen seine Rückversicherung gebraucht. Sie konnte ihn anrufen, aber ein Telefonat außerhalb der Arbeitszeit würde eine Verbindung zwischen ihnen herstellen, und das machte es zu einer beweisbaren Verschwörung. Sie hatte vorgehabt, das Geld wegzuwerfen und ihn einen Lügner zu nennen, falls er erwischt wurde oder sie meldete.

Harris reichte ihr ein kopiertes Foto von einer AK-47-Pistole. Sie war kürzer als ein Gewehr, hatte aber dasselbe gebogene Magazin, denselben kurzen Griff. Schusswaffen waren selten in Glasgow. Sie wurden kaum je bei Straßenkämpfen benutzt, waren mehr was fürs Business, zur Drohung oder bei Bandenmorden.

In Panik dachte Leonard daran, die Geldtüten auf der Stelle wegzuschmeißen, gleich nach der Morgenbesprechung. Sie konnte sie in den Fluss werfen. Es fühlte sich aber feige an, eine unbefriedigende Lösung. Sie sah Morrow an, die über ihren Papieren die Stirn runzelte. Vielleicht konnte Leonard ihr von dem Geld erzählen, ihr Gewissen entlasten und die Konsequenzen auf sich nehmen, aber das konnte sie nicht, ohne Wilder mit reinzureiten.

Morrow blickte auf, ein leichtes Lächeln umspielte ihre Lippen.

»Also, zum Abschluss kann ich mit einer guten Nachricht aufwarten: Unser alter Freund DS Bannerman wurde innerhalb der PSU befördert, und wir kaufen ihm von unserem Automatengeld eine Flasche Whisky.« Missmutiges Gemurmel erhob sich im Raum. Niemand mochte Bannerman, er war ein Tyrann und war aus ihrer Abteilung geflogen, nachdem mehrere DCs ihn über eine anonyme Leitung gemeldet hatten. Morrow hatte erst hinterher herausgefunden, dass Harris die Anrufe organisiert hatte, um ihn loszuwerden, und sie war stocksauer gewesen. Jetzt schlitzte sie mit der Fingerspitze durch den Raum: »Bei diesem Job geht es nicht um *Beliebtheit*. Es geht um Anstand. Bannerman war nicht korrupt. Er war nicht *unehrlich*.«

Morrow hatte sie zum Schweigen gebracht, aber nicht überzeugt. Sie ließ die Hand sinken. »Kommt schon, Bannerman nervt, aber er ist immerhin kein Klassenverräter.«

Das Lachen brauchte einen Moment, es rumorte erst leise, während sie sich die Schlagzeilen vergegenwärtigten und erkannten, dass Morrow einen Scherz machte. Sie scherzte selten bei Besprechungen und niemals über Politik. Dann brach der Raum in Gelächter aus, laut und lang, es wurde auf Tische geklopft.

Leonard spürte die Erkenntnis wie einen Tritt in den Nacken: Was sie gemeinsam hatten, waren nicht die Pension oder die Uniform, auch nicht irgendein Collegeabschluss. Sie saß ganz vorn, und das erdrückende Gelächter brandete über ihren Kopf hinweg. Morrow appellierte an ihren Sinn für Anstand, denn sie alle standen auf der richtigen Seite. Nur dass das für sie jetzt nicht mehr galt.

6

Als Martin Pavels Wecker endlich das ersehnte Piepsen von sich gab, brachte er ihn mit einem Schlag zum Schweigen und stand auf. Er war schon angezogen, denn er war um fünf Uhr zweiundzwanzig aufgewacht, hatte sich aber gezwungen, sich wieder hinzulegen und auszuruhen, zu warten. Dr. Leonowsky hatte es selbst gesagt: Martin konnte seine übertrieben ausgeprägte Selbstdisziplin auch für gute Zwecke nutzen. Laufen war ein guter Zweck.

Er schwang die Beine über die Bettkante und dachte an gestern Morgen zurück. Gestern um acht Uhr hatte er den Wecker ausgeschlagen und noch eine Stunde geschlafen. Er hatte keine größere Sorge gehabt, als die Geschenke zur Post zu bringen und sich gegen die Versuche seiner Eltern zu wehren, die Feiertage mit ihm zu verbringen. Es gab Drohungen: Wenn er nicht zu ihnen kam, würden sie zu ihm kommen, aber er hatte nein gesagt. Er war froh, dass sie jetzt nicht hier waren, alle vier bemüht, sich zu benehmen, und rätselnd, was bloß mit ihm los war, während sie in Gedanken heimlich alles im Haus mit einem Preisschild versahen.

In den zwei Stunden und achtunddreißig Minuten, die er im Dunkeln gelegen und gewartet hatte, dass der Wecker losging, hatte er hauptsächlich an den Bewaffneten gedacht. Inzwischen stand er nicht mehr so unter Schock. Er sah jetzt alles ein bisschen klarer. Er wusste zum Beispiel, dass der Bewaffnete kein Licht ausstrahlte. Wahrscheinlich war er auch nicht so groß, wie Martin angenommen hatte. Während er ruhig dalag, war ihm klar geworden, dass der Mann unter der Jägerhaube durchaus geschwitzt oder Angst gehabt haben mochte; manchmal lächelten Leute, wenn sie nervös waren. Martin hatte ihn nur aus dem einen Grund für so wunderbar gehalten: Er tat, was Martin sich ständig zu versagen suchte, er richtete Unheil an, und es sah glorreich aus.

Vor sich hin lächelnd ging Martin die Treppe hinunter. Er setzte sich auf ein elegantes kleines Sofa ganz am anderen Ende des Flurs und zog die Laufschuhe an, dachte darüber nach, Unheil anzurichten, loszulassen, nicht verantwortlich zu sein, nicht haftbar.

Er stand auf. Scheiß drauf, er würde heute nicht die Great Western Road laufen. Er würde sich seinen Weg einfach spontan unterwegs suchen, vielleicht über ein paar Hügel, selbst wenn das bedeutete, dass er sich die Schienbeinkanten entzündete oder weniger oder mehr trainierte, als seine Lauf-App ihm vorgab. Einfach mal die Kontrolle verlieren und es genießen. Er steckte sich die Kopfhörer in die Ohren. Seine Finger schwebten über dem Laufprogramm, aber er klickte den iPod an und wählte »Shuffle«.

Er blickte auf und sah durch die Glasscheibe der weit entfernten Haustür, wie die orangefarbenen Straßenlaternen Löcher in den schwarzen Morgen bohrten. An der Kommode blieb er stehen, öffnete eine flache Schublade, die für Handschuhe gedacht war, holte ein Pulsmessgerät heraus und schnallte es sich an den Bizeps. Seine Wasserflasche stand noch in der Küche, aber sein Puls stieg jetzt schon in Vorfreude, das Bedürfnis zu laufen wurde dringend. Eigentlich sollte er sich dehnen, um Verletzungen vorzubeugen, aber an diesem Morgen experimentierte er mit dem Chaos.

Er riss die Tür zur Nachtschwärze auf und trat in den böigen Regen hinaus, tastete an seiner Tasche nach dem Hausschlüssel, gerade als die Tür zufiel und hinter ihm *klick-klock-klackte*.

Martin rannte.

Sprintete Cleveden Hill hinauf, an viktorianischen Villen vorbei, an dichten Hecken entlang, strapazierte seine Oberschenkel und Waden, sein Hintern straffte sich von der heftigen Steigung. Er stürmte in den Regen, spürte, wie er auf seinem Gesicht verschmierte, während er hineinrannte. Anfangs war er noch steif, wurde aber schnell warm, das Adrenalin setzte ein, dann ein mageres Tröpfeln von Endorphinen. Er lief mit langen flachen Sprüngen, ein Muybridge-Pferd, auf der Ebene beide Füße in der Luft. Er lief, nicht davon, sondern hin zu etwas Neuem und Hoffnungsvollem. Er setzte die Schritte vollkommen gleichmäßig, sein Herzschlag regelmäßig, seine Augen halb geschlossen.

An einem Kreisverkehr sah er eine Lücke im spärlichen Verkehr und rannte hinüber. Plötzlich spürte er die schwarzen abgetretenen Turnschuhe direkt hinter sich, auf seinen Fersen, und wurde schneller, bis seine Schritte gehetzt und ungleichmäßig wurden, auf der Flucht, Sprünge mit ungleich verteiltem Gewicht, schnell und leichtsinnig.

Anderthalb Meilen lang sprintete er durch seine Angst, hörte alles, was gerade aus seinen Ohrhörern kam, *Agnus Dei* war ihm genauso recht wie Clubmixes, heute brauchte er den Beat nicht für seinen Laufrhythmus.

Die Musik trat in den Hintergrund, die Straße verschwamm, und plötzlich wurde ihm deutlich sein Atem bewusst, der in seinen Lungen brannte, und das Stechen in seinen Hacken.

Als er aufblickte, merkte er, dass er sich tief im Herzen von Kelvindale befand, und auf einmal sah er die Google-Maps-Übersicht der Gegend vor sich. Lallans Road Nummer 9. Die Lallans Road war der Daumen an einer kleinen Hand aus Straßen, die sich um den Kanal krümmten. Genau da unten. Er wurde langsamer, joggte jetzt nur noch und sah sich suchend um.

Miese kleine Häuschen. Gärten, die von den Hausbesitzern selbst gepflegt wurden, kleine Flecken fleißiger Unabhängigkeit. Er wurde noch langsamer und lief an einer Reihe von Läden vorbei.

Ein Eckladen hatte auf, warb mit heißem Kaffee und Zeitungen. Er versuchte, wieder schneller zu werden, aber seine Zähne waren trocken und taten von der Kälte weh, und inzwischen pochte es in seinem Hals. Er hatte das Gefühl, sich womöglich übergeben zu müssen. An einer Kreuzung blieb er stehen, keuchte, rieb sich den stechenden Schmerz am inneren Oberschenkel, sah sich um, obwohl er wusste, dass weder rechts noch links Autos kamen.

Er knickte den Oberkörper vornüber und musste sich eingestehen, dass er sich kaputtmachte. Dr. Leonowsky sagte es ihm immer wieder: Sich selbst wehzutun ist ein Ausdruck von Selbsthass. Es hilft niemandem, verhindert nichts. Das hier war kein glorreicher Kontrollverlust, er machte sich was vor, es war Selbstkasteiung.

Mit verzerrtem Gesicht wegen der Schmerzen in seinen Hacken ging er zu dem Zeitungsladen zurück. Erst jetzt spürte er die Taubheit in seinen Zehen und dass das Gewicht des Schweißes sein T-Shirt herunterzog. Er schaute auf seinen Pulsmesser: 165 bpm. Zu viel. 165 bpm auf dreiundsechzig Prozent der Strecke. Schlecht, leichtsinnig, seine Hacken standen in Flammen.

Er wartete draußen vor dem Laden und überlegte sich einen Selbstfürsorgeplan: Er würde zu Atem kommen und sich eine Flasche Wasser kaufen. Er würde nach Hause gehen.

Wenn er dort ankam, würde er etwas essen: Eier und Orangensaft, sogar Brot. Er würde duschen, aber nicht kochend heiß, sondern moderat warm, und dann würde er wieder ins Bett gehen und fernsehen.

Die Ladentür löste ein Summen aus und Martin lief gegen eine Wand aus Wärme von einem Heizstrahler. Ein Radio hinter der Theke spielte alte Songs und berichtete über Verkehrsstaus in der Umgebung. Ein Mann kam aus dem hinteren Bereich, sein Gesicht war faltig vom lebenslangen Anlächeln Fremder.

Immer noch keuchend bat Martin um eine Flasche Wasser. Er reichte den Fünfpfundschein hinüber, den er immer zusammengefaltet in seiner Jogginganzugtasche hatte. Er war feucht. Der Mann gab ihm ein kaltes Wasser und sein Rückgeld, als die Tür zur Straße aufging und sie hereinkam.

Josephs Mutter. Jetzt war sie nicht aufgeregt. Sie hatte jetzt auch kein verschmiertes Make-up, sah weich aus, die dunklen Haare ungekämmt und struppig. Sie trug einen offenen beigen Alte-Frauen-Regenmantel, als wäre sie gerade aus dem Haus gerannt, und ihre Augen waren verquollen. Sie blickte ihn direkt an, und ihre Augen waren die von Joseph.

Martin konnte den Blick nicht abwenden.

»Kennen Sie sich?«, fragte der Ladenbesitzer und sah vom einen zur anderen.

Martin wusste nicht, was er sagen sollte. Josephs Mutter antwortete für sie beide: »Ja. Zehn Marlboro Light und einen Johannisbeer-Fruit Shoot bitte.«

Der Ladenbesitzer machte sich ans Holen der Sachen. »Wo ist denn der kleine Mann heute?«

Sie hielt den Blick auf den Tresen gesenkt. »Drinnen geblieben.«

»Kein Kindergarten heute?«

»Nein.« Sie warf Martin einen Blick zu. »Hat 'ne kleine Erkältung.«

»Ach, dann ist es gut, wenn Sie ihn zu Haus behalten. Er soll die anderen Zwerge ja nicht anstecken, was?«

Sie wollte nicht plaudern. Sie legte das Geld auf den Tisch, nahm die Zigaretten und den Fruchtsaft und drehte sich zur Tür.

»Ich komm mit Ihnen raus«, sagte Martin und ging um den Tresen herum.

Sie hatte ihm den Rücken zugedreht, warf aber einen Seitenblick auf den Boden neben sich, wie um zu sagen, das wäre ihr recht.

Draußen ging jetzt langsam die Sonne auf. Ein Bus rumpelte vorbei, hinter den beschlagenen Scheiben lösten sich Passagiere in nebligen Farbklecksen auf.

»Ich dachte mir, dass Sie vielleicht hier in der Gegend wohnen«, sagte sie direkt. »In der Nähe der Post.«

»Tu ich aber gar nicht«, sagte Martin verdutzt. »Sondern zwei Meilen weg da runter.«

Misstrauisch schaute sie die Straße entlang. »Sind Sie hier, weil Sie uns suchen?«

»Nein. Ich laufe bloß.«

Sie wusste nicht, ob sie ihm glauben sollte oder nicht. »Das ist jetzt ein bisschen seltsam.«

»Sogar sehr seltsam. Ich war vorher noch nie in dem Laden.« Seine Schienbeine und Hacken brannten, die Bänder schälten sich vom Knochen wie Tapete von einer nassen Wand. Martin war froh über die Ablenkung durch den Schmerz, denn er wollte nicht zu eindringlich wirken. »Ich sehe bestimmt aus wie ein Stalker oder so.« Er verzog wegen seiner Schienbeine das Gesicht. »Mist. Mir tun die Beine weh.«

Er hoffte, sie würde ihn nach Hause einladen, aber sie tat es nicht. Stattdessen machte sie eine Handbewegung zu einem grünen Gerüst ein Stück weiter. Es war eine Schaukel mit einer kurzen Rutsche in einem kleinen städtischen Park. »Da gibt's eine Bank. Ich könnte eine rauchen …«

Sie ging voraus, noch immer unschlüssig, was ihn betraf, sah sich ein paarmal um, während er hinter ihr herhumpelte.

Sie drückte das quietschende Metalltor auf und wischte mit der Handkante das Regenwasser von der Sitzfläche, dann holte sie ein Taschentuch heraus und trocknete zwei Plätze ab, so gut es ging. Sie setzte sich und zündete sich eine Zigarette an.

Martin setzte sich neben sie und sah zu, wie sie einen weißen Rauchstrom in den leichten Regen blies.

»Entschuldigung«, sie blinzelte angestrengt, »ich kann Sie kaum ansehen, ohne überall an Ihnen das Blut meines Dads zu sehen.«

»Yeah, aye.« Er bekam jetzt wieder Luft und konnte sich auf das Gefühl in seinem Knöchel konzentrieren. Es war schlimm, es stach in der Ferse und hinten entlang nach oben. Er hätte sich vorher dehnen sollen, er war irrwitzig schnell die Hügel hochgerannt. Wenn er nicht bald anfing, sich zu bewegen, würde er für den Heimweg ein Taxi nehmen müssen. »Ich bin um fünf wach geworden und hab nur noch an die Decke gestarrt.« Er dachte daran, ihr zu erzählen, dass er verstand, wieso ihr Vater sich derart von dem Mann angezogen gefühlt hatte, aber er wusste, das würde gruselig klingen, und sonst fiel ihm nichts ein.

Ihre Augen hatten rote Ränder, als sie einen Zug nahm. »Er ist ein großartiger Mann, mein Dad.«

»Sie stehen sich nahe?«

»Sehr. Wir wohnen zusammen, ich, meine Eltern, meine Oma, Joe. Sie sind gut zu mir.«

»Sind Sie alleinerziehend?«

Sie lachte über die Formulierung, murmelte sie vor sich hin.

»Warum ist das witzig?«

Sie zuckte die Achseln, »keine Ahnung«, und saugte an ihrer Zigarette. »Ach, doch, eigentlich schon.« Sie sprach schnell, plötzlich lebhaft. »›Alleinerziehende Mütter‹, so ein blöder Sch– das setzt als ideale Familienkonstruktion voraus, dass ein heterosexuelles Paar allein mit seinen Kindern lebt, und wissen Sie was, historisch betrachtet ist das nicht mal der Normalfall. Es ist ein nachträgliches Konstrukt.« Sie zuckte mit einer Schulter, eine Entschuldigung, weil sie so schnell sprach, weil es so hochgestochen klang.

Martin sah sie an. Es gefiel ihm, dass sie hochgestochen klang, dass sie über Abstraktes diskutieren konnte. Er nickte, und sie lächelte leicht und sprach weiter.

»Ich meine«, sagte sie, »die ganze Nummer mit der ›alleinerziehenden Mutter‹ hat so einen Beiklang von Schande. Als hätte man etwas eingebüßt. Joes Dad war überhaupt nie Thema. Ich lebe mit meinen Eltern und meiner Oma zusammen.« Sie versuchte ihn anzusehen, aber ihre Nase runzelte sich an einer Seite.

»Ich wollte Sie nicht kränken.«

Sie wandte den Blick ab. Winzige Regentropfen hingen wie Konfetti in ihren Haaren. »Haben Sie auch nicht. Ich weiß, ich müsste dankbar sein, dass Sie sich um Joe gekümmert haben, aber ich kann Sie wirklich kaum ansehen.«

»Ach«, sagte er, »ich finde, Dankbarkeit ist überbewertet.«

Darüber musste sie lächeln, aber plötzlich löste sich eine Träne und kullerte ihr über die Wange. Sie wischte sie weg und schaute seine Sneakers an. »Sie sind Läufer, ja?«

»Ja. Normalerweise laufe ich morgens die Great Western, aber heute wollte ich einfach einen Hügel und bin hier gelandet. Ich habe mich verletzt …« Er machte eine Handbewegung zu seinem Bein. Er wollte nicht sagen, dass er sich alles von der Seele gelaufen hatte, das ganze gestrige Drama – nein, das klang melodramatisch und ichbezogen. Immerhin war ihr Vater dabei gestorben.

»Ich laufe auch«, erzählte sie seinen Füßen. »Ich bin letzten Monat die fünf Kilometer mitgelaufen.«

»Echt?« Martin schaute ihre Oberschenkel an. Mit so vielen Extrakilos würde er sehr ungern rennen. »Gut gemacht.«

»Was ist das?« Sie deutete auf seine linke Hand. »Die Punkte?«

»Oh.« Er hielt den kleinen Finger hoch, wo das Tattoo anfing. »Was Russisches. In Russland erzählen Verbrecher ihre Geschichte in Form von Tattoos …«

»Sind Sie 'n Verbrecher?«

»Nein! Ich bin doch kein Verbrecher.« Es klang komisch, wie er das sagte. Sogar in seinen Ohren klang es komisch.

Sie lächelte verlegen. »Sie meinen, Sie sind nie erwischt worden?«

Martin stellte es klar, so gut er konnte: »Ich bin kein Krimineller. Ich begehe keine Verbrechen. Ich hab nur … es geht um die Idee, die eigene Biografie auf dem Körper zu tragen, sodass man sie nicht leugnen kann. So bleibt man sich treu.«

Daraufhin entstand eine Pause; er hätte gern etwas gesagt, wusste aber nicht, wie er es noch deutlicher machen sollte, oder ob es noch etwas gab, was er sagen könnte.

»Okay.« Sie schaute wieder auf seine Hand. »Und was bedeutet dann der Kreis?«

»Also, das hier«, er zeigte auf den schwarzen Kreis auf dem dicksten Knöchel seines kleinen Fingers, »wenn der Punkt außerhalb des Kreises ist, heißt das ›Ich bin Waise‹. Es heißt ›In diesem Leben verlasse ich mich nur auf mich selbst‹.«

»Aber du hast den Punkt *im* Kreis.«

Er stellte fest, dass sie darüber lächelte.

»Gut«, sagte sie schlicht. »Das ist gut. Und die anderen da, die sich am Arm hochschlängeln?«

»Das sind Erzählungen. Das Leben ist eine Erzählung.« Sie sahen sich an, Martin ließ ihre braunen Joseph-Augen auf sich wirken. »Wenn man die Frage stellt: ›Was soll ich tun?‹, lautet die Antwort: ›Von welchen Geschichten bin ich ein Teil?‹«

Sie dachte darüber nach. »Ich denke mal, du bist jetzt ein Teil unserer Geschichte«, sagte sie beiläufig.

Er schaute sie jetzt richtig an, nicht nur Joseph durch sie, sondern diesmal wirklich sie. Ihre Haare waren struppig, aber ihre braunen Augen groß und schön. Wie ihr Vater hatte sie hohe Wangenknochen und einen kleinen Mund mit wortgewandten, zuckenden Lippen. Er hatte schon so oft versucht,

Leuten die Sache mit der Erzählung zu erklären, und es dauerte normalerweise ewig und endete mit einer Enttäuschung.

»Bitte glaub nicht, dass ich mich um dich kümmern werde«, sagte sie, »ich hab nämlich schon alle Hände voll zu tun.«

»Ich suche gar nicht nach ...«

»Ich hab schon einen Haufen Verpflichtungen. Vor allem jetzt.« Sie atmete ihren Zigarettenrauch aus. »Und dann diese andern Punkte, die davon abgehen, sind das auch Geschichten, von denen du ein Teil bist?«

Dr. Leonowsky sagte, Depressionen seien entweder ausgelöst oder Auslöser von Endorphinmangel. Martin hatte das nur theoretisch verstanden, bis Josephs nicht besonders attraktive, übergewichtige, rauchende, alleinerziehende Mutter diese Worte sagte. Als sie das sagte, begriff Martin ganz genau, was Dr. Leonowsky meinte, denn er spürte, wie die Endorphine aus seiner Hypophyse regneten, eine warme orangefarbene Dusche, die seinen Nacken und die Schultern flutete, seine Brust und den Bauch, bis zu den Knien und Fingern und sogar bis in die Waden. Das hartnäckige Stechen in seinen Fersen ebbte ab. Er zog den Ärmel bis zum Ellbogen hoch, um ihr die Schlange aus Punkten zu zeigen, die sich über seinen Oberarm zog.

Sie nickte mit gespielter Missbilligung. »Du kommst ja ganz schön rum, was?«

Sie lachten zusammen, beide traurig, beide trauernd, aber sie lachten.

»Das sind aber keine Eroberungen, oder?«

»Oh nein«, versicherte er ihr, »ganz und gar nicht.«

Sie musterte sein Gesicht gründlich. »Nein. Du wirkst ein bisschen zu verbissen für lockere Eskapaden. Wie viele sind das überhaupt?«

»Dreiunddreißig.«

»Das sind viele.«

»Ja.« Er war stolz darauf. Es waren viele. Viel Kontrolle und

Veränderung. Ihm wurde schier übel von dem Ausmaß an Kontrolle, das nötig gewesen war, um das zu erreichen: den Lauf von Flüssen ändern, Erdrutsche aufhalten, die Sonne verschieben. Am liebsten hätte er sich den Arm abgehackt.

Sie merkte es nicht. »Ich kann mich nicht erinnern, ob ich überhaupt dreiunddreißig Leuten in die Augen geschaut habe, seit Joe geboren wurde. Und mein Dad hatte es in letzter Zeit nicht leicht. Und meine Oma ist ein bisschen neben sich. Es frisst einen auf, dieser Alltag ...« Sie hob eine Schulter und sie blieb oben, steckte in einem bedauernden Achselzucken fest.

Er wollte aufhören, über sich selbst nachzudenken. »Du bist jung für eine Mutter.«

»Aye, ich bin zweiundzwanzig.«

»Ich bin einundzwanzig. Werde nächsten Monat zweiundzwanzig.« Aber es fühlte sich länger an seit seinem Geburtstag, ein ganzes Leben schien es her, dass er sich zuletzt gejagt gefühlt hatte.

Sie schaute seine Arme an. »Was sagen denn deine Leute zu den Tattoos?«

Er presste die Lippen zusammen. »Sie halten mich für irre.«

Darüber lachte sie, nahm es als umgangssprachlichen Ausdruck, aber was Martin wirklich meinte, war, dass sie versucht hatten, ihn einweisen zu lassen.

»Ich wollte immer ein Kind haben. Mein Dad, er war Kommunist, der fand, ich sollte die öffentliche Energieversorgung leiten oder ein Stahlwerk oder so was.«

Martin sah den Großvater vor sich, wie er die Tasche für den Bewaffneten aufhielt, die Tochter des Postbetreibers schlug, lächelte, seinen Enkel weggab für eine Tasche voller Geld. »Was, *der* war Kommunist?«

»Gott, er hat pausenlos über Politik geschwafelt.« Ihr Blick zuckte nervös zur Straße hinter ihm. »Verrate ja keinem, dass ich das gesagt habe.«

»Wem denn auch?«

»Nein, ich weiß, ich will nur nicht, dass er das …« Martin sah, wie ihr wieder einfiel, dass ihr Vater nie mehr etwas hören würde. Ihre Gesichtszüge entgleisten, liefen rosa an. Die Zigarette fiel ihr aus der Hand und erstarb zischend auf dem feuchten Boden. Sie hielt sich die offenen Hände vors Gesicht und schien in ihren Schultern zu versinken.

»Hey.« Er rutschte auf der Bank entlang, legte den Arm um sie und drückte leicht. »Hey«, sagte er noch einmal, ihm fiel nichts Tröstendes ein, was nicht taktlos oder übergriffig klang.

Beschämt hielt sie ihr Gesicht bedeckt und beugte sich über ihre Knie, ihr Rücken zuckte, als sie schluchzte, sie legte die Hände an die dunklen Haare, umklammerte ihren Kopf, als könnte er platzen. Und zwischen den Schluchzern flüsterte sie vor sich hin: »Nein. Nein, nein, neinneinneinnein.«

Martin ließ den Arm um ihre Schultern, unbeholfen, stellte fest, dass auch ihm die Tränen kamen, dabei war ihm bewusst, dass sie einen Verlust erfuhr, der ihr ganzes Leben verändern würde, und er war einfach bloß schockiert und tat sich leid. Das hatte nun wirklich keinen vergleichbaren moralischen Gehalt. Irgendwie hasste er sich dafür.

Der Regen fiel auf ihren Rücken, färbte das Beige schmutziggrau. Sein Arm lag sehr weit ausgestreckt um ihre Schultern. Er wollte gern loslassen und überlegte, ihren Rücken zu streicheln, fand aber, das könnte zu intim wirken, sexuell oder so, und er wollte sie nicht verschrecken. Also hielt er still, auch wenn er unbequem zur Seite geneigt saß und die Haut an seiner Hüfte heiß kribbelte, wo sie gegen ihren Oberschenkel gepresst war.

Er hielt sie zu lange fest. Er benahm sich komisch. Er ließ ihre Schulter los und hob die Hand vorsichtig hoch in die Luft, als er sie zurückzog, damit er sie nicht berührte.

Er beugte sich vor, um ihr ins Gesicht zu sehen, und nahm eine ihrer Hände zwischen seine. »Hey.«

Sie schaute an ihm vorbei, das Gesicht nass und rot wie bei einem Neugeborenen. Sie schüttelte den Kopf, deutete mit dem Daumen in Richtung Lallans Road. »Meine Mum und Joe und Oma, weißt du?«

»Ja.«

»Ich kann da nicht weinen.«

»Schon gut.«

Sie setzte sich auf und seufzte, zog ein Papiertaschentuch aus der Manteltasche, wischte sich das Gesicht ab und rang nach Luft. »Gott, ich wünschte, ich hätte ihm besser zugehört, weißt du das? Die ganze Politik und so. Er war ein kluger Mann. Ein Guter. Täppisch, mit großen Gesten und so, aber er hat diesen Kram immer ernst gemeint, und ich hab immer nur die Augen verdreht.«

»Und er war Kommunist.«

»Gemäßigt, kein Stalinist.« Sie wedelte mit der Hand, sank in sich zusammen, als gäbe es zu viel, um es zu erzählen. »Des Menschen Recht und das alles. Bei einem Fremden hätte ich richtig zugehört. Er hat sich aber auch immer reingesteigert.« Sie schniefte heftig. »Du bist ein netter Kerl.«

»Nicht doch.«

»Aye«, sagte sie mit der Gewissheit von Würstchen im Schlafrock, »du bist ein Guter.«

»Ich weiß nicht – es ist kompliziert …«

Sie sah seinen Mund an. »*Kamp*liziert? Wo genau kommst du her?«

Er kam von nirgends, und sie kam von *hier*. Sie war durch und durch *von hier*: diese Straßen, dieser Laden, dieser Himmel. Bestimmt kannte sie die Menschen hier, seit sie klein war, sie dürfte sogar schon in diesem Park mit der Schaukel gespielt haben, bevor sie eingeschult wurde, und er kam von nirgends.

»Ich bin oft umgezogen. Mein Akzent wechselt ständig. Es ist keine Absicht.«

»Du versuchst dazuzugehören.«

Es klang okay, so wie sie es sagte, aber es war ihm trotzdem peinlich. »Kann sein.«

Sie schmunzelte auf seinen Arm hinunter. »Aber du hast dich mit verrückten Tattoos markiert, das hebt dich ab.«

Er schaute auf seine Hand und lächelte. Der Widerspruch kam ihm jetzt lustig vor. Nicht bedeutsam, nicht unheilvoll oder so. Es fühlte sich in Ordnung an.

»Du bist klug«, sagte er und meinte es ernst.

Dann konnten sie einander nicht mehr in die Augen schauen. Martin wusste nicht, was er noch sagen sollte. Er sah in Richtung Lallans Road 9, dann fiel ihm wieder ein, dass er eigentlich gar nicht wissen sollte, wo das war. Er blickte auf. Regen fiel von einem tiefhängenden grauen Himmel. »Wie geht es ihm?«

Es war aus dem Zusammenhang gerissen, aber sie wusste, was er meinte. »Gleich als wir mit ihm nach Hause kamen, hat er fünf Stunden geschlafen. Er ist um drei aufgewacht und vorhin erst wieder eingenickt.« Sie beugte sich runter und hob ihren Zigarettenstummel auf, murmelte: »Nicht dass den ein Hund frisst oder so.«

Sie warf die Kippe in den Mülleimer. Gemeinsam gingen sie wieder raus auf die Straße. Klamm von innen und außen, spürte Martin, wie seine Körpertemperatur sank, und wusste, er lief Gefahr, einen Krampf zu bekommen. Er sollte sofort wieder anfangen zu laufen, sich langsam aufwärmen, aber er ging mit ihr mit bis zur Tür des Kiosks.

»Da wohnen wir, gleich da vorn, mit dem Briefkasten draußen.«

Die Lallans Road war nur fünf Häuser lang, sie endete an einer niedrigen Mauer, hinter der es, wie er von Google Maps wusste, zum Kanal hinunterging. Er konnte die Nummer neun sehen, ein ordentliches Häuschen hinter dem Briefkasten, warmes gelbes Licht aus den Fenstern, durchbrochen vom pastellfarbenen Blinken von Lichterketten.

»Na ja, ich hoffe, es geht ihm gut.« Mehr konnte er nicht sagen, ohne dass es zwielichtig klang, also trat er ein paar Schritte zurück und entwirrte seine Ohrhörer.

Sie machte einen Schritt hinter ihm her, als wollte sie, dass er blieb.

»Ja«, sagte sie mit Blick auf den Kabelsalat, den er auseinanderfummelte. »Ich auch.«

»Hey, Joeys Mom, wie heißt du?«

»Rosie Lyons.«

»Ich bin Martin.« Er sagte nicht Pavel, er wollte nicht, dass sie ihn googelte.

Sie streckte ihre Hand aus. Er ergriff sie, und sie vollzogen einen sehr formellen Händedruck, wie Diplomaten auf einem Pressefoto.

Martin schaute noch mal zum Haus. Es passte in die Reihe der fünf Häuser wie ein braver kleiner Absatz auf einer perfekt bündig ausgerichteten Buchseite. Sie hatten Ordnung und Gemeinschaft, vier Generationen in einem Häuschen. Plötzlich war Martin überzeugt, dass er sich fernhalten sollte, wenn er sie nicht in Gefahr bringen wollte.

Unschlüssig, was er jetzt tun sollte, steckte er die Stöpsel in die Ohren und winkte ihr zu, als wäre sie schon ganz weit weg. Darüber lächelte sie. Er drehte sich um und lief los, trotz des Brennens in seinen Fersen.

Er rannte, ohne zurückzuschauen, dachte in Bildern: ein kleines Haus, ein kleiner Park, ein kleiner Laden und die Google-Maps-Übersicht, ranzoomen, ranzoomen, ranzoomen bis zu einer nassen Parkbank und zwei Leuten, die weinten und freundlich zueinander waren.

Er war schon eine halbe Meile entfernt, ehe er daran dachte, seine Musik wieder einzuschalten.

7

Kenneth Gallagher saß an einem Küchentisch, der mit den Trümmern eines eiligen Frühstücks übersät war: Sugar Puffs trieben in Milch wie ertrunkene Bienen, ein Toast mit Schokoaufstrich war halb aufgegessen. Annie ließ die Kinder viel Zuckermist essen, und das machte sie fett, besonders Andy, ihren Jüngsten. Es war schon peinlich. Sie musste ihm Hosen kaufen, für die er zwei Jahre zu jung war, und sie kürzen. Sein Arzt-Stiefvater Malcolm scannte die Kinder wie ein Sicherheitsmann am Flughafen, wenn er sie sah, machte Bemerkungen, wie dick sie waren, erwähnte es immer. Malcolm selbst war gertenschlank. Kennys Mutter wagte es nicht, fett zu werden. Kenny wollte mit Annie darüber reden, aber heute Morgen hatte er Angst davor, einen Streitpunkt anzusprechen; er war mit einem furchtbaren Gefühl dunkler Vorahnung wach geworden, als trauerte er bereits über Ereignisse, die noch gar nicht stattgefunden hatten. Alle waren schon zur Schule aufgebrochen, bevor er herunterkam. Annie würde in zehn Minuten zurück sein.

Ein schwach säuerlicher Geruch aus dem Mülleimer weckte seine Aufmerksamkeit. Die Müllabfuhr kam heute. Sich ums Haus zu kümmern war Annies einzige Aufgabe, aber sie bewies darin keinerlei Ehrgeiz. Früher hatte sie jeden Tag die Küche gewischt, den Flur gesaugt, aber jetzt nicht mehr. Sie wollte, dass er eine Putzfrau einstellte. Er sagte, er hätte gedacht, Frauen aus der Arbeiterklasse wären stolz auf ihr Heim, und sie gab zurück, sie streike für bessere Bedingungen. Sie sagte es aber, als wäre es ein selbstironischer Scherz, vor den Kindern, und sprach dann nie wieder davon.

Das Haus war bedrückend still. Er wünschte, der Briefträger würde kommen, das Telefon klingeln, irgendwas möge passieren. Ein vertrautes Grauen überkam ihn. Er fuhr herum und sah aus dem Fenster, versuchte sich vorzustellen, dass jemand ihn beobachtete, ein Nachbar, ein feindlich gesinnter Reporter, ein Stalker, aber da draußen war niemand. Er war allein.

In seiner Panik dachte er krampfhaft ans Ficken, verschmolz Erinnerungen und Fantasien zu einem wirren Durcheinander aus Szenenschnipseln: Frauen mit gespreizten Beinen, fette Frauen, junge Frauen, drei Männer in einer Frau, vier Männer, Vater und Sohn, Mutter und Tochter, härter ficken, fieser, Leute, die zuschauten, Leute, die fickten und zuschauten. Es nützte nichts. Er warf sich zu hektisch in die Vorstellungen, die Farben waren trüb, und er konnte nichts Zusammenhängendes daraus machen, es beruhigte ihn nicht. Noch sieben Minuten, bis Annie heimkam.

Er saß steif auf seinem Stuhl, dachte, gleich fing er noch an zu weinen, um Himmels willen, da fiel sein Blick auf die Zeitung. Kenny Gallagher war auf dem Titelblatt des *Globe*.

Seine Lungen füllten sich mit süßer, frischer Luft. Sein Rücken entkrampfte sich, und genau da, hier am Küchentisch, hatte er das Gefühl, wieder Gestalt anzunehmen.

»KLASSENVERRÄTER!«, zitierte die Schlagzeile.

Lässig ließ Gallagher die Zeitung herumschnellen, sodass sie zu ihm gedreht lag, dann lehnte er sich zurück, wandte den Blick ab, suchte sich aus der Schüssel auf dem Tisch eine Orange aus. Mit dem Daumennagel ritzte er eine Kerbe in die Schale, und ein dünner Spritzer Zitrusöl brannte auf seinen Lippen. Er löste die fleischige Schale von der Frucht, rubbelte die weiche weiße Haut mit den Fingerspitzen ab und stieß seinen Daumen in das Loch, um die Kugel in der Mitte zu teilen. Er zog eine Spalte ab, biss sie entzwei und gestattete seinem Blick, zu der Zeitung zu wandern.

Das Dinner gestern Abend. Sein Satz. Ein frisches Zitat von McFall, der die Anklage wiederholte: Gallagher habe eine Affäre mit Jill Bowman gehabt. Noch schlimmer, am zehnten Oktober seien sie zu einer Versammlung nach Inverness gefahren, und Jills Unterkunft und Reise seien mit Fraktionsgeldern bezahlt worden.

Mit Fraktionsgeldern bezahlt. Jill arbeitete für die Partei, sie hatte ein Recht darauf, ihre Spesen erstattet zu bekommen. Wenn Spesen nicht erstattet wurden, stand die Politik nur der Mittelklasse offen. Die Professionalisierung der Politik. Der Ausschluss der Arbeiterklasse vom politischen Prozess.

Inverness am zehnten Oktober. Er entsperrte sein Handy und schaute in den Kalender. Die Versammlung in Inverness war am achten gewesen. Sie bekamen ja noch nicht mal das Datum richtig hin. Am zehnten war er bei diesem Wohnungsbau-Ding gewesen, ein trostloser Runder Tisch mit lauter hässlichen, wütenden Menschen, die Unterkünfte für behinderte Kinder wollten. Ungefähr zwanzig Leute da.

Gallagher wandte sich von der Zeitung ab, scheute sie, während sie um seine Aufmerksamkeit bettelte. Er aß die Orange langsam, Spalte um Spalte.

Sein Handy piepste: eine Textnachricht. Er zog es aus der Tasche, legte es auf den Tisch und las. *Drekspak. Wenich was tun kan gib laut. McG*

Danny McGrath. Er konnte keine Rechtschreibung und schrieb immer von einer unbekannten Nummer. Danny war Gangster gewesen, jetzt schien er solide werden zu wollen, aber er wusste genau, wie es sich anfühlte, wenn man der verhasste dicke Fisch war, wenn man allen möglichen Aufwand trieb für genau die Leute, die sich dann, nachdem man sie hochgebracht hatte, gegen einen wandten. Danny kannte den Wert von Loyalität. Kenneth kannte ihren Wert auch: Er löschte die Nachricht sofort.

Er linste wieder auf die Zeitung. McFall verstand doch gar nicht, was er da eigentlich sagte. Er hatte keine Ahnung von dem Westminster-Spesenskandal. Jemand schickte ihn vor.

Er las die Verfasserzeile: Gordon Buchan. Verdammt, das hätte er sich gleich denken können. Buchan war in der Schule eine Klasse unter ihm gewesen, ein arroganter kleiner Scheißer, der sich Gallagher etliche Male vorgestellt hatte. »Ich war ein Jahr unter Ihnen in der Schule«, sagte er jedes Mal, die Augen zu einem spöttischen Lächeln zusammengezogen, als wollte er Gallaghers Integrität in Zweifel ziehen. Kenny machte kein Geheimnis aus seinem Privatschulhintergrund. Das war Teil seiner Anziehungskraft für die Wählerschaft. Und hatte nicht der aus dem Amt scheidende Präsident der Kommunistischen Partei Großbritannien (marxistisch-leninistisch) selbst über Kenny Gallagher gesagt, ein wahrhaft großer Mann kämpfe für die Klassenrechte, nicht für seine eigenen? Buchan versuchte jedes Mal, ihn in Verlegenheit zu bringen, und Gallagher reagierte jedes Mal, indem er so tat, als habe er ihn vergessen. Das erbitterte Buchan wahrscheinlich genug, um McFalls Story nachzugehen, als er davon Wind bekam, ihn zu bestärken und zu präparieren, damit die Unterstellung richtig einschlug: Nahm Gallagher Bowman etwa mit, wenn er auf Reisen ging? Was glaubte McFall, wer dafür aufkam? Musste man nicht annehmen, Jill habe Spesen kassiert? Wichser.

Soziale Ausgrenzung, Ausschluss vom politischen Prozess: Das war ein gutes Argument. Er sollte sich das notieren, es Pete sagen, auf sich und seine privilegierte Herkunft verweisen, sie für sich selbst sprechen lassen. Er konnte es auch in eine Rede einbauen, nicht auf das hier bezogen, nur ins Gespräch bringen, bevor die Story virulent wurde. Und dann darauf zurückverweisen und das Ganze als Teil einer laufenden Diskussion hinstellen.

Jetzt war er völig gefasst und schlug die Zeitung auf. Seite fünf (es hätte Seite drei sein müssen): McFall grinsend auf einem Foto, in einem rosa Pringle-Pulli, wie er mit einem Glas billigem Champagner in die Kamera prostete. Er stand in der Auffahrt zu seinem gelben Backstein-Herrenhaus in Lennoxtown. Der Teppichkönig von Kirki. Kenny könnte das glatt witzig finden, wäre es nicht gegen ihn gerichtet. McFalls Haus war aus gelbem Backstein, der Weg aus gelben Ziegeln, und hinter ihm seine Dreiergarage, die Türen sperrangelweit geöffnet, um mit seinen Autos anzugeben. Neben dem Bild war noch eins von Kenny, wie er im Parlament saß. Er sah müde, zerknautscht und zwielichtig aus.

Gallagher lehnte sich zurück. Ganz schlechtes Licht da drin, natürliches Licht zehrte jeden aus. Kein Mensch konnte in diesem Licht gut aussehen. Er fragte sich, wer bei der Zeitung redaktionell das Sagen hatte, wer die Fotos auswählte, wer sie machte. Es war vom Zuschauerrang aus aufgenommen, oder? Von der Fernsehkamera aus? Ein Standbild?

Er war jetzt sehr ruhig.

Er sollte Peter anrufen, seinen Schriftführer, sich ein Vorgehen überlegen. Er sollte die Zeitung anrufen, das Recht auf eine Gegendarstellung einklagen. Das Argument mit der sozialen Ausgrenzung, er könnte einen Beitrag über Spesen und Teilhabe am politischen Prozess schreiben, noch einmal seine Privatschuljahre erwähnen, sich aufs hohe Ross schwingen? Pete würde vielleicht sagen, das ließe ihn aussehen, als wolle er sich auf die Seite der Spesenritter aus Westminster schlagen. Er sollte mit Pete reden.

Als er draußen ein Auto vorfahren hörte, kam er wieder zu sich. Annie. Die Wagentür wurde zugeschlagen, das Auto schloss piepsend ab. Metall kratzte auf Metall, als Annies Hausschlüssel das Schloss suchte. Gallagher schlug die Beine übereinander, damit sie von der Tür aus seinen Fuß unterm Tisch sah und wusste, dass er da war.

Die Tür ging auf und sie betrat den Flur, ließ ihre Tasche fallen, ihren Mantel. Gallagher schwang seinen Fuß leicht, winkte sie her, aber Annie stand still, er hatte das Gefühl, sie beobachtete ihn, doch sie kam nicht in die Küche. Stattdessen joggte sie nach oben.

Er rief nach ihr, klang verärgert: »Annie?«

Keine Antwort. Er verdrehte die Augen, stand auf und ging nach oben, ohne das Geländer zu berühren, ihm war bewusst, dass seine Hände von der Orange klebrig waren. »Annie? Annie, wo bist du?«

Sie war im Badezimmer oben an der Treppe, saß bei offener Tür auf der Toilette, den Rock um die Taille hochgezogen, die Oberschenkel nackt und mit Dellen.

Er war schockiert, er hatte sie noch nie auf dem Klo gesehen. Annie wollte ihn ja nicht mal bei den Geburten dabeihaben. Etwas Grundlegendes hatte sich verschoben.

»Ach, das ist ja nett«, sagte er. »Hättest du nicht die Tür zumachen können?«

Sie bedachte ihn mit einem finsteren Blick. »Hast du die Zeitung gesehen?«

Er schaute auf sie hinab. Sie war nicht mehr dieselbe wie früher. Und das war auch nichts komplett Neues, da gab es gewaltige Makel, die sie ihm zunächst verheimlicht hatte, ihr Anspruchsdenken, ihre feige Gier nach Geld, ihr wachsender spießbürgerlicher Hochmut.

Jetzt allerdings war sie nicht hochmütig. Sie musterte ihn von oben bis unten und presste angewidert die Lippen zusammen. »Klein Kenny hat mich gefragt, ob du wieder eine Freundin hast. Die Jungs in der Schule löchern ihn damit. Hast du eine?«

Sie hielt seinen Blick, ihre Verachtung durchbohrte ihn, bis sie zu pissen anfing, es platschte laut ins Wasser.

Gallagher nahm die Schultern nach hinten, um sich zum

Einatmen zu zwingen, betrat das Bad und drehte den Wasserhahn auf, um sich die klebrigen Hände zu waschen.

Der kleine Kenneth war erst zwölf, aber schon eine Dreckschleuder. Er zog die Augenbrauen hoch, vorgetäuschte Unschuld, und sagte zuverlässig genau das, was er nicht sagen sollte: »Warum hustet Granny Helen so doll?«, wenn Annies Mutter nach Zigaretten stank und gelbe Finger hatte; »Mummy, warum redet Daddy anders, wenn er mit Grandpa Malcolm redet, als wenn er mit dir redet?«

»*Ich hab dich was gefragt.*« Sie hob die Stimme nicht, aber er zuckte unter ihrem Zischen zusammen.

Während er sich den Mund abwusch, um das Stechen auf seinen Lippen loszuwerden, warf er einen Blick in den Spiegel, sah Annie mit gespreizten Beinen, die sich gerade mit Toilettenpapier trockenrieb. Sie begegnete seinem Blick im Spiegel, ihr Gesicht voller Verachtung. »Du hattest es mir versprochen.«

Er griff eben nach dem Händehandtuch, als ihn der Schlag am Rücken traf und er mit dem Kopf voran gegen die Wand knallte. Im Fallen huschte sein Blick an seinem Spiegelbild vorbei und er sah Annie, das Gesicht verdeckt von den schwarzen, schwarzen Haaren, in der Luft, sie bewegte sich wie ein Wrestler im amerikanischen Fernsehen. Es war ihre Schulter, die ihn zwischen den Schulterblättern getroffen hatte, und sie fletschte die Zähne wie ein kämpfender Hund.

Gallagher ging zu Boden, schlug sich schmerzhaft den Kopf an der Waschbeckenkante an.

Er war gefangen zwischen dem Fuß des Waschbeckens und der Wand, lag auf der Seite, Annie auf ihm, er wehrte sich, kam aber nicht hoch. Sie lehnte sich mit ihrem ganzen Gewicht auf ihn, hieb wild auf seinen Rücken ein, seinen Kopf, seine Ohren, strampelte auf dem Fliesenboden, die Beine gefesselt von ihrem um die Knöchel hängenden Schlüpfer.

Er griff nach ihren Handgelenken, verfehlte sie, schrie: »STOPP!«, wie man es tun sollte, wenn man angegriffen wurde: so laut er konnte. Aber Annie drosch weiter wirkungslos auf ihn ein, ihre Tränen kleckerten auf seinen Hals und sein Gesicht, sie keuchte unzusammenhängende Silben – krank – Scheiß – Mist – loch.

Schlagartig verließ sie der Kampfgeist. Sie lag still, keuchte, sah ihn nicht an. Dann rutschte sie von ihm runter und stand auf, stützte sich dabei mit dem Handballen auf seinen Weichteilen ab, als wäre er ein Ding, ein Teppich, eine Badematte. Richtete sich ganz auf und betrachtete sich gleichgültig im Spiegel über dem Waschbecken. Ohne einen Blick in seine Richtung bückte sie sich, packte den Schlüpfer um ihre Knöchel, zog ihn hoch und verließ das Bad.

Kenny lag auf dem Rücken und horchte ihr nach. Er hörte, wie die Schiebetür des Einbauschranks aufging.

Annie hatte ihn schon früher geschlagen, eine primitive Ohrfeige, übermannt von Schock oder Wut, geblendet von Liebe oder weil sie ihn brauchte, aber nie so, nie mit dem Schlüpfer um ihre Knöchel.

Womöglich hatte sie ihn sichtbar im Gesicht verletzt. Kenny rappelte sich auf und schaute in den Spiegel. Keine Schrammen. Zum Glück auch kein Pochen, das auf spätere Blutergüsse schließen ließ. Er entdeckte einen blutigen Kratzer über seinem Ohr, aber der war unter den Haaren. Er nahm ein Blatt Toilettenpapier und betupfte die Wunde, drückte fest zu, um mehr Blut herauszudrücken, damit es dramatisch aussah.

Sie kam an der Badezimmertür vorbei, eilte nach unten, und er folgte ihr. Am Durchgang zur Küche blieb er stehen, hielt sich das Klopapier an den Kopf, damit sie sah, was sie getan hatte.

»Annie, die Zeitungen bauschen das alles auf. Das ist wieder Buchan, guck dir die Verfasserzeile an. Glaubst du wirklich,

McFall kommt von allein auf so was? Ich war nicht mal in Inverness am zehnten. McFall liest die *Sun*, um Himmels willen.«

Sie ignorierte ihn, räumte den Frühstückstisch ab, ließ alles achtlos in die Spüle fallen.

»Ich war *hier* am zehnten. Also frag dich mal, *warum jetzt*. Darüber solltest du nachdenken, Annie, nicht ob ich ein Versprechen gebrochen habe, sondern *warum gerade jetzt*.«

Sie erstarrte, drehte sich steif zu ihm um, sah ihn immer noch nicht an und sprach, als hätte sie diese Rede vorbereitet: »Kenny.« Sie sah sehr attraktiv aus, obwohl ihr Kinn zitterte und ihr Tränen über die Wangen liefen. »Als ich dich kennengelernt habe, hatte ich einen Beruf. Ich hatte Ziele und Selbstachtung und einen Abschluss. Ich hatte die besten Chancen im Leben.« Ihre Stimme brach. »Du hast mich klein gemacht. Du hast mich auf die dumme Tussi reduziert, die für dich putzt und deine Klamotten wäscht.«

»Annie, du bist meine *Frau*.« Er wollte sie damit aus der Rolle emporheben, die sie für sich entwarf, aber ihm wurde klar, dass es womöglich klang, als sagte er dasselbe wie sie. »Würde ich dir ins Gesicht lügen?«

Das hatte er schon getan, um ehrlich zu sein, und sie beide wussten es, aber darüber hatten sie sich in eine Sackgasse diskutiert und trauten sich beide nicht, wieder davon anzufangen.

Annie stand sehr still und schloss die Augen. »Bildest du dir wirklich ein, dass ich nicht weiß, wie ein Wichsfleck aussieht?«

Er war geschockt, dass sie dieses derbe Wort benutzte. Er brauchte einen Moment, um zu verstehen, was sie ihm eigentlich vorwarf.

»Ist das dein Ernst? Wann? Wann glaubst du so was gesehen zu haben?« Es musste Monate her sein, das letzte Mal, als er hinterher nicht hatte duschen können. Das erklärte ihren Stimmungsumschwung, die Kälte, den immer größeren Abstand im Bett, die Witze übers Streiken. Es musste Monate her sein, also sagte er: »Diese Woche? Wann? Gestern? Dann zeig mal her.«

»Ich hab's gewaschen.«

»Warum hast du es gewaschen?«

»Es war in der Wäsche.«

»Glaubst du wirklich, ich würde so was tun? Es einfach in die Wäsche werfen, damit du es wäschst? Hältst du mich für die Art Mann?«

Jetzt weinte sie, schämte sich, versuchte die Küche zu verlassen, aber er versperrte ihr den Weg. »Lass … verpiss dich einfach zur Arbeit, Kenny.«

»Annie.« Er ging leicht in die Knie, um ihren Blick aufzufangen, »denk doch mal *nach*! Warum jetzt? Die Wahl steht bevor. Wir sind jetzt eine Bedrohung für sie, zum ersten Mal überhaupt. Ich habe dich gewarnt, dass es schmutzig werden kann. Das ist kein Zufall. Sie haben Angst vor uns. Es ist Buchan, der diese Story verfolgt und immer wieder aufwärmt. Er ist eifersüchtig. Denk mal drüber nach: Wann hat sich McFall je um Spesen geschert? ›Der Teppichkönig von Kirki‹?«

Er hatte gehofft, sie damit zum Lächeln zu bringen, aber das tat sie nicht. Er sah, wie sie darüber nachdachte, an sich zweifelte. Die Wichsflecken waren ihr einziges triftiges Beweisstück, und jetzt hatte er sie dazu gebracht, das zu hinterfragen. Plötzlich war sie unsicher und er stürzte sich darauf:

»Sie haben Angst. Ich hab dich gewarnt. Ich hab dir doch gesagt, sie würden solche Tricks einsetzen, oder?«

Annie ließ das Kinn sinken und flehte: »Sag mir einfach die Wahrheit, Kenny. Nur das eine Mal. Bitte?«, flüsterte sie. »Sag mir bitte einfach – als Freund – sag mir die Wahrheit. Bitte?«

Sie führten zwei völlig verschiedene Gespräche.

Kenny war klüger als Annie. Es war eine Erfindung von ihnen, dass sie klüger war, weil sie es ohne Privilegien nach oben geschafft hatte, dass er nur einen besseren Abschluss hatte als sie, weil er auf der Privatschule war, aber das stimmte nicht. Jetzt schien sie nicht mal mehr imstande, einem simplen Gedankengang zu folgen. Und sie hatte vor ihm gepisst. Eine Frau konnte nicht vor einem Mann pissen und erwarten, dass er sie respektierte.

»Annie«, sagte er streng und trat einen Schritt zurück, »hör mir zu: *So arbeiten Zeitungen nun mal.* Sie *ruinieren* Leute, um daraus Profit zu schlagen.«

Sie grinste abfällig und wischte sich mit der flachen Hand übers Gesicht, verschmierte die Tränen, sodass ihre Wangen glitzerten. »Die dreckige kapitalistische Presse?«

»Sie ruinieren die Leute, Annie, und zwar genau so.«

»Wer ruiniert hier?« Sie schniefte laut, legte den Kopf zurück, und er sah einen Schatten davon, wie schön sie einmal gewesen war. »Etwa die Scheiß-*Presse*?«

Es ärgerte ihn, dass sie so vulgär wurde. »Die Presse in diesem Land hat eine *schamlos* unverhältnismäßige Macht. Allein im letzten Jahr haben fünf …«

»SPRICH NICHT IN DIESEM TON IN UNSEREM HAUS!«

Er stand still. Sie brüllte so laut, dass ihre Stimme in seinem Ohr nachhallte. Da war eine Wildheit an ihr, ein Schwanken zwischen Wut und Elend, und er konnte sie nicht durchschauen.

»SCHLEPP DIESEN WAHLKAMPFTON NICHT IN MEIN HAUS!« Beim Schreien kniff sie die Augen zu, hackte mit der Hand nach ihm, als wollte sie ihn wieder schlagen.

Er wich sicherheitshalber ein Stück zurück. Sie klang außer sich, irrational, also änderte er seine Herangehensweise und versuchte es noch einmal. »Was ich sagen will, ist: Es ist die Presse. Sie lügen, um mich zu diskreditieren. Um *dich* zu diskreditieren. Dich zu demütigen.«

»Mich demütigen?« Sie weinte jetzt wieder, sah verwirrt aus und ängstlich. »Findest du, sie dürfen solche Lügen schreiben, mich demütigen?«

Er wusste nicht, worauf sie hinauswollte, also zuckte er die Achseln. »Nein.«

»Nein.« Sie weinte und lachte. Es sah ekelhaft aus. »Sie sollten *nicht* lügen und mich demütigen dürfen. Denn Lügen ist falsch, und wenn Leute einfach lügen und das Lügen ganz normal wird, dann wirkt die Person, die die Wahrheit sagt, übergeschnappt, oder nicht?«

Sie nannte ihn einen Lügner, in ihrer gemeinsamen Küche, aber Kenny beschloss, über alldem zu stehen, und machte ein angestrengtes Gesicht, als käme er nicht mit. »Was? Willst du damit sagen, sie versuchen, mich als verrückt hinzustellen?«

»Sag mir die Wahrheit.«

»Ich *sage* dir die Wahrheit!«

Sie lachte unter Tränen, vielleicht über sich selbst. »Himmel.« Sie schüttelte den Kopf. »Du bist so ein oberflächlicher kleinbürgerlicher Arsch.«

Noch nie hatte sie ihn kleinbürgerlich genannt, niemals. Und es tat ihr auch nicht leid. Sie stand vor ihm wie stellvertretend für jeden streitlustigen Wähler, dem er sich je gestellt hatte, all das endlose Gequengel. Er spürte, wie Zorn in ihm aufstieg, eine glühende Wut, die Annie unmöglich nachvollziehen konnte, denn sie hatte nie einen Platz an der Spitze gehabt, den sie aufgeben konnte, um hier zu sein und zu kämpfen und für das Wohl der Leute zu arbeiten, die ihn verachteten, weil er nicht dazugehörte.

»Ja. Und weißt du was?« Ganz sachlich. »Weißt du was, Kenny? Du solltest ihnen das nicht durchgehen lassen. Du solltest dich der Presse heldenhaft entgegenstemmen. Verklag sie. Das wird stark: Ein einzelner ehrlicher Mann, der gegen die geballte Macht der Kapitalistenpresse antritt …«

»Nein –«

»Ach, doch, doch, nein, komm schon!« Sie schrie, lachte, wütend, halb verrückt. »Verklag sie. *Beweise* allen, dass du kein Lügner bist.«

»Annie, werd erwachsen ...«

»Haben etwa nur Fußballer und Medienbarone ein Recht auf ihren guten Ruf? Warum gibt es keine Prozesskostenhilfe bei Rufschädigung? Dürfen normale Menschen keinen Ruf haben? Normale Familien? Das wär doch mal eine Kampagne, in die du dich mit deinem selbstgerechten Mundwerk verbeißen kannst.«

Schlau, dachte er, seine eigene Rhetorik gegen ihn zu verwenden. Er hatte ihr also doch etwas beigebracht. »Du weißt nicht, wovon du sprichst. Das sind riesige multinationale Unternehmen. Wir haben gar nicht die Mittel, um uns mit denen anzulegen.«

Sie verschränkte die Arme. »Nimm eine Hypothek auf. Das Haus bringt eine halbe Million. Mir wäre es das wert.«

Sie blickten sich an, sie ganz auf Krawall gebürstet, er ruhig und vernünftig, bis er wegsah. »Sei realistisch, Annie, selbst das würde nicht reichen. Wir könnten alles verlieren. Denk an die Kinder, wir dürfen nicht leichtsinnig sein ...«

»Oh nein, Kenny.« Ihr Blick war hart. »Es ist nicht leichtsinnig, denn wir können ja beweisen, dass es nicht wahr ist. Wir werden gewinnen. Wir gewinnen, weil du kein Lügner bist und mich nicht wie eine Idiotin behandelst. Du hast mich nicht geheiratet und Kinder mit mir bekommen, um als Mann der Arbeiterklasse glaubwürdiger zu sein, und mich den Golfclub-Freunden deiner Eltern vorgeführt wie einen Zirkusfreak, während du jede spitzärschige Schlampe gevögelt hast, die dir über den Weg lief.«

»Annie ...«

»Also klagen wir. Wir gewinnen. Wir lassen Jill Bowman unter Eid schwören, dass es Scheißdreck ist. Wir kriegen McFalls Geständnis, dass er dazu gebracht wurde, so was zu sagen. Und du warst am zehnten hier. Das können wir beweisen.«

Sie beobachtete ihn, abwartend, schaute auf seine Lippen, wollte, dass er redete. Er tat es nicht.

»Lass uns gleich Jill anrufen. Sicherstellen, dass sie auf Linie ist.« Ihre Hand schwebte über seinem Handy auf dem Tisch. »Ist ihre Nummer hier drin?«

Er stand ganz still. »Ich habe ihre Nummer nicht im Handy.«

»Oh.« Sie zog ihre Hand zurück. »Nicht in deinem Handy? Ach, das ist ja komisch. Du hast die Nummern von allen im Büro, aber nicht die von Jill?«

»Sie war eigentlich gar nicht so oft da.« Er machte eine vage Handbewegung zu seinem Handy. »Du kannst gern nachschauen, wenn du mir nicht glaubst.«

Annie sah das Handy an. »Das muss ich nicht. Ich weiß, dass sie nicht da ist. Sie findet sich unter ›kürzlich gelöscht‹. Ich hab gestern Abend nachgeschaut, als du dich zum Ausgehen fertig gemacht hast.«

Er dachte an seine Dusche, die Hose auf dem Bett, das Handy in der Tasche, als sie sagte: »Du musst sie nicht unbedingt selber anrufen. Ich kann das für dich machen …«

Da verstand er, dass Annie vorhatte, ihn zu verlassen.

Kenny Gallagher spürte, wie sein Brustbein brach. Annie würde ihn verlassen und die Kinder mitnehmen. Sie würde ihn alleinlassen. Die Presse würde erfahren, dass sie ihn verlassen hatte. Es würde die Gerüchte bestätigen. Frauen, viele Frauen würden sich nach vorn drängeln und in Kurzbeiträgen zu Wort kommen, fette Frauen, junge Frauen, drei Männer, Männer als Zuschauer, fickende Männer, in Hotels und in Schlafzimmern mit Fotos von Omas auf dem Nachttisch, mit Kinderspielzeugen auf dem Boden, in Taxis und Bars nach Feierabend.

Er wäre erledigt. Er war ein Familienmensch, ein vertrauenswürdiger Mann, ein guter Mann. Und alles, wofür er gekämpft hatte, all seine Arbeit wäre verloren, und er wäre ein Mann mittleren Alters, allein in einem einsamen Zimmer, und Malcolm würde ihn als den Schatten erkennen, der er war.

Annie würde ihn verlassen. McFall würde sie anrufen, um sie zu bemitleiden, ihrer Mutter Zigaretten kaufen. Er würde rüberkommen, Wein einschenken, er würde sie ficken, nur um Malcolm zu ärgern. McFall würde Annie ficken.

Plötzlich klingelte sein Handy los.

Annie griff zu und nahm es hoch. Sie sagte mit ganz normaler Stimme »Hallo« und fragte, wer dran sei. Als sie sich wieder zu ihm umdrehte, war ihr Blick verschleiert. »Die *Daily News*.«

Er nahm das Handy.

»Hallo, Kenny? Hier ist Paddy Meehan von der *Daily News*. Ich habe mich gefragt, ob Sie wohl Zeit für ein, zwei Worte über Tam McFall hätten?«

Er sah Annie an, die ihn mit totem Blick beobachtete.

»Klar, Paddy, was kann ich für Sie tun?«

»Super.« Meehan klang überrascht, dass er dazu bereit war. »McFall behauptet, Sie hätten eine Affäre mit Jill Bowman gehabt, ist das wahr?«

»Hören Sie mal, Paddy, ich habe mich da doch ganz klar ausgedrückt: Ich kenne Jill Bowman. Sie hat mit einem Zeitvertrag für mein Büro gearbeitet. Aber *jede* Andeutung, dass unsere Beziehung je irgendwas anderes war als beruflich, ist Unsinn. Parteimitarbeiter haben ein Recht darauf, ihre Spesen bezahlt zu bekommen. Wenn wir das nicht tun, schließen wir automatisch alle aus der Arbeiterklasse vom politischen Prozess aus. Soziale Ausgrenzung. Darum geht es bei der ganzen Sache, Paddy. Denken Sie mal drüber nach: Sie stammen selbst aus einer einfachen Familie. Als Sie jung waren, hätten Sie sich da siebzig Mäuse für Zugticket und Unterkunft leisten können?«

»Nein. Wissen Sie was, Kenny? Sie haben recht, das hätte ich nicht gekonnt. Ich hege durchaus Sympathie für Sie, wie Sie wissen, aber ehrlich gesagt hatte ich daran noch nicht gedacht. Werden normalerweise allen die Unkosten erstattet?«

»Natürlich, Paddy. Die Labour Party ist die Partei der sozialen Gerechtigkeit. Wir schließen Leute nicht aufgrund ihres Bankkontos vom politischen Prozess aus.«

Ein kaltes, hypnotisiertes Lächeln schlich sich auf Annies Gesicht.

»Also *wurden* Jill Bowmans Spesen erstattet?«

»Nun, Paddy, es ist ja so: Ich kann beweisen, dass ich am zehnten nicht mal in Inverness …«

»SAG'S IHR, KENNY.« Annie sprach so laut, dass Kenny Angst hatte, Meehan könnte sie hören.

»Ist das Annie im Hintergrund, Kenny?«

»SAG'S IHR.«

»Ist das Annie? Kann ich mit ihr sprechen?«

Kenny hob warnend eine Hand in Richtung Annie, sie sollte die Klappe halten.

Annie brüllte: »*SAG'S IHR!*« Vielleicht schlug sie ihn wieder, und dann würde Meehan es hören, und es käme in allen Zeitungen.

Panisch presste Kenny den Hörer an seine gebrochene Brust. »*Was?*«

»Sag ihr, dass du kein Lügner bist. Sag ihr, du lässt dir das nicht gefallen.« Annie grinste höhnisch. »Na los. Sag ihr, dass du vor Gericht gehst.«

»Hallo? Kenny? Hallo?« Meehan quakte in seine Brust. »Können Sie mich hören?«

Er hob das Telefon wieder an die Lippen. »Paddy, kann ich Sie zurückrufen?«

»Klar«, Meehan klang unsicher. »Irgendeine bestimmte Zeit, die Ihnen passt?«

Annie blinzelte angewidert und wandte sich ab.

Als ihr Blick ihn verließ, spürte Kenny, wie seine Brust zerbröselte, seine Rippen zerquetschten seine Lungen, drückten die schwere Luft aus ihm heraus.

»Paddy! Sind Sie noch dran?«

»Ja?«

»Paddy. Ich gehe vor Gericht.«

Annie drehte sich wieder zu ihm um.

»Ich verklage sie.«

Er sah zu, wie Annies Gesicht weich und sie wieder das schöne Mädchen wurde, das sie einmal gewesen war.

»Ich war in der Nacht gar nicht in Inverness. Das ist ein Versuch, mich vor der Wahl zu diskreditieren. Mir wurde geraten, momentan nichts weiter zu sagen, aber, äh, wir werden eine Pressekonferenz einberufen, und wir melden uns bei Ihnen mit Zeit und Ort. Okay?«

Meehan schrieb spürbar jedes Wort mit. Annie konnte die Augen nicht von ihm abwenden, aber ihr Blick war jetzt nicht mehr tot oder wütend, er quoll über vor Hoffnung, vor Respekt, vor Liebe.

»Okay«, sagte Meehan. »Okay, Kenny, danke. Sie geben mir Bescheid, wo und wann?«

»Pete ruft Sie an, sobald der Termin steht.«

»Hervorragend.«

8

Tamsin Leonard setzte sich Alex Morrow gegenüber an deren Schreibtisch und merkte, dass sie ihre Chefin nicht ansehen konnte. Sie hatte Papiere dabei, die legte sie auf den Tisch, um von ihrer Gemütslage abzulenken, und versuchte die erste Seite vorzulesen.

»Die eine Organisation, in der Pavel ist, 8G, hat auf der Website eine lange Mitgliederliste –«

»Warum tun Sie das?«

DS Morrow saß zurückgelehnt da und schaute auf Leonards Hände. Sie wirkte verärgert.

»Was denn, Ma'am?«

»Das hier.« Morrow schnippte hektisch mit ihrem Daumennagel am Zeigefinger. »Was soll das?«

Leonard hörte damit auf und legte die Hand in den Schoß. »Entschuldigung.«

Morrow starrte kurz durch sie hindurch und nickte dann zu den Papieren hin. »Legen Sie los.«

»8G hat eine lange Mitgliederliste, die öffentlich auf der Website steht. Die Organisation ist neun Jahre alt. Wenn man Martin Pavel mit den Mitgliedern abgleicht, die nach ihm auf der Liste stehen, und den Umstand berücksichtigt, auf was für Seiten sie sich noch eingetragen haben, dürfte er etwa seit drei Jahren dabei sein.«

»Also ist das gar nichts Neues?«

»Nein. Für eine Mitgliedschaft muss man sich nur eintragen, das ist eher eine Petition als sonst was.«

»Worum geht es ihnen dann?«

»Schriftliche Kampagnen während der G8-Konferenz. Massenmails an die Regierungen der Mitgliedstaaten.«

Tamsin sah auf. Morrow hörte ihr mit zur Seite geneigtem Kopf zu. Sie nickte wieder zu den Papieren hin.

»FEPA ist ebenfalls eine pazifistische Organisation –«

»Ja, die haben doch so ein ödes Bildungsding laufen …«

»Ja.« Tamsin schaute lächelnd auf, begegnete dabei Morrows Blick. Sie wurde rot, beschämt von der Offenheit, zwang den Blick auf den Schreibtisch zurück. »Die sind in Ordnung. Er ist Mitglied, aber auch sie scheinen keine Spenden zu sammeln oder so was, es geht da nur um Online-Unterstützung in Form von hartnäckigen E-Mails an Lokalpolitiker. Solche Sachen.«

»Und die ULF?«

»Die *Unity of Life Foundation*.« Leonard rutschte auf ihrem Stuhl herum, erwärmte sich für ihre Mission. »Über die habe ich bis auf ihre eigene Website nichts finden können. Aber sobald man ›Foundation‹ weglässt, taucht plötzlich massenhaft alles mögliche Zeug auf« – sie schob Morrow die Ausdrucke hin – »ein Kirchenverband der religiösen Rechten, Lebensschützerorganisationen, eine Versicherungsfirma …«

»Wo haben die ihren Sitz?«

Sie schaute in ihre Notizen. »Die Kirche ist in Surrey. Die Lebensschützer sind Amerikaner.«

»Die schießen auf Menschen, oder? Die amerikanischen Lebensschützer. Wissen wir etwas über Brendan Lyons' Haltung zu Abtreibung?«

Leonard wusste nicht recht, ob das eine rhetorische Frage war. »Ich weiß nichts darüber. War er politisch aktiv?«

»Mitglied der kommunistischen Partei. Wie stehen die zu Abtreibung?«

»Ich prüf das.«

»Klingt mir, als wären sie eher für die freie Entscheidung. Kriegen Sie raus, ob Brendan Lyons sich bei irgendwelchen

Kampagnen oder so was engagiert hat. Konzentrieren Sie sich auf die aktuellen.«

Erleichtert, hinauszukommen, stand Leonard auf. »Danke, Ma'am.«

»Ja. Ach, Leonard? Was ist los mit Ihnen?«

Leonard erstarrte. Das war's. Jetzt war der Moment zu gestehen.

Es würde eine Erleichterung sein, es laut auszusprechen, die brennenden Wörter einfach aus sich heraussprudeln und den Raum füllen zu lassen. Aber Camilla würde es erfahren. Dann hatte sie vielleicht eine Fehlgeburt. Und sie würde Wilder mit ausliefern, und sein Leben war sowieso schon scheiße. Es war ein zu hoher Preis für so eine kleine Erleichterung.

»Ich ... fühle mich nicht ganz gesund«, sagte sie und sammelte ihre Papiere zusammen. »Übelkeit.«

Sie machte sich auf den Weg zur Tür, in den Flur, hinaus aus dieser Zeitblase, in der die Wahrheit zu sagen eine greifbare Möglichkeit war. An der Tür warf sie einen Blick zurück und sah, dass DS Morrow sie beobachtete.

»Wilder hat sich heute Morgen krankgemeldet. Vielleicht haben Sie beide sich einen Virus eingefangen.«

Leonard nickte und schloss die Tür hinter sich.

Tamsin fuhr langsam eine Straße mit nagelneuen Backsteinlagerhäusern entlang: lange rote Gebäude, in regelmäßigen Abständen von Türen unterbrochen. Neben jeder Tür prangte eine drei Fuß hohe Hausnummer, Weiß auf Rot, um die Postadresse anzuzeigen. Viele trugen ein »Zu vermieten«-Schild über erloschenen Ladenschildern: eine Druckerei, eine Bäckerei.

DC Routher schaute aus dem Fenster und zählte leise die Hausnummern herunter wie ein aufgeregtes Kind. Er war jung, hatte einen Pickel am Kinn, kurze braune Haare, als hätte seine Mutter dem Friseur gesagt, was er tun sollte, und Leonard ertappte ihn jedes Mal beim Lächeln, wenn sie ihn aus dem Augenwinkel ansah. Sie spürte, dass er es genoss, gefahren zu werden, insbesondere von jemandem, der zehn Jahre älter war als er und dabei fünf Jahre weniger Dienstzeit geltend machen konnte, aber sie dachte nicht groß darüber nach. In Gedanken war sie bei Wilder.

Vielleicht ging es Wilder wirklich nicht gut, oder er hatte Gewissensbisse. Oder er war besoffen. Vielleicht wollte er nach Hause, um den ganzen Mist in Empfang zu nehmen, den er in der Nacht im Internet bestellt hatte – die Autos, die rückverfolgbaren Luxusgüter –, und sie würden erwischt.

Sie dachte ans Erwischtwerden, wie stinkwütend Camilla wäre. Camilla war so pragmatisch wie eine alte Grenzerfrau: Sollte Tamsin ins Gefängnis geschickt werden, kam es gar nicht infrage, dass sie auf sie warten würde.

»Einundzwanzig.« Routher grinste an einem roten Backsteinlagerhaus mit einem Schild in fast schon unlesbar kunstvollen keltischen Lettern hinauf: »TSF Electrical Engineers.«

Leonard parkte auf einem der vielen leeren Parkplätze.

Vollkommen synchron lösten Routher und Leonard ihre Gurte, schoben sie über die Schultern nach oben, öffneten die Türen und stellten einen Fuß hinaus auf den Asphalt.

Plötzlich erstarrte Leonard: Ihr Privathandy klingelte in ihrer Hosentasche, die gefürchtete Vibration an ihrem Oberschenkel.

Routher stand schon draußen neben der offenen Tür, spürte aber die Veränderung bei ihr und bückte sich, um ins Auto zu schauen. »Was ist?«

»Mein Handy.« Ihre Stimme war hoch, atemlos, als sie in ihre Tasche griff und ihr Privathandy herauszog.

»Böses Mädchen!« Routher drohte ihr scherzhaft mit dem Finger. »Ist gegen die Vorschrift, im Einsatz das Handy dabeizuhaben.«

Aber sie hatten denselben Dienstgrad und sie musste sich von ihm nichts gefallen lassen. »Ich bin gleich bei dir.«

Er sah enttäuscht aus, weil sie nicht mit ihm spielen wollte, und schloss die Tür. Dann lehnte er sich mit dem Rücken ans Autofenster, und sie schaute auf ihr Handy.

Es war eine SMS, aber sie war nicht von Camilla. Sie kam von einem unbekannten Anrufer und war ein Foto, zu klein und zu dunkel, um etwas zu erkennen.

Sie öffnete es, zog es groß und sah zu, wie es sich scharfstellte. Verschwommene schwarze Streifen längs an beiden Seiten und ein silbernes Rechteck oben quer. Noch war es zu körnig, um mehr zu erkennen. Abrupt erblühte es zu voller Schärfe.

Leonard blinzelte.

Sie öffnete die Wagentür, stellte einen Fuß hinaus, beugte sich vor und kotzte sauber auf den Boden. Sie wartete, ein Spuckefaden baumelte von ihrer Unterlippe, wartete, ob noch mehr kam. Nein. Nichts mehr. Sie hob den Fuß zurück ins Auto und schloss vorsichtig die Tür.

Deshalb war Wilder nach Hause gegangen. Das.

Sie schaute sich das Foto noch einmal an. Sie war der dunkle Streifen links auf dem Bild und Wilder ihr Zwilling. Das silberne Rechteck zwischen ihnen war der Rückspiegel des Dienstwagens. Sie standen vor Hugh Boyles Kofferraum und hielten Tüten in den Händen. Selbst bei der schlechten Auflösung eines bei Dunkelheit aufgenommenen Handyfotos konnte sie sehen, wie groß Wilders Augen waren, wie ihr selbst sprachlos und verblüfft der Mund offen stand. Das Foto kam von einer unbekannten Nummer.

Ein Klopfen an der Windschutzscheibe ließ sie zusammenzucken. Es war Routher, mit hochgezogenen Augenbrauen. »Alles klar?«

Sie nickte. Mimte Übelkeit mit der Hand. Hob den Zeigefinger. Gib mir einen Moment. Er nickte und schaute weg.

Ihr war übel geworden, das passte dazu, dass Wilder krank war, dass sie Morrow gesagt hatte, ihr sei nicht gut. Äußerlich sah es immer noch unverfänglich aus. Sie schaute wieder auf ihr glänzendes neues Handy.

Vor drei Wochen war Leonard auf der Toilette im Pub das Handy aus der hinteren Hosentasche in die Kloschüssel gefallen. Dieses hier war neu, die Nummer war neu, und erst acht oder zehn Leute hatten sie; sie hatte sie noch nicht einmal bei der Arbeit angegeben. Wilder war einer von den acht.

Ein Schnappschuss von Wilder, als er in den Kofferraum griff und das Geld berührte, die scharfen weißen Scheinwerfer des Audis beleuchteten sein Gesicht von unten. Sie dachte kurz darüber nach, ob Wilder am Morgen irgendwo hingelockt worden war, ermordet, sein Handy gestohlen, und jemand hatte ihr die SMS mit dem Foto geschickt. Das war zu kompliziert. Sie überlegte, ob Wilder ein zweites Handy hatte und versuchte, ihre Hälfte des Geldes von ihr zu erpressen. Aber das Foto war vom Inneren des Einsatzfahrzeugs aus gemacht worden, während sie draußen standen. Hugh Boyle hatte das Foto gemacht.

Draußen trat Routher von einem Bein aufs andere. Leonard schob das Handy in die Tasche zurück, und ihr wurde zu spät klar, dass Camilla keine Fehlgeburt gehabt hatte und sie erleichtert sein sollte. Sie stieg aus dem Auto.

»Alles gut?«

»Hab mir was eingefangen. Mir ist schon den ganzen Vormittag schlecht.«

Routher nickte. »Willst du zum Revier zurückfahren?«

»Nein, jetzt sind wir schon hier. Also los.« Sie ging voraus zum Lagerhauseingang.

»Sicher, dass alles in Ordnung ist?«, fragte er. »Worum ging es bei dem Anruf?«

»Nichts. Werbung …«

Sie war sich bewusst, dass sie präsent und wachsam wirken musste, also deutete sie zum Dach des Lagerhauses. »Drei vandalensichere Kameras.« Das war so offensichtlich, sie hätte genauso gut gen Himmel deuten und sagen können: »Wolken«.

»Ja, und das ist kein echter Alarmanlagenkasten.« Routher schmunzelte, als spielte er ein Spiel mit. »Das rote Licht hinter dem Gitter kommt von einer Kamera.«

Jetzt spielten sie wirklich, und Tamsin wusste nicht, wie sie da wieder herauskommen sollte. Sie schwieg.

Routher drückte den Summer, lächelte sie an, bedeutete ihr, es auch zu versuchen. An ihm war mehr dran, als sie bisher gedacht hatte. Die Erkenntnis machte sie misstrauisch.

Eine trällernde Stimme kam aus dem Lautsprecher. »TSF Elektrotechnik, was kann ich für Sie tun?«

»Strathclyde Police«, sagte Leonard. »Russell Crossan erwartet uns.«

»Einen Moment bitte.«

Über den Lautsprecher klang sie jung, aber nachdem sie ihren Termin verifiziert und sie angewiesen hatte, ihre Dienstausweise zur Überprüfung vor die Kamera zu halten, woraufhin sie sie hereinließ, fanden sie eine teigige Frau mittleren Alters mit mädchenhaften Klamotten und Make-up vor.

Sie bat noch einmal um ihre Ausweise, als sie durch die Tür kamen.

Die Firma machte ein großes Theater um ihre Unbezwingbarkeit, sie wussten, dass sie unter die Lupe kamen, dachte Leonard, aber die Kameras an der Gebäudefront waren teuer und das Innere war doppelt verstärkt und verputzt, um zu verhindern, dass jemand einbrach.

Die Rezeptionistin lächelte zu ihnen hoch. Irritierenderweise war eine ihrer falschen Wimpern ihr Augenlid hinaufgerutscht. Sie sah aus, als würde sie verwesen.

Leonard notierte sich den Namen und die Adresse der Frau,

fragte sie, wie lange sie schon hier arbeitete. Drei Jahre, sagte Wendy. Leonard fragte, ob sie einen Nachtwächter hätten. Hatten sie. Wendy gab ihr auch seine Daten. Es war unwichtig, denn die Fehlfunktion der Alarmanlage in der Postfiliale war erst am Morgen des Raubs entdeckt worden, aber sie wussten, Morrow würde trotzdem danach fragen.

Wendy summte Russell für sie an.

An einer weit entfernten Tür summte laut ein Schloss, und ein großer Mann in Jeanshemd und beigen Hosen kam zu ihnen heraus.

»Russell Crossan«, sagte er mit ausgestreckter Hand. »So etwas ist noch nie passiert. Es ist wirklich besorgniserregend.«

Routher beruhigte ihn: »Das ist nur Routine, Mr. Crossan, wir ermitteln in alle Richtungen.«

Aber es war keine Routine, und sie wussten es alle.

»Können Sie uns ins Büro führen?«

»Natürlich!«, sagte Russell.

Mit demonstrativer Vorsicht schirmte er das Ziffernfeld mit dem Körper ab und gab den Sicherheitscode ein, damit die Tür aufging, erklärte ihnen, er selbst ändere diese Nummer jede Woche, er sei der leitende Ingenieur und Partner der Firma und er wähle die Nummer aus. Dann wurde er rot, als ihm klar wurde, dass er den Rahmen der Verdächtigen auf sich allein begrenzte.

Er führte sie durch ein Großraumbüro mit niedriger Decke. Am anderen Ende überblickte man durch eine Glaswand einen hell erleuchteten Lagerbereich. Die beiden anderen Ingenieure, die für ihn arbeiteten, waren auf Kundenbesuchen unterwegs, ihre Stühle leer, aber auf ihren Schreibtischen stapelten sich ordentlich Handbücher und Zeitungen.

»Sie haben eine Menge Kameras draußen«, sagte Leonard.

»Und drinnen«, insistierte Russell. »Ich meine, es ist unser Büro, aber wir führen hier auch unsere Sicherheitsausrüstungen vor.« Er deutete auf Kameras in zwei Ecken des kleinen Raums, und ein rotes Blinken kam vom Rauchmelder an der Decke. »Zur Sicherheit«, sagte er.

Ihm schien gar nicht der Gedanke zu kommen, dass sie ihm unterstellen könnten, er hätte dem Räuber das mit der Alarmanlage verraten. Leonard hielt das für ein gutes Zeichen.

Er bot ihnen Tee an, aber sie lehnten ab und setzten sich mit ihm hin, um das Befragungsformular auszufüllen, seine Kontaktdaten, seine Erinnerung an den Tag, Notizen über Mutmaßungen, die er möglicherweise zu dem Vorfall hatte. Er hatte nichts Notierenswertes. Russell war kein fantasievoller Mann.

Routher bat ihn, das Prozedere zu erklären, wenn er einen Anruf bekam.

Russell erwärmte sich für das Thema: Also, der Anruf kam direkt von der Herstellerfirma. Dann schickten sie in einer verschlüsselten E-Mail die technischen Einzelheiten. Routher fragte, warum die Einzelheiten und die Auftragsvergabe getrennt wurden. Weil man Telefonate abhören konnte, erklärte Crossan, und E-Mail-Bugs hinterließen immer eine Spur. Alle Leaks ließen sich triangulieren, aber in diesem Fall gab es keine. Stand in der E-Mail die Adresse der Postfiliale? Russel sagte, auf keinen Fall: Sie gaben ihm die Adresse nie im Vorfeld, nur die ungefähre Anfahrtszeit, fünfzehn oder fünfzig Minuten, mehr nicht. Dann wartete er oder wer sonst den Job übernahm, wer eben auf diese Art System spezialisiert war, im Büro darauf, dass das Teil ankam. Der Hersteller bestellte das Taxi für sie.

»Also wissen Sie nie, wohin Sie fahren?«

Russel sagte nein, der Hersteller verriet es ihnen nicht. Dieses Ersatzteil wurde von unten im Süden eingeflogen. Ein Taxi sollte vom Flughafen kommen, sie einsammeln und hinbringen.

Leonard hörte zu, ließ Routher die Fragen stellen, nickte,

wenn er sie ansah, nickte, wenn Crossan sie ansah, nickte, nickte und nickte.

Russell Crossan lächelte sie an und Leonard hatte plötzlich das Gefühl, sich vielleicht wieder übergeben zu müssen. Sie rückte leicht auf ihrem Stuhl herum und nickte.

»Mr. Crossan«, sie war überrascht von der Ruhe in ihrer Stimme, »könnten Sie uns eine Liste der anderen Firmen geben, für die Sie solche Aufgaben schon erledigt haben?«

»Natürlich«, sagte Crossan. »Unbedingt, gute Idee, dann können Sie ihnen Fragen über uns stellen. Unbedingt.«

»Darf ich mal Ihre Toilette benutzen?«

Crossan brachte sie wieder raus an den Empfang und zeigte ihr dort eine Tür zu einem sehr kalten Klo.

Sie dankte ihm, verriegelte die Tür und sackte an die Wand. Dort blieb sie sehr lange.

Russell Crossan gab ihnen einen riesigen Berg Papierkram: ausgedruckte Kundenlisten, Referenzen der Firma, Referenzen von Russells vorigen Arbeitgebern, seine persönliche Bonitätsprüfung – er nahm gerade eine Hypothek auf und hatte sie deshalb sowieso bereitliegen – vielleicht hätten Sie sie gern? Sie gingen mit einem Aktenordner voller Unterlagen sowie DVDs mit den Überwachungsvideos von innen und außen, vorn und hinten für die ganze vergangene Woche.

Dann stand Russell in der Tür des Lagergebäudes und winkte ihnen beflissen zum Abschied.

Leonard parkte aus und überließ es Routher, zurückzuwinken.

»Und, was denkst du?«, fragte Routher, als sie auf die Hauptstraße einbogen.

»Weiß nicht, was denkst du?«

»Mächtig hilfsbereit.«

»Ja. Wir sollten prüfen, ob der Taxifahrer die Adresse hatte.«

»Könnte es ein so spezielles Teil gewesen sein«, überlegte Routher, »dass er daraus auf die Adresse schließen konnte? Diese Postfiliale hatte dieses Problem ja nicht zum ersten Mal.«

Das war ein guter Ansatz, ein kluger Ansatz, das wussten sie beide.

»Lohnt sich vielleicht, dem nachzugehen?« Routher klang, als angelte er nach einem Kompliment.

»Ja.«

»Ist dir immer noch schlecht?«

»Sehr.«

»Vielleicht solltest du dich krankmelden.«

»Ja, ich glaube, das muss ich.« Sie blickte auf und sah Routher wieder lächeln, so wie er auf dem Hinweg gelächelt hatte. Ihr wurde klar, dass er nicht grinste, weil er sich ihr überlegen fühlte. Er lächelte, weil er ein anständiger Mann war und gern mit ihr arbeitete. Der ganze andere Scheiß war sie selbst.

9

Morrow schaute die Straße entlang auf einen unscheinbaren alten Mietskasernenblock. Es war der letzte Viktorianer in einem trostlosen Gewerbegebiet am Fluss. Er sah unschuldig aus, der rote Sandstein war vom unaufhörlichen Regen tief weinrot angelaufen, aber die einheitlichen Netzgardinen deuteten auf eine städtische Einrichtung hin. Das und die Sicherheitstechnik auf Gefängnisniveau: ein weißer Metallkäfig mit einem Schloss von der Größe eines Taschenbuchs und dahinter eine Stahltür.

Morrow hätte jemand anderen geschickt, aber sie ging einem Gefühl wegen des alten Anita-Costello-Falls nach. Sie konnte niemand anderen schicken, denn sie wusste nicht, was sie Anitas Tochter fragen wollte, bis sie dort war. Diese Einsätze waren der Grund, warum die meisten Officers nach Beförderung strebten, dachte sie, nicht Ehrgeiz, nicht das Bedürfnis, auf einer höheren Ebene zu dienen, oder der brennende Wunsch, in der Politik mitzumischen, sondern das feige Bedürfnis, sich aus solchen Einsätzen zu verpissen: Auge in Auge mit den Verlorenen.

Diese Obdachloseneinrichtung war nicht für Familien, die das Glück verlassen hatte, oder Singlemänner und -frauen auf Arbeitssuche. Hier wurden die unappetitlichen Fälle aufgenommen, Trinker und Drogensüchtige, Meister des Chaos, Leute mit offenen Schwären und ansteckenden Krankheiten, solche, die mit abstoßenden psychischen Störungen zu kämpfen hatten. Viele Bewohner waren frisch entlassene Exknackis, die sonst nirgendwohin konnten. Einen Großteil von ihnen hätte man in brutaleren Zeiten einfach unter der Brücke krepieren lassen. Die Stadt hatte die Anstalt in dieser Großhandelswildnis eröffnet, weil es hier keine Anwohner gab, die sich dagegen wehrten, und nichts, was man hätte stehlen können.

Harris hatte vorher angerufen, und jemand beobachtete sie. Der Gitterkäfig vor der Tür summte, als sie näherkamen. Sie traten ein und mussten den Käfig hinter sich schließen, bevor sie die Eingangstür öffnen konnten.

Drinnen wartete ein Mann auf sie. Seine Haut war grau, aber sein roter Dreitagebart so frisch wie Monsungras. »Keith Beckman.« Er streckte die Hand aus, das Kinn aggressiv vorgereckt.

Keith schaute jedem von ihnen in die Augen, als er ihre Hände quetschte und sie dabei hart nach unten riss, als wäre das ein heimliches Armdrücken. Am Ende grinste er, als hätte er gewonnen.

Morrow sah sich um. Der Eingangsbereich war ein alter Flur, kalt und grau wie ein Gefängnis. An eine Wand war eine Pinnwand genagelt, daneben hing ein Museumsstück von einem bruchsicheren Telefon mit Telefonbüchern auf einem Regalbrett darunter.

Keith holte gerade Luft, um etwas zu sagen, als sich direkt neben ihnen eine Tür öffnete. Ein Altmännergesicht mit vernarbten Schnittwunden auf den Wangen und platter Nase tauchte auf. Der Mann erschrak, als er sie alle drei da stehen sah, und knallte die Tür wieder zu.

Keith leckte sich herzlos die Lippen und sah sie abwartend an.

Morrow fasste sich ins Gesicht. »Duellnarben?«

Darüber kicherte Beckman und blies ihr sauren Gestank nach Zigarettenrauch entgegen. »Der war gut.« Er schaute auf die Tür und lachte noch einmal unangenehm. »Gut. Kommen Sie hier rein.«

Er führte sie in einen Gemeinschaftsraum, der stark nach

Urin und schwach nach Desinfektionsmittel roch. Sessel waren um einen wuchtigen Fernseher arrangiert, der in einem Gitterkäfig an der Wand hing. Auf der Armlehne eines Sessels lag die versiffte Fernbedienung, zusammengehalten von einem Gurt aus Gaffa Tape, die Knöpfe in der Mitte schwarz glänzend abgenutzt.

»Sie wissen, dass sie eine Kopfverletzung hatte?«, fragte Keith.

»Das wusste ich nicht«, antwortete Morrow.

»Ja, ein Auto hat sie erwischt.« Er zuckte die Achseln. »Sie ist beim Überqueren einer vierspurigen Schnellstraße eingeschlafen.« Er grinste trocken, und Morrow dachte, sie würde ihre Pension dafür geben, von Leuten wie Keith wegzukommen. Seine Bitterkeit hatte einen sadistischen Beigeschmack.

»Na«, erwiderte sie, »das klingt sehr schläfrig.«

»Früher war sie ständig ›schläfrig‹.«

»Und jetzt nicht mehr?«

»Lässt sich schwer sagen bei manchen von denen. Ist gerade erst eingezogen, wir werden sehen. Ich hol sie.« Er ging.

Allein im Raum sahen Morrow und Harris die Sessel an. Sie waren aus lila Plastik, vermutlich wasserabweisend, mit einem Muster aus Drei- und Vierecken, die aussahen wie eine abstrakte Darstellung von Kotze. Harris schüttelte den Kopf und blieb stehen.

»Nein«, sagte sie, »ich auch nicht.«

Um einen wackligen Tisch am Fenster standen drei Holzstühle, dorthin setzten sie sich; Harris rückte den dritten Stuhl für ihre Zeugin zurecht, bevor er sich auf seinem niederließ.

Keiths Stimme schallte draußen durch den Korridor: »Doch!«

Dann die gemurmelte Antwort einer Frau.

»Rein da!«, schrie Keith. Harris und Morrow sahen sich kopfschüttelnd an: Keith dürfte nicht hier arbeiten, er war übel ausgebrannt.

Die Tür öffnete sich krachend, und Keith stieß eine Frau herein.

Hätte Morrow nicht die Fallakten gelesen, sie hätte Francesca Costello für über dreißig gehalten. Der Siebzehnjährigen fehlten vier Schneidezähne, und ihre Oberlippe sank über der Lücke ein. Sie war fett, hatte sich die schwarzen Haare sehr schlecht selbst geschnitten, und seitlich war irgendetwas Braunes, Schuppiges daran getrocknet. Sie trug einen verblichenen rosa Nicki-Trainingsanzug mit hochgezogenem Reißverschluss, und ihre Fäuste trafen sich in den Taschen.

Morrow konnte Francescas traurige Geschichte daran ablesen: Sie versteckte ihre Hände, weil sie vom Heroin geschwollen waren, in den Taschen zu Fäusten geballt für den Fall eines Angriffs. Francesca wurde fett, ließ ihre Zähne draußen und machte sich möglichst unattraktiv, denn attraktiv sein hieß Beute sein.

Alex Morrow wollte solche Dinge gar nicht wissen. Sie wollte das nicht in ihrem Kopf, wenn sie nach Hause zu ihren Jungs ging, wollte Francesca an Weihnachten nicht im Sinn haben. Wenn sie dasaß und sich ihre Geschenke anschaute, wollte sie nicht darüber nachdenken, wo Francesca war und wie es ihr ging und ob sie in Sicherheit war. Ihr Unbehagen machte sie wütend auf die hässliche Frau, angewidert von ihr, so wütend wie Keith, und sie erkannte es als ein ihnen gemeinsames Urbedürfnis, die Glücklosen für ihr Schicksal selbst verantwortlich zu machen.

»Francesca?«, fragte sie.

»Bloß ›Frankie‹.« Das Mädchen schaffte es nicht, den Blick zu heben und Morrow anzusehen. Sie blieb stehen.

»Frankie, ich bin DS Alex Morrow.« Morrow streckte die Hand aus. Frankie sah die Hand an und lachte prustend auf, sodass sich ihre Oberlippe blähte, aber Morrow hielt die Hand ausgestreckt und schüttelte sie leicht wie zur Probe, wie um Frankie zu zeigen, was sie erwartete.

Den Blick auf die Finger geheftet, zog Frankie eine Hand aus der Zuflucht ihrer Tasche und ergriff Morrows Fingerspitzen mit einem schüchternen kleinen Zuzwicken. Die Haut ihrer Hände fühlte sich an wie ein Schwamm, Blasen von angesammeltem Blut, weil die Klappen in ihren Venen zerstört waren. Morrow bot ihr den Stuhl an und nahm selbst Platz, während Frankie noch die Lage sondierte und entschied, ob sie sich dazusetzen sollte oder nicht.

»Setzen!«, bellte Keith.

Francesca schlurfte unbeholfen in die Lücke zwischen Stuhl und Tisch und setzte sich, die Hände weggesteckt und den Rücken gekrümmt, sodass sie auf die Tischplatte schaute.

Keith spürte, dass sie etwas gegen seine Methode hatten, und erklärte: »Viele unserer Bewohner werden misstrauisch, wenn man nett zu ihnen ist. Am besten ist man einfach direkt.«

»Aye«, sagte Harris, und Morrow spürte, dass er Keith auch anstrengend fand. »Können wir jetzt mal allein mit Frankie sprechen?«

Keith zögerte. »Also …« Er sah Morrow an, dachte darüber nach. »Okay.« Auf dem Weg zur Tür drehte er sich noch einmal um. »Ich bleibe in der Nähe.«

»Danke, Keith«, sagte Morrow und genoss das aufsässige Funkeln in Francescas Augen.

Keith schloss die Tür hinter sich, und Francesca hob den Kopf. Sie sah Morrow an, nicht wie einen Menschen, sondern wie einen Gegenstand, beäugte ihre Haare und ihren sauberen gebügelten Mantel, ihre Handtasche, die Schlüssel zu einem Haus enthielt, Kaugummi, Taschentücher für alle Fälle.

»Frankie«, sagte Morrow, »ich möchte Ihnen Fragen über Ihre Mum stellen.«

»Hm.« Ihr Blick fiel auf den Tisch zurück.

»Wäre das in Ordnung?«

Sie zuckte lang und heftig mit den Schultern, schaute zu

dem dunklen Fernseher hoch und murmelte: »Ist eh allen egal, wer's war.« Die fehlenden Schneidezähne machten ihre Aussprache undeutlich.

»Es geht mir mehr um den Überfall davor.«

Jetzt sah Frankie sie doch direkt an, argwöhnisch. »Wie?«

»Wann war das? Vor gerade mal drei Jahren?«

Frankie schaute wieder zum Fernseher, eine Angewohnheit in Gesprächen, dachte Morrow, weil sie immer in Räumen war, wo in der Ecke ein Fernseher plärrte. »Echt?«

Anscheinend waren es lange drei Jahre gewesen.

»Ich wollte nach dem Kerl fragen, der Ihre Mum ausgeraubt hat. Sie waren an dem Abend auch da, oder?«

Langsam zog Frankie ihre aufgedunsenen Hände aus den Taschen ihrer Trainingsjacke, stellte eine Faust auf die andere und stützte das Kinn auf den fleischigen Turm. »Georgie Mac.«

»Ist das sein Name?«

»Aye, Georgie Mac hat uns ausgeraubt.«

»Wofür ist Mac die Abkürzung?«

»Kein Plan.«

»Damals sagte Ihre Mum, sie wüsste nicht, wer es war. Stimmte das?«

»Aye. Sie hat's nie gewusst. Er hat's uns erst gesagt, wo sie tot war.«

»Warum wusste sie es nicht? War er ein Fremder?«

»Er hatte 'ne Maske.«

»Was für eine Maske?«

Frankie bewegte die Hand vor dem Gesicht. »Grau. Ein Loch …«, sagte sie und ihre Finger zeichneten einen Teil eines Ovals auf ihr Gesicht. Ihr Blick war lebhaft und klar, als sie sich erinnerte, da konnte Morrow sehen, dass sie keinen Hirnschaden hatte. Sie fragte sich, was genau an Keith sie dazu brachte, so zu tun, als hätte sie einen.

»Warum hat er Ihnen gesagt, dass er es war?«

Sie ließ eine Schulter kreisen. »Hat er einfach.«

»Tat es ihm leid?«

Frankie sah verwirrt aus. »Wasn?«

»Dass er Sie ausgeraubt hat.«

»Mich hat er nich ausgeraubt, meine Mum hat er ausgeraubt.«

»Er hat ihr Geld gestohlen, ja? Wir haben immer angenommen, sie wurde umgebracht, weil sie ihre Schulden nicht bezahlen konnte, also war er gewissermaßen dafür verantwortlich. Irre ich mich?«

Frankie sah unsicher aus. Sie musste darüber nachgedacht haben, musste auf irgendeine Weile mit ihm gehadert haben. »'ne Freundin aus St. Helen's kennt ihn ...« Sie verstummte.

St. Helen's war eine geschlossene Einrichtung für Kids, die gefährdet waren oder jenseits elterlicher Kontrolle. Die meisten Absolventen von St. Helen's rückten nahtlos in den Knast auf.

»Er hat's uns eben gesagt.« Sie kratzte sich heftig am Kopf.

»Waren Sie schon mal in Pflege, bevor Ihre Mum ausgeraubt wurde?«

Sie schnalzte ungehalten mit der Zunge. »Nee! Gute Mum, meine Mum.«

»Danach aber dann?«

»Als sie tot war, aye.«

»Sie hatten keine Familie, zu der Sie ziehen konnten?«

Frankie grinste und gönnte ihnen einen Blick auf ihr gesamtes Zahnfleisch. Es sah wund aus, als hätte sie ihre Zähne erst kürzlich verloren. »Oma. Hatte uns nich im Griff.«

»Wie heißt Ihre Freundin aus St. Helen's?«

»Sheila.«

»Sheila wie?«

»Kein Plan.«

Sie wusste es, das sah Morrow, aber sie würde es ihnen niemals sagen. Wenn nötig, konnten sie es sowieso herausfinden.

»Wo haben Sie diesen Georgie Mac getroffen?«

»Party.«

»Wo?«

»Kein Plan.«

Sie sahen einander an und Frankie entschuldigte sich: »Sie könn' ihm doch eh nix, oder? Is gelaufen.«

»War es viel Geld?«

»Paar Hundert.« Frankie grinste. »Aye. Hat's nich mal gebraucht, hatter gesagt.«

»Warum hat er es dann getan?«

Frankie lächelte zur Decke hinauf. »Kein Plan.«

»Sie lächeln, Frankie, was glauben Sie, warum er es getan hat?«

»Nur so zum Spaß, denk ich«, sagte sie ausdruckslos.

Draußen auf dem nassen Pflaster gingen Morrow und Harris schweigend zum Auto. Es war lächerlich, das wusste Morrow, sich Sorgen zu machen, dass sie Francescas Unglück mit heimnahm, aber sie tat es.

»Geht Ihnen so was je nach?«, fragte Morrow leise.

Harris seufzte und starrte mit schmalen Augen auf den Strom von Fahrzeugen, die sich zwei Blocks weiter an der Auffahrt zur Autobahn stauten. »Manchmal. Es gäbe noch viel mehr wie sie, wenn wir das nicht machen würden.«

Die oberflächliche Parteilinienantwort wurmte sie. »Aber warum wir?«

Diesmal hörte Harris richtig hin, blieb stehen, sah sie an. »Wenn wir es nicht tun, dann tun's die Keiths dieser Welt«, sagte er.

Sie gingen weiter. Harris holte Luft, um etwas zu sagen, aber Morrow fiel ihm ins Wort. »Suchen Sie nach ›George Mac‹ oder ›Georgie Mac‹ in Verbindung mit Raub oder Waffen. Und nach sämtlichen Sheilas, die in den letzten drei Jahren in St. Helen's waren.«

»Ich hab den Namen ›Georgie Mac‹ schon mal gehört, in irgendeinem Zusammenhang. Komm nicht drauf …«

»Ja?«

Er schüttelte den gesenkten Kopf. »Es hatte mit Gourock zu tun.«

»Da klingelt was. Hat Pavel nicht was von einem Ayr-Akzent gesagt?«

»Aye.«

Sie blieb an der Wagentür stehen. »Sie können mich in der Stadt absetzen. Ich treffe mich mit meinem Bruder.«

Er stutzte, überrascht, dass sie es ihm gesagt hatte. »Danny McGrath?«

»Ja. Der Tag wird einfach immer besser.«

10

Kenneth Gallagher und Annie fuhren in benommenem Schweigen zu seinen Eltern. Es sah aus, als hätte jede kleine Ansammlung von Läden, an der sie auf dem Weg nach Jordanhill vorbeikamen, ein Poster draußen hängen mit der Schlagzeile: »KLASSENVERRÄTER« – DER GALANTE GALLAGHER SCHLÄGT ZURÜCK.

Keiner von beiden konnte so recht glauben, wie öffentlich alles an diesem Morgen war, wie ein vollkommen privater Streit sich anscheinend aus ihrer Küche Bahn gebrochen hatte und zum Allgemeingut geworden war.

Als er in die Straße seiner Eltern einbog, wurde Kenny langsamer. Er wollte nicht hin, aber Annie hatte darauf bestanden, dass sie mit Malcolm sprachen, ehe sie die Pressekonferenz ansetzten. Sie stellte Kenny auf die Probe, setzte darauf, dass Malcolm der Grobe ihn dazu brachte, von der Klage abzulassen, falls er log, und sie alle vor dem Ruin zu bewahren.

Kenny merkte, dass sein Draufgängerkurs ihr Angst machte, dieser klugen, schönen Frau, aber nicht zu klagen hieße zuzugeben, dass er Jill Bowman gefickt hatte: in einer Büromaterialkammer in seinem Wahlkreisbüro, in einer Pension in Inverness, dass sie ihm im Wagen vor der Tür des Parteitags einen geblasen hatte. Annie würde ihn verlassen und McFall würde sie ficken. Gallaghers Lebenswerk, der Ruhm, die Opfer, die Liebe des Volkes … alles wäre verloren. Dann würde Malcolm recht behalten: Er würde als Lehrer enden. Er musste klagen.

Als er aufblickte, sah er am Fenster des vorderen Zimmers wie eingerahmt seine Mutter stehen, die Arme vor der Brust verschränkt, beobachtend, abwartend. Ihr Blick folgte dem Auto, das langsam die Straße entlangkam. Hinter ihr bewegte sich ein Schatten, zog sie von der Scheibe weg: Malcolm, sein Stiefvater, holte sie in seine Umlaufbahn.

Das Haus von Kenneths Eltern war in fast jeder Hinsicht ein bisschen besser als die der Nachbarn: größerer Garten, Eckgrundstück, höhere Fenster, Doppelgarage. Sie hätten sich ein viel größeres Haus leisten können, oben in Lenzie, näher an Malcolms Golfclub, aber sie wollten bleiben, wo sie waren, obwohl sie weder die Nachbarn noch das Viertel mochten.

Kenny fuhr um die Ecke und in die feuchtkalte, ewig schattige Gasse hinter der Garage. Sie kamen am rückwärtigen Tor vorbei und sahen Malcolm und Moira vom Wintergarten Ausschau nach ihnen halten.

Das Garagentor stand offen, und Kenny parkte seinen Honda neben Malcolms Jaguar, stellte den Motor ab, schaute hinaus in die Gasse, in der er sich als Junge herumgedrückt und geraucht hatte, durch die er zur Schule gegangen und heimgekommen war, von der Uni, von Demonstrationen. Hier entlang kam er von der Schlacht in der Bath Street mit frisch genähter dicker Wange, ohne etwas von dem Pressefoto zu ahnen oder davon, was er nun war. Damals nannten ihn alle Kenneth. Es war die Presse, die ihm den Spitznamen »Kenny« gab. Bis heute merkte er daran, wie ihn die Leute ansprachen, woher sie ihn kannten. Annie nannte ihn »Kenny«. Alle in der Labour Party nannten ihn »Kenny«. Für ihn klang das jungenhaft. So langsam wurde er zu alt dafür.

Im Dunkel der Garage drehte sich Annie auf dem Beifahrersitz und sah ihn an. Kenny konnte das jetzt nicht. Er stieg aus, ging durch die offene Seitentür und winkte seiner Mutter am Fenster zu. Moira hob ebenfalls die Hand, geziert, ließ sie wieder fallen, wandte den Blick nicht von ihnen ab, als sei sie noch unsicher, ob sie hereinkommen würden.

Annie überholte ihn. Kenny trödelte hinter ihr her über den Rasen und den Kiesweg zur Wintergartentür. Mit schweren Schritten ließ er sich zurückfallen, scheute eine Diskussion über sein Sexualverhalten mit seiner Mutter.

Moira stand Wache an der Tür, öffnete sie, noch bevor Annie die Treppe erreichte, wollte sie wohl drinnen haben, bevor die Nachbarn sie sahen. »Was ist denn los?«

»Geh rein, dann reden wir dort.«

Annie schlüpfte an ihr vorbei. Wenn sie nebeneinanderstanden, fiel ihm auf, wie schlank seine Frau war, wie seidig ihr dunkles Haar, der blauschwarze Glanz ihres Bobs wie ein Schnitt durch ihren schlanken Hals. Und seine Mutter, untersetzt, spießig, der Hals kurz und dick, wofür sie sich schämte, doch das kaschierende Hermès-Tüchlein lenkte den Blick erst recht auf die anstößige Zone. Ihre Frisur war blond betoniert.

Moira schaute an Annie vorbei. »Kenny. Wie geht es dir, Schatz?«

Sie hielt sein Kinn fest und küsste ihn sanft auf die Wange, ließ die Hand dort, als wäre er ihr Liebster in einem Film über den Krieg.

»Was ist jetzt wieder passiert?« Malcolm war im Wintergarten geblieben, kam aber jetzt in die Küche. Er war groß, aber nicht so groß, wie er tat: Er ging gebückt, als wäre kein Raum groß genug für seine unglaubliche Statur, die Hände hinterm Rücken, als wäre er beim Militär gewesen, was nicht der Fall war. Seine Strickjacke war zugeknöpft und glatt, sein offener Hemdkragen entblößte den Ansatz seiner schlaffen Kehllappen und einen Streifen grauer Brusthaare. Wenn Annie nicht mitgekommen wäre, hätte er den obersten Knopf zugemacht.

Kenny ging durch den warmen Wintergarten zum Sitzbereich der Küche und senkte den Blick, als er an der Wand mit den gerahmten Fotos von ihm vorbeikam. Sie stammten aus Zeitungen und Zeitschriften, manchmal schrieb Moira hin und bat um gute Abzüge, manchmal schnitt sie sie direkt aus der Illustrierten aus. Kenny und Tony, Kenny und Gordon, Kenny und Ed. Sieg für den Galanten Gallagher! Kenny und Annie Gallagher zeigen ihr neues Zuhause. Kenny Gallagher bezaubert ein Publikum in Anzügen. Der Galante Gallagher mit Nelson Mandela. Das war ein Abzug. Den bekam man geschenkt, wenn man Nelson traf, von seinem Fotografen. Von Annie oder den Kindern waren keine Fotos aufgehängt. Ein Bild seines Halbbruders James, das Foto, das die Zeitungen benutzten, als er überfahren wurde und starb. Das größte Bild hing gegenüber der Tür, das Titelblatt mit der Schlacht in der Bath Street in einem schlichten Wechselrahmen. Das Zeitungspapier vergilbte langsam, und Moira hatte den unteren Teil der Seite mit einer Zackenschere abgeschnitten und dann umgeschlagen, damit es ordentlich aussah. Es störte ihn immer, dass sie es so ließ.

Sie schoben sich alle auf die beiden Bänke, die den Frühstückstisch flankierten: erst Kenny und dann Annie, erst Malcolm und dann Moira. Der Tisch war zu niedrig für Kennys Beine, er fühlte sich immer wie in der Falle. Er war für ihn, James und Moira gebaut worden, als die Jungs klein waren. Er war nicht für erwachsene Männer gemacht.

»Also ...« Malcolm hatte noch keinen Blickkontakt hergestellt. Mit verschränkten Händen beugte er sich zur Tischmitte, beanspruchte allen Platz und zwang sich zu einem Lächeln: »*Was ist los?*«

Annie stand noch mal auf, drehte mit müheloser Eleganz den Oberkörper, schaute ihren rechten Arm entlang nach unten, ihr Mantel glitt von ihren Schultern in ihre wartenden Hände, und schon war die alte Dynamik wieder da: Malcolms Hassliebe, Moiras Schmerz, weil sie wusste, er hatte Affären mit solchen Mädchen, solchen gewöhnlichen Mädchen. Sie war schon jetzt den Tränen nahe, bereit für die nächste Kränkung durch ihren Kerkermeister. Und Annie, stolz, wohl wissend, welchen Schatten sie warf, stark.

»Malcolm«, sagte sie leise, als sie sich wieder setzte, »ich weiß nicht, ob du es gehört hast, Kenny ist wieder in den Zeitungen …«

»Ich bin mir dessen wohl bewusst«, sagte Malcolm.

Annie zögerte, sprach dann aber weiter. »Sie behaupten, er hätte eine Affäre mit einer Parteiangestellten namens Jill Bowman gehabt …«

»Ich weiß davon.« Malcolm sah Kenny an, einen finsteren Ausdruck auf den Lippen, ein Lächeln in den Augen. »McFall hat das behauptet. Ich hätte ihn aufnehmen lassen sollen, was?«

Malcolm hatte McFalls Mitgliedschaft im Kintail Golfclub dreimal verhindert, obwohl er jedes Mal von diversen altgedienten Mitgliedern vorgeschlagen und sekundiert wurde. Es war was Persönliches. McFall hatte wohl irgendwann mal etwas zu Malcolm gesagt, etwas, das Malcolm ihm nicht verzeihen konnte, also konnte es im Grunde alles sein. Vielleicht hatte er ein neueres Auto neben dem von Malcolm geparkt. Oder mit einer Kellnerin geflirtet, hinter der Malcolm her war. Malcolm sagte, es sei, weil McFall nicht Golf spielen könne. Also hing jetzt Kennys gesamte Karriere in der Schwebe, nur weil Buchan auf einen von Malcolms Rivalen gestoßen war, alles wegen des Gezänks um eine Golfclub-Mitgliedschaft.

»Kenny will die Zeitung wegen Verleumdung verklagen«, machte Annie weiter. »Er hält heute eine Pressekonferenz ab.«

Malcolm fixierte nur seinen Stiefsohn. »Ist das klug?« Er senkte die Stimme, als hielten sie es vor Annie geheim. »Hast du wirklich vor zu klagen?«

Kenny sah zu, wie seine Frau sich ihren Mantel über die Knie legte und das seidige Futter glattstrich, dann ihre schönen Beine übereinanderschlug.

»Ja«, sagte er zu Annie. »Ich klage, weil es nicht wahr ist.«

Malcolm schnaubte, als müsse er lachen. »Womit gedenkst du das zu bezahlen? Prozesskostenhilfe?«

»Nein«, sagte Annie. »Wir bekommen keine Prozesskostenhilfe.«

Stolz sah Moira ihren Sohn mit großen Augen an. »Weil du zu viel verdienst?«

»Nein«, sagte Annie, »es gibt keine Prozesskostenhilfe bei Verleumdung.«

»Ich hoffe, du glaubst nicht, wir würden dich unterstützen«, sagte Malcolm laut. »Gerichtsverfahren sind sehr teuer.«

Annie fing Kennys Blick auf und lächelte kurz. Es war wortwörtlich das, was Malcolm gesagt hatte, als sie verkündeten, dass Annie schwanger war. Kenny genoss die wohlig warme Erinnerung und wiederholte, was er auch damals gesagt hatte: »Wir treiben das Geld schon irgendwie auf.«

»Solange dieses Irgendwie nichts mit mir oder deiner Mutter zu tun hat.«

Moira sagte: »Also, ich hole mal den Tee.«

Sie ging zum Küchentresen und schaltete den Wasserkocher noch mal an, goss dann die auf einem Tablett bereitgestellte Kanne voll und brachte alles an den Tisch, mit vier Bechern und einem Teller mit einzeln verpackten, zum Fächer drapierten Rocky-Keksriegeln. Die servierte sie immer, wenn Annie kam, statt der sonst üblichen *extra schokoladigen* runden Schokokekse von Marks and Spencer. An besseren Tagen lachten Annie und Kenny darüber.

Sie hatte Becher statt Teetassen genommen, Becher, die ein bisschen wie Teetassen aussahen, mit rosa Blumen und dicken Henkeln. Sie trat an den voll besetzten Tisch und stellte das Tablett ab, hielt Annie den Teller Keksriegel hin. Mit gespieltem Entzücken nahm Annie einen.

Moira sah zu, überwachte Annie, bis sie den Riegel auswickelte und ein Stückchen abbiss. Dann nickte Moira triumphierend, um sie alle daran zu erinnern, dass sie Annie einmal dabei ertappt hatte, wie sie einen Riegel in die Tasche steckte, als sie auf Diät war.

Sie bot den Teller Kenny an und er nahm einen, hob kurz den Blick und sah das freudige Strahlen, das er immer auf dem Gesicht seiner Mutter sah, wenn er etwas aß. Malcolm nahm zwei. »Die mag ich«, sagte er.

Das ärgerte Moira. »Du könntest erst mal einen nehmen …« sagte sie, brach ab und senkte den Blick.

Malcolm hatte sie nur ein- oder zweimal geschlagen, früh in ihrer Ehe. »Waren andere Zeiten damals«, sagte Malcolm gern, wenn heute das Thema häusliche Gewalt aufkam. Moira, schwanger mit James, kauerte in der Küche, ein blaues Auge schwoll im Laufe des Abends vor dem Fernseher langsam zu. Sie fragte Malcolm nie wieder, warum er die ganze Zeit bei der Arbeit war oder seine Wochenenden in einem Golfclub verbrachte, zu dem sie keinen Zutritt hatte.

Gesenkten Blickes setzte sich Moira still wieder auf ihren Platz.

Malcolm musste jetzt beide Kekse essen, weil Moira ihm nahegelegt hatte, nur einen zu nehmen. Sein Mund war voll, aber sie saßen schweigend da, während er den zweiten aufriss und sich reinstopfte und freudlos kaute, dabei seine Frau böse anstarrte.

Kenny genoss normalerweise die Feindseligkeiten zwischen seinen Eltern, besonders wenn Annie dabei war. Sie ließ sich solchen Mist von ihm nicht gefallen. Ihre Beziehung war ganz anders, aber heute sah er, dass ihm das nichts half. Annie dachte darüber nach, ihn zu verlassen, und war vielleicht froh, nie wieder an diesem Tisch sitzen und zusehen zu müssen, wie Malcolm Moira klein machte.

»Also«, sagte Moira mit einem Märtyrerlächeln, bei dem alle am liebsten gar nicht mehr lächeln wollten, »warum seid ihr gekommen, wenn ihr kein Geld wollt? Was können wir für euch tun?«

Kenny sah Annie erwartungsvoll an.

»Es war meine Idee, herzukommen. Ich möchte, dass Kenny mit euch darüber spricht, bevor er sich endgültig entscheidet. Ich glaube, er könnte deinen Rat gebrauchen, Malcolm.«

»Meinen Rat?« Er sah geschmeichelt aus.

»Weil du den Blick von außen hast.«

Es klang hohl. Sie hätte auch gleich sagen können, weil Malcolm ein Schürzenjäger war und wusste, womit man als solcher so durchkam. Kenny lächelte seine Mutter nervös an und gab vor, er wüsste auch nicht recht, was sie meinte.

Annie stand auf. »Ich geh mal kurz aufs Klo.«

Moira erhob sich eilig und versperrte Annie den Weg. »Ich könnte mitkommen.«

Aber das wollte Annie nicht. »Ich kann allein auf die Toilette gehen, Moira. Du solltest hierbleiben ...«, sagte sie und versuchte, an ihr vorbeizukommen.

»Nein, ich komme ...«

»Ich gehe aufs *Klosett*, Moira.« Es klang aggressiv, wie sie das sagte, ohne ihren Akzent zu dämpfen, mit ihren flachen Castlemilk-Vokalen.

Moira setzte sich wieder hin, starrte auf Annies Knie, als die an ihr vorbeiging. Kenny sah zu und wusste, dass Moira stocksauer auf Annie war, weil die sich weigerte, sie vor alledem zu schützen, weil sie ihn hergeschleift hatte wie eine Katze einen toten Vogel.

Annie schritt in den Flur hinaus. Sie alle lauschten auf das Schließen der Toilettentür.

»Sie wird dich verlassen«, sagte Moira.

Der Keksriegel wurde in Kennys Mund zu Stein.

Malcolm grinste schief. »Was passiert dann mit den Kindern?«

»Wir trennen uns nicht.«

»Warum hat sie dich dann hergebracht?« Er unterdrückte ein triumphierendes Lächeln. »Was weiß ich schon darüber?«

»Sie respektiert deine Meinung …«

»Nein, tut sie nicht«, blaffte Malcolm und schaute zum Flur. Dann wieder zu Kenny. »Du weißt, warum sie dich hergebracht hat.«

»Ach ja? Wieso denn, Malcolm?« Er hörte selbst, dass er wie ein Teenager klang.

»Sie will dich demütigen.«

»Sie ist stocksauer«, fügte Moira hinzu.

»Ja, sie ist stocksauer.«

Kenny kämpfte mit dem Keks. Die Schokolade fühlte sich auf seiner Zunge dick an wie ein Federkissen.

Sie saßen eine Weile alle nur da, am Tisch, und die Wanduhr tickte leise.

Malcolm brach das beklommene Schweigen: »Wer ist Jill Bowman?« Er hob eine Augenbraue.

»Ich kenne sie kaum.« Aber er konnte seinen Stiefvater nicht ansehen.

Malcolm grinste höhnisch. »Du weißt doch: McFall kämpft mit allen Tricks, aber er ist kein Lügner.«

Kenny biss noch mal von seinem Keks ab. Malcolm glaubte, Kenny sei wie er, das war schon immer so, aber Kenny war nicht wie er. Er war ein bei weitem besserer Mann, und es widerte ihn an, wenn so über ihn gedacht wurde.

»Woher stammt sie, das Bowman-Mädchen?«

»Knightswood, glaube ich«, sagte Kenny, und dann fiel ihm ein, dass er das vermutlich nicht wüsste, wenn er sie kaum kannte. Er war sicher, dass er rot wurde.

»Na, immer noch netter als Castlemilk, würde ich sagen …«

»Oh Mann, um Himmels willen!«

Malcolm senkte die Stimme. »Ich behandele diese Leute seit vierzig Jahren, Kenneth, ich kenne die Viertel.«

Diese Leute. Noch ein totgelaufener Streit, noch eine Unaussprechlichkeit.

»Egal jetzt«, sagte Kenny forsch, »reden wir nicht mehr von mir. Wie geht es dir?« Er sah seinen Stiefvater direkt an. Er war im Ruhestand und so unausstehlich und herrisch, dass nicht mal seine alte Praxis ihn als Vertretung wollte. Niemand wollte seine ehrenamtliche Mitarbeit in einem der Komitees oder Geschichtsvereine, sogar der Kintail Golfclub hatte einen Antrag laufen, ihn aus dem Vorstand zu entfernen.

»Hattest du was mit dem Mädchen? Klagst du auf Grundlage einer Lüge?«

»Nein.«

Malcolm kniff nachdenklich die Augen zusammen. »Ich will hoffen, dass du dir das gut überlegt hast, Kenneth, als *potenzieller künftiger Spitzenkandidat* der Labour Party.«

Das war merkwürdig, dass er das sagte; Malcolm zollte ihm nie Anerkennung.

»Ich habe es mir gut überlegt …«, sagte Kenny zögernd.

»*Du kannst nicht gewinnen.* Es ist zu teuer, und du müsstest dir ein Jahr freinehmen, um das durchzuziehen. Du verlierst zwangsläufig.«

»Ich …«

Malcolm senkte wieder die Stimme. »Das ist deine Strategie. Die Wahlen stehen bevor. Sie schießen sich auf dich ein, weil du der kommende Mann bist. Du konntest nie gegen sie gewinnen. *Das* erzählst du ihnen vorher, währenddessen und wenn du verloren hast.« Er lugte kurz zur Toilettentür im Flur. »Und überschreib ihr das Haus, wenn du das nicht schon getan hast.«

Eine Verliererrede. Eine großartige Verliererrede. Malcolm lächelte seinen Stiefsohn an, und Kenny lächelte zurück, als die Toilettenspülung ging.

»Überschreiben?«

Malcolm stand auf und ging durch den Raum. »Dann können sie es dir nicht wegnehmen, wenn du verlierst.«

Die Toilettentür ging auf, aber Annie blieb im Flur stehen, horchte. Sie schaltete das Licht aus, kam wieder herein und setzte sich wortlos an den Tisch. Demonstrativ nahm sie den angebissenen Schokoriegel, zog das Papier wieder glatt und legte ihn auf den Teller zurück.

Moira sah sie forschend an.

»Ich mochte dir das nie so sagen«, erklärte Annie förmlich, »aber ich mag eigentlich keine Rockys, Moira.«

Moira betrachtete den angebissenen Riegel. »Ach?«

Annie lächelte sie an. »Eigentlich mag ich lieber die *extra schokoladigen* runden Schokokekse von Marks and Spencer – hast du die schon mal probiert?«

Moira wiegte unbestimmt den Kopf, als hätte sie noch nie von Marks and Spencer gehört oder von Schokolade oder überhaupt von runden Keksen.

Annie blinzelte langsam. »Die sind sehr lecker.«

Moira nickte. »Hört sich gut an.«

Jetzt strahlte Annie und sah Kenny an. »Also, habt ihr über die Klage gesprochen?«

»Ja.«

»Und was ist das Ergebnis?«

»Wir ziehen es durch.«

Sie sah Malcolm an.

Der nickte ihr zu, ein kurzes, knappes Nicken. Da wich die Spannung aus Annie; sie sah ihren Mann an und lächelte, ihre Augenbrauen zuckten entschuldigend. Kenny aß seinen Keksriegel auf und lächelte zurück.

»Ihr zwei müsst unter furchtbarem Druck stehen«, sagte Malcolm und sah Moira an. »Wie wär's, wenn wir eine Kinderbetreuerin bezahlen, und ihr fahrt übers Wochenende zusammen weg? Wo würdet ihr hinwollen?«

Annie und Kenny lächelten sich zu. Es ging nicht, Andy hatte Asthma, aber es war eine nette Idee.

»Port Patrick«, sagte er. »Dieses Fischrestaurant.«

Annie fügte hinzu: »Und das kleine Hotel auf der Klippe?«

»Mit der Hosenbügelmaschine?« Sie lachten. Die Heizung war kaputt, als sie dort waren, und sie ließen die ganze Nacht die Hosenbügelmaschine an, um sich warm zu halten. Sie kauften in einem Laden am Hafen Weihnachtsbaumdeko, wunderschöne Glaskugeln mit kleinen Schiffen darin, nur drei Stück, für jedes Kind eine, wie sich dann erwies, denn sie waren sehr teuer. Sie erzählten den Kindern jedes Jahr beim Baumschmücken von der Reise und behaupteten, sie hätten schon damals gewusst, dass sie drei Kinder haben würden. Es war ihre erste gemeinsame Anschaffung.

Plötzlich wurde Annie skeptisch und sah weg. »Im Ernst, tust du das wirklich?«

»Ja«, sagte er.

Annie fragte Malcolm: »Können wir gewinnen?«

Malcolm zuckte die Achseln. »Ich weiß es nicht. Aber ich schlage vor, ihr trennt euch eine Weile, Kenneth kann hier einziehen, in sein altes Zimmer, und ihr solltet das Haus auf dich überschreiben. So habt ihr bessere Chancen, es zu behalten, wenn ihr verliert. Aber falls ihr *gewinnt*«, er lächelte warm, »dann könnt ihr mit einer großen Entschädigungssumme rechnen, denke ich.«

Annie gefiel das, sowohl die Erleichterung durch eine vorgetäuschte Trennung als auch die Aussicht auf eine fette Geldsumme. Möglicherweise die Trennung mehr als das Geld.

Kennys Handy klingelte in seiner Tasche und er streckte das Bein und tastete danach, murmelte eine Entschuldigung, denn das tat er immer, wenn sein Handy klingelte. Er rutschte die Bank entlang und stand auf, ging in eine Ecke der Küche, denn er wusste, sie würden sowieso zuhören.

Es war Peter, sein Pressereferent. Er verlor keine Zeit mit Begrüßungsfloskeln und dämpfte die Stimme: »Meehan von der *News* hat wegen einer Reaktion hier angerufen. Jetzt hat die Wahlkreisgruppe eine geschlossene Krisensitzung einberufen. Sie stellen alle *jetzt* gerade die Arbeit ein. Kenny, was verdammt noch mal hast du Meehan gesagt?«

»Ich gehe vor Gericht.«

»Du tust *was*?«

Gallagher wehrte sich gegen ein Zusammenzucken. »Ich bin in einer Stunde da.«

Und er legte auf.

»Die graben alles aus, was sie finden«, sagte Malcolm gerade zu Annie. »Bist du darauf vorbereitet?«

Eine Krisensitzung. Durch interne Machtkämpfe und Spaltungen bestanden die Aktiven des Wahlkreises jetzt nur noch aus Gewerkschaftlern im Ruhestand, Lesben und liebestollen Frauen mittleren Alters.

»*Kenneth!* Bist du darauf vorbereitet?«

»Ja!« Er wurde aus seinen Gedanken gerissen.

»Falls du mit irgendeinem von diesen Mädels etwas hattest«, Malcolms Augen funkelten, »und sei es nur ein bisschen Tittengrapschen mit Sekt bei einer Weihnachtsfeier …« Moira schnappte nach Luft und wandte den Blick ab. »Ach, hör doch weg, wenn es dich stört, Moira, um Himmels willen. Was ich sagen will, ist, du solltest vorbereitet sein, Kenneth.«

»Ich bin bereit, Malcolm.«

Annie schlug die Beine übereinander. »Moira, wir werden noch viel Schlimmeres zu hören bekommen.«

Moira sah Annie an und versuchte ein angespanntes Lächeln.

Annie sagte: »Jeder weiß, was für eine Dame du bist, Moira. Lass dich einfach nicht unterkriegen.«

Das gefiel Moira. Sie lächelte, warf einen Blick auf Annies üppige Brust und lächelte noch breiter.

Annie ließ ihr die Kränkung durchgehen. »Das könnte gut funktionieren, Kenny. Wirklich gut.«

Alle lächelten. Alle waren glücklich. Annie war ihn los. Malcolm würde zur Verhandlung kommen, den zornigen Vater eines großen Mannes spielen und sein Gesicht in den Zeitungen sehen.

Kenny Gallagher, der Galante Gallagher, zweimal in Folge zum *Greatest Scot* gekürt, lächelte zurück.

11

Morrow sah zu, wie ihr Bruder das Café betrat wie ein Bürgermeisterkandidat, anderen Kunden zuwinkte, dem Besitzer mit beiden Händen kräftig zupackend die Hand schüttelte und Morrow zunickte, während er mit der Frau des Mannes Höflichkeiten austauschte.

Danny hatte das Treffen hier vorgeschlagen, denn so sollte sie ihn sehen: beliebt, zugehörig, allgemein anerkannt. Der Cafébesitzer blickte lächelnd und etwas ehrfurchtsvoll zu ihm auf. Da wusste Morrow, dass Danny ein Teil seines Geschäfts gehörte oder dass er dem Mann Geld geliehen hatte. Der Mann mochte ihn nicht, er schuldete ihm was. Vielleicht merkte Danny den Unterschied nicht.

In gewisser Weise war es gut, dass er sich ihr als feiner Kerl präsentieren wollte statt in einem dicken Auto oder umgeben von Insignien seines Reichtums, und wahrscheinlich hatte es Seltenheitswert, dass er allein kam, oder fast allein. Sie sah einen Mann auf dem Fahrersitz des großen Wagens auf der anderen Straßenseite, aber Danny hatte ihn da draußen gelassen.

Dennoch: das Cafégeschäft war ein Bargeldgeschäft, ideal, um die großen Geldsummen zu waschen, die Danny und seine Partner täglich umsetzten. Der Drogenhandel erwirtschaftete in Schottland jährlich über eine Milliarde Pfund. Manche Schätzungen lagen bei vier Milliarden, aber die Quelle dieser Zahl war auf mehr finanzielle Mittel aus, deshalb war sie da skeptisch. Unabhängig von der absoluten Summe war es vielsagend, dass ausgerechnet Bargeldgeschäfte übernommen wurden. Friseursalons, Sonnenstudios, Nagelstudios, Cafés,

Pubs wurden entweder übernommen oder neu eröffnet, um für die Flut schmutziger Scheine eine glaubhafte Quelle zu schaffen. Manche Hauptstraßen bestanden aus ganzen Reihen von Bräunungsstudios nebeneinander, um allerlei Leuten als Einkommensnachweis zu dienen. Sogar Kindertagesstätten, hatte Morrow gehört, selbst da benutzten die Gangs Betriebe, in denen angeblich fünfzig Geisterkinder betreut wurden, alle von acht bis achtzehn Uhr, alles bar bezahlt.

Danny, dessen Hand immer noch eifrig von dem Cafébesitzer geschüttelt wurde, lächelte zu ihr rüber, und Alex lächelte zurück. Trotz allem hatten sich Danny und Alex schon immer gemocht.

Sie sahen sich ähnlich, beide groß, die gleichen blonden Haare, die gleichen tiefen Grübchen. Sogar in ihrem lakonischen Temperament glichen sie sich. Aber Dannys Mutter trank auf Olympianiveau und bandelte mit jedem üblen Mann an, neben dem sie aufwachte. Er hatte ihr erzählt, dass es ihm wie Disneyland vorkam, als er im Jugendgefängnis Polmont landete, denn dort gab es dreimal am Tag warmes Essen. Er mochte es sogar, wenn sie abends die Tür abschlossen, denn so konnte keiner rein und ihn schlagen. Da war er siebzehn, schon ein berühmter Schläger, und hatte einen dreijährigen Sohn, JJ.

Morrow und Danny vermieden den Kontakt, bis JJ wegen einer brutalen Vergewaltigung ins Gefängnis kam. Als Morrow zu einer Zeugenaussage über den Hintergrund des Jungen einbestellt wurde, erkannte sie, dass sie zutiefst Teil voneinander waren. Sie war Polizistin, weil Danny ein Verbrecher war; sie heiratete Brian, weil er dunkel, ruhig und sanft war. Ihr Leben war immer ein Spiegel von Dannys. Der Zorn ihrer Mutter hatte ihr ganzes Leben eingefärbt, und Morrow wollte mehr für ihre Jungs. Sie wollte nicht, dass Verbitterung ihre Leben durchsetzte, so wie ihres.

Als Danny durch das überladene kleine Café auf sie zukam, stand sie auf, um ihn zu begrüßen. Er sah ihr in die Augen und berührte ihren Oberarm, für ihn eine unendlich liebevolle Geste.

»Ich besorg dir einen Kaffee«, sagte er und drehte sich zu dem Cafébesitzer um, der erwartungsvoll herübersah, das Kinn auf sie beide gerichtet, die Lippen willig geöffnet.

»Einen Latte für mich, Malik, und«, er wandte sich Morrow zu, »Latte?«

»Aye.«

Er sah wieder den Mann an und sagte ihm, er solle zwei daraus machen. Lattes hießen früher Milchkaffee, aber das war wieder typisch Danny, er musste ihr zeigen, dass er sich mit Lattes auskannte, der Glanz der Kultiviertheit, er war kein Abschaum mehr. Sie fand es positiv, dass er sich Mühe gab, sie zu beeindrucken.

Er wandte sich wieder ihr zu und setzte sich neben sie auf die niedrige Kunstledercouch, mit respektvollem Abstand.

»Wie geht's dir so?«

»Gut, Dan, und dir?«

»Nicht schlecht, bin gut beschäftigt. Wie geht's den Jungs so?«

»Beiden super, Brian auch.«

»Du siehst fertig aus.«

»Ich krieg vielleicht fünf Stunden Schlaf die Nacht.«

»Das ist doch dann was Gutes, oder?«

»Aye.« Sie lächelte. »Das ist gut. Wie geht's Crystyl?«

»Oh.« Sein Gesicht umwölkte sich. »Sie ist keine glückliche Frau. Will mehr Geld, immer will sie mehr Geld.«

Er hatte mit seiner langjährigen Partnerin Schluss gemacht, und sie molk ihn. Morrow nahm an, die stillschweigende Drohung lautete wohl, dass sie ihn vor Gericht brachte: Danny konnte es sich nicht leisten, Aufmerksamkeit auf sein Einkommen zu lenken. Aber sie würden sich einigen: Crystyl mochte ihm indirekt drohen, aber Danny war eine Bedrohung.

»Das wird schon.« Er schüttelte den Kopf, als glaubte er es nicht.

»Und JJ?«

»Macht Ärger, meistens sich selbst. Redet nicht mit mir. Er hat seinen Nachnamen geändert, will nicht mehr McGrath heißen.«

»Und wie heißt er jetzt?«

»Wie seine Mutter.« Er sah Morrow an und sie lächelten beide den Tisch an, während die Kaffeemaschine in die Milch kreischte. JJs Mutter war eine Irre. Es passte wahrscheinlich.

»Aye«, sagte er, als es ruhig wurde. »Sie hatte nie eine Chance, das Mädel.«

Das waren nette Worte über eine Frau, die nie nett zu ihm gewesen war. Morrow wechselte das Thema. »Also schaffst du es zur Taufe der Jungs?«

Er grinste breit. »Hab schon 'nen Kilt gekauft und alles.«

»Oh.« Sie runzelte die Stirn. »Sind Kilts nicht für Hochzeiten?«

»Zu Taufen kann man die auch tragen.« Er senkte die Stimme zu einem defensiven Knurren.

»Nein«, sie streckte die Hand nach ihm aus, »nicht … Ist doch gut. Was für ein Karo hast du ausgesucht?«

»Schwarzes Leder«, sagte er nickend.

Morrow nickte mit ihm und nahm sich vor, Brian zu warnen, damit er nichts Falsches sagte.

Malik kam mit den Kaffees auf einem Tablett und einem Teller, auf dem sich Kekse türmten. Es waren die üblichen Extrakekse, einzeln eingepackt in flutschiges Zellophan; es waren zu viele, und sie rutschten über den ganzen Tisch, als er den Teller neben die Kaffeetasse stellte. »So, bitte schön, Danny, ich weiß doch, dass du die magst.«

»Danke, Malik, Mann«, sagte Danny. »Ich mag die wirklich.«

Er sah den Teller an, dann Morrow, bot ihr die Opfergabe dar. Die Selbstverständlichkeit, mit der er Ehrerbietung erwartete, erinnerte sie an Rita Lyons, dieses höfliche Hinnehmen, als wäre es Routine, dass Leute ihren Wünschen zuvorkamen.

Morrow wollte ihn nicht so sehen. Sie tranken ihren Kaffee und aßen die Kekse, während sie die Vorbereitungen für die Taufe durchsprachen; es war erst in ein paar Wochen, nach Weihnachten, aber sie mussten alle Punkt halb zwei da sein.

Dann erzählte Danny von Leuten, die sie in ihrer Jugend gekannt hatten, mit denen sie zur Schule gegangen waren, Lan und Brody, wer kürzlich Kinder bekommen hatte, wer krank war, aber das waren nicht die Leute, die sie verbanden. Es gab einen ganzen Haufen Überschneidungen, die sie nicht ansprechen konnten: Polizisten, die Danny verhaftet hatten, Freunde von ihm, gegen die sie ermitteln ließ, gemeinsame Bekannte, die ermordet wurden oder an Überdosen gestorben waren. Sie lavierten sich vorsichtig um die Schlaglöcher herum.

Morrows Stimmung war von Francesca überschattet, und allmählich kam sie sich vor, als versuchte sie, trockenen Fußes durch einen Sumpf zu kommen. Sie erkannte, es war unhaltbar, dass sie hier war, eine Fiktion. Danny war egoistisch, skrupellos und rachsüchtig, und es war falsch, hier mit ihm zu sitzen, in diesem Café, wo er die Fünfer und Zehner der Ärmsten der Armen wusch, Scheine, die eigentlich ihren Kindern und dem Stromzähler gehört hätten.

Und der arme, unterwürfige Cafébesitzer beobachtete sie immer noch, hoffte, irgendeinem Wunsch zuvorkommen zu können. Der Mann war bankrott, aber noch nicht ganz, vielleicht obdachlos, aber noch nicht ganz, hatte durch Daniel McGraths Mildtätigkeit noch einen Hinrichtungsaufschub bekommen. Er beobachtete sie mit einem halb paraten Lächeln, glücklich, dass er einen Penny unter der Zunge eines Löwen entdeckt hatte.

Aber Alex war nicht um ihrer selbst willen da, sie war wegen ihrer Jungs da. Nach der Taufe, dachte sie, konnte sie mehr und mehr Zeit zwischen Treffen verstreichen lassen, Danny langsam entgleiten lassen. Sie wollte nur, dass ihre Jungs wussten, von wem sie abstammten, dass Danny als interessanter Vorfahr diente, dass die Schande mit ihr endete. Sie war hier, um ihn zu bitten, Taufpate zu werden. Es war als leere Schmeichelei gedacht, blieb ihr aber trotzdem im Hals stecken.

Sie staunte über den Mut, den die zweite Chance auf Mutterschaft ihr verliehen hatte. Sie wollte nicht, dass die Zwillinge mit derselben Scham aufwuchsen wie sie, deshalb hatte sie einen Monat vor dem Geburtstermin ihren Gewerkschaftsvertreter und ihre Chefs zu einer offiziellen Besprechung zusammengerufen. Sie traf sich mit ihnen und gestand, dass Danny ihr Halbbruder war.

Danny McGrath war Schwergewicht genug, um eine Untersuchung ihrer gesamten Karriere zu veranlassen. Sie mussten sichergehen, dass sie bei ihrer Bewerbung ehrlich gewesen war, als sie ihre Verbindung nicht erwähnt hatte: Sie hatten damals keinen Kontakt gehabt – er war im Gefängnis –, sie dachte, er wäre in Spanien verschwunden. Sie mussten sich vergewissern, dass ihre Verwandtschaft niemals ihre beruflichen Entscheidungen beeinflusst hatte.

Drei Monate später hatten sie nichts gefunden. Weil die Nachforschungen so gründlich gewesen waren, bewies sie sich als der vertrauenswürdigste sicherheitsüberprüfte Detective Sergeant in Glasgow und konnte die Schande ihrer Vergangenheit hinter sich lassen.

Sie konnte zu ihm stehen. Sie hatten den jüngeren Zwilling nach ihm benannt. Das schien eine Wirkung auf Danny zu haben. Er verlegte sich zunehmend auf legale Geschäfte, ihm gehörten ein Block mit Studentenwohnungen und eine Reihe von Pubs. Morrow war so sicher wie alle anderen, dass das Pubgeschäft ein Bargeldkanal war, um illegal erworbenes Geld zu waschen. Jemand wie Danny konnte kein Bargeldgeschäft besitzen, ohne in Verdacht zu geraten, aber er wurde überprüft und sah sauber aus.

Danny erzählte gerade von einem schielenden Jungen aus ihrer Klasse, der vor einer Woche Großvater geworden war.

»Ein Junge«, sagte Danny.

»Wie alt ist sie, die Tochter? Fünfzehn?«

»Dreizehn.«

»Mein Gott, behält sie es?«

Danny schnaubte ungehalten. »Aye, solang die sie lassen …«

Sie schauten in verschiedene Richtungen, eine für jede Seite der Kluft, die bestimmte, was »die« hieß. Er kam ihr mit einer Story von einer Pflegemutter, die die Kinder in ihrer Obhut schlug.

Es war eine dumme, schlecht fabrizierte Lüge: lausiges Szenario, eindimensionale Figuren. Es war die Art Story, die sich Rabeneltern erzählten, um zu rechtfertigen, dass sie auf die Sozialfürsorge losgingen, wenn sie kam, um ihnen zu deren Schutz die Kinder wegzunehmen. Dem polizeilich geschulten Ohr verriet die Story eigentlich nur, dass Danny ein Kandidat war, dem man Kinder wegnehmen würde, und dass er den Behörden nicht traute. Morrow betrachtete ihn beim Erzählen, sah, wie er merkte, wonach es für sie klang, und wie ihn das ausbremste. Ein Funken Scham flackerte in seinem Blick auf, dann Wut auf sie, weil sie ihn ertappte.

»Ich krieg keine Taxilizenz«, sagte er zusammenhanglos.

»Wegen deiner Vorstrafen?«

»Aye.«

Er schien nicht von ihr zu erwarten, dass sie das löste, er sagte es, als wäre es bloß eine Feststellung. Danny war es nicht gewöhnt, mit Leuten zu reden, die nichts von ihm wollten. Er sprach nicht oft mit Ebenbürtigen, merkte sie, und es fiel ihm schwer. Sie fragte sich, warum er hier war. Möglicherweise wollte er durchsickern lassen, dass seine Schwester ein Cop war, aber sie war nicht die Art Cop, die die Leute moralischer Grauzonen verdächtigten. Ihre Chefs wussten das. Dannys Leute wussten das. Das hier fiel ihm schwer, und jetzt, wo sie gelegentlich mehr miteinander redeten als nur »Dad ist tot« oder »Mein Sohn braucht einen Leumundszeugen«, spürte sie, dass er sich oft fehl am Platz und unbehaglich fühlte.

»Danny, ich will, dass meine Jungs mal wissen, woher ich komme«, sagte sie geradeheraus. »Aber warum wolltest du mich treffen?«

Danny warf einen Blick auf den Cafébesitzer, der prompt lächelte und die Hand hob wie ein Kind, das seiner Mutter vom Karussell aus zuwinkt.

»Ich werd älter«, sagte er schlicht. »Muss lernen, wie man mit Leuten redet.« Er sah den Cafébesitzer an, der gestikulierte – wollten sie noch einen Kaffee aus der Maschine, kein Problem, er würde ihn bringen, er würde sehr gern welchen bringen. Danny ignorierte ihn und wandte sich wieder ihr zu. »Ich will nicht, dass das mein Leben ist.«

Sie wusste, was er meinte. Vielleicht hatte er jeden Tag mit Francescas zu tun. Vielleicht verdiente Danny Besseres.

»Also übst du an mir?«

Er grinste. »Kleines bisschen.«

»Ich merke, dass das nicht leicht für dich ist.«

Das erschreckte sie beide. Zu nah, zu intim, zu viel Druck hinterm Damm.

Danny zögerte, dann sah er sie an, ein trauriges Lächeln zog an seinem Mundwinkel. »War es früher leichter?«, murmelte er.

Sie konnte sich nicht erinnern. »Ein bisschen. Oder?«

»Das hier.« Er schwenkte den Zeigefinger zwischen ihnen.

»Deswegen ...« Er blinzelte und schaute weg. »Ich mach Schluss mit all dem.«

Alex sah zu, wie er heftig blinzelte, obwohl seine Augen trocken waren, und als Gebärde der Reue die Hände aneinanderrieb.

»Dass du auf mich zukommst, zu mir stehst; damit hast du was ausgelöst, dadurch sehe ich alles anders, Alex, ehrlich.«

Sie betrachtete ihn und überlegte, warum er so erfolgreich geworden war, wo er doch so schlecht log. Er schaute sie an, um zu sehen, ob es gewirkt hatte. Alex blinzelte zurück.

Als sie die Augen wieder aufmachte, blickte Danny zur Tür, wo jetzt sein Fahrer stand. Ein großer, dürrer Schlägertyp, kahlgeschoren und mit fiesem Gesicht. Die Augen zu weit aufgerissen, hielt er in dem dunklen Café Ausschau nach seinem Boss. Er entdeckte Danny, stellte Blickkontakt her, hob die Brauen und nickte, als er sah, dass er bemerkt worden war, dann trat er rückwärts auf die Straße und ging zurück zu dem Audi A3. Alle Gangster hatten die gleichen Autos, weil im Gegenzug irgendein Prüfer in der Finanzverwaltung die Erträge aus Straftaten durchwinkte. Sie war kurz in Versuchung, Danny damit aufzuziehen, verkniff es sich aber.

»Ich muss los«, sagte Danny und stand auf, ohne zu merken, dass sich in ihr etwas verschoben hatte. »Ich kaufe Crystyl eine Wohnung und muss den Gutachter treffen.«

Auch das war eine Lüge. Morrow wusste, dass Crystyl ein Apartment bewohnte, das unter einem Firmennamen Danny gehörte. Sie war vor anderthalb Wochen mit Sack und Pack dort eingezogen, hatte eine Werbeanzeige für Haarverlängerungen unter dieser Adresse geschaltet und würde nicht so bald wieder umziehen. Er erwischte sie unvorbereitet, als er sagte: »Bist du an der Nummer in der Post dran?«

Er nickte die Straße hinauf in die Richtung, wo der Raubüberfall stattgefunden hatte. Das war nicht groß zwielichtig, alle wussten davon. Es stand in sämtlichen Zeitungen. Ohne eine Antwort abzuwarten, sagte er: »Er war in was verwickelt, dieser Brendan Lyons.«

»Hattest du mit ihm zu tun?«

Sie meinte es gar nicht so, aber er hörte es als Vorwurf. Er stand auf und beendete das Gespräch mit einem Nicken. »Also bis dann.«

Auf dem Weg nach draußen winkte er dem Besitzer von weitem kurz zu und lehnte seine Respektsbekundungen ab.

Morrow wartete, bis sein Wagen außer Sicht war, bevor sie ging, und als sie auf die Straße trat, fiel ihr auf, dass sie ihn nicht gebeten hatte, Taufpate zu werden. Sie war froh.

12

Der Anruf kam rein, als Morrow und Harris zu Pavel im vornehmen Herzen von Kelvinside fuhren: Georgie Mac war ein bekannter Alias eines George MacLish aus Greenock. Es klang vielversprechend: Er hatte ein langes Vorstrafenregister, hauptsächlich wegen Gewaltdelikten, und passte in Größe und Statur zur Beschreibung des Posträubers. Er musste sich an diesem Nachmittag bei seinem Bewährungshelfer melden. Zwei Cops aus einer benachbarten Abteilung waren schon auf dem Weg, um ihn aus Greenock zur Befragung abzuholen.

Greenock, Nähe Ayr. Ein Ayr-Akzent, hatte Pavel gesagt. Der Akzent war eigentlich nicht besonders charakteristisch, zumindest nicht für ihre Ohren, aber für einen Außenstehenden vielleicht schon. Es machte sie misstrauisch, dass Pavel so was wusste, geradezu psychopathisch unbeteiligt, als beobachtete er sie alle in einer Petrischale.

Sie legte auf. »Vielleicht kommen wir heute Abend schon zum Tee nach Hause. Womöglich haben wir sogar Weihnachten frei.«

Harris grunzte missbilligend, er lechzte nach Überstunden. Er hatte vier Kinder. Er schnalzte mit der Zunge. »Ich rieche immer noch die Sessel dort. Als ob der Gestank in meinen Mund geraten und da kleben geblieben ist.«

»Geht einem nach, was?« Morrow sah aus dem Fenster auf die schönen Häuser.

»Der Gestank?«

»Das alles.«

Er ließ das eine Weile so stehen. »Das ist doch Schwachsinn, dass ihre Mum eine gute Mutter gewesen sein soll. Das wäre wahrscheinlich alles sowieso passiert.«

Morrows Stimme wurde vom Regen gedämpft, der auf die Windschutzscheibe trommelte. »Ich will das nicht mehr um mich haben. Ich will nicht, dass meine Kinder das um sich haben.«

»Tja«, seufzte er, »Sie könnten sich einen Schreibtischjob geben lassen, sich in die Ausbildung versetzen lassen oder so. Sind immerhin regelmäßige Arbeitszeiten.«

»Ja.« Sie hatte diese Jobs immer als Scheißjobs empfunden, und sie wusste, er sah das genauso. Das waren Verwaltungsmarionetten, keine richtige Polizeiarbeit, und es gab anscheinend immer mehr davon. Richtige Cops wie sie beide hatten das Gefühl, diese Marionetten mit durchzuschleppen.

»Es ist Ihr gutes Recht«, sagte er. »Sie wissen schon, mit den Kindern.«

»Ja«, murmelte sie ans Fenster, »mein gutes Recht.« Sie dachte wieder an Danny. Er sagte, Brendan Lyons sei in was verwickelt gewesen. Sie glaubte ihm nur halb, zugleich fragte sie sich, nur ganz kurz, ob Danny jemand war, dem sie eines Tages vertrauen könnte.

Sie waren jetzt in der hochherrschaftlichen Wohngegend des West End, kamen an dezent neoklassizistischen Reihenhäusern und alleinstehenden bombastischen Villen vorbei, alle prachtvoll, alle aus Sandstein und alle schön beieinander.

Aber das hier waren jetzt keine Häuser mehr. Aufgeteilt in Eigentumswohnungen, waren die prächtigen Ballsäle nun schwer beheizbare Studios mit Pantryküche. Bibliotheken und Musikzimmer dienten als Wohneinheiten, Dienstbotenzimmer mit niedrigen Decken waren charmante kleine Apartments. All die gesellschaftlichen Abstufungen und Machtflüsse innerhalb der alten Herrenhäuser waren kleingehackt, wie wenn das Ende einer Tragödie nahtlos in einen Witz übergeht.

Harris bog an einer lahmen Ampelanlage rechts ab, lenkte das Auto einen steilen Hügel hinauf und bog nach links in Martin Pavels Straße ein.

Hier schienen die Villen noch intakt zu sein. Prachtvolle Hauseingänge hatten einzelne Türklingeln und altehrwürdige Hortensienhecken an der Auffahrt.

Morrow war überrascht. Pavel hatte einen geschorenen Kopf und reichlich Tätowierungen, er sah nach einem Unterschicht-Ausländerviertel aus. Seit sie herausgefunden hatten, dass er gar nicht an der Universität eingeschrieben war, ging sie davon aus, der unbeständige Akzent und die Anspielungen auf die USA seien großmannssüchtiger Quatsch, dass der Akzent Ergebnis eines chaotischen Familienlebens war, Stiefväter und Pflegestellen und Abhauen bei Nacht und Nebel.

»Eine Reha«, sagte Harris, der an den Häusern hinaufschaute und dasselbe dachte. »Ich wette, er ist in einer Reha.«

Morrow dachte nach. »Glauben Sie?«

»Ja, Auflage für vorzeitige Entlassung oder so.«

»Aber *hier*?«

Er schaute an den großen Häusern hinauf. »Private Reha?«

»Die sind aber teuer, oder?«

»Nehmen die nicht alle auch karitative Fälle auf, selbst wenn sie ziemlich exklusiv sind?«

»Hm.« Sie konnte sich nicht vorstellen, dass die Nachbarn das hinnehmen würden. »Was ist mit der ULF? Falls das eine Lebensschützer-Organisation aus Amerika ist, könnten die ziemlich reich sein, oder? Ihn finanzieren, damit er herkommt und vielleicht eine Bewegung auf die Beine stellt.«

»So was wie ein Ableger einer Kirche oder so?«

Sie zuckte die Achseln. Sonderlich plausibel klang das nicht. »Vielleicht ist es eine Reha-Maßnahme …« Sie stieg aus und wartete, bis Harris ebenfalls ausgestiegen war und seine Tür schloss. »So oder so, Reha wovon?«

»Keine Drogen.«

Harris hatte recht. Pavel war muskulös und sah gesund aus.

»Spielsucht?«, spekulierte Morrow und sah Harris unschuldig an. Er mied ihren Blick: Es gab Gerüchte, Harris hätte was für Sportwetten übrig.

»Vielleicht Sex oder so was in der Art?«, fragte er schnell.

Sie verzogen beide das Gesicht, dachten an denselben Delinquenten. Ein junger Mann, gutaussehend, Mittelklasse, beste Aussichten. Er wurde von einem Polizisten, der dienstfrei hatte, hinter einer Bushaltestelle erwischt, als er einen Hund fickte. Es hätte zum Lachen sein sollen, war es aber nicht. Er war stumm vor Scham, als sie ihn einbuchteten, aber später, allein in der Zelle, heulte er wie eine gequälte Seele.

Sie schüttelte die Erinnerung ab. »Welche Hausnummer hat Pavel angegeben?«

Harris schaute in sein Notizbuch. »Sechsunddreißig.«

Sie suchten nach den Hausnummern. Die geraden Zahlen lagen auf der Hangseite der Straße, von den ungeraden getrennt durch einen kleinen Steingarten.

»Müsste da oben sein.« Harris schaute stirnrunzelnd die Böschung hoch. »Müssen wir unbedingt mit ihm sprechen?«

»Ich hab da nur so eine Idee.« Sie hatte es den ganzen Tag in ihrem Kopf gewälzt: Wenn Brendan Lyons, der Bewaffnete und Pavel in einen schrägen Versicherungsbetrug verwickelt waren, wäre Pavel der, der reden könnte. Er war nicht tot und hatte keinen Mord begangen. Er hatte bloß ein bisschen geholfen.

An Hausnummer sechsunddreißig war nichts Funktionales oder Behördliches. Sie stiegen ein paar Stufen durch den Steingarten hinauf und überquerten die Straße. Die Sechsunddreißig hatte eine einzelne Messingklingel, hübsch gepflegte Fenster und einen kleinen Vorgarten, den gut ein halber Meter getrimmter Buchs von der Straße trennte.

Auf der einen Seite der Tür befand sich ein großes Erkerfenster, auf der anderen eine Fensterfront von ähnlichen Ausmaßen. An beiden waren die Vorhänge aufgezogen.

Sie klopften an die Tür, Milchglas mit einer eingeätzten griechischen Vase darauf, und warteten kurz, bevor sie an das Erkerfenster traten und hineinsahen.

Es war ein sehr großer Raum, ausgestattet mit einem steifen Sofa in gestreifter gelber Seide mit spillerigen Beinen und zwei dazu passenden Sesseln, die zum Sitzen gedacht waren, nicht zum Lümmeln. Kein Fernseher, keine Xbox oder PlayStation. Keine benutzten Tassen auf dem weißen Couchtisch. Keine persönlichen Gegenstände gleich welcher Art.

Sie wechselten hinüber zum anderen Fenster. Eine Esszimmergarnitur mit kunstvoll geschnitzten Stuhllehnen auf einem riesigen, grell rot-blauen Teppich. Lehnstühle mit hölzernen Rückenlehnen standen in den Zimmerecken und bewachten den leeren Tisch.

»Das ist nicht sein Haus«, sagte Harris.

Morrow wusste, was er meinte. Selbst wenn Pavel hier wohnte, gehörte das Haus jemand anderem.

Harris deutete auf eine große antike Puppe in einem rosa Kleid auf einem der Stühle, ihre steifen kleinen Hände ruhten auf den Armlehnen. »Himmel, vielleicht ist er ein Serienmörder.«

Morrow ging zur Tür zurück und klingelte diesmal. Ein volltönendes Geläut hallte durch die Diele.

Erwartungsvoll starrten sie die Tür an. Nichts. Kein Schlurfen im Haus, keine Bewegung hinter dem Milchglas.

Morrow schaute über die Straße zu einer Villa mit einem riesigen viktorianischen Wintergarten an der Seite. Die Fenster waren mit Gardinen bespannt, damit man von der Straße nicht hineinsehen konnte. Es sah nicht besonders schön aus. Sie dachte ziemlich selbstzufrieden an ihr kleines Haus, eine ehrliche Doppelhaushälfte aus den Dreißigern, zweckmäßig gebaut.

Harris zog fragend die Brauen hoch und Morrow schickte ihn mit einem Nicken die Straße hinauf. »Nachbarn.«

Eine Tür weiter gab es eine Videosprechanlage. Dieses Haus wirkte wärmer, weniger bemüht: Auf der Fensterbank des Erkerfensters waren Kissen arrangiert. Drinnen lag ein offenes Buch auf dem Tisch, und die dunkle Holztäfelung an den Wänden glich die riesenhaften Dimensionen des Raums aus.

Eine unschlüssige Stimme drang aus der Sprechanlage: »Wer ist da?«

»Strathclyde Police.«

Das ungeschickte Klappern eiligen Auflegens, gefolgt von Schritten im Flur. Dann öffnete ein hagerer ältlicher Mann in einer geblümten Weste über Hemd und Krawatte. Er sah gereizt aus. »Worum geht es?«

Sie stellten sich vor, zeigten ihm ihre Ausweise, während er die Tür festhielt und zu ihnen herausspähte. »Hat es einen Einbruch gegeben?« Er sprach sehr kultiviert.

»Nein, wir suchen Ihren Nachbarn. Er wohnt in Nummer sechsunddreißig, nebenan.«

»Die kenne ich nicht.«

»Könnten Sie uns sagen, wer dort wohnt?«

»Ich kenne sie nicht.« Er wurde unruhig, offenbar hatten sie ihn bei etwas gestört, und er wollte weitermachen. Morrow sprach langsamer, um ihn zu beschwichtigen.

»Verstehe. Es tut mir leid, Sie stören zu müssen, aber wir brauchen eine Auskunft: Wohnt dort jemand?«

Er öffnete die Tür ein Stück weiter und schaute zur Nummer sechsunddreißig. »Ja. Das schon.«

»Könnten Sie sie uns beschreiben, Sir? Tut mir wirklich leid, dass wir Ihnen Umstände machen.«

Dass sie ihn »Sir« nannte und sich entschuldigte, gefiel ihm, stimmte ihn etwas milder. »James Cardigan und seine Frau. Sie hat Krebs. Sie sind zur Behandlung in Houston. Er ist groß –«

»Also sind sie zurzeit gar nicht hier?«

»Nein. Sie haben es vermietet. An einen Mann, der über und über tätowiert ist. Ich dachte erst, er sei ein Seemann, das ist er aber nicht. Er ist sehr eigenartig.«

Harris fragte: »Warum dachten Sie, er sei ein Seemann?«

»Weil er über und über tätowiert ist«, sagte er, als wäre das doch offensichtlich.

»Und inwiefern ist er eigenartig?«

»Nun, er ist über und über tätowiert, aber er ist kein Seemann.«

»Verstehe. Ist er groß?«

»Eins dreiundachtzig?« Jetzt verhielt er sich wie bei einer Prüfung, erforschte ihr Gesicht, um zu sehen, wie er sich machte.

»Wie alt ist er? Ich frage nur, weil ich sichergehen möchte, dass wir die richtige Adresse haben.«

»Anfang zwanzig? Er läuft viel. Geht joggen.«

»Und er lebt dort allein, ja?«

»Nicht direkt allein. Ich sehe ab und zu fünf Leute, älter, alles Amerikaner, die kommen und gehen. Aber ohne Tätowierungen.«

»Die wohnen da?«

»Besucher, würde ich sagen. Alle gleich gekleidet.«

»Wie meinen Sie das?«

»Sie wissen schon, Amerikaner. Zwanglos. Lässige Hosen.«

»Fünf, sagten Sie?«

»Zwei Männer, zwei Frauen, alle ungefähr im selben Alter. Und noch ein Mann. Trägt einen Blazer.«

Sie fing Harris' Blick auf, beide dachten an ein Kirchenkomitee. »Also zwei Paare und noch ein Mann?«

»Nein. Eher eine Vierergruppe und ihr Boss. Die vier ziehen

sich alle etwa gleich an: Stoffhosen, Hemden, alle in ähnlichen Farben. Pastellfarben. Und sie bringen jedes Mal viel Gepäck mit. Sehr viel Gepäck.«

»Also kommen sie von ziemlich weit her, glauben Sie?«

»Nein, noch mehr Gepäck. Als würden sie etwas transportieren. Sie haben Überseekoffer dabei, jeder einen.«

»Übersee …?«

»Koffer, große Kisten, mit Lederecken.« Er rümpfte die Nase. »Neu, nicht echt.«

Morrow war sich nicht ganz sicher, ob er die Koffer meinte oder die Leute.

13

Tamsin Leonard klopfte an die Tür und trat zurück, um hinaufzuschauen. Sie hatte sich ein etwas grimmiges, vernachlässigtes Haus vorgestellt, aber es wirkte gut gepflegt: Die Fenster waren geputzt, die Vorhänge glatt. Wilders Name stand an der Tür, also war es auf jeden Fall der Familienwohnsitz. Sie verspürte ein bisschen mehr Respekt für ihn, wenn sie die kleinen buschigen Sträucher um den Rand des Gartens betrachtete, die gejäteten Lücken zwischen den Gehwegplatten.

Sie klopfte noch einmal und sah, wie sich oben ein Vorhang bewegte wie ein Signal für einen Liebhaber. Sie zog ihr Handy heraus und rief ihn an: Wenn sie nachfragten, würde sie sagen, sie hätte sich erkundigt, ob ihm noch übel war.

Im Haus hörte sie die polternden Schritte von jemandem, der die Treppe herunterrannte. Sie hörte ihn gleichzeitig durch die Tür und am Telefon: »*Hallo?*«

»Wilder, kannst du bitte die Tür aufmachen?«

Er legte auf, zögerte und öffnete die Tür.

Er hatte sich wieder umgezogen und trug jetzt ein beiges T-Shirt und beige Jeans. Seine Haare waren stumpf gelblichbraun, sein Gesicht hatte dieselbe Cremefarbe. Es sah nicht gut aus.

»Hallo«, sagte er formell und ließ sie vor der Tür stehen.

»Hast du meine Nummer wem gegeben?«

»Nein.«

»Hast du heute Morgen eine SMS gekriegt?«

»Als ich an meinem Spind war …«

»Bist du deshalb gegangen?«

»Aye.« Er ließ sich an die Wand sinken. »Ich konnte nicht ...«
Seine Stimme versagte. Angestrengt blinzelte er den Boden an.
»Von wem kam sie bei dir?«
Er schüttelte den Kopf. »Unbekannte Nummer. Es war Boyle.«
Tamsin beugte sich vor. »Woher hatte er meine Nummer? Ich hab sie erst seit drei Wochen und kann an einer Hand abzählen, wer sie hat.«
»Na ja, ich hab sie auch.«
»Ich weiß.« Sie versuchte, nicht aggressiv zu klingen, aber er hörte den Unterton.
»Ich hab sie ihm nicht gegeben. Steht sie in deiner Personalakte?«
»Bei der Arbeit haben sie die Nummer nicht. Die haben meine Festnetznummer.«
Das hatte Wilder nicht bedacht. Er öffnete die Tür ganz. »Komm rein.«
Leonard betrat das Haus, fand es genauso fade wie seine Klamotten: die Wände in Magnolie gestrichen, in der Diele ein Tischchen mit einer kleinen Vase und einer künstlichen Blume darin. Drucke von Gemälden an der Wand. Er führte sie in eine kleine quadratische Küche und blieb da mit ihr stehen. Sie hatte das Gefühl, er war Besuch nicht gewöhnt. In der Spüle stand ein benutzter Becher: »*Bester Papa der Welt*«.
Wilder folgte ihrem Blick. »Tut mir leid, wie's hier aussieht.«
Sie sah ihn prüfend an, ob er es sarkastisch meinte. Tat er nicht. »War das eine vorsätzlich gestellte Falle?«
Er sah sie mit irrem Blick an. »Boyle? Er hat das nur gemacht, um das Foto zu kriegen?«
»Was, wenn wir nicht die Einzigen sind? Was, wenn sie Kollegen aus unserer Abteilung im Visier haben?«, flüsterte sie.
»Wie kommst du darauf?«
»Barrowfield. Sie müssen meine Nummer von deinem Handy haben: Jemand bei der Arbeit war an deinem Telefon zugange.«

Er dachte darüber nach. Im Barrowfield-Fall wurde gerade ein ganzes Drogenverteilernetz aufgedeckt, das führte sie ziemlich weit hoch in der Nahrungskette, unter anderem zu Benny Mullen, hinter dem sowohl Interpol her war als auch die dänische und französische Polizei. Zunächst waren sie alle überrascht gewesen, dass keine der anderen, publicitygeilen Abteilungen den Fall an sich gerissen hatte, jetzt nach vier Monaten wunderte sie das schon weniger: Niemand wollte gegen Mullen aussagen. Die arbeitsintensive Ermittlung war für ihn allenfalls eine Unbequemlichkeit. Er musste ständig das Handy wechseln.

»Kam dir das nicht zu einfach vor?«, fragte sie. »Ihn rauswinken, ihm das Handy abnehmen, und schon hatten wir die Nummer?«

Wilder nickte. »Ein Köder.«

»Ja, ein Köder. Er war auf uns angesetzt. Und warum wir? Wer sind wir? Nichts Besonderes. DCs, ich meine, an wen sind sie noch rangekommen? Denk mal drüber nach. Wenn sie das Dezernat im Visier haben, ist das doch der beste Weg – jedem ein bisschen was anhängen und Gefallen einfordern. Jemand verlegt eine Akte, jemand anders schaltet für zehn Minuten eine Kamera aus, jemand vergisst einen Warnhinweis. Wer hatte heute früh Zugriff auf dein Handy?«

»Niemand. Warte, nein! Boyle!«, sagte er. »Boyle! Hast du dein Handy bei ihm im Auto gelassen?«

»Nein.« Darüber hatte sie schon auf dem Weg nachgedacht. »Das Handy war die ganze Zeit in meiner Tasche.«

»Und was ist mit dem Handyanbieter?«

»Da könnten sie die Nummer herhaben, aber dafür bräuchten sie meinen Namen, oder? Dazu hätte ihnen erst jemand von der Arbeit sagen müssen, wer unsere Schicht hatte und im Auto saß. Viel einfacher, heute früh in dein Handy zu schauen. Hast du es im Spind gelassen?«

»Nur kurz, als ich auf dem Klo war. Die Umkleide war leer, da war keiner außer McCarthy, und als ich wieder da war, hab ich die SMS bekommen. Ich meine, das war doch nicht mal genug Zeit, um an das Handy ranzukommen, die Nummer aufzuschreiben ...«

Kopfschüttelnd sah er den Teppich an. Nebenan, hinter der Wand, fing ein Baby an zu schreien.

»Wilder, wir müssen es der Chefin sagen.«

Wilders panischer Blick irrlichterte über den Boden. »Sie wird denken, wir geben es nur zu, weil wir erwischt wurden.«

»Ist ja auch so.«

Sie kannten das Prozedere beide: Man würde sie suspendieren. Sie mussten zu Hause bleiben, bis ein Disziplinarausschuss gebildet war. Dann würde man sie kielholen, sie würden mit Bild in der Zeitung stehen, öffentlich an den Pranger gestellt werden. Man würde ihnen mit Strafverfolgung drohen, aber keine Anklage erheben, da sie sich freiwillig gestellt hatten. Sie würden ihren Job verlieren, arbeitslos und pleite.

»Ich darf das Haus nicht verlieren«, flüsterte Wilder. »Das ist alles, was ich ihnen geben konnte. Ich bin nicht ...« Er hielt sich die Hand vor die Augen. »Sie ist mit dem Mann ihrer besten Freundin abgehauen. Alle hier in der Gegend wissen es.« Er schluchzte auf, Spucke spritzte ihm aufs Kinn.

Leonard hörte, was Wilder damit sagen wollte: Wir sind schon bloßgestellt. Das überleben wir nicht.

Sie wollte sein Vertrauen erwidern, ihm etwas Beschämendes von sich erzählen, aber sie schämte sich eigentlich für nichts. Weder für Camilla oder die Fruchtbarkeitsbehandlung noch für den politischen Aktivismus in ihrer Jugend oder die Pleite ihrer ersten Firma. Bis sie in Gedanken ihre wenigen Vorbehalte gegen sich selbst durchgegangen war, war der Moment vorbei. Wilder hatte aufgehört zu weinen und ließ die Hand sinken.

»Wir können nicht zu ihr gehen«, sagte er.

Sie lehnte sich an die Arbeitsplatte, schaute auf den Boden. »Warum haben sie uns das Foto geschickt? Denk mal drüber nach: Was ist der nächste Schritt? Sie werden verlangen, dass wir etwas tun.«

»Was zum Beispiel?«

»Was glaubst du denn? Nichts Gutes. Und wenn wir uns weigern, was dann?«

»Aber selbst wenn sie der Chefin das Foto schicken, können wir das erklären. Es zeigt doch nur, wie wir in einen Kofferraum schauen …?« Er sah hoffnungsvoll aus, als hätte er sich den ganzen Morgen mit diesem Gedanken getröstet.

»Dann untersuchen sie alle unsere Anschaffungen. Geldeingänge und -ausgänge. Wir können das Geld nicht ausgeben. Wir können es nicht anrühren. Wir haben nichts. Das könnten genauso gut Taschentücher sein. Wir haben nichts.«

Seine Brauen hoben sich traurig, als ihm dämmerte, dass sie recht hatte. Aber er wollte es nicht hören. Er nahm die schmutzige Tasse und ließ heißes Wasser darüberlaufen, drückte ein bisschen Spülmittel hinein und verrieb es darin. Unzufrieden nahm er noch einen Scheuerschwamm dazu, bewegte den Ellbogen vor und zurück. »Es muss doch noch was anderes geben, was wir tun können. Es muss. Wenn ich das Haus verliere …«

Er würde gleich wieder weinen. Leonard griff ins Spülbecken und nahm ihm die Tasse ab, stellte sie zum Trocknen aufs Abtropfbrett.

»Wilder«, sagte sie fest, »wenn wir nicht sofort etwas unternehmen, wird dein Haus zu verlieren dein geringstes Problem. Hol deinen Mantel.«

»Nein –«

»Du kannst dich nicht ewig hier verstecken und immer dieselbe Tasse spülen.«

Er blinzelte angestrengt den Boden an.

»Wir haben einen dummen Fehler gemacht«, sagte sie. »Wenn wir nichts tun, verwandelt er sich in eine Katastrophe.«

Noch immer rührte er sich nicht.

»Wilder«, sagte sie streng. »Hol das Geld und hol deinen Mantel.«

Leonard wollte nicht aussteigen. Alles an Milton machte sie nervös.

Die niedrige Wohnsiedlung duckte sich unter einem bedrohlichen Himmel. Die Häuser waren alt und abgenutzt, in den Fünfzigern schnell hochgezogen, und das sah man auch. Bei einem Apartmenthaus in der Nähe stapelten sich auf den Balkonen Fahrräder oder Müllsäcke. Genau in der Mitte der Siedlung gab es einen großen Grasstreifen mit Pockennarben von Lagerfeuern.

Wilder hatte den ganzen Weg hierher geweint, aber damit aufgehört, als sie an der Abzweigung zu ihrer Dienststelle vorbei waren. Da trocknete er sich langsam das Gesicht, ohne zu fragen, wohin sie fuhren. Er saß einfach nur erschöpft und mit offenem Mund da.

Sie schaute aus dem Fenster auf die Abernathy Street. »Er hatte recht, was? ›Nicht sehr nett‹.«

»Wer?«, schniefte Wilder.

»Boyle. Er hat gesagt: ›Abernathy Street. Nicht sehr nett‹.«

Wilder schaute traurig aus dem Fenster. »Ach ja?«

Sein Selbstmitleid war anstrengend. Tamsin seufzte, versuchte, es nicht hörbar zu machen. »Okay, treiben wir den kleinen Scheißer auf. Wo ist sein Haus?«

»Um die Ecke«, sagte Wilder und deutete auf eine Kurve.

Tamsin fuhr wieder los, vorbei an einer Grundschule hinter Maschendrahtzaun und mit Stacheldrahtspulen auf dem Dach. »Bin ich froh, dass ich nicht hier zur Grundschule gegangen bin.«

»Das haben sie sich selbst zuzuschreiben«, sagte Wilder abwesend.

Leonard warf einen Blick auf ihn, er lehnte den Kopf ans Fenster, blies Trübsal. Als sie zehn Jahre alt war, gewöhnte eine Gruppe von größeren Jungs sich an, ihr »Dreckslesbe« nachzubrüllen, wenn sie von der Schule nach Hause eilte, also kaufte ihre Mum ihr einen tragbaren CD-Player. Dann fingen die Jungs an, Steine nach ihr zu werfen, und ihre Mum musste jeden Tag zur Schule fahren, um sie abzuholen. Eines Tages, als sie sicher bei ihrer Mum im Auto saß, sah sie die Typen und schnappte nach Luft. Ihre Mutter hörte es, hielt an, stieg aus und ging zu den furchteinflößenden Jungs, packte den Größten am Ohr und schleuderte ihn ordentlich herum. Ihre Mutter, lebenslanges Mitglied des *Women's Institute*, die früher Messgewänder für den Bischof von Birmingham bestickt hatte, verriet ihr nicht, was dabei gesprochen wurde. Sie erwähnte es nie mehr. Leonard sah die Jungs nie wieder. Aber sie erinnerte sich gut an das Gesicht ihrer Mutter, als sie sich beim Herumwirbeln zum Auto drehte. Ihre Mutter war sehr zornig, und sie lächelte. Und jetzt hatte Leonard das deutliche Gefühl, dass sie Wilder wehtun und dabei weiterlächeln könnte. Genau dieses Gefühl hatte sie.

Als die Abernathy Street von der Grundschule wegführte, änderte sich ihr Gepräge grundlegend. Die Straße wurde schmaler und die kurze Häuserreihe war mit Lichterketten behängt, sie wanden sich um Weihnachtsbäume, rahmten Fenster ein, rankten sich um Zäune. In einem Garten versammelten sich Krippenfiguren um einen hell erleuchteten Stall. Niedrige Eisenzäune trennten die Gärten, aber bei drei Häusern nebeneinander standen die gleichen Bänke unterm Vorderfenster. Dieser Teil der Abernathy Street war eine Gemeinschaft.

Ein alter Mann stand in seinem Vorgarten, die Hände leicht auf einen Spatengriff gestützt, und sprach über den Zaun mit einer Frau und einem kleinen Kind. Die Frau und das Kind trugen identische blaue Anoraks, die Kapuzen auf, da Regen drohte.

Der Mann folgte ihrem Auto mit Blicken, entdeckte Leonard auf dem Fahrersitz, musterte sie gründlich. Es war ein Polizeireflex auf eine unmittelbare Herausforderung: Leonard brachte den Wagen zum Stehen und hielt seinen Blick, während sie ausstieg.

»Hallo«, sagte sie und ging auf ihn zu.

Sein Spaten war viel zu groß für den winzigen Garten. Tamsin überlegte, ob er ihn vielleicht an seinem Arbeitsplatz gestohlen hatte.

»Ich hab eine Baufirma«, beantwortete er ihren fragenden Blick. Da wurde ihr klar, dass er sie als Cop erkannt hatte.

Die Frau hatte sich umgedreht, um Tamsin entgegenzusehen, ihr Gesicht unter der sperrigen Kapuze nicht zu erkennen.

»Also, bis dann«, sagte sie zu dem Mann und gab dem kleinen Jungen auffordernd einen sanften Klaps auf den Hinterkopf.

»Tschüss«, piepste der Junge. Seine Mutter nahm ihn an die Hand und sie schlenderten davon.

Der Gärtner wartete, bis sie außer Hörweite waren. »Ich nehme an, Sie sind wegen ihm hier?« Er nickte über die Straße zu dem einzigen trostlosen Haus, Nummer neun, Hugh Boyles Haus. Der Zaun war entfernt und der Garten zum Parkplatz eingeebnet worden, die Betonplatten neigten sich an den Rändern schräg nach oben und unten.

»Hugh Boyle?«, fragte Leonard.

»Aye.«

»Ja, das stimmt tatsächlich. Ist er da?«

»Na ja, der Junge geht nirgends zu Fuß hin. Wenn dieser Bus, mit dem er herumfährt, nicht da parkt, ist er weg.«

»Wissen Sie, wann er zurückkommt?« Unsicher, in welchem

Ton sie mit dem Mann reden sollte, starrte sie die leere Einfahrt drüben an.

»Sie sind von der Polizei?« Der Mann sah der Frau mit der Kapuze und ihrem gleich gekleideten Sohn nach.

»Ja.«

»Hugh Boyle is 'n Drogendealer, wissen Sie.«

»Ach ja?«

Sein Blick schweifte zu ihr. »Haben Sie das nicht gewusst?«

»Äh, nein, kann ich so nicht sagen.«

»Hmm.« Er sah sie schuldbewusst an. »Na ja, ist so. Ich sag ihm: Was würde deine Mutter von dir denken?« Er nickte hinüber. »Das ist ihr Haus. Tot mit dreiundfünfzig. Eine wirklich nette Frau. Hat ihn total verzogen.«

Leonard dachte an Boyle vor dem Kofferraum, wie er sie anflehte, nach Hause zu dürfen, zu seiner kranken Mum.

»Ist sie erst vor kurzem gestorben?«

»Vor drei Jahren? Na, zwei und ein bisschen.«

»Verstehe.«

»Hat sich für ihn aufgeopfert. So kam es zu dem ganzen Ärger. Sie glauben gar nicht, was sie wegen dem kleinen Scheißer durchgemacht hat.«

»Hatte er Probleme?«

»Nichts Offizielles, soweit ich weiß.« Der alte Mann runzelte die Stirn. »Offen gesagt ist der Junge der Ansicht, dass ihm allein fürs Atmen eine Villa zusteht.«

Leonard betrachtete das heruntergekommene Haus. Die PVC-Eingangstür war unten, wo jemand dagegengetreten hatte, zerkratzt und verbeult, die Glasscheibe grau vor Dreck. Im ersten Stock fehlte an einer Fensterscheibe die Ecke.

Leonard legte den Kopf schief. »Für wen arbeitet er?«

»Keine Ahnung. Die kommen nicht hierher, wer immer die sind. Aber er ist ein Niemand, und dann, eines Tages, fährt er in diesem Auto rum.«

»Woher hat er es, wissen Sie das?«

Der alte Mann folgte ihrem Blick und schaute noch mal zu dem Haus hinüber. »Ich dachte, er wär nur der Fahrer für jemanden, aber es scheint seins zu sein.« Er starrte jetzt auf den Boden und hob seinen Spaten, dann hieb er die scharfe Kante auf eine Betonplatte, mit einem lauten Knall, der von den Nachbarhäusern widerhallte. Er hatte eine Schnecke zerteilt, ihre milchig-orangefarbenen Eingeweide quollen aus dem durchscheinenden Grün ihrer Haut. Selbstzufrieden blickte er auf. »Ich glaube, er hat's auf Kredit gekauft, und dann kommt's auch wieder weg.«

Sie wusste nicht, was sie dazu sagen sollte. »Sind Sie hier draußen auf Schneckenjagd?«

»Nein.« Er lächelte zu ihr hoch. »Ich schiebe Wache.« Er deutete auf die Weihnachtsdekoration in der Straße. »Der Wagemut der Hoffnung.«

Leonard mochte ihn wirklich. »Na ja, danke jedenfalls für Ihre Hilfe. Ich wünsche Ihnen frohe Weihnachten.«

»Ich bin Patrick Gilchrist.« Er zwinkerte ihr freundlich zu. »Und wenn ich was tun kann, Sie wissen schon. Sie können *jederzeit* zu mir kommen, Tag und Nacht, und mich alles fragen.«

Er bot nicht Tamsin Unterstützung an, er bot sie der Polizei an.

Erneut beschämt überquerte sie die Straße und sah Wilder auf dem Beifahrersitz panisch vor sich hin starren. Jede Minute, die verging, machte ihre Lage noch schlimmer. Wenn er nicht wäre, wäre sie längst zur Chefin gegangen, und das war ihr bewusst.

Sie trat auf die unebenen Pflastersteine und schaute hinauf. Hugh Boyles Haus stand erhöht an der Straße, fünf steile Betonstufen führten hoch zur Haustür, mit einem weißen Sozialbehörden-Plastikgeländer versehen, damit sich ein behinderter Mensch hinaufziehen konnte. Die Stadt stellte solche Hilfsmittel nicht gerade zügig bereit: Seine Mutter war wohl lange krank gewesen.

Das schmale Haus hatte ein Fenster im Erdgeschoss und ein kleineres oben. Boyle pflegte es nicht: Tamsin sah graue Flecken an den Decken.

Widerwillig ging sie zum Auto zurück, und Wilder stürzte sich sofort auf sie: »Was? Was hat er gesagt?«

Sie hatte Sorge, dass sie Wilder nicht in gemäßigtem Ton würde antworten können. Sie umklammerte das Lenkrad und starrte auf die Straße hinaus.

»Du wirkst sehr angespannt. Ich weiß nicht, was du vorhast«, winselte er.

»Ich denke nach.«

Sie drehte den Zündschlüssel und startete den Wagen, löste behutsam die Handbremse und fuhr los.

»Wo fahren wir hin?«

Tamsin bog links ab und folgte einer langen, leeren Straße an einem Block mit Apartmenthochhäusern vorbei. Sie hatte es getan, sie hatte die Hand reingesteckt und das Geld genommen. Es war nicht Wilders Schuld; es war ihre Schuld.

Ihres war das einzige Auto auf der Straße. Nicht mal vor dem Hochhaus standen Autos, nur das ausgebrannte Skelett eines Vans.

Leonard kämpfte mit ihrem Gemütszustand, während sie fuhr, umherschaute, rein physisch das Programm einer Streifenfahrt abspulte. Ein Mann radelte eine Seitenstraße entlang von ihnen weg, die Hände zum Wärmen in den Taschen. Die Straße, auf der sie fuhren, verlief um eine Kurve und führte dann für eine halbe Meile geradeaus einen Hügel hinauf, auf einer Seite lag unvermittelt ein Brachgelände.

Sie blickte auf und sah auf dem Scheitelpunkt des Hügels Hugh Boyles riesigen beigen Audi in ihre Richtung einbiegen.

Wilder brüllte: »Da!«, und warf sich auf seinem Sitz nach vorn, sodass sein Gesicht durch die Windschutzscheibe zu sehen sein musste.

»Lehn dich zurück«, sagte Leonard.

»Das ist er!«

»LEHN DICH ZURÜCK ODER ICH HELF NACH!«

Eine entsetzliche Stille breitete sich im Auto aus. Ihr war vorher nicht klar gewesen, dass ihre Stimme so laut sein konnte.

Sie ließ Hugh Boyle an sich vorbeifahren, schaute nicht mal hin, um sein Gesicht zu sehen, dann wendete sie den Wagen in einem perfekten Bogen und folgte ihm, fuhr langsam näher heran, als sie zu dem Knick in der Straße kamen. Hughs Blick flackerte zum Rückspiegel, bemerkte das Auto, aber ohne sie als Polizisten zu erkennen. Sie ließ einmal kurz die Sirene aufheulen, und er senkte den Kopf und fuhr vorsichtig an den Rand. Die Bremslichter leuchteten auf. Er hielt. Einen Moment später der Warnblinker. Da wusste sie, dass er keine Ahnung hatte, wer im Auto hinter ihm saß.

»Was hast du vor?«

Sie stieg aus, ging dicht am Auto entlang, hielt sich in seinem toten Winkel. Sie setzte darauf, dass die Tür nicht verriegelt war, und riss sie mit einer fließenden Bewegung auf.

Da saß Hugh, die Hände ruhten passiv auf dem großen Lederlenkrad, die Schultern hingen herab, das Gesicht wandte sich mit halbem Lächeln ihr zu. Eulenaugen, und selbst jetzt noch hätte sie spontan fast gelacht. Er wirkte verletzlich mit seinem Silberblick, und da er jetzt keine Mütze trug, sah sie, dass er unregelmäßig kahl wurde. Er sah, dass sie es war – »Oh! Ha! Hallo!« – und dass sie wütend war. »Oh. Ich habe wohl ein Problem. Klar.«

Er riss die Augen auf, sah bekümmert drein. »Aber *Sie* haben es genommen.« Er schaute nach ihren Händen, suchte nach einer Pistole oder einem Gummiknüppel. »Ich hab Ihnen nur das Geld gezeigt und bin weggegangen. Sie haben es genommen.«

»Das heißt nicht, dass Sie mir drohen können.«

»Wissen Sie, dass Sie das Geld genommen haben, heißt, dass alles passieren kann. Ich bin es nicht, der Ihnen droht.« Er schien es ehrlich zu meinen und setzte sich aufrecht. »Das war ich nicht. Ich hab nur das Foto gemacht.«

»Warum haben Sie es mir geschickt?«

»Hab ich nicht.«

»Woher haben Sie meine Handynummer?«

Er blickte durch die Windschutzscheibe. »Okay, hören Sie, ich hab Ihre Nummer nicht. Ich hab nur das Foto gemacht.« Er wandte sich ihr zu und lächelte. »Das müssen Sie verstehen, Geschäft ist Geschäft. Solche Sachen haben einen Marktwert, ich meine, es war zu gut, um es sich entgehen zu lassen, klar? Nichts für ungut, ja?«

Da sah sie, was ihn antrieb, sah seinen Blick von Fenster zu Fenster durch die ärmliche Straße huschen, um zu prüfen, wer zusah. Solange es was einbrachte, würde Hugh Boyle sie alle stückchenweise verscherbeln.

»Ich habe das Foto heute früh geschickt bekommen.«

»Nicht von mir.«

»Wer hat es dann geschickt?«

»Och.« Er gähnte halb und hob die Arme, um sich gespielt lässig zu strecken. »Letztlich war es nur eine Auktion. Ich weiß nicht, wer es bekommen hat.«

»Was meinen Sie mit ›Auktion‹?«

»Im Internet. Es war eine Auktion.«

»Wie ...« Sie wusste nicht mal so richtig, was sie fragen sollte.

»Chatrooms«, erklärte Hugh und rieb sich die Nasenspitze. »Da benutzt keiner seinen richtigen Namen. Man lässt einfach durchblicken, dass man was hat. Sie wissen schon ...« Er wedelte mit der Hand in ihre Richtung. »Und dann geht es eben los und, na ja, man kommt ins Geschäft. Wenn mehrere Leute Interesse haben, wird's eine Auktion.« Er zuckte die Achseln. »Ich wollte Sie nicht triezen oder so, es ist rein geschäftlich.«

»Woher hatten Sie den Kofferraum voller Geld?«

Er riss die Augen auf, belustigt, dass sie ihn das so direkt fragte. »Ich bin doch nicht dumm.«

»Hugh, Sie haben uns Ihre Wohnadresse gegeben.«

»Ja, stimmt.« Er starrte finster aufs Lenkrad. »Ich bin ziemlich dumm.«

Nächstes Mal würde er das nicht tun. Er lernte dazu. Leonard dachte kurz nach. »Geben Sie mir Ihren Autoschlüssel.« Hugh gehorchte. Und sie trat einen Schritt zurück. »Ich fahre. Rutschen Sie rüber.«

14

Martin war volle anderthalb Stunden gelaufen. Er war gegen das Brennen in seinen Beinen angelaufen, über den Regen hinaus und durch die Kälte hindurch, bis er in einen warmen und sicheren Rhythmus fand. Das mit Rosie war ein echter, unverfälschter Kontakt gewesen, echte menschliche Verbundenheit, und der Geruch ihres Zigarettenrauchs hing noch ewig in seiner Nase, verblasste dann zu einer Erinnerung, als Wind und Regen ihn von seiner Haut wuschen. Er fühlte sich erfrischt, neu aufgeladen, menschlich.

Er nahm sich nicht die Zeit zum Abkühlen im Gehen, hatte Angst, seine Waden würden krampfen, aber er spürte einen neuen Energieschub, als er sich der Steigung zu seiner Haustür näherte, und ließ sich davon tragen, genoss ihn, wohl wissend, dass er nicht gut für sich sorgte, aber ohne Furcht vor den Folgen.

Und mitten in diesem Widerspruch sah er seine Mom am Fenster des Hauses stehen, sie lächelte hoffnungsvoll, strich sich die Haare glatt, als wäre er ihr Date und sie hätte darauf gewartet, dass er käme und Gefallen an ihr fände.

Der Anblick bremste Martin jäh aus, sein Hals wurde ganz eng vor Abwehr.

Die Haustür machte Philippe auf, ein Mann, der die Würde verkörperte, die sie selbst hätten haben sollen, als suchte er sie durch sein Vorbild zu lenken. Philippe stand wartend da, hielt den Blick gesenkt, doch in seinen Mundwinkeln zuckte ein Lächeln.

»Philippe«, sagte Martin. Plötzlich war sein Körper von schmierigem Schweiß überzogen.

»Mr. Martin.«

Martin trat über die Schwelle, und seine Mutter kam in die Diele gepresscht.

»Oh, Schatz!« Sie sprach leicht schleppend, nicht Xanax, etwas anderes. »Schatz, Schatz.« Sie eilte zu ihm, umfasste sein Gesicht mit beiden Händen. »Du siehst schrecklich aus. Was ist mit dir passiert?«

Martin kämpfte sich von ihr frei und sah seine Dads in der Küche stehen.

»Marty.« Stiefvater soff mal wieder. Er war momentan nicht betrunken, aber er hatte diese bittere Art an sich, die einem infamen Streit vorausging.

»Sohn.« Sein Dad lächelte irgendwie, freute sich insgeheim, ihn zu sehen, verbarg es aber, weil er jetzt ernst auszusehen hatte.

Sie reisten immer mit einer Million Koffern, aber in der Diele standen keine. Offenbar hatten sie sie schon auf die Zimmer gebracht. Sie hätten gar keinen Hausschlüssel haben dürfen.

»Wo ist das Gepäck?«, fragte Martin und trocknete sich das Gesicht mit dem Saum seines T-Shirts ab.

Das war zu viel für seine Mom, sie fing an zu weinen. »Wir wissen, dass du nicht willst, dass wir ständig hier auftauchen, Schatz, deshalb haben wir Hotelzimmer reserviert.«

»Ehrlich?«

»Ehrlich, Schatz. Siehst du? Wir versuchen wirklich, es dir recht zu machen.«

Sie hakte sich bei ihm unter und zog ihn in Richtung Küche. »Komm, wir frühstücken gemeinsam ein bisschen was.«

Sie schritten den Flur entlang, am Frühstückszimmer vorbei, durch das zweite Esszimmer in die hintere Küche. Die ging auf einen kleinen Hof hinaus und auf das Dienstbotenquartier dahinter: ein umgebauter Stall mit kleinen Fenstern. Es war kein toller Ausblick, nicht der Pazifik oder die Rockies.

Seine Stiefmutter saß am Tisch. Sogar in dem auslaugenden bläulichen Licht des schottischen Winters sah sie schön aus. Sie war die jüngste von ihnen, kaum acht Jahre älter als Martin, griechisch-australischer Herkunft. Martin gab sich Mühe, nie mit ihr allein im Raum zu sein. Sie spürte sein Unbehagen, missdeutete es als Abneigung und mied seine Gesellschaft. Sie war nicht erfreut, hierhergebracht worden zu sein. »Hallo, Martin, wie geht es dir?«

»Hi.« Er wandte verlegen den Blick ab und ging zum Schrank, um sich ein Glas zu holen. »Ich hatte euch gebeten, nicht wiederzukommen. Warum seid ihr alle hier?«

»Wir haben gehört, was gestern passiert ist.« Sie sagte es, bevor ihr einfiel, dass sie das gar nicht wissen dürfte, es verriet Martin, dass sie ihn überwachen ließen.

Stiefvater fuhr sie an: »Halt einfach die Klappe!«

Sie murmelte ein »Tschuldigung«.

Langsam nahm Martin ein Glas aus dem Schrank und stellte es zur Seite. Sie beobachteten ihn, warteten darauf, dass er es aussprach.

»Ihr lasst mich von jemandem beschatten?«

Sein Dad hüstelte. Niemand außer seiner Mom sah ihn an. »Diese Stadt ist kein sicherer Ort, Schatz.«

Martin nahm die Packung Orangensaft aus dem Kühlschrank und goss sich ein Glas ein. Er verschloss den Karton und stellte ihn zurück in die Tür. Er schloss den Kühlschrank und schaute in sein Glas. »Hier ist es so sicher wie irgendwo anders auch.«

Seine Mom rief aus: »Du bist in eine Schießerei geraten! Nennst du das sicher?«

»Gestern ging es nicht um mich. Und es war auch keine Schießerei. Es war ein Raubüberfall.«

»Marty«, sagte sie, »du hättest umkommen können. Stell dir vor, die Leute erfahren, wer du bist? Die Haustür ist ja nicht einmal alarmgesichert.«

»Die Haustür *ist* alarmgesichert.«

Sein Dad schaltete sich ein: »Die Fenster nicht.«

Martin nahm sein Glas und trank, eigentlich brauchte er Luft, trank aber weiter. Überflutet. Er dachte an Rosie Lyons und Regen, der von einem grauen Himmel fiel, an Würstchen im Schlafrock und die Lallans Road.

»Ich meine«, seine Mom gestikulierte in Richtung Fenster, »schau dir nur den Garten an. Er ist ganz von einer Mauer umgeben, keine Alarmanlage am Fenster, wenn einer von denen auf die Mauer steigt und reinkommt –«

Martin knallte das Glas auf die Arbeitsplatte und drehte sich zu ihnen um, hielt sich an der Kante hinter seinem Rücken fest. »Ich bleibe hier.«

Sein Stiefvater griente ihn an. »Wir wissen, dass du nicht studierst, Marty.«

Martin war es peinlich, ertappt zu werden. »Ich gehe zu Vorlesungen.«

Sein Dad: »Du hast aber nicht vor, einen Abschluss zu machen, oder?«

Sein Stiefvater: »Du verschwendest deine Zeit.«

Seine Mom: »Es ist ein Hobby, Marty. Es ist nicht *zielorientiert*.«

Martin murmelte in Richtung Boden: »Es hat für mich keinen Sinn, einen Abschluss zu machen.«

»Marty!«, sagte seine Mom.

»Was sagst du da?«, fragte sein Dad.

»Na ja, wozu soll das gut sein?« Martin fühlte sich beklommen. »Ich werde nie einen Job haben. Ich will lernen, das ist alles.«

»Und was willst du lernen?« Alles, was sein Stiefvater sagte, klang vorwurfsvoll.

Aber Martin würde nie richtig arbeiten, er konnte nie einen Job haben und nach Beförderung lechzen, Kollegen auf Augenhöhe begegnen, sich abrackern. Das hatte man ihm geraubt, die Fähigkeit, sich zu sehnen, die Fähigkeit, nach etwas zu streben. Und jetzt verübelten sie ihm das auch noch. Er drehte sich um und schrie sie an: »*Was soll ich denn machen?*«

Seine Worte füllten den Raum. Ein Fehler, so viel Emotion zu zeigen. Das wirkte unausgeglichen. Er hatte das Gefühl, sein Dad machte sich Notizen zu seiner Gemütsverfassung und die anderen dienten ihm als Zeugen.

»Schatz«, sagte seine Mom, »würde es dich umbringen, einen Abschluss zu machen?«

Jetzt war es wichtig, ruhig zu antworten, vernünftig. »Wozu? Damit du den Leuten sagen kannst, dass ich kein Gammler bin?«

»Marty!«, jaulte seine Mom.

Wie sie sich aufführten, wirkte eigentlich irre. Er konnte durchaus geltend machen, dass auch sie verrückt waren. »Warum lasst ihr mich beschatten?«

»Warum lügst du uns an?«, gab sie zurück. »Wir möchten doch nur an deinem Leben teilhaben.«

Sie hatten diese Diskussion schon hundertmal geführt. »Ihr müsst gehen.«

»Dieses dicke Mädchen, die Raucherin, bist du mit der zusammen?«, fragte seine Stiefmutter mit süffisantem Grinsen. Sie hatte Einblick in die Akte, ihnen war ein Foto von Rosie zugemailt worden, noch bevor Martin wieder an seiner Haustür ankam.

Sie fügte hinzu: »Ist sie die Freundin, mit der du Weihnachten verbringst?«

Martin wünschte sich das Chaos herbei, direkt hierher, mitsamt der Waffe, er wollte das Gewicht der MP auf seinem Hüftknochen spüren und dass der Abzug seinen Finger küsste, wollte sie mit Kugeln durchsieben, sie durchsieben und zusehen, wie sich der Sprühnebel ihres Bluts überall auf der faden weißen Küche niederließ. Da verstand er, dass er genau das in dem Chaos sah, einen Ausweg aus dieser Falle mit ihnen, aus dieser erdrückenden Geschichte.

Er sagte es leise: »Wenn ihr alle jetzt sofort geht und mich bis nach den Feiertagen in Ruhe lasst, überweise ich eine Million Dollar auf euer Konto.«

»Wir wollen das Geld nicht«, sagte seine Mom unsicher.

Martin schaute sie an. Sie sah ihm ähnlich, sie war einmal eine hübsche Frau gewesen. Jetzt war sie verknöchert, als hätte sie einen Blick auf Sodom geworfen und würde nun langsam, entsetzlich langsam zu Stein; nur ihre Augen blieben ausdrucksvoll, und in ihnen lag Qual. Er war ihr einziges Kind und sie hatten sich einst nahegestanden.

»Heißt das eine Million für jeden, oder ...?« Alle drehten sich zu seinem Stiefvater um und er lächelte bitter und tat, als habe er nur gescherzt. »Was denn? Das war ein Witz.«

Alle schauten weg.

»Es war ein Witz«, sagte er leise.

Martin kannte seinen Stiefvater in dieser Stimmung. Im nächsten Moment würde er tobsüchtig herumbrüllen. »Also, Leute, wo wollt ihr die Feiertage verbringen?«

»Hier.« Das blasse Gesicht seiner Mom bettelte ihn an.

Martin sagte ausdruckslos: »Das will ich nicht.«

Dann unterließ er jede weitere Ausführung oder Drohung, aber als er sie ansah, wusste er, am Abend würden sie weg sein. Sie würden es voreinander zurechtbiegen, würden sagen, dass sie seine Privatsphäre respektierten oder dass er jetzt erwachsen war. Dann würde sein Stiefvater etwas Grobes sagen, die Wahrheit, dass er das Geld wollte oder so, und sie würden es auf seine Trinkerei schieben.

»Ich gehe duschen.«

Im Flur kam er an Philippe vorbei und murmelte ihm zu: »Wie geht es Ihrem Neffen, Philippe?«

»Viel besser, danke. Ich habe Ihrem Anwalt seine medizinischen Befunde aus der letzten Untersuchungsreihe geschickt.«

»Die habe ich bekommen, danke. Und einen sehr netten Brief von Ihrer Schwester.«

Einen kurzen Moment sah ihm Philippe in die Augen, demütig, erniedrigt durch Dankbarkeit.

Martin platzte heraus: »Das ist wirklich *gar* nichts, Philippe«, versuchte ihm über das Gefälle hinwegzuhelfen.

»Nein, Mr. Martin«, sagte Philippe. »Es ist absolut alles.«

Die Macht über Leben und Tod. Die Verantwortung entsetzte ihn aufs Neue. »Ja, aber für mich ist es kein Ding. Ehrlich.«

Philippe trat beiseite, um Martin vorbeizulassen. Als folgte er einem Befehl, stieg er die Treppe zu seinem Zimmer hinauf, warf einen Blick zurück und sah, dass Philippe immer noch mit gesenktem Kopf dastand, wie der Großvater am Vortag.

Die letzten zwanzig Stufen rannte er fast und schloss leise die Schlafzimmertür hinter sich. Er zog einen Sessel heran und stellte ihn davor. Dann trat er zurück und sah ihn an. Die vier und Philippe. Er rückte den Sessel wieder weg und schob stattdessen eine kleine Kommode vor die Tür, klemmte sie unter die Klinke, damit man sie nicht mehr runterdrücken konnte.

Ohne die Tür aus den Augen zu lassen, ging er rückwärts zum Badezimmer, trat ein, machte die Tür zu und schloss sie ebenfalls ab.

Martin setzte sich auf den Boden vor der Toilette. Die Kälte der Marmorfliesen sickerte in seinen Hintern, in die Oberschenkel, seine Beine begannen zu pochen, als die Muskeln abkühlten, und er versuchte sich ganz darauf zu konzentrieren. So blieb er sitzen und kartografierte seine Schmerzen, bis er unten die Haustür zuschlagen und die Autos abfahren hörte.

15

Die Lyons wohnten in einem kleinen Haus in einer kleinen Straße mit dem hellen Schein der Weihnachtsbeleuchtung im Fenster.

Harris parkte gegenüber und sie sahen es sich an, bemerkten den schwarzen Brandfleck seitlich am Briefkasten und die glasige Oberfläche des Asphalts gleich daneben. Hier draußen war ein Auto angezündet worden, schon eine Weile her, so wie der Briefkasten aussah: Die rote Farbe hatte Blasen geworfen, sie war abgeschliffen und die Stellen mit grauer Grundierung überpinselt worden.

Sie stiegen aus und Morrow schaute die Straße entlang. Sie entdeckte keine Überwachungskameras, und das passte: Gestohlene Autos wurden normalerweise an Orten abgefackelt, die der Dieb kannte, wo er sich sicher wusste, die aber keine Bedeutung für ihn hatten.

»Ich will die Einzelheiten zu dem Vorfall.« Sie deutete auf den versengten Asphalt.

Harris kritzelte es in sein Notizbuch.

»Lassen Sie auch die Nachbarn befragen.«

»Ich setze McCarthy darauf an.«

Der Vorgarten des Hauses der Lyons' lag hinter einer schulterhohen Hecke, die bei dem Brand Feuer gefangen hatte. Das verkohlte Gestrüpp war stark zurückgeschnitten, die Äste lagen frei. Sie erholte sich gerade: Kleine gelbe winterliche Blattknospen bemühten sich, die Pflanze wieder einzukleiden. Durch das spärliche Laub sahen sie ein betoniertes Rechteck, ein Dreirad stand hinter einem flachen grünen Sandkasten in Form einer Schildkröte.

Das große Fenster war mit rot und weiß blinkenden Lichterketten eingerahmt. Im Inneren wechselte ein künstlicher LED-Weihnachtsbaum im Dunkeln sanft die Farbe, von Blau zu Grün, von Grün zu Orange.

Morrow betrachtete ihn. »Die wohnen alle hier?«

Harris nickte. »Mutter, Tochter und Enkel lebten alle hier bei Brendan.«

Morrow folgte ihm zum Tor und die drei Schritte durch den Garten bis zur Stufe vor der Haustür. Harris klingelte.

Die Tür wurde sofort von einer sehr kleinen, sehr alten Frau in einem langen Nachthemd geöffnet. Ihre Wirbel schienen miteinander verwachsen zu sein, und sie musste sich aus der Hüfte nach hinten neigen, um zu ihnen hochzulinsen. »Hallo?«

Rita Lyons' Tochter erschien weiter hinten im Flur.

»Hallo, Rosie, ist Ihre Mum da?«, fragte Harris.

Liebenswürdig lächelnd musterte die alte Dame sie nacheinander.

Rosie sah sie und wurde blass. »Sie beide habe ich im Krankenhaus gesehen, als ich Joseph abgeholt habe.«

»Das ist richtig.« Morrow zeigte ihren Dienstausweis vor. »Ist Ihre Mum da?«

»Aye.« Sie stellte sich hinter die alte Dame, die immer noch lächelte. »Das ist meine Granny.«

»Verstehe – wohnen Sie alle hier?«, fragte sie die Großmutter, damit es nicht aussah, als ignorierte sie sie.

»Na ja, ich bin im Nachthemd«, sagte die mit schrill trillernder Stimme, »was glauben Sie wohl?«

Rosie schmunzelte und sah ihrer Granny nach, als sie sich umdrehte und den Flur entlang in die Küche zockelte.

»Ist das die Mutter Ihres Dads?«

»Die von Mum.« Sie bat sie mit einer Handbewegung zur Fußmatte herein.

Morrow und Harris streiften sich die Schuhsohlen ab und traten ein. Es war das Haus der Eltern, ihr Stil. Die Diele war lachsrosa mit einem großen Messingrahmenspiegel und passendem Tisch. Die Küchentür stand einen Spalt offen, sie sahen braune Unterschränke vor türkisen Wänden. Der Duft nach warmem Zucker wehte durch den Flur.

»Ich hab diesen Typ getroffen«, sagte Rosie. »Den, der mit Joe im Krankenhaus war. Ich hab ihn heute Morgen getroffen.«

»Martin Pavel? Den mit den Tattoos?«

»Ja. Ich bin ihm beim Kiosk da vorn über den Weg gelaufen. Er hat gewartet ...«

»Auf Sie?« Morrow versuchte, nonchalant zu klingen.

Rosie sah verwirrt aus. »Ich weiß es nicht. Nein, ich glaube nicht.« Sie wirkte ziemlich sicher. »Nicht auf mich ...«

»Was hat er gesagt?«

»Na ja, ich habe ihm vorgeschlagen, wir könnten uns hinsetzen und eine Zigarette rauchen und reden.«

»Ja?«, versuchte es Morrow mit einer neutralen Aufforderung. »Was hat er gesagt?«

»Inwiefern gesellschaftliches Handeln durch Geschichten bestimmt ist.« Sie sah ein bisschen ratlos aus. »Erzählungen ... so was ...«

»Hat er irgendetwas von gestern erwähnt?«

»Nein.« Jetzt sah sie beunruhigt aus und schüttelte den Gedanken ab, räusperte sich und rief nach ihrer Mutter: »Mum? Hier sind, äh, Leute, die dich sprechen wollen.«

Rita kam aus der Küche, die Hände in der Luft wie eine Chirurgin, die Finger mehlbestäubt. Sie sah erschöpft aus, als hätte sie die ganze Nacht gebacken, seit sie sie zuletzt gesehen hatten. Ihre Augen waren rot und lagen tief in den Höhlen, die Haare zerzaust und spröde vom Färben.

»Ja, hallo«, sagte sie langsam, ergab sich in das Gespräch mit ihnen, aber nicht unbedingt gern. »Gehen Sie schon ins Wohnzimmer, wenn es Ihnen nichts ausmacht, ich bin gleich bei Ihnen.«

»Natürlich.«

Die Stimme eines kleinen Jungen rief aus der Küche: »Fertig!«

Rita drehte sich zur Küchentür um, rollte die Schultern, um ihre Haltung zu korrigieren, und hob die Stimme um eine halbe Oktave: »Gut gemacht, jetzt das nächste.« Sie ging wieder hinein.

Rosie hielt ihnen die Wohnzimmertür auf. »Tee? Kaffee?«

Harris lehnte ab und sie betraten ein Wohnzimmer, das in die Jahre gekommen, aber gemütlich war: eine dicke beige Ledersitzecke. Ein sechseckiger Couchtisch mit glänzender schwarzer Glasplatte, in der sich die ständig wechselnden Farben des künstlichen Weihnachtsbaums spiegelten.

»Worauf hat Martin Pavel gewartet?«

»Och, er war laufen«, sagte Rosie, die Wange weichgezeichnet im Blau, Grün und Gelb des Baumes. »Er hat eine Verletzung, sollte gar nicht laufen. Es ist eigentlich schräg, denn er wohnt ziemlich weit weg, aber er kam zufällig hier vorbei. Er hat nach Joe gefragt.«

Morrow beobachtete Rosies Gesicht und sah, wie ihr dämmerte, dass sein Interesse bedenklich sein könnte.

»Hat er gefragt, ob er Joe sehen kann?«

»Nein.«

»Hat er gefragt, wie es ihm geht?«

»Ja.«

»Na ja, manchmal«, sagte Morrow, »wenn Leute etwas so Traumatisches erleben, fühlen sie sich miteinander verbunden.« Ihr fiel die »Beasts«-Tätowierung an Pavels Hals ein, und sie sah ihr Spiegelbild im Fenster, sah, wie ihre Augen groß wurden. »Hat Joe nach Martin Pavel gefragt?«

»Nein. Ich habe nicht erwähnt, dass ich ihn getroffen habe, aber Joe bäckt da drin Kekse, und er will ein paar davon ›dem Mann von gestern‹ schenken.« Sie nickte mit Tränen in den Augen durch die Wand zur Küche. »Es macht Ihnen hoffentlich nichts aus, dass ich eben nichts von Polizei gesagt habe. Wir versuchen, ihm so viel wie möglich zu ersparen. Keine Ahnung, ob das richtig ist.«

»Das ist wahrscheinlich genau das Richtige«, sagte Harris.

Sie sah wieder zur Tür. »Es ist schwer zu sagen, was richtig ist. Er wirkt eher müde als traurig. Will nur wissen, wo sein Opa hin ist, jetzt, wo er tot ist. Ich kann ja schlecht sagen, er sei im Himmel – mein Dad war sein Leben lang Kommunist.«

Harris nickte. »Erzählen Sie ihm vom Weihnachtsmann?«

»Aye.«

»Na, da machen Sie sich doch auch keine Sorgen, dass er noch dran glaubt, wenn er groß ist, oder? Warum nicht einfach vom Himmel reden? Wenn es ein Trost ist. Ihm beim Verarbeiten hilft.«

Sie dachte darüber nach, nickte und wirkte ermutigt. »Ich hoffe bloß, mein Dad sucht mich dafür nicht heim. Na, jedenfalls«, sie gestikulierte zur Sitzecke, »setzen Sie sich doch, setzen Sie sich.«

Morrow und Harris nahmen nebeneinander Platz, und Rosie zog sich einen Fußschemel heran.

Harris beugte sich zu ihr vor. »Haben Sie immer hier gewohnt? Bei Mum und Dad und Ihrer Granny?«

»Aye, ich hab's nie geschafft, auszuziehen. Ich bin jung mit Joe schwanger geworden. Es hat gut funktioniert. Es ist toll, Hilfe mit dem kleinen Mann zu haben, und Mum und Dad brauchten Hilfe mit Granny. Sie ist nicht mehr so ganz beweglich, geht nie raus, und man kann sie auch eigentlich nicht allein lassen. Und jetzt«, sie nickte traurig, »tja, ich bin froh, dass ich bei Mum bin.«

»Joes Dad ist nicht in der Nähe?«

»Nein.« Sie senkte den Blick. »Nein, er ist nicht in der Nähe.«

»Hat er Kontakt?«

Sie sah, wie sich Rosie daran erinnerte, dass sie Polizisten waren, dass sie nicht zum Plaudern hier waren. »Sein Name ist Lawrence, er ist aus Lyon. Ich hab ihn im Urlaub kennengelernt, und wir haben keine Verbindung gehalten.« Sie öffnete die Hände. »Ich hab mir das nicht ausgesucht.« Sie hatte nicht darüber reden wollen und blinzelte sie unbehaglich an. »Sind Sie nicht hier, um Fragen über meinen Dad zu stellen?«

Sie sah Morrow an, als setzte sie darauf, dass sie kühl und distanziert auftrat.

»Ja«, sagte Morrow zuvorkommend frostig. »Wir machen uns Gedanken über Ihren Dad, ob er den Bewaffneten kannte und wenn ja, woher.«

Rosie überlegte und sah den Weihnachtsbaum an. »Er kennt keine üblen Leute, keine Gangster …« Sie rieb sich die Augen. »Ich meine, ich weiß nicht, woher er ihn kennen könnte.« Sie erspähte sich im Fenster, ermahnte sich. »Ich weiß es einfach nicht.«

»Was ist mit der Gegend hier? War er ein Pubgänger?«

»Nein. Meine Leute gehen nicht groß aus.« Sie konnte keinem von ihnen in die Augen schauen.

»Warum nicht?«, fragte Morrow.

»Ach, sie sparen immerzu, um wieder nach Mallorca zu können.« Sie grinste schief und senkte die Stimme zu einem Flüstern: »Sie mieten da immer dasselbe Haus. Es ist wie ein Wohnwagen. Total furchtbar.«

»Also ist er gar nicht so viel im Viertel unterwegs?«

»Na ja, er könnte ihn vor der Krippe kennengelernt haben. Er bringt Joseph morgens hin.«

»Krippe?«

Darüber runzelte sie die Stirn. »Es ist eine städtische Kinderkrippe, viele Kinder werden von Sozialarbeitern dahin vermittelt, sobald sie ein paar Monate alt sind. Da bekommen sie nämlich zuverlässig zu essen und sitzen nicht rund um die Uhr vor dem Fernseher.«

»Sie glauben also nicht, dass er ihn von irgendwo kannte, wo er gearbeitet hat?«

»Ich würde sagen, vor der Krippe ist am wahrscheinlichsten.« Sie blickte auf, um zu prüfen, ob ihre Irreführung angekommen war, und tat dann Buße: »Aber die sind wahrscheinlich zu so was gar nicht fähig. Die meisten sind kaputte Suchtis.«

»Was meinen Sie mit ›kaputte Suchtis‹?«

»Ach, Sie wissen schon: am einen Tag laut lachen, am nächsten heulen, Kapuze hoch, Augen runter. Im Grunde traurig. Traurig für die Kleinen. Mickrige Zwerge mit dreckigen Pullis und Schuhen, die nicht passen. Ein Junge da, der ist erst vier, und jedes zweite Wort ist Fotze. Oder Scheißfotze. Seine Mutter lacht darüber, sie findet das lustig. Da kommen Kinder mit Veilchen und ohne Essen, verstehen Sie?«

Harris war offenbar sein Erfolg als Elternratgeber zu Kopf gestiegen. »Wäre es denn zu teuer, Joe in eine andere Krippe zu schicken?«

Rosie sah ihn mit der majestätischen Haltung ihrer Mutter an. »Man kann sich nicht einfach rausziehen und diese Kinder ihrem Schicksal überlassen. Verantwortung geht anders, oder? Man muss sich am Gemeinwesen beteiligen.«

Morrow dachte an ihre Jungs. »Bei den meisten Leuten ändern sich solche Prinzipien allerdings, wenn sie Kinder haben. Wer würde nicht für das Wohl seiner Kinder Abstriche machen?«

Rosie lächelte, so schwermütig, als hätte sie diese Diskussion schon oft geführt. »Damit lässt sich aber doch alles rechtfertigen, oder? Sagen wir Mord: Der Räuber von gestern bringt das Geld vielleicht heim zu seinen Kids. Das entschuldigt sein Verhalten nicht.«

»Nein –«

»Und das sollte es auch nicht«, fuhr Rosie fort. »Kinder brauchen eine ethisch stabile Umgebung genauso dringend wie körperliche Gesundheit.«

Morrow las in ihrem Gesicht. Es trug den glückseligen Glanz der wahren Gläubigen. Sie sah sie an und versuchte, wie sie zu denken: Rosie könnte es vielleicht billigen, dass ihr Vater eine Versicherungsfirma betrog, aber nicht, dass er sich ermorden ließ. Das wäre dann wohl »instabil«.

Die Tür ging auf und Rita Lyons zögerte kurz, bevor sie eintrat.

»Die Kekse sind im Ofen«, verkündete sie ernst. »Sie brauchen zehn Minuten.«

»Klar.« Rosie stand auf. »Wenn mir noch was einfällt, sage ich Ihnen Bescheid.« Sie nickte Harris zu, vielleicht spürte sie, dass er sich gescholten fühlte. »Das war ein lieber Rat, das mit dem Weihnachtsmann. Danke.«

Harris presste bescheiden die Lippen zusammen, als sie ging. Sie schloss die Tür fest hinter sich.

Rita war wesentlich kühler als ihre Tochter. Sie blieb stehen, die Hände vor sich verschränkt, und schaute auf Harris herab.

»Was war das für ein Rat?«

Harris erwiderte ihren Blick. »Wir sprachen darüber, wie man einem Kind den Tod erklärt. Ich hab selbst vier.«

»Verstehe.« Rita setzte sich auf Rosies Schemel und schlug von ihnen weg die Beine übereinander. »Und, ist diese Befragung eine Fortsetzung von gestern?«

Morrow rutschte nach vorn. »Ich denke ja.«

»Okay.« Sie verschränkte abwehrend die Arme, sagte aber: »Fragen Sie mich alles.«

Morrow sah ihr in die Augen und Rita blinzelte. Ein verräterischer Tick. Rita verbarg etwas. »Also wie ich gestern schon sagte, wir glauben, Brendan und der Bewaffnete haben sich wiedererkannt. Wir versuchen darauf zu kommen, wo er so jemanden kennengelernt haben könnte.«

»Die Krippe?« Rita war eisern. »Hat Rosie das schon gesagt?«

»Hat sie.« Morrow nickte.

»Weil wir heute Morgen darüber gesprochen haben, und wir dachten beide, vielleicht dort. Sie sollten da mal hingehen.«

»Wir gehen dem nach. Fällt Ihnen sonst noch etwas ein?«

»Was denn zum Beispiel?«

»Brendan war Rentner?«

»Vorher war er Fahrer. Spezialbusse für Tagesstätten und Schulen, das könnten Sie auch nachprüfen.«

Das ist es also auch nicht, dachte Morrow.

»Aber wissen Sie«, sagte Rita, »wir verbringen viel Zeit auf Mallorca, er hat schon seit einem Jahr nur noch ab und zu ausgeholfen. Ich meine, das lässt sich kaum eingrenzen.«

»Vielleicht sind Sie ihm auf Mallorca begegnet?«

»War er Spanier?«

»Gibt es noch Spanier auf Mallorca?«

Rita fand das nicht lustig. »Er klingt nicht nach einem Mallorca-Typ. Wenn überhaupt klingt er nach einem Costa Del Sol-Typ.«

Morrow und Harris fanden beide, es entbehrte nicht einer gewissen Ironie, dass eine Witwe der kommunistischen Partei so offen ihren Snobismus zur Schau trug.

»Jedenfalls war es bestimmt nicht dort.«

»Sie scheinen sich sehr sicher zu sein. Das ist ein Jammer, wir hatten beide auf einen kleinen Ausflug gehofft.«

Harris grinste sie an, und Rita gewährte ihm ein leichtes Lächeln, als wäre sie dort die Königin. »Ja, es ist sehr schön da. Selbst um diese Jahreszeit ist das Klima wunderbar.«

»Also«, fuhr Morrow fort, »vielleicht kannten sie sich ja noch von früher? Als Brendan politisch engagiert war?«

»Na ja, schon, Bren war früher sehr aktiv in Jugendgruppen, aber ehrlich gesagt ist das so lange her – diese Jungs dürften jetzt über dreißig sein, und die meisten von ihnen waren blitzgescheit. Das sind keine Hooligans, diese Jungs.«

»War Brendan je in Greenock?«

Rita blinzelte. »Nein.«

»Sind Sie sicher?«

»Ja.« Noch ein Blinzeln. »Warum?«

»Nur so.«

Harris' Handy klingelte und er holte es raus, schaute auf den Screen und sah Morrow mit hochgezogenen Brauen an, bevor er sich bei Rita entschuldigte. Er stand auf und ging ran, schlurfte in die Ecke am Fenster, während er einsilbige Antworten murmelte.

Morrow sah, wie Rita Lyons' Blick zur Seite glitt, wie sie horchte, also fragte sie sie: »Machte sich Brendan wegen irgendetwas Sorgen?«

»Was zum Beispiel?«

»Schulden?«

»Nein. Brendan hat seine Schulden immer bezahlt.«

»Ein Haus auf Mallorca zu mieten muss teuer sein.«

»Eigentlich nicht. Mit EasyJet hin, im Voraus buchen. Wir kennen die Familie, von der wir das Haus mieten. Wir kriegen's für fünfzig Pfund die Woche. Es ist tatsächlich billiger, als hier zu wohnen. Früher haben wir davon geträumt, das Haus zu kaufen. Bitterer Witz, dass wir uns das jetzt mit seiner Lebensversicherung sogar leisten könnten.«

»Er hatte eine Lebensversicherung?«

»Ja.« Rita merkte nicht, dass sie etwas Wesentliches sagte. »Sechzig, siebzigtausend oder so. Aber jetzt mag ich da kein Haus mehr kaufen, nicht ohne Bren. Wird sowieso noch Monate dauern, bis es kommt.«

Rita warf einen Blick zur Decke, und plötzlich verzog sich

ihr Gesicht vor Kummer. Sie kämpfte dagegen an und gewann ein paarmal, nur um doch wieder die Kontrolle zu verlieren. Sie schirmte ihr Gesicht ab und winkte mit einer Hand, um Morrow zu signalisieren, sie sollte weitermachen. »Fragen Sie«, murmelte sie, »los, *fragen* Sie.«

»Ähm, dieser Taxifahrer, der Sie gestern Abend abgeholt hat, war von Abbi Cabs? Er schien Sie gut zu kennen.«

»Donald?« Rita schniefte und setzte sich aufrechter. »Ja.«

»Er wirkte sehr beeindruckt von Ihnen und Brendan.«

»Er ist nett. Ein Fan von Bren.«

»Ein Fan?«

»Brendan war berühmt. Hat eine berühmte Rede vor dem TUC gehalten.«

»Gewerkschaftsverband?«

»Mhm.« Rita zog ein Baumwolltaschentuch heraus und tupfte sich die Augen. »Es war in den Nachrichten.«

»Worüber hat er gesprochen?«

»Über den Kompetenzstreit in der Stahlindustrie. ›So verschieden unsere Methoden sein mögen, in unserem Ziel finden wir zusammen‹ – das war sein Satz. Damit hat er sie gekriegt.« Sie fuhr sich mit dem Taschentuch unterm Auge entlang. »Heutzutage ist das eine ausgestorbene Kunst, Redegewandtheit. Einen Raum voller Menschen zu packen ist nicht mehr gefragt, wie so vieles. Trotzdem hoffe ich, die Leute erinnern sich, hoffe, dass viele Leute zur Beerdigung kommen. Das würde ihm gefallen … Er mochte Partys, sogar Kindergeburtstage.« Sie wirkte plötzlich erschöpft, und Morrow sah ihre Chance, ein paar Routinefragen zu klären.

»Man hat Ihnen gesagt, dass es eine Weile dauern wird, bis der Leichnam freigegeben wird?«

»Ja, der Mann gestern Abend hat es mir gesagt.«

»Das tut mir leid, aber so haben wir die besten Chancen, den Verantwortlichen zu finden.«

»Wie lange?«

Harris legte auf, drehte sich um, und Morrow erkannte an den aufgerissenen Augen und dem verkniffenen Mund, dass er sofort mit ihr sprechen musste.

»Das ist schwer zu sagen, Rita.« Morrow stand auf. »Wir müssen leider los, aber wir kommen wieder, und ich melde mich bei Ihnen.«

Rita stand auf und strich ihre Hose an den Oberschenkeln glatt. »Ich bring Sie raus.«

Sie folgte Morrow in den Flur und öffnete ihnen die Haustür, lehnte sich an den Türrahmen, bereit für einen längeren Abschied, aber Harris war schon den Weg runter und hatte das Tor geöffnet.

»Danke, Rita.« Morrow hielt ihr die Hand für eine formelle Verabschiedung hin, und Rita streckte ihre aus, wieder mit der Handfläche nach unten, wieder, als erwartete sie von ihr, sie zu küssen.

Morrow drückte ihre Finger. »Auf Wiedersehen.«

Rita nickte. Falls Brendan Lyons in einen Versicherungsbetrug verwickelt war, wusste Rita nichts davon.

Morrow holte Harris an der Autotür ein. »Gobby hat sich gemeldet. Sie sitzen bei der Observierung in Barrowfield, da klopft ein Zwölfjähriger an die Van-Tür. Als sie aufmachen, schmeißt er eine Einkaufstüte voll mit Zwanzigern rein und haut ab.«

»Wo sind sie jetzt?«

»Sitzen schwitzend im Van mit ungefähr Zweihunderttausend in bar.«

16

Annie Gallagher zog die Handbremse und betrachtete einen bunkerartigen Bau mit knauserigen Fenstern. Das Wahlkreisbüro von Hillhead befand sich jetzt in einem schon lange nicht mehr betriebenen Pub. Während des Immobilienbooms hatten sie ständig in billigere Räume umziehen müssen und waren jetzt ganz am Rand des Wahlbezirks gelandet, am Nordufer des River Clyde in einer Gegend, die früher einmal Kornspeichern und Warenlagern vorbehalten war. Die Gegend war im Kommen, ein weltberühmter Architekt hatte ein neues Transportmuseum gebaut und man hatte Straßen dafür verlegt. Hier würden sie auch bald wegziehen müssen.

»Da sind *die*«, sagte Annie mit Blick zur Ecke.

Kenny sah sie, zwei Frauen mittleren Alters, perfekt im Gleichschritt und den Mund zur gleichen Schnute verkniffen. Sie steckten dahinter, da war er sich sicher, sie und das Emoticon, sie hatten diese Sitzung einberufen. Eigentlich verstand er es. Marion, die Ältere, war vermutlich untröstlich. Sollte Marion mal unerwartet sterben und die Polizei in ihr Haus gehen und feststellen, dass sie in ihrem Wohnzimmer eine Schaufensterpuppe sitzen hatte, die wie Kenny Gallagher aussah und die sie jeden Morgen anzog und abends badete, würde das Kenny nicht im Geringsten wundern. Sie streichelte Tassen, aus denen er trank. Er hatte es gesehen. Und hier kam sie jetzt mit ihrer Apostelin: Parteimitglied, seit sie dreizehn war, Ergebenheit, geboren aus dem Bedürfnis, irgendwo dazuzugehören. Sie selbst nahm nie einen Standpunkt ein, würde aber für den anderer töten.

Die beiden eilten die Straße entlang, wild entschlossen, die Lage zu retten und seine zu ruinieren. Ihr fetter blonder Freund war vermutlich schon dort. Er war desorganisiert, emotional und schmerzhaft aufrichtig. Pete nannte ihn nur das Emoticon, weil sein fettes Gesicht ständig irgendetwas ausdrückte, aber Kenny sagte, das sei herzlos. Er wusste jedoch, was Pete meinte. Auch das Emoticon war in Kenny verknallt. In den Anfangszeiten hatte er Radio Scotland ein Interview gegeben und gesagt, er könne es buchstäblich spüren, wenn Kenny irgendwo im Gebäude sei, weil er Kennys Charisma fühle. Kenny tat, als hätte er das nicht gehört.

Von den rund zwanzig Gewerkschaftsmitgliedern, die Gallagher in den Wahlkreis Hillhead der Labour Party gefolgt waren, blieben nur die weiblichen. Sie hatten sich geeinigt, bevor sie beitraten: Sie würden als Gruppe arbeiten, die Partei nach links ziehen, die arbeitende Bevölkerung vertreten, mit dem Galanten Gallagher als Aushängeschild. Jetzt versuchten ihn diese Frauen loszuwerden, aber er wusste, es ging nicht um Jill Bowman. Sie wollten den Wahlkreis an sich reißen, um ihre eigenen Interessen durchzusetzen.

Er sah zu, wie Marion und die Apostelin hineingingen.

»Du hasst sie, oder?«, fragte Annie leise.

»Weil sie dich so behandeln«, fauchte er. »Ich meine, Feminismus, gut und schön, aber behandelt doch andere Frauen mit ein bisschen Respekt! Du bist schon genauso lang aktives Parteimitglied wie sie. Wie sie dich kurzerhand abgetan haben.«

»Ja, aber weißt du, vielleicht hatten sie ja recht, vielleicht war es kein gutes Manöver …«

»Nein, sie haben dich von vornherein abgelehnt, weil du meine Frau bist. Und das vor dem ganzen Wahlkreis.«

»Sie hatten nicht unrecht. Es sieht wirklich unprofessionell aus. Ich sollte den Posten nicht nur bekommen, weil ich deine

Frau bin. Zumal Malcolm auch noch den Spendenausschuss geleitet hat. Es sieht nach Vetternwirtschaft aus.«

»Du warst die Richtige dafür. Sie haben dich einfach im ersten Wahlgang einhellig abgelehnt.«

Sie nahm seine Hand und drückte sie. »Geh nicht wütend da rein.«

Sie hatte recht. Kenny wäre gern hiergeblieben, unter ihrem verzeihenden Blick. Das ging nicht. Dies war die zweite Sitzung, die sie wegen der McFall-Kontroverse einberufen hatten. Bei der ersten hatte er sich entschuldigt und war nicht da gewesen, aber er hatte die Gerüchte von Pete gehört, von Mikey, von Hank: Sie waren fuchsteufelswild, sie würden versuchen, ihn abwählen zu lassen. Es ging um sein politisches Überleben.

»Bis bald.« Er versuchte ihr zuliebe zu lächeln, aber er war zu angespannt, und sein Ausdruck geriet zu einem säuerlichen Grinsen.

Annie lächelte für ihn. »Viel Glück.«

Er stieg aus, wartete auf dem Gehweg, als sie losfuhr, winkte, als sie am Ende der Straße abbog. Annie verschwand um die Ecke. Kenny blieb stehen und starrte die leere Ecke an. Annie wusste es. Sie musste es wissen, aber sie würde ihm vergeben, um das Gesicht zu wahren und für eine Abfindung. Er war enttäuscht von ihr. Schon wieder.

Dann überquerte er die Straße, stürmte mit gesenktem Kopf zur Tür hinein. Er ignorierte das Häufchen Leute am Empfang und platzte in sein Büro wie ein Mann, der zum Luftholen durch die Wasseroberfläche bricht.

In seinem Büro herrschte ein Durcheinander aus Akten und Papierstapeln. Normalerweise genoss er die Geschäftigkeit, die damit einherging, aber heute sah es unvorbereitet und amateurhaft aus. Er dachte oft, die Demokratie könnte ganz schnell in die Binsen gehen, wenn die Wählerschaft je dahinterkam, wie fadenscheinig und kleinkariert das Ganze war.

Mitten in dem unordentlichen Büro saß sein Schriftführer Peter. Er war ein behäbiger Mann, der sich mit Jeanshemd und Bluejeans anzog wie ein Countrysänger, seine üppigen graublonden Haare fielen ihm bis in den Nacken, und als totaler Stilbruch hing um seinen Hals eine goldene Halbmondbrille an einer Kordel in Rastafarben.

»Pete.« Kenny ließ seine Tasche fallen und trat an seinen Schreibtisch. »Was ist hier los?«

Pete warf einen Blick hinter ihn, um sicherzugehen, dass die Tür zu war. »Es gibt einen Antrag, dir die Kandidatur zu entziehen, mit der Begründung, dass du eine Affäre mit Jill Bowman hattest. Wenn du es falsch anpackst, können sie dich wegen Rufschädigung aus der Partei ausschließen.«

»Okay.«

»Was ist das für ein Scheiß, dass du gegenüber Journalisten wie Meehan spontane Statements abgibst?«

Kenny schnalzte mit der Zunge. »Eine Affäre? Um Himmels willen, das behaupten sie doch nicht zum ersten Mal über mich, oder?«

»Du verkaufst dich als Familienmensch, Kenny, und das ist eben der Preis, wenn du eine Affäre hast.«

»Ich hatte keine *Affäre*.«

»Kenny, drei Vorstandsmitglieder haben gesehen, wie du sie in einer Pension in Inverness mit auf dein Zimmer genommen hast.«

Er war entrüstet. *»Das ist eine Lüge.«*

»Sie sagen, sie hätten dich gesehen.«

»Wer?«

»Die Namen, die ich bisher habe, sind Marion und die Apostelin. Die Meuchelmörderin natürlich. Vielleicht auch das Emoticon, aber er war besoffen und sein Neffe im Krankenhaus, deshalb ist er nicht sicher.«

»Sie *lügen*.« Er dachte zurück. Jill hatte gleichzeitig mit ihm die Bar verlassen und sie waren über die Straße zur Pension geschlendert, aber Hank war dabei, und Hank sah sie in getrennte Zimmer gehen.

»Seit wann schnüffelt denn unsereins so im Privatleben herum? Das haben wir nie gemacht. Wer hat beschlossen, dass sich das ändert?«

»Kenny –«

»Wann wurde darüber abgestimmt? Das ist etwas Persönliches, die versuchen, meine Familie zu *zerstören*, und benutzen McFall dafür, verdammt noch mal ...«

»Kenny –«

»Sie beleidigen meine *Frau*, meine *Kinder* ...«

»Nein. *Du* hast deine Frau beleidigt.«

Kenny und Pete starrten sich an. Plötzlich ging Kenny auf, dass Pete wahrscheinlich für Annie schwärmte. Es überraschte ihn, dass ihm das noch nie aufgefallen war. Sie mussten sich schon gekannt haben, bevor Kenny sie traf.

»Wer ist überhaupt die undichte Stelle? Ich sag dir, Pete, das sind die radikalen Feministinnen, die das durchsickern lassen, die haben McFall darauf angesetzt.«

»Nein, haben sie nicht.« Pete schaute über seine Halbbrille wie der Collegedozent, der er mal gewesen war. Seinem Blick fehlte die Wärme. Pete war loyal, immer, aber er war jetzt ein Karrieremann. Sie waren beide mit der Schlacht in der Bath Street eingestiegen, aber jetzt waren sie keine Jungs mehr.

»Wir müssen das Ziel im Auge behalten«, fuhr Kenny fort. »Wir brauchen eine vereinte ...«

»Kenny.« Pete nahm die Brille ab, kniff die Augen zu und zwickte in seinen Nasenrücken. »Du hast Jill Bowman gefickt.«

Kenny schluckte. »Okay, aber nicht in Inverness. Die lügen. Hank war mit in Inverness, er weiß, dass da nichts gelaufen ist. Er wird als Zeuge aussagen.«

»Aber du hast sie gefickt und sie ist siebzehn.«

»Das ist legal.«

»Es ist legal«, gab Pete zu, »das ist wahr.«

»Es war alles einvernehmlich, Pete. Ich habe jedes Mal vorher und hinterher gefragt: ›Bist du sicher?‹ Jedes Mal, bei jeder Gelegenheit. Und nie, wenn sie was getrunken hat: Ich bin kein Vergewaltiger.«

»Niemand sagt, du wärst ein Vergewaltiger. Davon ist keine Rede. Es geht gar nicht um Einvernehmlichkeit.«

»Da sie fast achtzehn ist …«

»Hör zu, lass uns das große Ganze nicht aus dem Blick verlieren: Du hast Jill Bowman gefickt. Sie ist kaum mehr als ein Kind, und du bist ein verheirateter Mann, der sich als Familienmensch profiliert. Jetzt hast du einer landesweiten Zeitung angekündigt, dass du sie verklagst, weil du sie *nicht* gefickt hast.«

»Ich habe nicht dem *Globe* gesagt, ich würde ihn verklagen. Ich habe der *News* gesagt, dass ich den *Globe* verklage.«

Pete setzte die Brille wieder auf und ordnete die Papiere vor sich. »Wenn du dich weiter mit Spitzfindigkeiten aufhältst, machen sie dich beim eigentlichen Sachverhalt platt.«

Das war ein guter Rat. Kenny beruhigte sich, ein guter Rat. Pete redete immer Klartext. Guter politischer Rat.

Pete schaute auf die Uhr. »Es ist so weit«, sagte er traurig und stand auf.

»Pete.«

Pete konnte ihn nicht ansehen.

»Pete, sag mir, was ich tun soll.«

Pete ließ die Schultern hängen. Draußen im Flur knallte eine Tür. Pete sah ihn an. Pete log nie.

»Gib die Kandidatur ab.«

»Nein.«

»Tu es, Kenny, und lass das mit der Klage.«

»Nein!« Kenny sprang auf, ihm war heiß und er war wütend und Pete rückte das Ende seiner Karriere in den Bereich des Möglichen, indem er das sagte. Dieses Mandat war sein Lebenswerk; er hatte sich immer verantwortungsvoll verhalten und auch nicht mit Blick auf das Danach Freundschaften mit der Industrie geschlossen. Er konnte nichts anderes, hatte keine Möglichkeit, anders sein Geld zu verdienen. Er konnte auf keine andere Art Kenny Gallagher sein.

»Kenny, Mann, wenn du einen Krieg mit den Zeitungen anfängst, stoßen sie auf die anderen Frauen.« Die Haut unter Petes Augen wurde dunkler. »Du weißt, dass es Fotos gibt. Ich hab sie gesehen.«

Beim Gedanken daran erstarrten sie beide. All diese Episoden mit Frauen: in Autos und Hotels, mit Freunden, in Clubs, auf Toiletten. Manche davon kannte er gut, manche waren Kumpels, aber manche kannte er überhaupt nicht. Er konnte nicht mal hingehen und mit ihnen reden.

Eine nackte Frau, eine dünne Frau, nicht jung, vielleicht in den Vierzigern, wälzt sich auf einem zerwühlten Bett von einem Mann weg, ihre Titte rutscht über ihren Körper, als sie sich herumwälzt, sie sieht Kenny da liegen, bereit für sie, und das Wiedererkennen leuchtet in ihrem Gesicht auf. Sie hat sich immer wieder zu ihm umgeschaut, als er sie fickte. Aber es war alles einvernehmlich, es war alles ganz erwachsen. Sie konnten ihm nichts vorwerfen, außer dass er tat, was alle anderen auch tun wollten. Er schämte sich nicht und er war kein Sextäter. Er hatte immer seine Integrität gewahrt.

Pete nahm seine Jacke von der Stuhllehne und beendete damit die Diskussion. »Stimm der Abwahl zu. Über die Pressekonferenz reden wir später.«

Er öffnete die Tür und hielt sie auf, damit Kenny ihm folgte. Kenny tat es.

Durch den Eingangsbereich, jetzt leer, durch die Glasdoppeltür in den großen Barraum der einstigen Kneipe.

Stühle standen an den Wänden aufgereiht und sie waren alle da, hielten sich an Teebechern fest, warteten. Das Licht im Raum war trüb.

Von der Tür aus hielt Kenny nach dem Klemmbrett Ausschau: Hank leitete die Versammlung, Gott sei Dank.

Marion vorn, neben ihr die Apostelin. Das Emoticon weinte jetzt schon fast, er saß neben ihnen, die Hände zwischen den Knien verknotet. Eine Handvoll unwichtiger Leute, Rentner, Mitglieder, die sie für diesen Nachmittag eingespannt hatten, damit sie ein Quorum hatten, und die Fünf Lesben. Eingeschworen. Dicht beisammen, gelassen. Natürlich waren sie hier: Sie waren allesamt Dozentinnen oder Freiberuflerinnen, drei von ihnen Künstlerinnen. Und ihre Kandidatin für seinen Sitz: Alison Collins, die Meuchelmörderin. Sie saß auf der Fensterbank, eingerahmt von Gegenlicht. Sie wollte seinen Job. Sogar in diesem Halbdunkel sah er, wie sie ihn direkt anstarrte, das dünne Oberteil spannte über den Brüsten. Anfangs hatte er gedacht, sie wäre vielleicht interessiert. Er hatte einmal auf einer Party etwas gesagt, aber sie hatte ihn niedergestarrt. Der knappe BH war keine Einladung, sondern eiskalte Taktik, um das Auge abzulenken, während sie einem das Messer in den Bauch rammte.

Das Emoticon stand auf, um ihn zu begrüßen, begann aus purer Gewohnheit zu lächeln, fing sich aber. Er zog einen Stuhl in die Mitte des Raums.

»Kenny«, sagte er und blieb dahinter stehen, knetete die Rückenlehne mit unruhigen Fingern.

»Wie geht's deiner Mutter, Garry?«

Er strahlte. »Besser, Kenny, danke, dass du fragst. Sie haben die Sonde entfernt.«

»Das ist toll.«

Kenny setzte sich auf den Stuhl und drehte ihn zu Hank, der sein Klemmbrett umklammerte. Pete blieb an der Tür stehen.

In der Kreismitte fühlte sich Kenny wie eine Maus in einem Parlament aus Eulen.

»Kenny«, sagte Hank, ein »Tut mir leid« schwang in seinem Blick. »Danke fürs Kommen.«

»Ist doch klar.« Kenny setzte dazu an, seine Arme zu verschränken, fand dann aber, das könnte defensiv aussehen. Er ließ die Hände in den Schoß sinken und behielt beide Füße flach auf dem Boden.

»Das ist jetzt Tagesordnungspunkt zwei«, sagte Hank zu den Versammelten. »Hätte Punkt eins sein sollen, aber …«, schneller Blick auf Kenny, der zu spät gekommen war, »die Umstände erforderten eine Änderung der Tagesordnung.« Hank schaute hilfesuchend auf sein Klemmbrett. »Kenny …« Er zögerte.

»Ja?« Kenny gestattete sich einen milde sarkastischen Unterton.

»Ähm …« Hank holte tief Luft.

»Lies es einfach vor, Hank«, rief die Meuchelmörderin. Sie hatte die Arme um ein Knie geschlungen, drückte ihre ausladenden Titten links und rechts um ihr erhobenes Bein und starrte Kenny an. Sie wusste es, sie wusste verdammt genau, was das mit ihm machte.

Hank las von seinem Klemmbrett ab: »Die Versammlung wurde einberufen, um die Zeitungsberichterstattung über die Auseinandersetzung zwischen dir und Tam McFall bezüglich der Ausgaben für Jill Bowmans …«

»Das ist nicht das Thema.« Wieder die Meuchelmörderin.

»Aber ich lese es vor«, jammerte Hank.

»Nur um das klarzustellen: Wer leitet die Versammlung?«, fragte Kenny.

Die Meuchelmörderin ergriff das Wort: »Hank. Ich habe die Wahl dazu verpasst, weil ich die Kinder in der Krippe absetzen musste.«

Kenny versuchte, nicht die Augen zu verdrehen: Andauernd

brachte sie ihre Probleme mit der Kinderbetreuung ins Spiel, um Sonderbehandlung einzufordern.

»Was Hank sagen will«, sagte sie, »ist, dass dein Sexualverhalten den Wahlkampf der Partei in Hillhead gefährdet –«

»Moment mal«, sagte Hank. »Moment mal. Ich leite die Versammlung. Lasst den Mann sprechen.« Zustimmendes Gemurmel erhob sich im Raum. »Kenny, was hast du dazu zu sagen?«

Kenny sah seine Knie an. Halt dich nicht mit Spitzfindigkeiten auf.

»Okay«, sagte er und kaute auf seiner Wange. »Okay. Es ist schwer, darüber mit euch zu reden, weil es privat ist. Und selbst ein Politiker hat sein oder *ihr*«, er nickte den Frauen respektvoll zu, »Privatleben. Thomas McFall ist ein langjähriger Rivale meines Stiefvaters …«

Die Meuchelmörderin konnte sich nicht zurückhalten: »Du hast Jill Bowman gefickt.«

»HALT DEN MUND, ALISON.« Ein wohlwollender Zwischenruf, von einer Frau. Die Meuchelmörderin verlor langsam ihren Rückhalt im Raum. Die Lesben-Gestapo drehte sich zu der Zwischenruferin um.

Kenny fuhr fort: »Diese Bewegung ist mein ganzes Leben. Wir haben den Hoffnungslosen Hoffnung gegeben –«

»Erspar uns deine Wahlrede.« Die Meuchelmörderin wieder.

Kenny sah sich nach ihr um, drehte dazu nur den Kopf, damit es misslich und schwierig aussah. Sie zuckte nicht mit der Wimper.

»Etliche Leute in diesem Raum«, er wandte den Blick nicht von ihr und sprach langsam, damit sie den Unterton hörte, »haben sexuelle Kontakte mit anderen Genossen gehabt. Es gibt kein Gesetz dagegen.«

Schockiert sah die Meuchelmörderin weg. Kenny wusste Bescheid. Es war acht Jahre her und sie waren alle neu in der Parteipolitik, konnten nicht fassen, wie leicht es gewesen war, einen Wahlkreis zu übernehmen, und nahmen an, dass es landesweit genauso sein würde. Sie irrten sich. Sie waren seitdem nur dahingedümpelt. Aber damals waren sie euphorisch, dass sie sich gefunden hatten, halb verliebt in die Gemeinschaft. Alison hatte Hank nur einmal gefickt, aber Hank hatte sich Kenny direkt danach anvertraut. Sie hatte nicht gewusst, dass er es Kenny erzählt hatte, und war betroffen.

Der Schlag saß, und Kenny wandte sich wieder an Hank: »Ich wüsste gern, seit wann unser Privatleben Parteiangelegenheit ist. Wenn das der Fall ist, müssen alle ihre Vergangenheit offenlegen, nicht nur ich.«

Im Raum wurde es still, während alle ihr Gewissen überprüften.

Diesmal sprach die Meuchelmörderin leiser: »Du weichst aus.«

»Alison«, sagte er und versuchte, warmherzig zu klingen, »es ist die Presse. Sie versuchen mittels Lügen, Spaltung und Verwirrung in diese Partei zu bringen. Wir lassen sie die Agenda diktieren. Seit wann vertrauen wir ihnen?«

»Kenny, Mann« – eine freundliche Stimme von ganz hinten – »es gibt auf Twitter schon einen Shitstorm zu dem Thema.«

Pete verwaltete Kennys Twitter-Accounts. Kenny verstand nicht wirklich etwas von Twitter.

Er wechselte zu einem Thema, mit dem er sich auskannte: »Und diese Sitzung, eine Sitzung über das Privatleben eines Mitglieds, hätte nie einberufen werden dürfen. Die Presse kann keinen einzigen Vorwurf beweisen, nicht einen. Ich war an dem Tag nicht mal in Inverness. Ich war mit dreißig anderen Leuten bei einer Versammlung zur Wohnungsbauförderung. Jill Bowman ist eine rechtmäßige Vertreterin des Jugendkomitees, sie hatte jedes Recht, sich ihre Spesen erstatten zu lassen. Wie können wir von jungen Leuten verlangen, sich am politischen Prozess voll zu beteiligen, wenn sie es selbst bezahlen müssen? Die Presse versucht damit, arbeitende Menschen zu entrechten.« Er hob die Stimme für den Höhepunkt, reckte die Faust, milderte aber die Aggressivität dieser Geste, indem er den Daumennagel auf Hank richtete. »Wir müssen uns dem widersetzen!«

Ein Klatschen. Marion, die vergessen hatte, dass sie ihn nicht mehr liebte. Die Apostelin klatschte daraufhin auch einmal, weil Marion geklatscht hatte. Es klang wie sarkastisches langsames Klatschen, schlimmer als gar nichts, schlimmer als völlige Stille. Kenny war geschockt. Es war eine gute Rede gewesen, und er hatte zumindest einen Beifallsruf erwartet, ein leises »Ja!«.

»Also«, fügte er unsicher hinzu, »wir können das nicht auf uns sitzen lassen ...«

»Auf uns *liegen*«, spottete die Meuchelmörderin leise, »das würde es wohl eher treffen.«

»Hat hier jemand ein Problem damit«, ein alter Mann, der aufrecht ganz hinten stand, zeigte mit einer zusammengerollten Zeitung reihum auf die Versammelten, »wenn wir versuchen, die Macht eines sterbenden Mediums zu zügeln, jetzt, da arbeitende Männer und Frauen wieder gezwungen werden, die Rechnung für die Fehler der Reichen zu zahlen?« Aber keiner hörte auf ihn, denn er war alt, auch wenn alle demonstrativ zuhörten, weil er alt war.

Kenny zitterte vor Ergriffenheit, als er fortfuhr: »Ich *werde* sie verklagen ...«

»Nein!« Das war das Emoticon. Er stand auf, stellte sich vor Alison die Meuchelmörderin und wedelte mit den Armen. »Du kannst sie nicht verklagen! Kenny! Kenny? Die werden dich in Stücke reißen!«

»Ich habe das Recht, das menschliche Grundrecht, für mich einzutreten. Ich habe das Recht, meine Familie zu verteidigen, denn ich werde hier infrage gestellt. Meine Frau und meine Kinder ...«

»O Gott«, stöhnte die Meuchelmörderin, »er legt wieder los.«

Kenny sprang auf, war mit drei Schritten am Emoticon vorbei, und die Meuchelmörderin entfaltete langsam ihre langen Beine und rutschte von der Fensterbank, um ihn mit den Titten voraus zu empfangen.

»Du«, sagte er laut, »inszenierst einen Putsch, um diese Partei zur Plattform für deine eigene Agenda zu machen.« Die Ironie entging ihm nicht: Genau das hatten sie ursprünglich gemeinsam getan.

»Wir brauchen einen neuen Kandidaten«, sagte sie. »Wir brauchen jemanden, der hungrig nach Veränderung ist. Der die Probleme der Leute versteht und etwas wagt. Der nicht nur obenauf schwimmt und Charme verspritzt.«

»Es geht dir nur um deine eigene Agenda, Alison.«

»Und die wäre?« Ihr Tonfall blieb ruhig und emotionslos. »Was ist meine Fantasie-Agenda, Kenny?«

Fotze. Er holte tief Luft. »Diese Bewegung, diese Partei, wird nicht von trotzkistischen Eindringlingen an sich gerissen und untergraben, die besessen sind von Genderwahn und sexueller Orientierung ...«

»Sexueller Orientierung?« Sie wedelte mit der Hand im Raum herum. »Wer ist hier homo?«

Die Lesben grinsten. Er konnte nicht auf sie zeigen. Solange sie nicht aufstanden und sich selbst dazu bekannten, konnte er nichts sagen, ohne dass es nach Diffamierung aussah.

Plötzlich ein scharfes Aufschluchzen, abgewürgt: Das Emoticon hielt sich die Hand vor den Mund und begann zu weinen. Bis dahin hätte Kenny nie sagen können, ob das Emoticon überhaupt wusste, dass es schwul war, es war ja nie mit jemandem zusammen. Seine Sexualität war auf ewig leidverschleiert.

Die Meuchelmörderin fuhr fort: »Wir sprechen nicht für das Volk, wir sprechen nicht für Frauen oder Homosexuelle.

Wir sprechen für kleine Kerle, die auf Fußball stehen und Bier und Ficken.«

»Manieren, Alison!«, rief jemand dazwischen.

Sie ignorierte es. »Und das ist kein Streben nach sozialer Gerechtigkeit. Das ist Eigennutz, maskiert als etwas Nobles. Dein Sexualverhalten ist sehr wohl von Bedeutung. Du weißt doch, Lenin sagt, ohne die Frauen gibt es keine wirkliche Massenbewegung, und dein Verhalten grenzt sie aus, macht sie zum Objekt und missbraucht sie.«

Kenny warf die Hände in die Luft. »Tja, wenn Alison nicht glücklich ist, dann geben wir doch alle einfach auf und gehen nach Hause.«

»Wo sind die Frauen? Wer hat heute den Tee gekocht?«, fragte sie.

Sogar Hank stöhnte auf. »Nein, nicht wieder die Scheiß-Teefrage.«

»Wer hat den Tee gemacht?«

»Ich hab eine Dose Saft mitgebracht«, rief ein Witzbold in den hinteren Reihen.

»Wir machen alle Arbeit und ihr kassiert allen Ruhm.«

Pete trat vor, obwohl er kein Rederecht hatte. Alle sahen ihn an. »Dies ist ein Schlüsselmoment des Wahlkampfs«, sagte er laut, im Stakkato, wie er es immer tat, wenn er gehört werden wollte. »Wir dürfen nicht zulassen, dass wir wegen kleinkariertem feministischem Hickhack diese Wahl verlieren.«

Darauf brach im ganzen Raum Gebrüll und Getöse aus, alter Groll, verbrämt als Glaubenssätze, gellte aus dunklen Ecken, Gegenangriffe grölten, auch die Beschwichtiger schrien und vergrößerten den Tumult.

Kenny lehnte sich in der Kreismitte zurück und wartete. Irgendwo in dem Krawall warf jemand einen Becher an die Wand. Es herrschte Chaos. Es gab keinen Vorsitzenden, keine Disziplin, keine Richtung. Sie bekamen einen Vorgeschmack davon, wie es ohne ihn sein würde, und Kenny sah, dass es noch schlimmer kommen würde: Eine Weile würde Alison übernehmen, aber niemand mochte sie, also würde sie die nächste Wahl verlieren. Dann würde eine Sockenpuppe den Vorsitz bekommen, Marion vielleicht, oder ein Kompromisskandidat, Hank vielleicht, aber sie würden am Ende auch verlieren. Das Durcheinander würde ermüdend sein. Sie würden sich entmutigen lassen, sie würden ihn noch vermissen.

Wenn er das zuließ und dann zurückkam, wäre seine Position gestärkt, aber es musste der richtige Zeitpunkt sein. Direkt nach dem zweiten Kandidaten. Das Wichtige war jetzt, nicht aus der Partei ausgeschlossen zu werden. Er versuchte sich das Lächeln zu verkneifen.

Als er spürte, dass der Streit langsam an Schwung verlor, stand Kenny auf und hob die Hand. Die Zankerei verebbte. Alle hörten zu, und er sprach leise.

»Ich verklage sie wegen Verleumdung.« Bevor sie Zeit hatten, Luft zu holen, fügte er hinzu: »*Ich werde verlieren*. Und dann halte ich eine Rede und erkläre das Unrecht an dieser Lügenkampagne und wie normale Menschen –«

»Kenny, es ist ein Shitstorm, es ist überall im Internet …«, unterbrach jemand, wurde aber zum Schweigen gebracht.

Kenny machte unbeirrt weiter. »Dass normale Menschen keine Handhabe gegen die Monster von der Presse haben. Aber ich werde meine Haltung bewahren und meinen Ruf schützen. Und um das durchzuziehen«, er sah Pete an, »gebe ich die Kandidatur ab und trete beiseite.«

17

Morrow löste ihren Sicherheitsgurt, als Harris auf den Parkplatz an der London Road einbog. Plötzlich trat er auf die Bremse, sodass sie nach vorn geschleudert wurde und sich die Schulter am Armaturenbrett stieß.

»Scheiße!«, sagte sie.

Ihnen zugewandt stand mitten auf dem von Backsteinmauern umgebenen Parkplatz der Polizeiwache ein massiges Auto: die Reifen groß, das ganze Ding anderthalb Meter hoch. Der Audi Q7, ein Cop-Insiderwitz, und er stand mitten auf ihrem Gelände.

Tamsin Leonard und George Wilder standen daneben im Regen, und sie warteten auf Morrow. Leonard sah sie direkt an und kam auf sie zu, ein Flehen im Blick. Wilder folgte ihr, das Kinn gesenkt, die Schultern eingezogen. Das war nicht gut.

Sie stellten sich vor Morrows Autotür auf, die Hände hinterm Rücken wie bei einer Parade, der Regen perlte silbern auf Leonards wasserdichter schwarzer Jacke.

Morrow öffnete die Tür und stieg aus in den heftigen Regen.

»Ma'am«, sagte Leonard steif, während Regen von ihrer markanten Nase tropfte, »wir müssen …«

»Was sucht *das* da hier?« Morrow stach mit dem Finger nach dem trojanischen Wagen.

Leonard platzte heraus: »Das ist der Audi, den wir gestern Abend auf der Autobahn angehalten haben.«

»Warum ist er *hier*?«

»Ma'am, gestern Abend war der Kofferraum voller Geld. Wir haben es genommen.«

»Sie haben es *genommen*?«

»Wir haben es genommen. Der Fahrer des Wagens sitzt in der Zelle, damit Sie ihn befragen können. Sein Name ist Hugh Boyle.«

»Sie haben ihn reingebracht?«

»Haben wir, Ma'am. Und das Auto.«

Morrow flüsterte: »Sie haben mit ihm gesprochen, seit es passiert ist?«

Da erkannte Tamsin ihren Fehler und war betreten: »Nur um ihn herzubringen.«

Morrow betrachtete das Auto, während sie in Betracht zog, dass Leonard den Zeugen durchaus geimpft haben konnte. Sie hatte mit ihm gesprochen, womöglich, damit er log und sagte, es sei das erste Mal, dass sie Geld genommen hätte, obwohl das nicht stimmte, dass sie Betrag X genommen hatte, obwohl es Betrag Y war. Morrow wollte das Leonard nicht unterstellen, aber die Frau hatte zwölf Stunden gebraucht, um einen Bestechungsversuch zu melden. Der einförmige Regen wurde zu manisch prasselnden Perlen auf der Kühlerhaube.

Morrow konnte die beiden kaum ansehen. »Wo ist das Geld jetzt?«

»Wir haben es eingetütet, und es liegt in meinem Kofferraum da drüben«, flüsterte Leonard.

»Geben Sie mir die Schlüssel.«

Leonard griff in ihre Tasche und reichte ihr einen Dienstwagenschlüssel.

Morrow deutete auf den beigen Riesen. »Und für das Auto.«

Leonard zog sie aus der anderen Tasche und gab sie ab.

Morrow schaute auf die Uhr; es war halb drei nachmittags. Sie zwang sich, Leonard anzusehen und dann Wilder, der sich hinter ihr duckte. Ihn hatte sie noch nie gemocht. »Gehen Sie rein, trocknen Sie sich ab und gehen Sie nach oben.«

Die Verhörräume waren oben, sie würde sie wie Kriminelle

verhören, auf Band, mit Rechtsbelehrung. Wilder sah sie an und sein Mund klappte in stummem Widerspruch auf und zu.

»Wagen Sie es ja nicht!«, knurrte sie.

Leonard drehte sich um und ging weg, den Kopf so tief gesenkt, dass der Regen von ihrem Nacken spritzte, und Wilder folgte ihr.

Sie saßen im Büro, ließen Leonard und Wilder oben schwitzen, ließen Hugh Boyle frech und froh in einer der hinteren Zellen hocken. Sie hatten ihn sich auf dem Weg hinten rein auf dem Monitor des Diensthabenden angeschaut und einen Möchtegern-Gangster mit frühzeitigem Haarausfall gesehen, der sich die Eier kratzte, nicht ahnend, dass er gefilmt wurde. Sie aßen ihre Mittagssandwiches und versuchten, alle Aspekte im Voraus abzuschätzen.

»Das kann nicht sein Auto sein.«

»Er behauptet, es sei seins. Er fährt am helllichten Tag damit herum und parkt es vor seinem Haus. Es ist nicht als gestohlen gemeldet.«

»Das heißt nicht viel. Benny Mullen hat es ihm nicht geliehen?«

»War wohl ziemlich empört über die Andeutung. Er arbeitet für niemanden. Der Name taucht überall auf.«

»Freier Botenjunge?«

»Sieht so aus.«

»Muss lukrativ sein. Nette Lackierung.«

»Dachte ich auch.« Sie lächelte leicht. »Der Lack sieht neu aus, aber angemeldet ist er seit einem Jahr.«

Harris lächelte zurück. »Sollen wir mal ein bisschen kratzen und schauen, was drunter ist?«

»Gut, ja.«

Sie sahen einander an, und beiden verging das Lächeln. Morrow sprach aus, was beide wussten: »Wir müssen sie anrufen. Ihnen sagen, was passiert ist. Sie müssen herkommen.« Sie sprach von der internen Abteilung. Sie waren rücksichtslos, selbstherrlich und wurden von allen gehasst.

»Sie schicken uns doch nicht Bannerman, oder?« Harris sah aufrichtig aus.

»Hierher? Seien Sie nicht albern.« Sie warf ihm einen strafenden Blick zu. »Sie wollen sicher nicht, dass das alles beim Verfahren zur Sprache kommt.«

Aber Harris war es nicht peinlich, und er schaute nicht weg. Harris tat nicht leid, was er Bannerman angetan hatte, obwohl es falsch und gemein war. Er hatte eine Reihe von anonymen Schikanevorwürfen seitens diverser Teammitglieder gegen ihn organisiert, und Bannerman wurde prompt abgezogen und zur *Professional Standards Unit* versetzt. Und jetzt musste die PSU herkommen. Seit dem Anruf, den sie bei Rosie und Rita Lyons bekommen hatten, wussten sie beide, dass Morrow sie hinzuziehen musste: Jeder größere Bestechungsversuch erforderte eine korrekte Untersuchung.

Harris sah sie an. »Glauben Sie, Wilder und Leonard haben es zugegeben, weil sie von Gobby gehört haben?«

Morrow hatte sich das auch schon gefragt. Wenn sie gehört hatten, dass Gobby eine Tüte Geld in den Van geworfen wurde, war ihnen klar, dass die PSU hinzugezogen und sie erwischt werden würden. Es war trotzdem seltsam, dass Harris es laut sagte. Er sprach nicht nur aus, was sowieso klar war, da war noch mehr. Sie ließ ihn Zeit schinden, brummte nichtssagend, biss wieder in ihr Sandwich und beobachtete ihn aus dem Augenwinkel.

Er zog ein KitKat aus der Tasche, schlitzte es mit dem Fingernagel die Mitte entlang auf und brach es entzwei. »Könnte erklären, warum sie damit herausgerückt sind.« Er sah sie an, zog das Papier auf einer Seite ab, knüllte es zu einer festen kleinen Kugel und biss in seinen Keksriegel. Als sich seine

Zähne in die Schokolade gruben, machte er die Augen schmal. »Wir sollten rumfragen, wer davon wusste«, sagte er. »Wer hat es mitgekriegt? Kann es durchgesickert sein? So was lässt sich schwer geheim halten.«

Morrow brummte noch einmal unverbindlich und fragte sich, ob er nur vom Thema Bannerman ablenken wollte oder ob er Tamsin Leonard hasste, oder Wilder. Ihr war nie aufgefallen, dass er etwas gegen die beiden hatte. Mehrfach hatte er gesagt, Leonard sei eine bemerkenswerte Polizistin.

»Sie hatten ja was Panisches an sich«, fügte er hinzu. »Oder? Da bei dem Auto, als wir ankamen, sahen sie ziemlich verschreckt aus.«

Jetzt versuchte er, ihre Gedanken auf Leonard und Wilder zu lenken, erinnerte sie an die Stimmung auf dem Parkplatz, er lenkte von irgendwas ab.

Sie aß schweigend. Es fühlte sich seltsam an, in diesem Raum diese Doppelperspektive einzunehmen, hier in ihrem warmen, spärlich beleuchteten Büro die Diskrepanz abschätzen zu müssen zwischen dem, was gesagt wurde, und dem, was gemeint war.

Harris machte weiter: »*Ich* fand jedenfalls, dass sie panisch wirkten.«

Sie wirkten wirklich panisch. Natürlich wirkten sie panisch. Sie hatten etwas Schlimmes getan. Selbst wenn sie beide ohne Gerichtsverfahren davonkamen, würde dieser Makel für immer an ihnen haften bleiben. Es wäre dumm, nicht in Panik zu sein. Aber Harris sah sie eindringlich an und versuchte ihr Zustimmung abzuringen.

»Sie haben recht«, sagte sie. »Sie wirkten wirklich panisch.«

Harris aß den Rest seines KitKat. Er war ein bisschen zu streng. Die meisten Cops, die so lange im Dienst waren wie er, konnten ihre Situation zumindest nachfühlen. Es war hart, eine Woche vor dem Zahltag arbeitsscheue Arschlöcher mit dicken Karren und Koffer voller Bargeld zu sehen. Es fühlte sich ungerecht an, und Morrow wusste, dass der Schatten drohender Entlassungen an dem sicheren Gefühl der Cop-Identität nagte, das viele von ihnen hatten. Niemand wusste, wo das Skalpell angesetzt werden würde, und sie überlegten sich jetzt alle Alternativen für die Zukunft, Identitäten über das Cop-Sein hinaus.

Sie sah Harris an, der finster auf den Boden starrte und an Bannerman dachte. Schon als er in der Kantine tuschelte, sich Beschwerden anhörte und verbreitete, dass Bannermans Benehmen den Tatbestand der Schikane erfüllte, als er sie aufstachelte, die Hotline anzurufen, musste ihm klar gewesen sein, dass niemand für immer wegblieb. Strathclyde war eine kleine Truppe. Die Gehässigkeit gegen Leonard und Wilder ging an die falsche Adresse: wie die misshandelte Ehefrau, weil ein Chef dreist war, der kleine Mann, der verprügelt wurde, weil einen ein Riese gekränkt hatte.

Sie aß ihr Sandwich auf und wischte sich die Hände sauber, während sie aufstand. »Wir machen mal besser weiter.«

Er stand ebenfalls auf, seine Miene angespannt, als müsse er bereits einen Streit ausfechten.

»Sie rufen die PSU an und erzählen ihnen, was passiert ist«, sagte sie, »und jemand soll die Fahrzeug-Identifikationsnummer des Audis überprüfen, mal sehen, ob er wirklich ihm gehört.«

Harris' Wange zuckte. Er stand zu dicht vor ihr, war nicht aus dem Weg gegangen, als sie von ihrem Stuhl wegtrat, und jetzt versperrte er ihr den Weg zur Tür. Er wollte nicht tun, was sie ihm befahl, er wollte mit ihr zu den Befragungen kommen.

Sie rückte vor, legte Macht und Förmlichkeit in ihren Ton. »DC Harris?«

Zurechtgewiesen trat er beiseite. Morrow wartete, bis er ihr auf den Flur folgte, und schloss die Tür hinter ihnen. »Wenn

Sie der PSU Meldung gemacht haben, holen Sie Routher und bringen ihn rauf zum Verhörraum.«

»Soll ich wegen Gobby und dem Van herumfragen? Wer davon gehört hat und wann?«

Sie hätte fast gelacht, aber sein Gesichtsausdruck sagte ihr, er würde sich nicht davon abbringen lassen. »Wenn Sie möchten. Geben Sie erst die FIN in den Computer ein. Und kratzen Sie am Lack, sehen Sie nach, ob eine andere Lackierung darunter ist.«

Froh von ihm wegzukommen ging sie nach oben. Die Weihnachtszeit war für viele Leute schwer: zu viel Familie, Verschuldung, hässliche Fälle. Auch ein simpler Mord unter Eheleuten, selbst wenn er schnell und sauber aufgeklärt wurde, warf an Weihnachten leicht einen düsteren Schatten. Aber er hatte sich sehr bemüht, sie von Bannerman abzulenken, und sie fragte sich, ob er etwas über Grant Bannerman wusste, was sie nicht wusste.

Oben im Videoraum beobachtete sie Wilder auf dem Monitor. Er weinte leise in Verhörraum zwei, schaute ab und an zur Kamera hoch, fragte sich wohl, wer guckte. Leonard in Raum drei saß mit hängenden Schultern auf ihrem Stuhl, starrte blicklos auf die Tischplatte, sah erschöpft aus. Sie hatte weniger zu verlieren, sie war nur einen Bruchteil der Zeit bei der Truppe, die Wilder dabei war. Morrow beschloss, Leonard zuerst zu verhören.

Routher kam mit Harris im Schlepptau herein.

»Harris: PSU?«

»Ich hab angerufen. Sie kommen morgen früh um zehn.«

Er bat sie mit einem Nicken von Routher weg, wollte vertraulich sprechen. Die Mühe hätte er sich sparen können: Routher war völlig gefangen von der Show auf den Monitoren, der Mund stand ihm offen vor Bestürzung.

Harris flüsterte: »Es war Erskine, der uns bei den Lyons anrief. Er war mit Gobby im Van und hat uns direkt angerufen. Er meint, er hat es Leonard und Wilder nicht gesagt und auch sonst niemandem, aber Sie wissen ja, wie er ist.«

»Redselig?«

Harris flüsterte zögernd: »*Übererregt.*«

Sie hatte Erskine nie als besonders erregt wahrgenommen, außer wenn er sich Autozeitschriften anschaute, und auch da war er eher glücklich als aufgeregt. Sie mochte den Kerl: Er war ein guter Arbeiter.

»Haben Sie die FIN-Überprüfung angeleiert?«

»Das mach ich jetzt.«

»Okay.« Es war eine Aufgabe von zwanzig Minuten, und den Rest der Zeit würde er Fragen über Wilder und Leonard stellen. »Und ich will den Bericht über das ausgebrannte Auto vor dem Haus der Lyons'.«

Sie wandte sich Routher zu, der ihren Blick tieftraurig erwiderte. Sie stach wütend mit dem Finger nach ihm. »Hören Sie sofort auf, so zu gucken!«

Harris ging gerade, aber sie rief ihn zurück. »Außerdem, Harris, sagen Sie McCarthy, er soll der Spur dieser ULF nachgehen und feststellen, wer das Haus in der Cleveden Road gemietet hat. Mir gefällt das nicht, dass Pavel oben bei den Lyons war.«

Er nickte knapp und ging. Sie wartete, bis er weg war, bevor sie Routher sagte, er solle die Bildschirme abschalten. Sie musste die Befragungen aufzeichnen, aber ihr Anstandsgefühl sträubte sich dagegen, dass irgendwer sich von außen ansah, wie zwei Cops verhört wurden, als wären sie die Gegenseite.

Während Routher die Monitore aussteckte, fragte sie: »Haben Sie das Taxi vom Flughafen überprüft, das für die Fahrt mit der Alarmanlage gerufen wurde? Irgendwelche Vorstrafen?«

»Mutter von zwei Kindern, arbeitet nur tagsüber, blitzsauber.«

»Woher wissen Sie das?«

»Na ja«, er sah unbestimmt aus, »sie ist einfach eine berufstätige Mutter ...«

Er schleimte sich bei ihr ein. Morrow schnalzte mit der Zunge. »Überprüfen Sie sie richtig, um Himmels willen. Suchen Sie nach Vorstrafen, zwielichtigen Freunden, Vater, Nachbarn, solche Sachen.«

»Tut mir leid ...«

»Machen Sie das gleich im Anschluss. Sie ist die Einzige, die die Adresse hatte, Routher – kommen Sie, das ist lausig.« Sie war aggressiv, ließ ihren Ärger über Harris an ihm aus, noch eine falsche Adresse.

Morrow ging voraus in den Flur. Als sie an der offenen Tür zu dem Verhörraum vorbeikamen, in dem Wilder saß, lehnte sie sich hinein. »Bleiben Sie hier«, sagte sie streng, »es kommt gleich jemand zu Ihnen.«

Es war eine Formsache, etwas, das sie ständig zu Verdächtigen sagten. Es hieß nichts weiter als bringen Sie sich nicht um, schlagen Sie nicht das Mobiliar zu Kleinholz, denn es kann gut sein, dass wir Sie dabei erwischen. Wilder hatte es sicher selbst schon hundert Mal gesagt, aber jetzt nickte er unterwürfig und setzte sich am Tisch aufrechter hin.

Im nächsten Raum, wo Leonard saß, ging Morrow an ihrem Stuhl vorbei und überließ es Routher, sorgfältig die Tür zu schließen. Schweigend nahm Morrow Platz und ordnete sorgsam die Unterlagen vor sich. Tamsin saß reglos da, starrte auf die Tischplatte, sah sie nicht einmal an. Morrow schaltete das Aufnahmegerät ein und las langsam den laminierten Bogen mit den Rechten vor. Sie legte ihn ab und sah auf zu Leonard, die ihren Blick erwiderte.

Deshalb mochte sie Tamsin Leonard: Fast als Einzige von allen Officers in der Abteilung verlangte Leonard nie, dass Morrow sich emotional auf sie einließ. Sie wollte sich nicht anfreunden. Sie machte sich nicht lieb Kind. Sie suchte nicht mal mehr Blickkontakt, als für die Polizeiarbeit erforderlich war. Morrow war sich ihrer Voreingenommenheit bewusst und wappnete sich innerlich.

»Sie haben das Recht auf einen Anwalt«, sagte sie ausdruckslos. »Wollen Sie einen?«

»Nein, Ma'am.«

»Sicher?«

»Ja. Wird das gefilmt?« Tamsin warf einen nervösen Blick zur Kamera hinauf.

»Ja. Sie werden von niemandem im Revier über Monitor beobachtet, aber die Aufnahmen werden vielleicht später benutzt. Wir ziehen die PSU hinzu.« Leonard nickte. »Ich muss wissen, was ich ihnen über gestern Abend zu sagen habe. Ich will die Fakten, nur das Wesentliche.«

»Okay.«

Sie sahen sich an.

»Jetzt?«

»Jetzt«, sagte Morrow.

Also berichtete Leonard ihr, wie sie den Wagen angehalten hatten, von der Autobahnabfahrt und Hugh Boyle und wie er sie dazu gebracht hatte, in den Kofferraum zu schauen, obwohl es nicht aussah, als steckte er hinter dem Plan. Und sie erzählte Morrow von der Tüte voller Geld und wie sie es in einer Straße in der Nähe aufgeteilt hatten, ohne nachzählen, halbe-halbe. Und sie erzählte ihr von dem belastenden Foto, das erst Wilder und dann ihr geschickt wurde. Sie hatte ein neues Handy, eine neue Nummer, die nicht viele kannten, noch nicht im Revier hinterlegt. Sie wusste nicht, woher die sie hatten.

»›Die‹?«

Boyle sagte, er habe das Foto auf einer Website zum Kauf angeboten. Er verkaufte es an den Meistbietenden. Er wusste nicht, wer es hatte. Wilder bekam die Nachricht heute früh vor dem Appell ...

»Deshalb ist er gegangen?«

»Ja.«

»Wohin?«

»Nach Hause, denke ich. Dort hab ich ihn gefunden.«

»Wann haben Sie die SMS bekommen?«

»Zehn Uhr irgendwas.« Sie zog ihr Handy aus der Tasche und schob es über den Tisch. »Es ist da drin. Ich war mit Routher zusammen.«

Sie nickte Routher zu, der mit offenem Mund neben Morrow saß.

»Du hast gekotzt«, sagte er.

»Ja.« Das schien ihr peinlicher zu sein, als dass sie das Geld genommen hatte.

»Sie hat auf ihrem Privathandy eine SMS bekommen«, erklärte Routher, »im Auto, bevor wir bei TSF Electrical waren, und dann hat sie sich übergeben.«

Morrow betrachtete kurz Tamsins Handy. Sie zögerte, ob sie es anfassen sollte. »Zeigen Sie uns das Foto.«

Leonard drehte das Telefon zu sich, tippte darauf herum und öffnete das Bild. Sie drehte den Bildschirm, um es zu vergrößern, und gab es Morrow.

Es war nicht belastend. Morrow konnte erkennen, dass etwas in der Tüte war, aber sie wäre nicht darauf gekommen, dass es Geld war, wenn man es ihr nicht gesagt hätte.

»Weswegen haben Sie sich gestellt und es zugegeben?«

»Deswegen.« Tamsin nickte zu dem Telefon hin.

»Weil Sie erwischt wurden?«

»Wir wurden nicht erwischt, wir wurden bedroht«, sagte sie leise.

»Die haben Sie auch bedroht?«

Leonard tippte mit dem Fingernagel auf das Handy. »Das ist die Drohung. Irgendwann hätten sie etwas von uns verlangt.«

»*Haben* sie etwas von Ihnen verlangt?«

»Nein. Sie haben uns wissen lassen, dass sie das vorhaben, in Zukunft.«

Morrow nickte. »Um welche Uhrzeit haben Sie Routher verlassen?«

Tamsin nickte Routher zu. »Er hat mich um elf Uhr fünfunddreißig hier abgesetzt. Ich bin zu Wilder nach Hause gefahren. Zehn Minuten dort. Dann nach Milton. Mit einem Nachbarn gesprochen. Dann Boyle kassiert und wieder hierher.«

»Wie spät war es da?«

Leonard zuckte mit den Schultern und schaute zur Decke. »Weiß nicht genau. Wir sind mit Boyle direkt zum Arrestschalter gegangen. Der Diensthabende meinte, Sie seien auf dem Rückweg, da sind wir wieder auf den Parkplatz raus, um auf Sie zu warten.«

Das war alles auf der Überwachungskamera des Arrestschalters.

»Hat Ihnen jemand das von Gobby erzählt?«

Sie runzelte die Stirn. »Gobby?«

»Gobby.«

»Ist ihm was passiert?«

Morrow machte sich eine Notiz, die Kameraaufzeichnung zu besorgen und den Diensthabenden zu fragen, mit wem sie geredet hatten. Als sie aufblickte, sah Tamsin angestrengt Routher an und versuchte herauszubekommen, was mit Gobby los war. Routher mied ihren Blick.

»Das Foto: Haben die irgendwie angedeutet, was sie von Ihnen wollen könnten?«

»Nein, Ma'am.«

»Was glauben Sie?«

Leonard hielt die Luft an und wurde rot. »Beweise vernichten?«

»Warum werden Sie rot?«

»Es ist mir peinlich.«

Morrow mochte sie, weil sie das sagte. Die Angst, erwischt zu werden, war ein niederer Beweggrund. Daneben wirkte die Angst, korrumpiert zu werden, ziemlich nobel.

»Wie viel haben Sie bekommen?«

»Jeder hundertdreiundsechzigtausend.«

Morrow schrieb es demonstrativ auf. »Sagen Sie es noch mal?«

»Jeder einhundertdreiundsechzigtausend.«

»Und das war die Hälfte der Gesamtsumme?«

»So ziemlich. Es war alles in Zwanzigern. Wir haben es nicht gezählt, wir haben es einfach nach Menge aufgeteilt.«

»Sie und Wilder, wessen Idee war es, das Geld zu nehmen?«

Leonard zuckte traurig die Achseln und dachte darüber nach. »Wir haben es genommen«, sagte sie schließlich. »Wir haben's getan.«

Wilder weinte, schmierte sich dünne Tränen von den Wangen. »Leonard hat gesagt: ›Los, nehmen wir es.‹ Ich wusste, es war ein Fehler ...«

Morrow sah ihn nicht an. »Wortwörtlich, was hat sie gesagt?«

»Sie hat gesagt: ›Los, nehmen wir es.‹ Wir haben auf das Geld im Kofferraum geguckt und ich hab gesagt: ›Das ist viel Geld‹, und sie hat gesagt: ›Los, nehmen wir es.‹«

Morrow starrte Wilder streng an. Auf seinem Gesicht wabbelte eine lange und langweilige Geschichte, wie leid er sich tat, wie schrecklich es war, dass er in dieser Klemme steckte, dass er alles um sich herum opfern würde, um nicht die Verantwortung für sein Handeln übernehmen zu müssen. Sie hatte das Gefühl, er würde leugnen, eine Nase zu haben, wenn er damit seine Pension retten könnte.

»Haben Sie Ihr Handy dabei?«

Er zog es heraus, versuchte ihren Blick aufzufangen, als er es übergab. Morrow holte einen Beweismittelbeutel aus ihrer Tasche und schob es mit einem Stift hinein.

»Was haben Sie mit dem Geld gemacht?«

»Ich hab was genommen, sie hat was genommen, wir haben es einfach in Tüten gestopft, wir hatten es eilig. Wir haben es nicht gezählt.«

»Wie viel haben Sie bekommen?«

»Ich habe alles abgegeben.«

Sie lehnte sich zurück und sah ihn an. »Danach habe ich nicht gefragt: Wie viel haben Sie bekommen?«

»Achtzigtausend Pfund.«

Sie nahm ihren Stift in die Hand. »Sagen Sie das noch mal.«

»Achtzigtausend Pfund.« Morrow schrieb es auf. Währenddessen sagte Wilder: »Wir arbeiten schon lange zusammen, nicht wahr, Ma'am?«

»Hat man Ihnen vorher schon mal Geld angeboten?«

»Nein.« Das stimmte, sie erkannte einen deutlichen Kontrast zwischen der Geschichte, wie Leonard ihn genötigt hatte, es zu nehmen, und dem »Nein« mit offenem Blick.

Sie stand auf, um zu gehen.

»Haben Sie nicht noch mehr Fragen?«

»Was halten Sie von Gobby?«

Sein Blick irrte auf der Tischplatte umher. »Er ist ein … guter Mann?« Er sah auf, um zu sehen, ob seine Antwort richtig war. »Wird er befördert?«

»Bleiben Sie hier«, sagte sie zu Wilder und bedeutete Routher mit einem Nicken, ihr zu folgen.

Routher schloss die Tür hinter ihnen. Mit einem Blick stellte sie sicher, dass sie außer Hörweite waren. »Besorgen Sie das Videomaterial vom Arrestschalter von heute Morgen. Den Teil, auf dem die beiden und Boyle drauf sind. Und besorgen Sie mir einen Beschluss für Wilders Haus.«

Sie mochte Wilder nicht. Noch nie.

Alex Morrow saß vor Hugh Boyle und versuchte sich zu sammeln. Als Harris ihr sagte, zu wem die FIN von Boyles Audi führte, ergab sich eine Geschichte, bei der sie beide überrascht auflachten. Normalerweise wollte sie, wenn sie einen Verdächtigen verhörte, als Erstes wissen, ob er die Wahrheit sagen oder lügen würde. Diesmal konnte sie es kaum erwarten, was Boyle zu sagen hatte.

Hugh Boyle war ein altbekannter Typus mit einer Abweichung: ein unbedarfter Pisser, der sein bisschen Geld am Leib trug, dies von Adidas und jenes von Ted Baker, protzig, weil er von ganz unten kam. Von der Sorte kannte sie hundert, aber Boyle hatte Charme: Der leichte Silberblick und die große Brille gaben ihm ein jungenhaftes Aussehen, und er hatte eine Bereitschaft, über sich selbst zu lachen, die ungewöhnlich war. Sein rotblondes Haar zog sich am Ansatz zurück und zeigte eine große, rechteckige, babyhafte Stirn.

»Mr. Boyle, Sie haben eine Menge Vorstrafen wegen Diebstahls«, sagte sie mit einem Blick auf die Unterlagen.

»Ich versuch nur, an was zu beißen zu kommen«, sagte er, und ein schiefes, schuldbewusstes Grinsen zog sich über sein Gesicht, als er zu Routher sagte: »Bei der aktuellen Jugendarbeitslosigkeit …«

Sie blätterte ihre Papiere durch. »Autos, Fürsorgeschecks, ein bisschen Cannabis vertickt, Sie bewegen sich immer hart an der Grenze.«

»Ich bin nicht der Typ, der überall dazugehören muss.« Er lächelte. »Obwohl ich jetzt ironischerweise doch irgendwo dazugehöre.«

Morrow versuchte, nicht zurückzulächeln. Er war nie für nennenswerte Zeit im Knast gewesen, und das sprach für ihn: Er muss schlau sein, dachte sie. Hugh Boyle lächelte sie immer noch an. »Ich bin niemand Ernstes. Ich bin bloß ein Freiberufler.«

»Jetzt sind Sie jemand, Hugh.«

»Bin ich?« Er wirkte geschmeichelt.

»Das neue Gesetz ist seit letztem Jahr in Kraft: Für Bestechung kriegt man zehn Jahre.«

Boyle entgleisten die Gesichtszüge. Morrow wandte sich an ihre Notizen. »Vielleicht haben sie sich deshalb einen Freiberufler dafür geholt. Das wollten sie ihren eigenen Leuten nicht antun.« Jetzt schenkte sie ihm ein unerwidertes Grinsen. »Woher hatten Sie die Handynummern der Officers?«

»Ach, wissen Sie, ich habe die SMS doch gar nicht verschickt.«

»Wer dann?«

»Ach, na ja, wissen Sie ...« Bevor er überhaupt mit seiner Geschichte loslegte, wusste sie, dass er log. Hugh spürte, dass es nicht funktionierte, aber er machte trotzdem weiter: Er verzog das Gesicht und sagte, dass er also das Foto gemacht hatte, oder? Ja? [Schiefes Grinsen] Und dann ging er in so einen Internet-Chatroom, ja? [Feix] Und was man da tun kann, ist [nervöses Kichern], man bietet die Fotos zum Verkauf an, ja, und wenn die sie mögen, diese anonymen Kriminellen, dann gibt es eine Auktion.

Morrow sparte sich das Zuhören beim Rest. Es war Schwachsinn. Er sagte, er sei in Tesco-Gutscheinen bezahlt worden und das Nette an Tesco, ja, das ist, dass man da alles für kriegt, Klamotten, Elektroartikel, Kippen oder Essen, alles.

»Das ist eine sehr komplizierte Geschichte.«

Hugh zögerte und dann breitete sich ein ehrliches Grinsen auf seinem Gesicht aus. »Zu dick, was?«

»Sie wirken ziemlich unberührt davon, dass Sie das Geld eingebüßt haben. Das sagt mir, dass es nicht Ihres ist.«

Breites Grinsen. »Sie sind schlau. Kann verstehen, warum Sie befördert wurden.«

»Wessen Geld ist das?«

»Ach, wissen Sie«, Hugh war voller Bedauern, »das kann ich Ihnen nicht sagen.«

»Wirklich?«

»Ich bekomme furchtbare Probleme.«

»Na los. Sie können es mir sagen.« Es war Benny Mullen. Sie wussten es beide.

Hugh hob hilflos die Hände. »Scheiße, die bringen mich um.«

»Das wäre sehr traurig …«

Hugh grinste und streckte die Hand nach ihr aus. »Kommen Sie. Sie wissen, dass es stimmt.«

Morrow lehnte sich zurück und sah ihn an. »Okay, lassen Sie mich raten, wie es läuft: Jemand ruft Sie an, damit Sie vorbeikommen, die füllen Ihren Kofferraum mit Bargeld. Sie wissen, dass wir ermitteln. Sie rufen Sie von einer bestimmten Nummer an, in dem Wissen, dass uns das alarmiert. Sie fahren los. Wir schicken einen Wagen hinter Ihnen her.«

Hugh machte große Augen, was ihr bestätigte, dass sie recht hatte. Aber er würde nie sagen, dass es die Barrowfield-Mafia war. Sie würden niemanden dazu kriegen, gegen sie auszusagen, denn Benny Mullen war ein Irrer. Er servierte Leute ab, wie andere Bonbonpapierchen fallen ließen. Nicht mal die Leichen tauchten je wieder auf. Eine vorangegangene Untersuchung hatte den Verdacht aufgeworfen, dass sie Leichen in denselben Containern abtransportierten, in denen sie ihre Lieferungen erhielten. Deshalb war Mullen immer noch frei. Niemand redete und überlebte es.

Hugh setzte sich auf und leckte sich die Lippen. »Hören Sie, ich bin ein kleines Licht«, sagte er, so schnell er konnte. »Ich hab nie … jemand Wichtiges kennengelernt.« Er grinste unbehaglich. »Zehn Jahre sind eine lange Zeit, aber wenn ich ein Wort außer der Reihe sage, wär es schon Glück, noch zehn Wochen zu leben.«

Morrow grinste ihn an. Was jetzt kam, gefiel ihr: »Ich habe die FIN Ihres Wagens überprüft.«

»FIM?«

»Fahrzeug-Identifikationsnummer. Ist ins Fahrgestell gestempelt. Ins Metall. Jedes Auto hat eine eigene. Die kann man nicht wegfeilen.«

Die Farbe wich so schnell aus Hugh Boyles Gesicht, dass sie glaubte, er würde ohnmächtig, und sich unwillkürlich vorbeugte, um ihn aufzufangen.

Hugh öffnete den Mund. Hugh schloss den Mund. Sie hörte seine Zunge raspeln, als sie sich bewegte. Es klang sehr trocken. Sie hoffte, die Kamera nahm in allen Einzelheiten auf, wie Hugh von innen nach außen gekehrt wurde, denn sie wusste, sie würde sich das noch mal anschauen wollen.

»Möchten Sie ein Glas Wasser?«

Boyle nickte. Sie nickte Routher zu den Pappbechern hinüber und er goss dem sterbenden Mann etwas Wasser ein. Boyles Hand zitterte, als er den Becher an die Lippen hob. Er trank ihn in einem Zug aus und bat um mehr. Sie gaben es ihm.

»Also«, sagte Morrow, »was hat Sie geritten, Benny Mullens Auto zu klauen?«

Hugh sank über dem Tisch zusammen. »Ich wusste nicht, dass es sein Auto war!«, flüsterte er. »Ich hatte keine Ahnung, bis ich damit weg war. Ich habe es sofort neu lackieren lassen. Ich habe in der Nacht sogar noch drei andere Audis geklaut, um mich zu tarnen ...«

»Er wird Sie umbringen, Hugh.«

»Ich weiß. Das weiß ich!«

»Trotzdem bleibt ja immer noch die Hoffnung, dass er es nicht erfährt.«

Hugh verstand. Kleine Schweißperlen bildeten sich auf seiner großen Stirn.

»Ich brauche einen Zeugen, und wir können Sie schützen.«

»Nein, das können Sie nicht, nicht vor ihm. Niemand kann einen vor ihm beschützen. Er ist überall.«

Morrow sah ihn an. Es war blinde Panik. Sie würden ihn schützen. Wenn er sich an ihre Anweisungen hielt, konnten sie ihn in Sicherheit bringen, weg aus der Stadt. Die da oben würden sie dafür lieben. Die da oben würden vielleicht sogar Tamsins und Wilders Zwölf-Stunden-Aussetzer übersehen, weil sie ihnen Benny Mullen geliefert hatten.

Boyle sah sie mit Tränen in den Augen an. »Zicke.«

»Na, na«, sagte sie und versuchte, nicht zu grinsen oder zu triumphieren. »Das haben Sie sich schon selbst eingebrockt, Hugh. Das wissen Sie.«

Er wusste es. Er nickte leicht. Er warf ihr einen finsteren Blick zu, erkannte, dass sie seine einzige Hoffnung war, den Januar zu überleben.

»Ich gebe Ihnen, was Sie wollen«, sagte er leise und fügte flüsternd hinzu: »Kann ich das Auto behalten?«

Im Bewusstsein, dass die Kameras liefen, sagte Morrow nicht, er könne sie am Arsch lecken. Sie sagte ruhig »Nein« und schloss ihre Akte.

18

Kenny Gallagher trat aus der spröden Kälte eines Winternachmittags in die weiche, warme Cocktailstunde. Auf einem Podium in der Bar spielte ein junger Mann Bar-Jazz auf einem Klavier, streckte sich lustlos nach dem Ende der Klaviatur, zu jung, um die zeitlose Behaglichkeit zu verstehen, die er seinem Publikum aus Nachmittagstrinkern mittleren Alters bot. Eine Gruppe Büroangestellte mit Weihnachtsmützen und Lamettaschals war an der Bar versammelt und entdeckte Kenny beim Reinkommen. Zu betrunken und fröhlich, um sich an seine Schande zu erinnern, begannen sie, als er zu den Aufzügen an ihnen vorbeiging, zu grölen: »Es kann nur einen geben: Kenny Gallagher.«

Kenny lächelte, winkte, sagte »Frohe Weihnachten« und drückte den Knopf.

Der Sprechchor wurde lauter, während er wartete, dankend nickte, die Stahltüren anlächelte und die Kameradschaft genoss, die für Nachmittagstrinker typisch war, bis die Türen aufgingen und er in den leeren Aufzug stieg.

Die Türen schlossen sich vor dem Chor, der von dem Heldenslogan inzwischen zu schiefen Gesängen von »O Little Town of Bethlehem« übergegangen war, genauso grölend, genauso fröhlich. Kenny drückte den Knopf für den siebten Stock.

Der Aufzug war altmodisch. Er tauchte kurz nach unten ab, bevor er nach oben durchstartete. Kenny hatte das Gefühl, mit diesem Abtauchen etwas abzuwerfen, Sorgen um die Zukunft und die Vergangenheit. Annie und Moira, McFall und die Bath Street, die Meuchelmörderin und Pete blieben alle in diesem Abtauchen zurück. Der Aufzug stieg jetzt nach oben, und er ebenso, leichter und leichter, wurde gegenwärtig, echt, ehrlich. Er brauchte das.

Die körperlose Stimme verkündete »siebter Stock«. Die Türen öffneten sich dem tageszeitlosen Dämmerlicht eines Hotelflurs. Kenny trat hinaus in die Stille des dicken blauen Teppichbodens, strich mit den Fingerspitzen an den mit blauer Jutetapete gedämmten Wänden entlang. Er kam an Türen zu anderen Welten vorbei, anderen Leben, anderen Möglichkeiten. Er umrundete ein vor einem Zimmer rausgestelltes Tablett: eine Leinenserviette über den Teller gebreitet, eine Flasche Ketchup, getrocknetes, rissiges Eigelb an einer Gabel und ein milchschmutziges Glas. Er ging an einer Zeitungsfußmatte vorbei. Er wanderte bis zum Ende und bog um die Ecke.

Hier war das Licht noch gedämpfter, zumindest kam es ihm so vor. Es war still, nur das quietschende Knirschen von Teppichfasern unter seinen Schritten. Sein Mund war nass, sein Atem ging schneller, sein Puls stieg langsam an.

Zimmer 723. Er klopfte zweimal, verkniff sich ein drittes, leicht krampfhaftes Klopfen, ließ die Hand sinken. Dann stand er da, wartete und horchte auf seinen eigenen flachen Atem. Ein Pfeifen beim Einatmen durch die Nase, an den Härchen entlang, eine leichte Verengung der Nasengänge, geschwollen durch die Klimaanlage, und dann ein Auspusten durch den offenen Mund, ein kurzes Auspusten, als fielen seine Brustwände zusammen. Ein kleines Pusten, Pfeifen und Pusten.

Die Tür wurde von einem paranoiden Fremden mit etwas weißem Pulver unter dem Nasenloch geöffnet. Sein Blick zuckte im ganzen Flur herum und er hielt den Körper von der Tür weg, nur sein Hals und das irre Gesicht waren sichtbar. Derek trat in sein Blickfeld, nackt bis auf Socken, mit einer kräftigen, ehrlichen Erektion. Er linste zu Kenny heraus und hob hilflos die Hände, und sie lachten, während Kenny in den Raum schlüpfte und die Tür hinter sich schloss.

Der paranoide Mann hinter der Tür trug Boxershorts und sah von Kenny zu Derek, ruckte mit dem Kopf durch die Gegend auf der Suche nach einer Erklärung.

»Weniger schniefen«, riet ihm Derek freundlich. »Nimm einen Whisky oder so.«

Der Mann ging zu der improvisierten Bar auf dem Couchtisch, eine Flasche billiger Malt, eine mit Wodka und ein aufgerissener Karton Orangensaft mit herabhängender Ecke. Die Stühle und schmutzigen Gläser waren um den Fernseher gruppiert. Sie hatten einen Film gesehen, und Kenny wünschte, er wäre dabei gewesen.

»Mann.« Derek hatte sich nicht gerührt, stand ohne Scham, wo er war, so nackt, wie er war.

Hinter ihm sah man die Stadt durch eine getönte Glaswand, die den widerlichen Nachmittag in ein funkelndes Mitternacht verwandelte. Sie waren hier hoch über dem Fluss, die Blickrichtung ungewohnt. Sie hätten in irgendeiner Stadt sein können, zu jeder Uhrzeit, irgendwo auf der Welt.

»Drink?«

»Hab noch was zu tun, nachher.« Kenny bedauerte das Eindringen der anderen Welt in diese hier.

Derek neigte den Kopf Richtung Schlafzimmertür. »Komm, sieh dir an, was wir haben.«

Kenny ließ sein Jackett auf den Boden fallen und zog den Gürtel aus, als sie ins Schlafzimmer gingen. Egal, was da drin war, er würde es ficken. Er würde es überallhin ficken, wo es nie gefickt wurde, und er würde es mehr als zweimal ficken, dreimal, viermal, sich durch es durchficken, sich in seiner Haut verlieren, es lecken und ficken.

Derek flüsterte über seine Schulter: »Gönn's dir, Mann.«

Manchmal, wie jetzt in der Dunkelheit des Taxis an einem Nachmittag mit tiefhängendem Himmel, sah Kenny in Andy Annies Gesicht. Es war mehr sein Ausdruck als die Form seiner Züge. Traurig und wütend zugleich. Der Junge behauptete, er habe Bauchweh, und heulte, damit er nach Hause durfte. Ein neunjähriger Junge sollte nicht so viel weinen; er zog Aufmerksamkeit auf sich, machte sich selbst zum Ziel von Mobbern. Und zu Andys Pech war die Krankenschwester an diesem Tag wegen irgendwas mit Läusen da, maß seine Temperatur, drückte auf seinen Bauch und sagte, sie glaube ehrlich nicht, dass ihm etwas fehlte.

Andy log weiter und hielt sich den Bauch und weinte, während sie die Schule verließen, hörte aber in der Sekunde, als sie ins Taxi stiegen, mit seinem Theater auf.

»Komm, wir schnallen dich an.« Kenny griff über Andy weg nach dem Gurt über dem Fenster, und der Geruch seines Nachmittags stieg ihm in die Nase: Parfum, Zigarettenrauch, Frauenschweiß, hohe Ethanolnoten vom Wodka anderer Leute. »Soooo, das haben wir.«

Als er den Gurt um Andy herumzog und einrasten ließ, sah er seinen jüngsten Sohn nach unten schauen, um zuzusehen, sein Kinn verschwand in einer Fettrolle in seinem Hals. Seine Oberlippe war rissig, rot und trocken, die Wimpern verklumpt vom Heulen. Kenny fand es schwierig, mit Andy auszukommen, denn das Kind war ziemlich uneinnehmend, und er selbst war immer ein beliebtes Kind gewesen. Der kleine Kenneth war schon ein bisschen mehr sein Typ. Mit ihm wäre er in der Schule befreundet gewesen. Marie, die Mittlere, stand ihrer Mutter sehr nahe.

»Geht es dir besser, Schatz?«

Andy nickte, schniefte und lehnte den Kopf ans Fenster.

»Na komm, bringen wir dich nach Hause.« Er beugte sich zur Luke des Fahrers vor und nannte ihm die Adresse.

Das Taxi erwachte röhrend zum Leben und der Fahrer fuhr los. Gallagher war froh, dass es ein altes Taxi war, laut und klapprig. Ihm war nicht danach, mit Andy zu reden. Er fürchtete, Andy könnte nach den Zeitungsartikeln fragen. Der Taxifahrer ließ im Radio eine Sendung mit Zuschaueranrufen zum Thema Kopfschmerzen laufen, sonst hätte Kenny mit ihm Konversation gemacht.

»Ich hab eigentlich gar kein Bauchweh«, flüsterte Andy.

»Oh«, sagte Kenny, »das ist gut. Warte, bis wir nach Hause kommen, dann essen wir ein Eis und gucken Zeichentricksendungen. Glaubst du, das muntert dich auf?«

Andy lächelte schwach und nickte. »Dad?«

Und Kenny dachte: *Ach je, jetzt kommt's.* »Ja, Schatz?«

»Die Jungs in der Schule sagen, du hast eine Freundin.«

»Das ist Blödsinn.«

Andy warf ihm einen verstohlenen Blick zu, den Blick seiner Mutter, er glaubte ihm nicht, wollte aber, dass er weitersprach.

»Hör zu, Andy.« Er nahm die Hand seines Sohnes in seine und spürte, wie pummelig und unförmig sie noch war. »Mum hat mich gebeten, dich abzuholen, damit ich mit dir darüber reden kann …«

»Mum ist im Fitnessstudio.«

»Nein, ich weiß, ich sagte, Mum ist wahrscheinlich im Studio und deshalb ist sie nicht ans Telefon gegangen, als du sie angerufen hast. Was ich meine, ist: Sie hat mich gebeten, mit dir darüber zu reden. Über die Sachen in den Zeitungen. Darum geht es doch, oder?«

Andy nickte.

»Was die Zeitungen über mich behaupten?«

Er schaute, wartete auf ein weiteres Nicken, aber Andy leckte nur seine rissige Lippe. »Nun ja, Andy, wusstest du, dass dein Daddy berühmt ist?«

Andy leckte weiter an seiner Lippe, während er darüber

nachdachte. Er sah traurig aus, und dann schien er das Gespräch aufzugeben und drehte sich einfach wieder zum Fenster.

»Wenn du berühmt bist, denken die Zeitungen, sie dürfen alles über dich behaupten, was sie wollen. Sie erfinden Sachen. Andy?« Andy sah die geparkten Autos an, die am Fenster vorbeizogen, sein Kopf ruckte alle drei Meter ein kurzes Nein. »Andy, hör mir zu. Hör mir zu, Andy.«

Der Junge drehte sich zu ihm, sein ganzer Körper war Kenny zugewandt, aber er sah seinen Vater nicht an.

»Sie glauben, sie können alles behaupten, aber das stimmt nicht. Ich zerre sie vor Gericht und zwinge sie, das zuzugeben. Ich zwinge sie zuzugeben, dass sie gelogen haben. Was hältst du davon? Ich und Mummy zwingen sie, es vor allen Leuten zuzugeben, und dann wissen die Jungs in deiner Klasse, dass das nicht stimmt, was sie gesagt haben. Was glaubst du, wie sie sich dann fühlen?«

Das Taxi bog scharf in ihre Straße ab, legte sich dabei hart in die Kurve und warf Andy nach vorn, auf Kenny zu. Ihre Gesichter waren nur Zentimeter auseinander, aber er hielt den Blick weiter gesenkt. Das Taxi fuhr die hundert Meter die Straße entlang und blieb stehen, der Fahrer schaltete das Taxameter aus und schaute erwartungsvoll nach hinten.

Kenny war erleichtert, Annies Auto in der Einfahrt zu sehen. Er musste zurück ins Büro, aber er würde Pluspunkte bekommen, weil er Andy von der Schule abgeholt hatte.

»Wir zwingen sie, vor allen zuzugeben, dass es eine Lüge ist, okay?«

Andy schniefte und nickte und leckte seine trockenen Lippen. »Es ist eine Lüge«, wiederholte er.

»Ganz recht, Schatz, es ist eine Lüge.«

Kenny bezahlte das Taxi, sagte dem Fahrer, er solle den Rest behalten, und bat um eine Quittung, während Andy seinen

Gurt löste. Er stieg aus und drehte sich um, hielt seinem Sohn die Hand hin.

Andy nahm die Hand seines Vaters und schaute von der Absprungstelle aus auf den Boden hinunter. Der Junge stieg aus, lehnte plötzlich sein ganzes Gewicht auf Kennys Hand, sodass Kennys Ellbogen nachgab. Sie fielen gegeneinander, und dabei fing Kenny kurz Andys Blick auf und sah darin ein schockierendes Aufblitzen von Wut, sah, dass Andy ihm die Schuld an seinem Übergewicht gab, an seinem Sturz, an jedem Fehler, den er je machen würde.

Der Fuß des Jungen kam auf dem Boden an, und als er wieder aufblickte, war sein Gesicht das eines Kindes, aber Gallagher spürte, dass er der Geburt von etwas Schrecklichem beigewohnt hatte, eines Schattens, der den Rest ihres Lebens über ihnen hängen würde.

Sie gingen zur Haustür und taten beide, als wäre nichts passiert. Kenny tastete nach seinem Hausschlüssel.

»Dad?«

»Was, Schatz?« Der Schlüsselbund steckte fest. Das Futter seiner Hosentasche hatte sich beim Sitzen im Taxi umgefaltet und ein kleiner Schlüssel war darin verkeilt.

»Du hattest vorher schon mal eine Freundin, oder?«

»Nein!« Kenny lachte, als wäre das lächerlich, seine Scheiß-Schlüssel steckten in seiner Hosentasche fest. »Nein, keineswegs, wie um alles in der Welt kommst du denn darauf?«

»Hat Mami gesagt.«

»Mami war wütend, aber dann hat sie erkannt, dass es nicht stimmt.« Er bekam die Schlüssel nicht heraus, er zerrte und zerrte an ihnen, bis er sicher war, dass er das Futter zerriss. Als der Schlüsselbund endlich frei war, hatte er sich eine Schramme in den Oberschenkel gekratzt. »Rede mit Mami darüber, Schatz, sie sagt es dir.«

Annie musste ihre Anfahrt gesehen oder endlich all die

Nachrichten auf ihrem Handy gefunden haben, denn sie riss die Haustür auf. »Oh, Andy, bist du krank?«

Andy stand vollkommen reglos da. Annie war nicht im Fitnessstudio gewesen. Ihre Haare waren trocken. Sie beugte sich herunter und legte die Hand an Andys Wange. »Bist du krank? Die Krankenschwester sagt, du hast Bauchweh. Ist es so?«

»Ja«, sagte Andy leise, »ich hab Bauchweh.«

19

Martin Pavel fühlte sich seltsam beschwingt, als er in die Lallans Road einbog. Er blieb auf der falschen Straßenseite, achtete auf die hellen Lichtpfützen der Straßenlampen, wich ihnen aus, damit er nicht bei einem zufälligen Blick aus dem Fenster von Rosie, oder gar von Joseph, entdeckt wurde.

An der dunkelsten Stelle der Straße blieb er ein Weilchen stehen, sammelte sich und ging dann hinüber zum Haus der Lyons'. Er öffnete das Tor und näherte sich der Haustür, starrte dabei auf den Boden, bloß kein Blickkontakt durchs Fenster.

Es war ein bescheidenes Haus, aber keineswegs ärmlich. Der Vorgarten war sauber und gepflegt, und er spürte die Wärme, die durch die Scheiben drang. Auf dem Boden neben dem Betontreppchen stand ein kleiner Aschenbecher, in dem ordentlich aufgereiht vier halb gerauchte Zigaretten lagen, Filter an Filter, die verbrannten Spitzen zur Ziehharmonika gedrückt. Sie erinnerten ihn an schematische Darstellungen von Sklavenschiffen.

Er drückte die Klingel und wartete, nervös wie ein Verehrer.

»Was machst du denn hier?« Rosie hatte schwungvoll die Tür geöffnet.

»Ich, ähm, wollte dich nur besuchen.«

Gelassen spähte sie an ihm vorbei die Straße entlang zum Laden. »Warst du gerade in der Gegend?«

»Nein. Ich, ähm, bin einfach gekommen, um dich zu sehen. Um zu sehen, ob es euch gut geht.«

Sie sah ihn an, las in seinem Gesicht und fragte noch mal: »Was machst du hier?«

Er zögerte. »Ich wollte sehen, ob ich helfen kann?«

»Wem helfen?«

Er war sich nicht sicher. Der Flur hinter ihr war überladen. Das Radio in der Küche war auf Radio 3 eingestellt, einen Sender, den er liebte. »Ich weiß nicht genau.«

Sie knickte an der Hüfte ein und sah ihn mit schräg geneigtem Kopf an, ihre Hand an der Tür entspannte sich ein bisschen, aber sie klang entnervt. »Was, wenn wir keine Hilfe brauchen? Willst du, dass ich dir helfe?«

»Nein.«

»Weißt du«, sie schaute an ihm vorbei, und die Ränder ihrer Augen wurden rosa, »ich hab echt viel am Hals im Moment.«

Er sagte: »Ich versuche, dir zu helfen.«

Sie sah ihn fast mitleidig an. »Warum tust du das?«

»Ich will etwas beitragen zur Summe ...« Martins Kopf war plötzlich leer. Er schaute hinter sie. Er hatte wirklich nicht viel geschlafen. »Ich weiß nicht. Ich will nur helfen.«

Sie pustete langsam Luft durch ihre Lippen aus, als hätte er sie gebeten, etwas furchtbar Schweres zu heben, und öffnete die Tür. »Ich lass dich nicht rein. Ich hol nur meinen Mantel, damit ich eine rauchen kann.«

Sie ließ die Tür offen und ging in die Küche, tauchte wieder in seinem Blickfeld auf und trocknete sich ihre jetzt nassen Hände an einem Küchenhandtuch ab. Sie sah bekümmert aus.

»Ich weiß, es muss etwas schräg wirken, dass ich hier so auftauche«, rief Martin ihr zu. »Ich bin kein Stalker oder Lüstling oder so was.«

Sie nahm ihre Zigaretten und das Feuerzeug von der Arbeitsplatte und kam auf ihn zu. »Ich sag das nur, damit es geklärt ist: Du bist nicht mein Typ.«

»Darauf bin ich nicht aus.« Er vertiefte das nicht weiter, weil ihm nichts einfiel, was nicht verletzend und gehässig klang: Du bist dick, ich kann deine Haare nicht leiden.

Sie sahen sich an und sie lachte, hielt sich den Mund zu, weil es so peinlich war, und Martin grinste zurück. Es war gut, das geklärt, es vom Tisch zu haben. So was konnte peinlich sein, obwohl es das gar nicht war.

Sie nahm ihren roten Mantel vom Haken. »Ich finde, das haben wir ganz gut hingekriegt.«

Martin lächelte. Sie war ehrlich. »Genau«, sagte er und wartete darauf, dass sie wieder fragte, was er nun verdammt noch mal eigentlich wollte, wenn es nicht das war. Rosie tat nichts dergleichen. Sie streifte ihren Mantel über, denselben roten wadenlangen Daunenmantel, in dem er sie im Krankenhaus gesehen hatte, und kam raus, stellte sich neben ihn auf die Stufe.

Sie machte die Tür zu und holte ihre Zigaretten heraus, hielt sie ihm offen hin. »Rauchst du?«

»Nein, danke.«

»Na, sei dankbar.« Sie nahm eine heraus, steckte sie in den Mund und hielt sie mit den Lippen fest, kniff sie zusammen, wodurch sie alt aussah. »Das ist so teuer hierzulande, man hat richtig Angst, dass jemand eine annimmt.« Sie strich ein Zündholz an und hielt es an ihre Zigarette.

Als die Flamme verlosch und sie es in den Aschenbecher fallen ließ, standen sie im Dunkeln und hielten Ausschau wie Wachposten. Rosie atmete einen Strom frostigen Rauch aus.

Die Lallans Road war steil. Rechts den Hügel rauf standen die hellen Straßenlaternen, und Scheinwerfer von Autos und Bussen glitten auf der stark befahrenen Straße vorbei. Links ging es noch drei Häuser runter, dann fiel die kurze Straße in ein dunkles Niemandsland hinter dem Kanal ab, ein langer Streifen Gewerbebrache. Das Gelände war nicht von Wind und Regen geformt, sondern von Gedankenlosigkeit und Industrie: eine inoffizielle Mülldeponie, Haushaltsgeräte und Schutt, mit Erde bedeckt. Gras wuchs in trotzigen Klumpen, dürre Bäume, winterkahl, kämpften dort zäh. Ausgeschlachtete Karosserien stemmten sich gegen das Heidekraut.

»Da kommen Rehe hin, stell dir vor.«

»Im Ernst?«

»Ja, es gibt eine Schneise freies Feld zwischen hier und den Trossachs. Da kommen Meuten von Rehen bis hier runter und laufen einfach so rum. Es gibt hier nicht viel für sie. Nach einer Weile verpissen sie sich normalerweise wieder.«

»Bei Rehen heißt es nicht Meute.«

Das passte ihr nicht, sie zog verärgert an ihrer Zigarette. »Bist du hier, um mir auf die Art zu helfen? Mit meinen Sammelbegriffen?«

Dieser Teil fiel ihm immer schwer. »Also pass auf, ich will nichts von dir. Ich will dir einfach helfen.«

Sie schaute ihn misstrauisch an. »Womit?«

»Keine Ahnung, ich dachte, vielleicht mit einem Job.«

Da schmunzelte sie.

»Vielleicht kann ich dir helfen, ein Geschäft aufzuziehen oder so.«

Sie lächelte, sagte nichts und sah ihn an.

»Du willst keinen Job?«

»Ich habe einen Job. Ich bin Krankenschwester.«

»Oh.« Er hatte gemutmaßt, weil sie alleinerziehende Mutter war. »Oh, ich hab …«

Sie wandte sich ihm zu. »Was für einen Job machst du, Martin?«

Er zuckte verlegen die Achseln und schaute weg.

»Hast du 'n Job?«

Er hätte nicht mutmaßen dürfen, das war überheblich.

»Du redest nicht viel über dich, was?«

Er wusste nicht, was er sagen sollte. Er spürte, wie er rot wurde, und wusste, sie würde es auch sehen.

»Kommst du frisch aus dem Knast?«

Er prustete überrascht.

»Ist okay, wenn's so ist«, sagte sie leise. »Außer wenn es was mit Kindern zu tun hat …«

»Nein.«

»Wir haben alle unsere Probleme, aber ich bin Josephs Mum, verstehst du?«

»Es hat nichts mit Kindern zu tun, ich komme nicht frisch aus dem Knast. Ich war nie im Knast. Ich hab dir doch gesagt, ich bin kein Krimineller.«

»Tja, Martin, irgendwas ist mit dir. Versteckst du dich vor jemandem?«

Martin ließ sich an die kalte Außenmauer sinken. Er hatte das so falsch angefangen.

»Als ich einundzwanzig wurde« – seine Stimme war jetzt tiefer, bemerkte er, seine Lippen schmal – »hat mich unser Anwalt in sein Büro gerufen. Ich hatte geerbt, na ja, äh, *viel*. Ich bin dann mehr oder weniger abgehauen.«

Er konnte Rosie nicht ansehen. Er hatte die Veränderung bei so vielen Leuten gesehen, wenn sie erfuhren, wer er war, er glaubte nicht, dass er es noch einmal mit ansehen konnte. Sie hob die Hand zum Gesicht, und ihre Zigarette leuchtete orangefarben auf. Sie atmete in Richtung Brachfläche aus.

»Warum bist du abgehauen?«

»Bin mehr oder weniger ausgetickt. Mein Grandpa hat meine Eltern übersprungen und es mir vermacht. Das war«, er schüttelte den Kopf, »*heftig* … Sie hatten fest damit gerechnet, hatten ihr ganzes Leben darauf eingestellt. Sie waren furchtbar verschuldet. Keine Chance, Geld zu verdienen … Er hatte richtig Freude daran, sie anzurufen und ihnen zu sagen, was er getan hatte.«

»Das ist ein bisschen arschig.«

»Ja, er ist …« Martin unterbrach sich. Er wusste nicht, was er darüber sagen sollte, wie boshaft sein Grandpa war, wie sehr er seinen nichtsnutzigen Sohn hasste und all die geistlosen Dinge, die er tat. Aber er verstand es. Sein Grandpa hatte sich alles selbst aufgebaut. Er hatte versucht, seinem Sohn alle Entbehrungen zu ersparen, die er selbst durchgemacht hatte, und einen Mann aus ihm gemacht, mit dem er nichts gemein hatte. Martins Eltern hatten ihn wenigstens in Ruhe gelassen, bis Grandpa ihnen sagte, wohin das Geld ging.

»Da.« Rosie richtete die orangefarbene Spitze ihrer Zigarette auf die dunkle, unebene Wiese. »Da waren letzten Sommer ein paar Rehe, und so ein kleiner Proll ist mit Pfeil und Bogen hingegangen und hat versucht, sie abzuschießen, einfach so, um sie umzubringen. Und die ganzen nutzlosen dürren Säufer, die sich im Sommer da unten zusammenrotten, all die Wein süffelnden Asis, die haben ihm den Bogen abgenommen und in Einzelteilen auf der Wiese verstreut.« Sie sah ihn freundlich an. »Haben die Rehe beschützt.« Sie drehte sich wieder in die Dunkelheit. »Er ist mit seinem Hund wiedergekommen. Hat seinen Hund auf sie gehetzt, der kleine Scheißer. Es hat ihnen aber nicht leidgetan.«

»Hat der Hund sie gebissen?«

»Oh aye. Diese Scheißhunde können dich umbringen. Ihre Kiefer rasten ein.« Sie seufzte schwer. »Also, du meintest, du bist abgehauen?«

»Ja. Meine Eltern … Sie hatten vorher kein großes Interesse an mir, aber dann haben sie mich nicht mehr in Ruhe gelassen. Es war wie ein Zombiefilm. Sie haben mich gezwungen, überall mit ihnen hinzugehen, haben mir einen Psychiater besorgt. Ich war in Boston, bei irgendeinem Wohltätigkeitsdinner, und an meinem Tisch wurde diskutiert, wo wir alle im Winter hinfahren, wo alle Nomaden hinfahren …«

»Nomaden?«

»Steuernomaden. Haben nirgends einen Wohnsitz. Keine Steuerpflicht. Ich bin einfach« – er hob die Hände, versuchte das Allumfassende seiner Erleuchtung zu formulieren – »ich bin irgendwie plötzlich nüchtern geworden und dachte: *Ich muss hier raus*, das hab ich immer wieder gedacht, *ich muss raus aus dieser Geschichte.* Da bin ich abgehauen.«

»Hierher?«

»Nein, ich war überall …«

Sie standen schweigend da, bis sie ergänzte: »In anderen Geschichten.«

Er war froh, dass sie ihn nicht ansah, denn er fühlte sich so dünnhäutig. »Meine Eltern sind in meinem Haus aufgetaucht, als ich heute Morgen zurückkam. Sie überwachen mich.«

»Das ist nicht nett.« Sie musterte ihn. »Kannst du's nicht einfach alles weggeben?«

»Dann würden sie mich einweisen lassen. Ich war schon mal depressiv.«

»Kein Wunder.« Sie warf ihm einen Blick zu. »Ist anders da drüben, oder? Die Jugendpsychiatrie? Das ist ein Geschäft.«

»Ja, die Tattoos helfen wahrscheinlich auch nicht gerade.«

»Ja, du siehst schon ein bisschen irre aus. Weißt du, was das bedeutet?« Sie schnippte mit dem Finger gegen ihren Hals, schaute aber auf seinen.

Martin fasste an seinen Hals. »›*Gods and Beasts*‹. Das ist nach Aristoteles: ›Die nicht in Gemeinschaft leben oder ihrer nicht bedürfen, sind entweder Götter oder Tiere.‹«

Jetzt grinste sie. »Aber, Schnucki, man sieht nur *Beasts*. So nennt man hier die Pädophilen, weißt du.«

Schockiert hielt Martin es mit der Hand zu. Rosie rauchte und lachte. »Ist nach hinten losgegangen.«

»Das wusste ich nicht«, sagte er leise.

»Ja«, prustete sie. »Das hab ich mir gedacht.«

»Scheiße. Das ist furchtbar.«

»Ja.« Rosie lächelte. »Ich behandle einen fetten Typ mit rezidivierendem Tripper, der hat ›*Living the Dream*‹ auf den

Unterarm tätowiert. Macht mich jedes Mal fertig.« Sie zog ein letztes Mal an ihrer Zigarette, bückte sich und drückte sie aus, dann legte sie sie neben die anderen. »Martin, jetzt frage ich mich, ob du ein Fantast bist und das alles ein Haufen Mist, den du dir ausgedacht hast.«

Jetzt musste er auch lächeln. »Ja, vielleicht.«

»Was machen die meisten Leute, die Geld haben?«

»Stecken es in einen Treuhandfonds und leben irgendwo anders. Behalten genug auf Tasche, um ihr Leben sinnlos zu verprassen.«

»Davon träumen doch die meisten, oder? Keine Sorgen mehr.«

»Wenn dir das keine Sorgen macht, dann nur, weil du nicht weißt, was mit dem Geld passiert. Siehst du, hier?« Er zeigte ihr den dritten Punkt an seinem Handgelenk. »Sie war auf Entzug, ein Mädchen, mit dem ich am College war, sie brauchte eine Reha. Ich hab ihr die bezahlt. Dort hat sie einen Typ kennengelernt, so einen reichen Kerl. Sie haben sich verliebt und abgebrochen, haben wieder angefangen zu drücken. Sie sind beide gestorben. Das hier …«, ein schwarzer Punkt neben dem Ellbogen, »Haiti: zweihundert Übergangshütten als Ersatz für Zelte. Sie haben gerade die Wasserleitungen gebaut, als die Cholera ins Camp kam.«

Sie wurde weicher und schaute wieder auf seinen Arm. »Ein paar müssen doch gut gelaufen sein.«

»Oh ja.« Er deutete auf einen Punkt am Handgelenk. »Schau.«

Sie lächelte und tat, als würde sie lesen. »Genial. Hat sie gut gemacht.«

»Na ja, eigentlich waren es mehrere.«

»Aye«, grinste Rosie, »haben sie gut gemacht.«

»Und er hier?« Er zeigte auf einen auf halber Strecke den Arm hoch.

»Das war super!«

»Tapferer Kerl.«

»Und wie tapfer, was?«

»Siehst du, wenn du alles in einen Fonds steckst, erfährst du nichts. Du wirst mein Großvater. Er versteht nicht, warum sich keiner was aus ihm macht. Er ist einsam. Allein. Losgelöst. Nur durch Praxis, durch Mühen lernst du Mut und Ehrlichkeit und Demut, all diese Tugenden.«

Sie äugte misstrauisch. »Du klingst ein bisschen religiös.«

Er hob die Hände. »Das bin ich so was von gar nicht. Ich meine Tugenden im aristotelischen Sinn.«

Rosie lachte und ließ ihn »im aristotelischen Sinn« wiederholen. Sie sagte, sie wolle das im Gespräch fallen lassen, wann immer es ging. Dann sah sie ihn an und sagte etwas zusammenhanglos: »Ich find's so toll, dass sie das gemacht haben, ihm den Bogen abzunehmen.« Sie lächelte vor sich hin. »Okay, Mister Geldsack, bereit für ein bisschen Lokalkolorit?«

Martin zuckte die Achseln. »Klar. Wohin gehen wir?«

»Den kleinen Mann von der Krippe abholen.« Sie ließ sich schwer von der Stufe fallen, ging zum Tor und hielt es für ihn auf.

Martin folgte ihr hinaus und warf noch einen Blick zurück auf das dunkle Brachland, stellte sich vor, wie Rudel leuchtender Neonrehe von den Hügeln herabstürmten.

Sie schlenderten hoch zur Hauptstraße, folgten dem Gehweg um die Kurve, kamen am Laden und am Spielplatz vorbei und überquerten die Straße.

Autos brausten an ihnen vorbei, die Scheinwerfer blendeten in der Dunkelheit, Busse rumpelten die Straße entlang, die Fenster beschlagen vom Atem, und die Kälte fühlte sich gut an auf Gesicht und Händen. Alle paar Schritte wehte ihm ihr Geruch in die Nase, Rosies Geruch, eine Mischung aus zitronigem Parfum und leichtem Rauch. Er wollte sie als Schwester. Eine herrische Schwester. Und da wurde ihm klar, dass er ihr vertraute. *Natürlich* Würstchen im Schlafrock.

Rosie schien zu schrumpfen, als sie in eine Seitenstraße einbogen. Sie blieb mit gesenktem Kopf an einer Reihe von Geländern stehen, wo sich andere Eltern zu zweit oder zu dritt zusammengestellt hatten, aller Augen auf den niedrigen Backsteinbau hinter dem verschlossenen Tor gerichtet. Eine Frau auf der anderen Seite des Tors sah sie und lächelte, ihr Blick blieb an Rosies Gesicht hängen, sie versuchte, hallo zu sagen, aber Rosie schaute weiter zu Boden.

Martin hatte das Gefühl, er sollte etwas sagen, was sich nicht um ihn drehte. »Der Tag heute hat sich wie Monate angefühlt, findest du nicht?«

Rosie nickte. »Ja«, murmelte sie. »Lang.«

»Meinst du, du kannst heute Nacht schlafen?«

»Keine Ahnung. Ich hab ihn spät hergebracht«, sie nickte zu den Fenstern der Krippe hinüber, die mit Watteschnee und ausgeschnittenen Schneeflocken dekoriert waren, »bloß zum Auspowern, damit er müde wird und zu einer normalen Uhrzeit schläft.«

Martin schaute zurück und sah einen Mann auf der anderen Straßenseite. Der Mann hatte die Schultern hochgezogen, die Hände in den Taschen, und er starrte sie an. Einen Moment lang dachte er, es sei der Privatdetektiv, den seine Eltern auf ihn angesetzt hatten. Martin drehte sich ganz zu ihm um, aber der Mann zuckte nicht mit der Wimper. Er hatte kein Interesse an Martin. Er starrte Rosie an.

»Da drüben starrt dich ein Mann an.«

Rosie lehnte den Kopf an das Geländer. »Lass gut sein, Martin.«

»Ist das ein Ex oder so was?«

»Dreh dich einfach weg. Bitte.«

Martin drehte sich weg. »Will er dir Angst machen?«

In diesem Moment öffneten sich die Türen der Krippe und Joseph und die anderen Kinder strömten heraus, vor ihnen eine zielstrebige Erzieherin, die die Kette vom Tor nahm und jedes Elternteil überprüfte, als sie herankamen, um sie abzuholen. Rosie schob sich in das Gedränge am Tor, hob Joseph hoch und trug ihn ohne ein Wort davon.

Martin folgte ihr, holte sie am Gartentor ein. »Rosie?«

Sie sah sich um, als hätte sie vergessen, dass er da war.

»Kann ich dir helfen?«

Sie keuchte von der Anstrengung, Joe zu tragen. »Nein.« Aber als sie in ihrer Tasche nach dem Schlüssel angelte, rutschte ihr das Kind von der Hüfte, mit baumelndem Bein, seine Arme zogen sie am Hals nach vorn. Martin griff zu und nahm ihn ihr ab, und Joe blickte auf.

Als er sah, dass es Martin war, entfuhr ihm ein leises »Du!«.

»Hey, Kurzer«, sagte Martin. Er mochte die Gesellschaft von Kindern nicht. Er hatte das Gefühl, sie könnten direkt durch ihn durchsehen.

»Ich bin nicht kurz.« Joe runzelte die Stirn. Er drückte sich nach unten und stellte sich zu seiner Mutter, die das Tor öffnete. »Mein Grandpa ist gestorben und jetzt bist du hier. Du hast mich überall mit Blut vollgeschmiert.«

Unwillkürlich streckte Rosie die Hand aus und gab ihm einen Klaps auf den Hinterkopf. »Benimm dich. Das war nicht er, der das gemacht hat.«

Martin kannte nicht viele Kinder, er konnte die Erwachsenenstimme nicht hören, die durch ihn floss. Er fand Joe ein bisschen uncharmant und seltsam.

Eine ältere, glamourösere Version von Rosie wartete in der Diele. »Hallo, Kumpel.« Joe rannte zu ihr, steckte die Nase in ihre Leistenbeuge wie ein Hund. Dann ließ er seinen Mantel in der Diele fallen und rannte in die Küche. Die Frau sah auf. »Wer sind Sie?«

»Mum, das ist Martin, der Typ, der sich in der Post um Joe gekümmert hat. Vor der Krippe hat ein Kerl mich finster angestarrt.«

Ängstlich schaute die Frau auf die Straße hinaus und flüsterte: »Ist er euch gefolgt?«

Rosie war rot, den Tränen nahe, und schüttelte den Kopf. »Musste er nicht.«

»Geh draußen eine rauchen, Schatz. Ich schaue nach dem Kleinen.«

Diesmal setzten sie sich auf die Stufe, und Rosie rauchte, den Mantel eng um sich gezogen und die Knie am Kinn.

»Wer war das?«

Sie wollte es ihm nicht sagen, oder sie wollte es nicht laut aussprechen, eins von beidem, er wusste es nicht.

»Weißt du, ich kann problemlos eine Privatschule für ihn bezahlen. Die Academy ist gleich da unten ...«

Sie ließ eine Pause entstehen und sagte gedankenlos: »Mein Dad hat diese Scheiß-Schule gehasst.« Sie setzte sich auf. »Hat immer aufs Tor gespuckt. Peinlich.«

Er wusste nicht recht, ob sie damit meinte, dass sie sie auch hasste. »Willst du sie dir mal ansehen?«

Rosie rauchte und ließ noch eine lange Pause entstehen. Dann fing sie an zu weinen, oder zumindest dachte er, dass sie weinte, bis sie aufblickte und er sah, dass sie lachte. »Könnten wir. Wir könnten sie uns mal ansehen.«

»Klar«, sagte er ein bisschen verwirrt. »Wir können sie uns ansehen.

Sie lachte wieder, aber dann zog sie an ihrer Zigarette, und ihre Stimmung änderte sich komplett. Sie fing an zu weinen, atmete zu den Hügeln aus, beobachtete den Wind, wie er das Gras silbern, dann schwarz wiegte. Als sie sprach, klang ihre Stimme anders, tiefer, kam aus ihrem Bauch. »Die haben keine Ahnung, was in dieser Stadt los ist. Wie tief es geht.«

»Wer?«

»Die Polizei.«

»Wie tief was geht?«

»Die Korruption. Wie tief sie geht. Dieser Kerl gestern. Er ist nur die Spitze. Die Stadt ist verseucht davon. Der Typ vor der Krippe? Der will mir damit sagen, dass Joseph der Nächste ist, wenn wir was machen.«

Martin hatte plötzlich das Gefühl, völlig überfordert zu sein. Dieses Gefühl hatte er schon oft gehabt, und er wusste, was zu tun war. Er stand auf und klopfte sich die Rückseite ab. »Okay, dann gehe ich jetzt.«

Rosie schaute zu ihm hoch. »Könnten wir uns morgen die Schule ansehen?«

Martin zuckte die Achseln, zog den Reißverschluss seines Pullis zu und die Mütze hoch. Das würde einer von den Fällen werden, die sich durch und durch falsch anfühlten. Eine ungebetene Einmischung, die sich für keinen von ihnen auszahlen würde, und am Ende blieb nichts als ihre Verbitterung und sein Schuldgefühl.

»Klar«, sagte er. »Ich ruf da an.«

20

Tamsin Leonard fing Morrow kleinlaut im Korridor ab. »George MacLish ist oben, Ma'am. Raum drei.«

»Okay.« Morrow wusste, dass Leonard sich draußen in der Dienststelle verkrochen hatte, und konnte an ihrem Verhalten ablesen, dass sie noch nichts von der Benny-Mullen-Verhaftung gehört hatte.

»Außerdem«, Leonard ließ den Kopf hängen, »hat Gobby ein Foto geschickt bekommen.«

Morrow blieb stehen. »Was ist drauf?«

Leonard schüttelte den Kopf. »Sein Handy ist ziemlich alt, wir bekommen das Foto nicht auf.«

»Ich bin erstaunt, dass er überhaupt ein Handy hat.« Gobby sprach selten, wenn überhaupt je.

Leonard grinste kläglich. »Er sagt, seine Frau hat es ihm geschenkt, damit sie anrufen und ihn fragen kann, was er zum Tee haben möchte. Er hat drei Nummern drauf.«

Morrow ging an ihr vorbei zu McKechnies Tür. »Halten Sie sich verfügbar, Leonard.«

»Ja, Ma'am.«

Sie klopfte kurz.

»Herein!«

Morrow öffnete die Tür und stand vor einer kuscheligen Runde: Zwei sehr ranghohe Beamte saßen bei McKechnie – sein Chef und der Chef seines Chefs –, alle duzten sich und spielten Golf miteinander, und alle waren entzückt, sie zu sehen.

Sie schloss die Tür und setzte ein strahlendes Lächeln auf.

McKechnie erhob sich, um sie zu begrüßen. Sie merkte, dass er sie am liebsten umarmt hätte. »Alex«, sagte er mit offen ausgestreckten Händen und wiegte ehrfürchtig den Kopf. »Meine Güte. Benny Mullen. *Gut gemacht.*«

Sie nickte bescheiden. »Die Hälfte ist Glück, Sir, das wissen Sie.«

McKechnies Boss stand auf und bot Alex seinen Stuhl an, während McKechnie sagte: »Und der Rest sind vier Monate mustergültige Polizeiarbeit. Sehr, sehr gut gemacht.«

Sie setzte sich. McKechnie konnte nicht aufhören, sich die Lippen zu lecken, als sie durchsprachen, was Mullen zur Last gelegt werden würde, wo sie ihn zum Verhör festhalten wollten. Dafür brauchte man sie hier eigentlich nicht, aber sie musste eine Pause abwarten, bevor sie sagte: »Sir, auf mich wartet oben ein anderer Fall.«

»Klar.« McKechnie hob die Hand. »Okay. Die PSU kommt morgen und durchkämmt die Abteilung. Wir wollen nicht, dass die Anklage scheitert, weil jemand ein Eis am Stiel umsonst bekommen hat. Sind Sie bereit dafür?«

»Sind wir, Sir. Die PSU sollte wissen, dass wir schon einen Durchsuchungsbeschluss für George Wilders Haus beantragt haben. Wir geben es an sie weiter. Er ist noch oben.«

»Auf Tamsin Leonard erweitern Sie den am besten auch noch.«

Morrow spürte, wie sich ihr Magen zusammenzog. Sie hatten es auf Leonard abgesehen. Sie würden die ganze Abteilung von oben bis unten säubern, auf die Art sparten sie sich Entlassungen; wenn es sein musste, würden sie ihren Namen in den Dreck ziehen, und das alles, um sich Benny Mullens Verhaftung auf die Fahne schreiben zu können. Sie hatte sich geirrt, als sie sagte, sie sei bereit für die interne Ermittlung. Sie war es nicht.

»Leonard wurde bereits befragt, aber sie hat uns ihren Hausschlüssel gegeben und wir schauen dort nach. Außerdem«, sagte sie, »kennt derjenige, der die Bestechungsversuche unternimmt, die Handynummern von mehreren Officers. Auf jeden Fall die von Tamsin Leonard und George Wilder. Wie ich eben hörte, wurde auch Gobby auf seinem Handy kontaktiert.«

McKechnie kapierte nicht, wie bedeutsam das war.

»Handys sind nicht wie Festnetztelefone. Es gibt kein Zentralregister«, erklärte sie. »Wir wissen noch nicht, wo sie die Nummern herhaben, aber das deutet auf irgendeinen Zugang zu Interna, möglicherweise zu unseren Akten.«

»Ich verstehe.« Was er ganz offensichtlich nicht tat. »Ich gebe das weiter. Also gut, lassen Sie sich von uns nicht aufhalten.«

Nach einer Runde Händeschütteln und breitem Grinsen schloss sie die Tür hinter sich und trat wieder hinaus in die Welt von George MacLish und Francesca Costello. Sie war weniger moralisch kompromittierend als die in McKechnies Büro.

Zurück in ihrem Zimmer schloss sie sorgfältig die Tür und rief zu Hause an.

»Hallo?« Brian keuchte, er war gerannt, um dem Anrufbeantworter zuvorzukommen.

»Alles klar bei euch?«

»Ja.« Sie hörte ihn lächeln und ertappte sich, wie sie zurücklächelte. »Alles gut«, sagte Brian. »Zwei volle Windeln, hundertfünfzig Milliliter Milch *pro Nase*.«

»Hui, das ist gut. Kam was wieder hoch?«

»Bei Danny ein kleines bisschen beim Bäuerchen, aber bei Thomas kann man zuschauen, wie er zunimmt.«

»Du musst müde sein, Liebster.«

»Bin ich.«

»Ich hab dich heute Morgen angeschaut und dein Gesicht war an den Seiten ganz schlaff. Wir werden alt.«

»Aye.« Sie grinsten durchs Telefon und flüsterten miteinander, als lägen sie nebeneinander im Bett.

»Wir haben hier einen großen Durchbruch. Vielleicht krieg ich Weihnachten frei.«

Brian wusste, dass er sich darauf nicht verlassen sollte, aber er sagte »wie schön« zu der Möglichkeit. »*Großer* Durchbruch?«

»Riesig.« Sie konnte am Telefon nichts sagen, und er fragte nicht.

»Weihnachten frei? Wär schön.«

»Ja.« Morrow hatte das Gefühl, ins Telefon zu schmelzen. »Ciao«.

»Ciao.«

Sie machte sich an die Berichte auf ihrem Schreibtisch, eine langweilige Arbeit nach der Aufregung des Tages. Es waren die üblichen trostlosen Sackgassen, die jede Untersuchung mit sich brachte: keine Spur bei der Waffe, keine Spur bei den Patronenhülsen, keine verwertbaren Fußabdrücke, keine Verbindung zu dem ausgebrannten Auto vor dem Haus der Lyons' – laut Bericht war es eine Teenager-Spritztour gewesen, und die Nachbarn waren dazu erneut befragt worden und hatten es alle bestätigt. Sie hatten gesehen, wie das Auto abgeschleppt wurde.

Leonard klopfte und kam herein, sie sah etwas ängstlich drein. »Ma'am? MacLishs Anwalt will wissen, wie lange noch.«

»Wer ist der Anwalt?«

»Keiner, den ich kenne.«

»Okay.« Morrow schob ihren Stuhl zurück.

Leonard sah nervös aus, blinzelte hektisch. »Ma'am, warum wird George weiterhin festgehalten und ich nicht?«

»Das geht Sie nichts an. Man wird Ihr Haus durchsuchen, verstehen Sie das?«

Leonard nickte.

»Kein Zentimeter wird ausgelassen. *Klar?*«

Sie nickte wieder energisch. Da wusste Morrow, dass Leonard nichts zu verbergen hatte, und tat etwas Unbesonnenes. »Sie kommen mit mir nach oben.«

»Zur Befragung?«

»Wir sprechen mit MacLish.«

Leonard sah erschrocken aus. »Ist das eine gute Idee?«

Morrow war sich da selbst nicht ganz sicher. Aber sie wusste, man würde nicht wollen, dass ein großer Fall an einem Formfehler scheiterte, nämlich Zweifeln an der Seriosität von Leonards Mitarbeit. Die PSU würde zu Leonards Gunsten entscheiden, wenn sie so gute Gründe dafür hatte. »Tun Sie, was man Ihnen sagt.«

Sie suchte ihre Papiere zusammen und Leonard zockelte hinter ihr her, rauf in den Überwachungsraum, wo sie auf dem Monitor in Raum zwei schauen konnten. Beide waren sich bewusst, dass Raum drei immer noch abgeschaltet war, dass Wilder da drin saß und sich die Eier abschwitzte.

MacLish war groß, dünn und drahtig. Er trug ein blaues T-Shirt mit geflocktem »Superdry JPN«-Logo in Gelb vorne drauf. Seine Arme waren so muskulös, dass er aussah, als würde er posen oder sei dehydriert, und er starrte stur geradeaus ins Leere, ein Soldat auf dem Exerzierplatz. Morrow dachte sich, es war vermutlich ziemlich leicht, dünn zu bleiben, wenn man so viel Gefängnisfraß bekommen hatte wie er.

Sein Kopf war rasiert, aber selbst auf dem körnigen Monitor war seine Pigmentierung deutlich zu erkennen: Seine Wimpern und Augenbrauen waren hell rotblond, fast weiß, sehr charakteristisch, sehr schottisch, und seine Haut so blass, dass sie bläulich zu schimmern schien.

Wie zur Ablenkung sah sein Anwalt blendend aus wie ein Katalogmodel, zerzauste schwarze Haare, ein längliches Gesicht. Er trug einen marineblauen Anzug, zu schick für diese

Befragung. Vielleicht wollte er noch woandershin. Morrow sah zu, wie er einen Kuli aus der Innentasche zog und klickte, um etwas in eines der Formulare einzutragen. Aus irgendeinem Grund nervte das George MacLish, und er starrte den Anwalt an, bis der den Blick erwiderte, zusammenzuckte und den Kuli wegsteckte. Man musste schon ein besonderer Irrer sein, um den eigenen Anwalt einzuschüchtern. Das würde ein Hahnenkampf werden.

»Deshalb brauche ich Sie da drin«, sagte Morrow leise. »Sehen Sie das?«

Tamsin Leonard hauchte fast unhörbar: »Danke.«

»Machen Sie einfach Ihre Arbeit, Leonard.« Morrow klang grob und meinte es auch so.

Sie öffneten die Tür und traten ein, setzten sich George MacLish und seinem hübschen Anwalt gegenüber; Morrow an der Innenseite, Leonard an der Außenseite. Zu Morrows Freude erwischte es MacLish sichtlich auf dem falschen Fuß, von zwei Polizistinnen verhört zu werden, sein Blick schnellte zwischen ihnen hin und her, registrierte Morrows matronenhaften Busen und Leonards kompletten Mangel an sexueller Projektionsfläche. Kein Freund von Frauen, schätzte Morrow.

Leonard legte die Kassetten ins Aufnahmegerät und schaltete es ein. Morrow wartete, bis sie aufzeichneten, bevor sie Georgie MacLish seine Rechte erklärte, ihm mitteilte, dass er gefilmt wurde und dass sie gern seinen Aufenthaltsort am Dienstag, den einundzwanzigsten Dezember um zwölf Uhr wissen wollten.

MacLish sah seinen Anwalt fragend an.

Der Anwalt setzte sich aufrecht, schaute beiden Officers in die Augen und sagte: »Hallo. Ich glaube, wir haben uns noch nicht kennengelernt.« Seine Stimme klang schroff, der Edinburgh-Akzent sorgte für ungewohnte Intonation. »Ich bin Henry Donaldson. Ich vertrete Mr. MacLish, und er möchte gern, dass ich in seinem Namen eine Stellungnahme verlese. Okay?«

Morrow nickte.

Donaldson wandte sich einem hastig beschriebenen Blatt Papier zu, mit durchgestrichenen Wörtern, die Schrift so unleserlich, dass sich kaum sagen ließ, ob es Handschrift oder Steno war.

»Mein Mandant Mr. MacLish möchte folgendes Geständnis ablegen: Am Dienstag, den einundzwanzigsten Dezember, betrat er gegen Mittag die Postfiliale an der Adresse Great Western Road 189 mit dem Vorsatz, das Bargeld besagter Postfiliale zu rauben. Er trug eine AK-47-Pistole bei sich. Er raubte die Postfiliale aus, und im Verlauf dieses Raubüberfalls wurde ein Mann ermordet, als Mr. MacLishs Waffe versehentlich losging. Er hatte nicht die Absicht, jemanden umzubringen. Er ist sich bewusst, dass er, weil er die Waffe mit scharfer Munition bei sich trug, für den Tod des Gentleman verantwortlich gemacht werden wird, der dort starb, aber er möchte zu Protokoll geben, dass er nicht mit dem ausdrücklichen Vorsatz hinging, jemanden zu töten. Er wollte nur das Geld.«

Donaldson blickte auf und trug seine letzte Zeile vor wie eine Weihnachtsbotschaft: »Und er hat mich in Kenntnis gesetzt, dass er die feste Absicht hat, sich vor Gericht schuldig zu bekennen.«

»Ach ja?« Morrow fragte MacLish, aber Donaldson antwortete für ihn.

»Ja.«

»Mr. MacLish«, sagte sie, beugte sich über den Tisch zu ihm vor und begegnete seinem wutlodernden Blick. »Ich habe ein bisschen in Ihrer Akte gelesen.«

Darauf grinste er höhnisch und leckte sich den Mundwinkel. Er war mit vierzehn von seiner Mutter aus dem Haus geworfen worden. Von den elf Jahren zwischen damals und heute hatte er zweidreiviertel Jahre außerhalb des Gefängnisses verbracht. Er wohnte in Greenock und war ein bekanntes Mitglied der wilden McGregors – ein Clan, der berühmt war für Wucher, Hehlerei und alle stümperhaften Drogentransaktionen in den malerischen Dörfern und Städtchen an der Westküste.

»Nicht gerade eine schöne Geschichte, was?«

MacLish zuckte mit einer knochigen Schulter und grinste sie wieder höhnisch an.

»Also worum geht es hier? Wollen Sie einfach nur Weihnachten nach Hause?«

Ihm gefiel die Unterstellung nicht, das Gefängnis sei sein Zuhause. »Ich kann woandershin«, sagte er.

»Wohin zum Beispiel?«

»Hä?« Er verstand sie gut, spielte nur auf Zeit. Sie ließ ihn damit sitzen, bis er einknickte und schrie: »ICH HAB EIN HAUS, VERDAMMT!«

Morrow schaute in ihre Notizen. »Kyleburn Terrace?«

»Aye.«

»Ist es hübsch da?« Sie hatte kurz recherchiert. Kyleburn Terrace war Messerstecher City.

MacLish sah sie aus halb geschlossenen Augen an, den Mund zu einem starren, drohenden Lächeln verzogen.

Sie änderte ihren Ton. »Woher hatten Sie die Waffe?«

Er lehnte sich zurück. »Gefunden.«

»Ach, wirklich? Wo?«

»Weiß ich nicht mehr.«

»Sehr vergesslich. Oder passiert Ihnen das öfter, dass Sie Waffen finden?«

Er antwortete nicht.

»Als Sie sie gefunden haben, war sie da in einer Tasche oder so was?«

»Kann mich nicht erinnern.«

»Vielleicht war sie in einer Kiste, unter einem Auto?«

»Kann mich nicht erinnern.«

»Vielleicht war sie in einer Tüte an einer Bushaltestelle?«

»Kann mich nicht erinnern.«

»Auf einer Party –«

»Ich denke«, unterbrach Donaldson, »wir haben geklärt, dass sich Mr. MacLish nicht daran erinnert, woher er die Waffe hatte.« Er meinte es nur freundlich und zog hoffnungsvoll ganz leicht die Augenbrauen hoch. Er wollte ein unblutiges Routineverhör mit einer Tasse Tee am Ende. Sein Mandant bekannte sich schuldig. Sie konnten nach Hause gehen und über Weihnachten alles vergessen. Ganz plötzlich wurde ihr klar, dass Donaldson auf dem Weg zu einer Party war.

»Ich möchte Sie daran erinnern, dass ein alter Mann vor den Augen seines vierjährigen Enkels erschossen wurde.« Morrow wandte sich wieder an MacLish. »Haben Sie vorher schon mal eine Schusswaffe besessen?«

»Weiß nicht mehr.«

»Sie wurden vor acht Jahren mit einer Pistole verhaftet, wissen Sie das noch?«

»Kann mich nicht erinnern.«

»Wissen Sie denn, wie man ›Waffe‹ buchstabiert?«

MacLish knirschte mit den Zähnen, es brachte ihn zur Weißglut, dass sie andeutete, er sei Analphabet.

»Ernsthaft, Mr. MacLish, angesichts Ihrer lückenhaften Schulakte – können Sie lesen und schreiben?«

Er beugte sich vor. »*Wie kommen Sie darauf, dass ich das nicht kann?*«

»Na ja, Sie schreiben offensichtlich schon mal kein Tagebuch.« Sie studierte ihre Notizen und ließ ihn warten. »Brendan Lyons. Was sagt Ihnen dieser Name?«

Er nickte seitlich zu Donaldson hinüber. »Er sagt, das ist der Typ, der gestorben ist.«

»Der Mann, den Sie getötet haben.«

»Wenn Sie das sagen.«

Sie tat, als läse sie aus ihren Notizen ab: »Brendan Lyons, in der Postfiliale mit seinem Enkelsohn, vier Jahre alt, wollte Briefmarken für Weihnachtskarten kaufen. Sie ziehen ihn heraus und erschießen ihn vor dem Kind.«

»Hab ich nich.«

»Oh.« Sie sah Donaldson an. »Ich dachte, Sie bekennen sich schuldig?«

»Er kam selber an, um mir zu helfen, der wollte was von dem Geld. Aber die Waffe ist losgegangen.«

»Er war hinter dem Geld her?«

»Ja.«

»Ich habe mir sein Leben angesehen, er brauchte kein Geld.«

»Jeder brauch' Geld.«

»Wie kam er darauf, dass Sie ihm Geld geben würden? Hatten Sie sich vorher abgesprochen?«

»Nix da.« Aber MacLishs Blick huschte über die Tischplatte.

»Wann haben Sie sich kennengelernt?«

Er sah sie ungerührt an. »Nie gesehn.«

»Nur das eine Mal?«

MacLish sah sie an und sie ihn und er sagte es ihr: Sein Blick irrte auf der Suche nach Einzelheiten von einem ihrer Augen zum anderen, er versuchte herauszufinden, was sie wusste.

»Wer hat Ihnen gesagt, dass der Alarm ausgeschaltet war?«

Ein Aufflackern von Panik.

»Deshalb waren Sie dort, oder? Weil Sie wussten, dass der Alarm nicht ging. Wo haben Sie das gehört?«

Er musste sich etwas ausdenken, und das wusste er. »In einer Bar.«

»Welche Bar?«

»Das Hoops.«

Es war eine Bar der Irischen Republikaner und MacLish hatte Ulster-Loyalisten-Tattoos, im Lauf der Zeit verschwommen, die Farben verblasst. Sie deutete auf seinen Unterarm und eine UVF-Tätowierung. »Sie hängen in Republikanerbars herum und schnappen zufällig Gerede auf, ja? Mutiger Mann. Was glauben Sie, was die Jungs im Knast davon halten, dass Sie den Alten vor den Augen seines kleinen Enkels ermordet haben?«

Donaldson beugte sich leutselig vor. »In welcher Hinsicht ist das relevant?«

»Der Kleine hat weggeguckt.«

»Er hat wieder hingeschaut und gesehen, wie sein Opa durchlöchert wurde.«

Sie sahen einander an. Ein Gefangener, der Kindern wehtat, galt als legitime Zielscheibe für andere Häftlinge. Die meisten Gefangenen hegten eine sentimentale Zuneigung zu Kindern, die fast viktorianisch anmutete.

Aber MacLish schien sich sicher zu fühlen: Er reagierte nur mit einem sorglosen Rollen der Schulter.

»Haben Sie mal gehört, was mit Francesca Costello passiert ist, nachdem ihre Mutter umgebracht wurde?«

Er setzte einen Atemzug aus. »Wer?«

»Francesca Costello.«

»Kenn ich nicht.«

»Sie war vierzehn, als ihre Mum ermordet wurde, drüben in Battlefield.«

Donaldson beugte sich vor. »Wir haben das nicht –«

»Oh, aye.« MacLish wurde plötzlich lebhaft. »Ich hab von der Mutter gehört, aye. Battlefield. Das weiß ich noch.«

»Tja, Francesca kam in Pflege. Ist im St. Margaret's gelandet.«

»Da war ich auch mal.«

»Ich weiß.«

»Wahrscheinlich ist sie inzwischen raus?«, fragte er, als würde dadurch alles besser.

Morrow nickte unverbindlich.

»Was? Sie ist nicht tot.«

»Trotzdem, nicht jeder ist für die Fürsorge gemacht. Manche Leute erholen sich nie ganz davon.«

Sie sah ihn an, dachte an Francesca, wie sie roch und an ihre schmutzigen Bündchen, und ihr Gesicht war eine Maske von Kummer und Abscheu. MacLish las es, und einen Moment lang sah sie, dass er wusste, was er getan hatte, dass er schuld daran war. Dann sah sie, wie die Rollläden herunterfuhren.

»Als Sie Brendan Lyons vorher trafen, waren Sie da allein?«

Er antwortete nicht.

»Wann war das genau?«

»Hab ihn nie getroffen«, sagte er ausdruckslos.

»Er kannte Sie.«

Donaldson lehnte sich zwischen sie. »Ich glaube, wir müssen hier Schluss machen. Ich glaube, ich brauche Instruktionen.«

Es war ein guter Zeitpunkt zum Aufhören, bevor MacLish herausfinden konnte, dass sie nichts wusste.

»Okay.« Sie knallte ihre Akte zu und schaltete das Band aus, nachdem sie noch draufgesprochen hatte, sie würden für eine Toilettenpause unterbrechen. »Wir schalten die Kameras aus und Sie können hier drin reden, ist das akzeptabel?«

MacLish öffnete den Mund, um zu widersprechen, aber Donaldson kam ihm zuvor: »Das ist in Ordnung. Danke.«

Draußen hielt Leonard Morrow im Flur auf. »Ma'am, sind Sie sich wirklich sicher, dass es okay ist, wenn ich mit Ihnen da drin bin?«

»Gehen Sie mir eine Liste seiner gesamten Geschäftspartner raussuchen. Wir treffen uns in einer Viertelstunde wieder hier.«

Leonard zog ab.

Morrow steckte den Kopf in den Überwachungsraum und fand Routher dort vor. »Kleine Verschnaufpause?«

»Nein, Ma'am. McKechnie war hier drin und hat zugeschaut. Er will Sie sprechen.«

McKechnie war allein, hatte einen Stapel Akten auf dem Tisch und schien eine zu lesen.

»Setzen Sie sich.«

Morrow nahm Platz. »George MacLish hat gestanden, Sir.«

»Ich weiß.« Er wirkte nicht sehr erfreut. »Klagen Sie ihn an und schließen Sie das Ganze ab. Wir müssen uns auf die PSU konzentrieren.«

»Er hat den Raub gestanden, Sir, aber es ist nicht nur ein Raub, es ist ein Mord, es verdient –«

»Er hat den Mord gestanden, Morrow, ich habe zugehört.«

»Er hat gesagt, er war's, aber er hat nicht gesagt, warum.«

»Schließen Sie den Fall ab.«

Sie wusste, es war hoffnungslos, aber sie protestierte trotzdem. »Sir, der Fall verdient eine ordentliche Untersuchung.«

»Klagen Sie ihn an.«

Sie sahen sich an. McKechnie hatte schon recht, das wusste sie, aber George MacLish kürzte seine Verhöre mit einem Schuldeingeständnis ab. Jemand hatte ihm gesagt, er solle sich schuldig bekennen. Sie würden nie herausfinden, wer ihm gesagt hatte, dass der Alarm nicht ging, woher er Brendan kannte oder warum er dort war.

McKechnie versuchte zu lächeln. »Man könnte fast meinen, Sie würden sich sträuben, Weihnachten freizunehmen, Alex.«

»Sir, wir können nicht jedes Mal, wenn jemand eine Tasche Geld vor eine Tür legt, ganze Dezernate schließen. Dann können Sie denen auch gleich die Schlüssel zum Gebäude geben. Wir müssen wenigstens eine Schau abziehen.«

McKechnie verstand, was sie sagen wollte. »Okay. Aber morgen früh fangen wir als Allererstes damit an.« Er tippte auf seine Akte. »Ich bin um halb zehn da.«

Morrow stand auf. »Das ist nicht morgen als Allererstes, Sir, das ist zwei Stunden nach dem Schichtwechsel.«

Sie sah ihn an, und aus Gründen, die sie nicht recht erklären konnte, lächelten sie sich zu. »Das sind gute Leute, Sir.«

»Ich habe *zugesehen*.« Er sprach jetzt von Leonard und er war nicht glücklich. »Sie waren in Wilders Haus und haben eine Einkaufstüte voller Geld in seinem Kamin gefunden.«

»Oh, Mist.«

»Ziemlich.«

»Waren sie auch bei Leonard?«

»Dort sind sie im Moment.«

Morrow wagte nicht zu fragen, ob sie etwas gefunden hatten. »Sind sie schon lange da?«

»Halbe Stunde.« Offensichtlich hatten sie noch nichts, denn McKechnie schrie sie nicht an. »Sie sind in diesem Team alle sehr kollegial. Das ist nicht immer nützlich, verstehen Sie das? Sie selbst wurden haarklein überprüft. Das gilt nicht für sie.«

Morrow verstand: Hoffen ist nicht wissen.

»Ja, Sir.« Morrow nickte. »Gute Nacht, Sir.«

»Gute Nacht, Morrow. Guter Tag heute.«

»Ja, Sir.«

Sie machte einen Abstecher zur Einsatzzentrale, suchte nach Leonard und fand sie vor einem Computerbildschirm mit einer Liste von Namen, alle aus Greenock oder Gourock, manche Familiennamen kamen mehrmals vor. In letzter Zeit hatte MacLish mit den McGregors angebandelt, die sich in dem Scheißhaufen da draußen gerade nach oben fraßen.

Morrow beobachtete, wie Leonards Blick über den Bildschirm huschte. Woher wusste sie eigentlich, dass Leonard vertrauenswürdig war? Vielleicht filterte sie die tatsächlichen Geschäftspartner heraus. Womöglich hatte sie das schon. Morrow wusste es einfach nicht.

»Drucken Sie die alle aus und legen Sie sie mir auf den Schreibtisch«, sagte sie.

Als sie sich abwandte, wusste sie, sie würde die Namen selbst heraussuchen und mit Leonards Liste vergleichen müssen. Die Suche nach MacLishs Geschäftspartnern würde zu einer Überprüfung von Leonard werden.

Harris kam zur Tür herein, und sie bat ihn mit einem Nicken in den Flur hinaus. »Hören Sie, ich, äh, hab da ein Problem. Nach Weihnachten haben wir noch eine kleine Tauffeier. Würden Sie vielleicht Pate stehen?« Plötzlich war es ihr peinlich, und sie milderte das Kompliment mit einer Lüge ab. »Ich habe jemanden gefragt, und derjenige hat auch eigentlich ja gesagt, aber jetzt schafft er es nicht und wir brauchen jemanden.«

Harris riss entzückt die Augen auf. »Wäre mir eine Ehre.« Dann kniff er den Mund zusammen. »Ma'am, Sie wissen aber, dass ich Katholik bin?«

»Ja.« Sie wedelte mit der Hand vor ihrem Gesicht. »Es ist, na ja, eigentlich ist es hauptsächlich für Brians Mum.« Noch eine Lüge. »Also ist das Religionsding nicht so … Sie wissen schon. Kommen Sie einfach nicht in einem Celtic-Trikot, das reicht schon.«

Harris schüttelte lächelnd den Kopf. »Ich fühl mich geehrt«, sagte er, und dann schüttelte er ihr die Hand. Sie lächelte und schüttelte mit.

21

Rosie Lyons schmunzelte und zündete sich eine Zigarette an, nahm einen tiefen Zug und blies einen dicken Rauchstrom in die kalte Morgenluft. Sie hatte das alles geplant. Von Anfang an hatte sie Martin manipuliert, ihn ausgetrickst, und jetzt lachte sie auf seine Kosten. Am liebsten hätte er seine Hände um ihren Hals gelegt und die Luft aus ihr herausgequetscht. Er wollte, dass die schrankenlose Ehrlichkeit des Chaos aus der Postfiliale hierherkam und ihr in die Eingeweide schoss.

»Du bist stinkwütend auf mich, oder?«

»Ich finde, du bist ein ganz übles Miststück.«

Da gluckste sie und legte ihm die Hand auf den Arm. »Ach, komm schon« – sie sagte es, als hätten sie diese Posse zusammen geplant – »du hast wirklich 'nen ganz schönen Stock im Arsch.«

»Was soll das heißen?«

»Nimm nicht alles so ernst.«

Die Tür hinter ihnen schwang auf und der Hausmeister kam heraus, die Lippen geschürzt und wütend. »Miss? Bitte machen Sie die Zigarette aus. Auf dem Schulgelände ist das Rauchen verboten.«

Rosie und Martin drehten sich zu ihm um. Hinten in dem hell erleuchteten Schulkorridor stand mit verschränkten Armen zornschnaubend die stellvertretende Akademieleiterin, die Rosie angeschrien hatte, und beobachtete sie. In der Ferne läutete eine Schulglocke, es klang wie der Beginn einer neuen Runde.

Rosie grinste sie an. Es war nicht so, dass Martin die Schule gefiel oder die stellvertretende Schulleiterin, eigentlich hielt er sie für ein Arschloch, aber Rosie hatte ihn benutzt, als gehörte er zu denen, zum Feind, und ihretwegen kann er sich lächerlich vor, obwohl er es nur gut gemeint hatte.

»Machen Sie sie aus, Miss.« Der Hausmeister hatte Angst vor der stellvertretenden Rektorin, und die Angst machte ihn ein bisschen aggressiv.

Ohne die Frau aus den Augen zu lassen, sagte Rosie zu ihm: »Sind Sie in 'ner Gewerkschaft?«

»Machen Sie die Zigarette aus oder verlassen Sie das Gelände, Miss.«

»Treten Sie einer Gewerkschaft bei«, sagte Rosie, »denn es wird noch schlimmer.« Sie nahm einen Zug von ihrer Zigarette und wandte sich ab. »Komm, Martin.«

Sie ließ sich von der Stufe auf den Spielplatz fallen und stapfte in Richtung Tor.

Die Schule war klein und extrem wählerisch, eine neoklassizistische Villa ganz in der Nähe vom Haus der Lyons'. Der Elternparkplatz war wegen des Adventkonzerts halb voll. Sie gingen auf die dicken Autos zu, und Martin sah dieses Feixen in ihrem Gesicht.

»Was sollte das Ganze, verdammt?«, fragte er.

Sie lächelte strahlend. »Das war für meinen Dad.«

»Du hast das für deinen Dad gemacht?«

Sie sah aus, als würde sie gleich weinen, und nickte. »O mein Gott, er hätte das so gefeiert.«

Martin erstaunte die Vorstellung eines Seniors mit der Ambition, sich ins Büro einer überkorrekten stellvertretenden Rektorin zu schmuggeln und die ersten zehn Minuten still dazusitzen, während die Frau die Schule vorstellte und den Ausleseprozess erläuterte, um dann aggressiv eine Erklärung von ihr zu fordern, wie sie die Begriffe »Auslese« und »Lehre« zusammenbringen konnte. Rosie war laut geworden, hatte der Frau jede berufliche Integrität abgesprochen. Sie picke sich nur die Rosinen heraus, sagte Rosie mit erhobener Stimme, und sie solle sich schämen, denn sie zögen Eltern ab, die mit ihren Ressourcen die hiesigen Schulen verbessern könnten, wenn man sie dazu brachte, ihre Kinder dorthin zu schicken.

Die Schimpfkanonade dauerte an, mit viel Fingerzeigen und Anbrüllen seitens Rosie, die sich weit über den Tisch lehnte.

Martin war fassungslos. Er hörte nicht zu, was sie sagte, und für sein Gefühl tat das die Lehrerin auch nicht. Sie saßen beide nur da und warteten darauf, dass Rosie mit ihrer Arschlochnummer aufhörte.

Sie war gerade mitten in einer beredten, altmodischen Beweisführung zum falschen Bewusstsein, da erwachte die stellvertretende Schulleiterin zum Leben und rief den Hausmeister an, damit er kam und sie aus ihrem Büro entfernte.

Jetzt hob Martin die Stimme. »Sie hat nichts von dem gehört, was du gesagt hast, weißt du.«

»Nein, ich weiß.« Rosie grinste immer noch. »Ich wollte es nur aussprechen.«

So gingen sie also jetzt über den Spielplatz, über den Elternparkplatz zum Seitentor. Rosie lächelte vor sich hin und rauchte, und Martin trödelte hinter ihr her.

»Ich habe mich bemüht zu helfen. Du lässt mich dastehen wie ein Vollidiot.«

»Tut mir leid, darum ging es mir nicht.«

»Warum hast du mich mit reingenommen?«

Jetzt blieb Rosie stehen, zog an ihrer Zigarette. »Du denkst, ich wollte dir Ärger einbrocken? Wollte ich nicht. Du hast drauf bestanden, mit reinzukommen, schon vergessen? Im Wartezimmer hab ich gesagt, warte draußen, und du bist mit reingekommen.«

Martin überlegte. Sie hatte ihn gebeten zu warten. Er war sauer, weil er sich fühlte, als hätte sie ihn angeschrien. »Weißt du, was ich da drin wollte?«, fragte er. »Ich habe versucht, Joes

Leben sicherer zu machen, ihn aus dieser Umgebung rauszuholen.«

Sie stupste ihn mit dem Ellbogen am Arm. »Das kannst du nicht, Martin.« Sie deutete auf einen weißen SUV. »Siehst du das Auto da? Eins zu zehn, dass das eine Gangsterkarre ist. Der Range Rover da? Gehört wahrscheinlich einem Drogendealer. Das Auto daneben – sein Anwalt. Joe wäre hier sichtbarer als an der öffentlichen Gesamtschule. Siehst du? Die arbeiten alle am gesellschaftlichen Aufstieg. Diese Lehrerin ist Teil einer Revolution, von der sie keinen Schimmer hat. Keiner weiß, was in dieser Stadt los ist ...« Sie ging weiter, die paar Stufen zur Straße hinunter. »Du kannst das Muster nicht sehen, bis du selbst Teil davon bist. Und wir stecken mittendrin.«

»Tja«, sagte er, als sie beide auf dem Gehweg standen, »was immer ich dir Scheiße noch mal getan habe, es tut mir leid. Offenbar bin ich auch ein Arschloch.«

»Nein, Martin. Du bist ein guter Kerl. Das war nett, du wolltest nett sein.«

Er bemühte sich. Und das kapierte sie einfach nicht – er brachte sich fast um beim Versuch, das Richtige zu tun. Er kannte Leute, die verbrachten ihre Tage mit Schwimmen und verschissenem Yoga, kauften Autos, zockten, gingen segeln und brannten sich aus mit Koks, Sex und Heiraten. Er aber zog in miese Gegenden und ließ sich auf Pack wie sie ein und hörte ihnen zu. Jetzt schrie er sie an: »Ich reiß mir den Arsch auf, um zu helfen!«

»Aber du hilfst gar nicht. Du fühlst dich total scheiße, weil es nichts hilft. Du suchst bloß Lotteriegewinner aus, Martin. Du suchst eine Verbindung zu Leuten. Es ist kein Ersatz, ihnen bloß was zu schenken. Du musst dich selbst investieren, nicht *Kram* schenken. Das da«, sie berührte seinen Unterarm, »diese Punkte, die sind wie dreiunddreißig Mal gegen die Wand rennen.«

Er schaute seinen Arm an. Die Punkte brannten, als wäre er durchtränkt mit Versagen, davon befleckt, als hätte sie gesagt, er sei genauso herrisch und geistlos wie seine Eltern.

Die Wärme ihrer nackten Handfläche an seiner Wange war ein Schock. »Ich weiß, was du willst.« Rosie hakte sich bei ihm unter und zog ihn die Straße entlang.

Und Martin, machtlos, jenseits von wütend, folgte der fetten, qualmenden Rosie in ihren billigen Klamotten die Straße rauf.

22

Harris war abgelenkt auf ihrer Fahrt zu Abbi Cabs. Er konnte nicht aufhören, über Bannerman zu spekulieren, wem war er unterstellt, wer würde die Untersuchung leiten, wie stand der- oder diejenige in der Befehlskette zu ihm?

»Lassen Sie es gut sein«, sagte Morrow.

»Er wird sie mir auf den Hals hetzen, oder? Er hasst mich. Er ist heimtückisch.«

»Sie wissen, warum Bannerman Sie hasst«, erwiderte sie. »Er hat recht damit. Ich würde Sie auch hassen, wenn Sie mir das angetan hätten.«

»Ich will ja bloß nicht, dass sie sich verzetteln – dass sie all diese Ressourcen vergeuden. Ich meine, Scheiße, wenn *Einkaufstüten voll Bargeld* im Umlauf sind, will ich nicht, dass sie von einem Kleinkrieg mit mir abgelenkt werden. Verstehen Sie?« Er sah sie an. »Verstehen Sie das?«

»Ja.« Es war ein bisschen überzogen.

»Er ist *heimtückisch*. Er ist ein heimtückischer Mann.«

Morrow fand Bannerman nicht besonders heimtückisch, und sie hielt überhaupt nichts von Harris' Stimmungswechsel; er dämpfte das warme Nachglühen des Triumphs, dass sie Hugh Boyle und Benny Mullen drangekriegt hatten. Sie hatte beim Briefing heute Morgen ehrlichen Jubel von ihrem Team bekommen, und die Durchsuchung von Leonards Haus hatte diese entlastet. Morrow wollte sich nicht den ganzen Morgen Harris' Nörgelei anhören.

Harris parkte das Auto, zog die Handbremse und schaute durchs Fenster auf das Büro von Abbi Cabs: eine niedrige, freistehende Hütte mit einem schrägen Schieferdach, eins der aus der Zeit gefallenen Gesindehäuser in Anniesland, früher ein Dorf am Stadtrand von Glasgow, das mit einem einzigen viktorianischen Happs verschluckt worden war. Brandneue Luxuswohnungen und der Sportplatz einer Privatschule belagerten Straßen mit Bergarbeiterhäuschen.

Das Abbi Cabs-Häuschen stand allein in einem Meer aus rotem Splitt, die Bahnlinie, die dahinter aufragte, war vermutlich der Grund, warum es billig genug für eine kleine Taxifirma war. Sie sah sofort, dass die Alarmanlage am Gebäude neu war und an jeder Ecke eine Hightech-Überwachungskamera hing.

Harris hüstelte. Es klang schwer nach dem Auftakt zu einer weiteren Bannerman-Arie. Rasch öffnete Morrow ihre Tür, stieg aus und knallte sie mit beredtem Nachdruck zu. Harris stieg langsam aus und sah sie über das Wagendach an.

Sie hob beide Hände. »Scheiße, sein Dad ist der stellvertretende Polizeipräsident. War doch klar, dass er nicht einfach verschwindet. Finden Sie sich damit ab.« Sie zog los.

Harris stand reglos da. Sie war schon fast an der Tür der Taxifirma, ehe sie seine knirschenden Schritte langsam folgen hörte. Sie wartete auf ihn.

»Sie werden schon sehen«, sagte er. »Die PSU-Untersuchung wird sich auf mich konzentrieren.«

Es gab nichts mehr zu sagen. Morrow drückte die Tür auf und trat ein.

Drei orange Plastikstühle in einer Reihe neben einem Couchtisch mit ordentlich drapierten Zeitungen. Ein riesiger Cola-Automat summte in der Ecke. Hoch an der Wand hing ein Fernseher, gleich neben einer weiteren Überwachungskamera, die auf die Tür gerichtet war. An einer mit rotem und goldenem Lametta verzierten Durchreiche erschien ein Männergesicht.

»Wohin soll's gehen?« Donald erkannte Morrow nicht, aber sie ihn.

»Hiya«, sagte sie lächelnd. »Wir haben uns neulich Abend am Southern General gesehen.«

Er runzelte die Stirn. »Natürlich.«

»Ich war bei Rita Lyons, Sie sagten, ich könnte kommen und mit Ihnen reden?«

»Aye.« Er verschwand, das Fenster glitt zu. Sie hörte ein Scharren, in einem rückwärtigen Flur öffnete sich eine Tür. Dann spähte Donald um eine Ecke und bedeutete ihnen, ihm zu folgen.

Harris blieb hinter ihr, als sie um die Ecke gingen, durch eine Stahltür und in ein Büro. Auf einer bescheidenen Funkanlage lag ein offenes Sudoku-Buch aus körnigem grauem Papier mit einem Stift in der Falz.

»Sie mögen diese Rätsel?«, fragte Morrow.

»Aye, trainiert das Hirn, wissen Sie?« Donald winkte sie zu einem Sessel und einem hohen Barhocker und setzte sich wieder auf seinen Stuhl. »Will jemand Kaffee?«

»Nein«, sagte Harris, »wir brauchen nichts, danke.«

Er war immer noch ein bisschen eingeschnappt, aber nicht so, dass Donald es gemerkt hätte. Verärgert über ihn nahm Morrow den Sessel und überließ es ihm, den Hocker zu erklimmen. Sie wartete, bis er sich gesetzt hatte, bevor sie sagte: »Harris, können Sie die Formulare rausholen?«, weshalb er wieder heruntersteigen musste, um das Klemmbrett aus seiner Tasche zu holen. Er kletterte wieder hinauf und nahm Donalds Name, Adresse und Rufnummern auf.

»Also, Donald«, sagte sie, »wir möchten uns nur ein besseres Bild machen, wer Brendan war: Könnten Sie uns erzählen, wie Sie ihn kennengelernt haben?«

»Wie schon gesagt, das ist lange her. Wir waren beide in der GMB, da haben wir uns kennengelernt.«

»Bei einer Gewerkschaftssitzung?«

»In einer Streikpostenkette.« Bei der Erinnerung taute er auf. »Gott, das war vor fast dreißig Jahren, in den Achtzigern, damals gab es reichlich Streikpostenketten, ich weiß nicht mehr, welche es war.«

»Er muss älter als Sie gewesen sein?«

»Oh, aye, noch mal ungefähr zehn Jahre. Dreißig kommt einem sehr alt vor, wenn man zwanzig ist.«

»Aber Sie haben sich gut verstanden?«

»Nein, eigentlich nicht. Ich glaube nicht mal, dass er in den ersten vier oder fünf Jahren, die ich ihn kannte, überhaupt wusste, wer ich war. Bren war so eine Art Star in der Bewegung, er war ein großer Redner, er hat für die Jüngeren Studienkreise organisiert. Hat uns Leselisten gegeben und Diskussionen organisiert, ganz altmodisch, hat uns beigebracht, wie man debattiert. Davon kann ich mir jetzt auch nichts kaufen.«

Morrow lächelte. »Das braucht man wohl nicht groß im Taxigeschäft?«

Donald lächelte betrübt. »Ach, eigentlich ist es in einem Taxi in Glasgow ganz nützlich, gut im Argumentieren zu sein, aber es war eine Möglichkeit, die ganze Wut unter den jungen Kerlen zu kanalisieren, verstehen Sie?« Sein Gesicht umwölkte sich bei der Erinnerung. »Wir waren so wütend. Die Partei war am Kriseln, alles voller Splittergruppen –«

»Sie meinen die kommunistische Partei?«

»Nein. Er war in der CPU, aber ich in der Labour, na ja«, er ruckte mit dem Kopf zur Seite, »ich war bei den *Militants*, aber wir waren alle in der Labour.«

Harris warf ein: »Ihr habt den Laden ganz schön aufgemischt, was?«

»Wir haben versucht, die Labour Party nach links zu ziehen. Ein paar von uns. Andere waren aus anderen Gründen dabei.«

»Manche haben es euch angelastet, dass die Partei unwählbar wurde, richtig?« Harris sah unbehaglich aus. »Hat ja den Tories bei drei Wahlen leichtes Spiel beschert.«

Donald nickte bedächtig. »Sie sind aus einer alten Labour-Familie.«

Harris wurde rot. »Ja, und?«

»Wir haben sie nicht unwählbar gemacht.« Donald schien diese Diskussion schon oft geführt zu haben. Er lehnte sich zurück und verschränkte die Arme, entschleunigte das Ganze. »Selbst wenn wir alle Labour gewählt hätten, wäre das durch die Tory-Mehrheit in England aufgehoben worden.«

Morrow hätte normalerweise keine politische Diskussion mit einem potenziellen Zeugen zugelassen, aber Donald schien es zu genießen. Sie warf ein: »Hätten Sie ein ordentliches Bündnis mit der landesweiten Labour Party geschlossen, dann hätten Sie den Tories was entgegenzusetzen gehabt.«

Grinsend richtete er den Zeigefinger auf sie. »Schon besser. Aber im Anschluss an die Periode der Konsenspolitik rückten alle Parteien nach rechts. Die Tories haben den Kurswechsel eingeleitet und vorgegeben, und die Partei ist nach rechts gedriftet, um nicht den Anschluss zu verpassen.«

»Das ist ein anderes Thema«, sagte sie. »Antworten Sie erst mal auf das erste.« Das brachte Donald zum Lachen, und sie lächelte zurück. »Hat Brendan Ihnen solche Sachen beigebracht?«

»Genau das hat er gemacht. Wenn man eine Rede hielt, gab er einem Hinweise, so was wie: Da musst du eine Pause machen, Dreierwiederholungen, solche Sachen.«

»›Dreierwiederholungen‹?«

»›Bildung, Bildung, Bildung.‹ So was. Schlagwörter benutzen, durch die sich das Publikum als Teil der Bewegung fühlt, stärker als sie einzeln sind. Hochwirksam.«

»Warum hat er die Politik aufgegeben?«

Donald sah ein bisschen traurig aus. »Ach, na ja, Menschen

gehen ihrer Wege. Kleine kommen, Enkel. Das zehrt. Man wird müde, alt, der Respekt von früher fehlt.« Er schaute auf seine Hände, als sich seine Finger kurz umeinander verdrehten und dann auseinanderrutschten.

»Ist etwas passiert, das an Brendan gezehrt hat?«

Unvermittelt hob Donald die Stimme und schaute über ihre Schulter. »Na ja, Rosie wurde schwanger, noch jung und so, und dann, dann ist seine Schwiegermutter krank geworden und es brauchte haufenweise Ärzte und so. Das wächst einem über den Kopf, oder? Zeitintensiv.« Wäre Morrow sein Brendan, sie hätte Donald geraten, ruhig und mit fester Stimme zu sprechen, nicht das Sprachmuster ändern, nicht so viel blinzeln.

»Also ist Brendan nichts Bestimmtes zugestoßen?«

Donald schüttelte mit zusammengekniffenen Lippen den Kopf.

»Aber Sie haben den Kontakt nicht abreißen lassen?«

»Nein, ich hab ihn immer noch getroffen. Ich konnte ihm irgendwann sagen, was er mir bedeutet. Das war eine Ehre, wirklich. Ohne ihn hätte ich diese Firma nicht, ich wäre nicht aufs College gegangen und hätte nie meinen Abschluss in Buchhaltung gemacht. Mein Dad ist gestorben, als ich klein war, deshalb war er wirklich wichtig für mich.«

»Vaterfigur?«

»Vaterfigur.«

»Und Sie kennen Rita?«

»Aye, Rita ruft mich an, wenn sie ein Taxi braucht. Sie weiß, ich komme direkt zu ihr, weil sie's ist.«

Morrow mochte seine Treue, fragte sich aber, ob noch etwas anderes dahintersteckte, vielleicht eine romantische Verbindung. »Kennen Sie Rosie?«

»Ja.« Klare Antwort, kein Ausweichen. »Und Joseph.«

»Hatte Brendan irgendwelche Schulden?«

»Nicht dass ich wüsste.«

»Hatte er irgendwie Umgang mit Kriminellen?«

»Nein, nein, absolut nicht, nein.«

Donald schüttelte den Kopf, rutschte auf seinem Stuhl herum, wandte den Blick ab. Er log sie nicht gern an, das merkte sie, denn als er weitersprach, klang seine Stimme hoch und angespannt. »Es ist ja nicht so, dass Brendan *nichts* getan hat, verstehen Sie?« Die Unehrlichkeit schnürte ihm fast die Kehle zu. »Ich meine, es gibt gewählte Würdenträger, die ohne Bren nicht mal in der Politik wären.«

»Ach?«

»Wie Kenny Gallagher, er war einer von Brens Jungs.«

»Hui«, sagte Morrow. »Der ›Klassenverräter‹-Typ.«

Donald seufzte. »Aye, der Idiot. Er stand Bren früher mal nahe. Bis heute sind neun im Stadtrat, die das Bren verdanken, es gibt Lehrer, Gewerkschaftsfunktionäre, die Bren an den Start gebracht hat. Er hat wirklich was bewirkt, wissen Sie?«

Morrow gab ihm ihre Karte und dankte ihm, ließ ihm noch eine kurze Pause, falls er beschloss, ihr die Wahrheit zu sagen. Er tat es nicht, hatte aber genug Gewissen, um ihren Blick zu meiden.

Sie stand auf und streckte ihm die Hand hin. »Danke, Donald.«

Er schüttelte sie. »Wie gesagt, Sie wissen schon, jederzeit.« An der Tür zum Splittmeer da draußen murmelte er: »Ich komm mir vor, als wäre mein Dad noch mal gestorben, wissen Sie?«

Sie blieb stehen und sah ihn an. »Möchten Sie mir etwas sagen, Donald?«

»Was denn?«

»Was mit Brendan passiert ist, warum er die Politik hingeschmissen hat?«

Donald schüttelte den Kopf, eine Geste, die so klein war, dass es aussah wie ein Schaudern. Sie dachte plötzlich an Ritas

Zigarette, wie sie im Dunkel seines Taxis vor dem Krankenhaus aufleuchtete.

»Ich merke, dass Sie sehr loyal sind«, sagte sie und trat nach draußen. »Aber falls Ihnen etwas einfällt.«

»Klar.«

Sie zeigte auf die Hightech-Kameras auf dem Dach. »Bewahren Sie hier viel Geld auf?«

»Nein, aber das wissen Einbrecher nicht. Das Gebäude wird nicht bewacht. Ich brauch das für die Versicherung.« Er hob die Hand zu einem formellen Winken, zog sich nach drinnen zurück und schloss die Tür hinter sich.

Sie misstraute Donald nicht, sie glaubte an seine Aufrichtigkeit, vor allem, was Brendan Lyons anging, aber sie warf noch einen letzten Blick auf das Gebäude und wusste, dass er bezüglich des Überwachungssystems log. Sie sah, wie sich eine Kamera auf dem Dach in ihre Richtung drehte, als sie ins Auto stieg. Kameras mit Bewegungssensor. Die mussten eine Stange Geld kosten.

Jetzt saß sie wieder im Auto, mit Harris, seiner Laune und seinem Verfolgungswahn.

»Kann ich Sie ein bisschen aufheitern?«, fragte sie. »Wie wär's mit einem kleinen Weihnachtsausflug?«

Harris startete den Motor. »Wohin?«

»Gehen wir Pavel und Kenny Gallagher besuchen.«

Er grinste. »Ehrlich?«

»Pavel zuerst. So viel Zeit haben wir noch, oder?«

Harris fuhr los, dass der Splitt spritzte. Sie schaute zurück und sah, wie sich alle Kameras langsam zu ihnen umdrehten.

23

Kenny Gallagher stand in dem kleinen Raum hinter der Bühne und beobachtete durch einen Einwegspiegel, wie sie hereinkamen. Pete hatte einen Raum gemietet, in den fünfzig Journalisten passten. Selbst für gute Tage war das optimistisch, und dies war kein guter Tag. Ein Kaufhaus in der Stadt inszenierte einen Weihnachtsmann-Auftritt auf einem Dach. Der Stadtrat von Edinburgh hielt eine Pressekonferenz ab, um die explodierenden Kosten des halbfertigen Straßenbahnnetzes zu erklären. Pete sagte ihm, es sei ein PR-Desaster: Kenny hatte darauf bestanden, dass es bei der Presseerklärung ausschließlich um McFall ging, entgegen Petes Rat, der warnte, dass die Fernsehnachrichten in einem halbstündigen Slot nicht zwei kontroverse politische Pressekonferenzen aufgreifen würden; zu ähnlich, zu trocken.

Die STV-Kamerafrau schaltete ihre Scheinwerfer ein, was Gallagher durch den Spiegel blendete und ihn sichtbar machte, fürchtete er. Er zog sich in eine Ecke in den Schatten zurück. Das waren alte Scheinwerfer, blendend hell und auf altmodischen Ständern. Und mächtig warm, er spürte die Hitze jetzt schon. Sie hatten ein neues Beleuchtungsset, das nicht so viel Wärme abgab, er hatte es schon gesehen, aber das hatten sie wahrscheinlich nach Edinburgh gekarrt. Die Hitze dieser Scheinwerfer brachte einen zum Schwitzen, dann sah man so verlogen aus wie Nixon.

Das Wichtige, sagte er sich, war auszusehen, als sagte er die Wahrheit. Er würde den Gerichtsprozess verlieren, aber das hier war seine Saat des Zweifels im Bewusstsein der Öffentlichkeit, und es musste glaubwürdig sein, sie mussten es verinnerlichen können, sich darauf beziehen, wenn er verlor.

Ich bin ein guter Mann. Ich bin ein Einzelner gegen eine gigantische Maschinerie. Ich tue das für die anderen, für Annies Würde, für das Vertrauen, das sie in mich gesetzt haben.

Er sah Peter, er stand an der Tür, begrüßte die ankommenden Journalisten, scherzte mit diesem, zeigte beim Nächsten ernste Sorge, passte seine Tour dem Publikum an, lud sie alle auf die Plätze ganz vorn im Raum ein. Die meisten richteten sich danach, Kenny hatte ihn das schon so oft tun hören, dass er fast Petes Lippen lesen konnte – ich habe Ihnen einen Platz da drüben reserviert, Michael, ja, erste Reihe, nur zu, hier entlang. Das sollte den Raum im Bildausschnitt der Fernsehkamera voll wirken lassen. Mit vielen leeren Plätzen sah eine Stellungnahme unwichtig aus.

Es war beinahe Zeit, und bisher hatten sie drei Unbekannte, eine alte Frau mit einem Notizblock (ein Notizblock!), Paddy Meehan und Buchan, beide mit gezückten Aufnahmegeräten, die Crew von STV mit der puppenhaften Reporterin, die eine Dosis Make-up trug, mit der sie im Fernsehen vollkommen normal aussah, aber im echten Leben wie ein Clown.

Pete schaute auf die Uhr. Ein junger Kerl erschien an der Tür. Kenny hatte ihn noch nie gesehen. Er war sehr jung, trug aber ein hellbraunes Tweed-Jackett, und seine Tasche war eine abgenutzte Schul-Umhängetasche, alt, aber teuer. Ohne Pete anzusehen und ohne seine Einladung, vorne Platz zu nehmen, zu beachten, setzte er sich auf halber Strecke hin, genau in der Mitte zweier leerer Reihen.

Pete behielt ihn im Auge und verließ seinen Platz an der Tür. Er ging rüber zu dem Typ, sprach mit ihm und zeigte auf die vordere Sitzreihe. Der Typ hob freundlich ablehnend die Hand und bestand darauf, zu bleiben, wo er war. Wieder sagte Pete etwas. Sie sahen einander an. Der Typ stand auf, die Nase nur

Zentimeter von Petes entfernt, größer als Pete, gemeiner als Pete. Petes Hand ballte sich unwillkürlich zur Faust, und der Typ grinste spöttisch, rauschte an ihm vorbei und kippte dabei Stühle um. Die ganze erste Reihe drehte sich um, als er den Raum verließ, seine Tasche schwang und noch einen Stuhl umwarf.

Pete wandte sich zu ihnen um, sagte etwas, das sie zum Lachen brachte. Sie drehten sich weg, wieder nach vorn, und da sah Gallagher, wie Meehan und Buchan einen höhnischen, zufriedenen Blick tauschten. Garstig. Das war jetzt wirklich unnötig.

Es war so weit. Pete schloss die Tür und ging durch den Mittelgang nach vorn. Kenny beobachtete durch den Spiegel, wie er auf ihn zukam. Er gestand es sich ein: Er hatte den Verdacht, dass Pete die Pressekonferenz scheitern sehen wollte, dass Pete sich nach einem neuen Job umsah.

Pete öffnete die Tür, und das weiße Fernsehlicht platzte in den halbdunklen Raum.

»Es geht los«, sagte er und schloss sie hinter sich.

»Wer war das, den du rausgeschickt hast?«

»Journalist vom *Globe* unten im Süden. War zum Stören hier. Er hatte auch Instruktionen, sollte sich in eine leere Reihe setzen. Offenbar der Praktikant. Anfänger genug, dass er seine Frage ausgeschrieben dabeihatte – ›Derek Geller – woher mit ihm bekannt?‹«

Kennys Herz schlug bis zum Hals. Frauen quer über Betten, über Sofas, zwei Männer, ein Mann, Schwänze, Hände um Titten, Finger in Fotzen, Titten und Fotzen, Finger rein, Finger raus und STV-Scheinwerfer, Buchan und Meehan, ein *Globe*-Journalist, der sich Notizen macht.

Petes Finger vor seinem Gesicht. »Du schwitzt.«

Gallagher wandte sich ab, hob ein Glas Wasser zum Mund und trank trotz Kloß im Hals. Er trank das ganze Glas leer, dann goss er sich noch eins ein und trank es auch halb aus. Jetzt würde er pissen müssen, fast sofort würde er pissen müssen, und es würde ihn von diesen Gedanken ablenken. Er konnte nicht ehrlich aussehen, wenn ihm das im Kopf herumschwirrte.

»Wer ist Derek Geller?«

»Weiß ich nicht.«

»Die haben noch mehr über dich?«

»Die können nicht mehr drucken«, sagte Kenny und riss sich zusammen. »Sobald das zum laufenden Verfahren wird, können sie nichts mehr drucken.«

»Nur 'ne kurzfristige Lösung –«

»Dann verliere ich, und ganz egal, was sie drucken, es wirkt wie Nachtreten.«

Für ihn ergab das als Strategie Sinn, wenn er es laut aussprach. Die Bilder waren aus seinem Kopf verschwunden, und er hatte das dringende Bedürfnis, da rauszugehen, anzufangen, bevor sie wieder zurückkamen.

»Auf geht's«, sagte er, stürmte an Pete vorbei zur Tür hinaus und nahm die drei Stufen zur Rednerbühne mit einem einzigen großen Satz. Er nickte grüßend in die Runde. »Meehan?« Ein Nicken. »Buchan, wie geht es Ihnen heute?«

Buchan war überrumpelt. »Ja … ganz okay.«

Gallagher machte sich Vorwürfe: Er hätte von vornherein freundlich zu Buchan sein sollen. Diese Feindseligkeit war nutzlos. Er blickte lächelnd zu der STV-Crew auf. »Wo möchten Sie mich haben? Auf diesem Stuhl hier? Oder –«

»Wir haben den da für Sie beleuchtet«, sagte die Kamerafrau.

Kenny setzte sich auf den äußersten Platz, zog das Mikro vor den Mund und zupfte sein Jackett zurecht, damit es vorn flach fiel. »Gut so?«

»Yep«, rief die Kamera.

»Glänze ich?«

»Sie sehen gut aus, Kenny.«

Die Fernsehmoderatorin saß in der ersten Reihe, vorn auf der Stuhlkante. Sie war ebenfalls beleuchtet, und obwohl er noch nichts sagte, hatte sie schon ihre Zuhörerpose eingenommen und wurde gefilmt, wahrscheinlich für Wegschnitte.

Pete stieg die Treppe herauf und setzte sich langsam neben ihn, ließ einen Stapel Papiere vor sich auf den Tisch fallen, legte sein iPhone daneben und schaltete es stumm.

»Alles klar, Pete?«, sagte Kenny, als hätten sie sich gerade erst getroffen.

Pete schenkte ihm ein freundliches Lächeln, unecht, aber besser, als Kenny erwartet hätte.

»Okay«, sagte Kenny über ihre Köpfe hinweg, als spräche er zu einem vollen Raum. »Zu Anfang möchte ich mich bei Ihnen allen bedanken, dass Sie hergekommen sind. Ich habe heute eine wichtige Mitteilung zu machen, sie betrifft die Unterstellungen gegen mich seitens des *Globe*, ein Angriff auf mich und meine Familie –«

»Werden Sie sie verklagen, Kenny?« Paddy Meehan richtete ihr Aufnahmegerät auf ihn wie eine Handfeuerwaffe.

Pete zog das Mikro am Ständer zu sich herüber. »Wir haben später noch Zeit für Fragen, Paddy. Lassen Sie den Mann einfach sprechen.«

Kenny fühlte sich schikaniert und er musste pinkeln, aber sein alter Kampfgeist kehrte zurück.

»In der Vergangenheit«, sagte er, »hat man mir vieles vorgeworfen: Ich sei ein Karrierist, ein Quertreiber, ein Faschist, ich hätte der Partei Geld gestohlen, an Orgien teilgenommen, Affären gehabt, Verbrechen unterstützt, mit Drogen gehandelt. Keine dieser Behauptungen entspricht der Wahrheit.« Gallagher wusste, er sah gut aus, traurig, aber verständnisvoll, denn das Publikum fühlte mit, neigte sich leicht auf den Stühlen nach vorn. Für den maximalen Effekt sah er sie an.

»Jetzt, im Vorfeld dieser Wahl, wird mir vorgeworfen, ich hätte eine Affäre und würde meine Spesen zweckentfremden, um meine …«

Das einzige Wort, das ihm einfiel, war Schlampe. Das tauchte ständig in seinem Kopf auf – meine Schlampe, die Schlampe, Schlampe Schlampe.

»*Außereheliche Partnerin.*« Da lächelten sie. Kenny lächelte verlegen zurück und streckte beschwörend die Hand aus. »Es tut mir so leid, ich bin nicht so gut vertraut mit den Ausdrücken für solche Dinge. Wie würden Sie denn jemanden nennen, mit dem Sie eine Affäre haben …«

»Geliebte«, sagte Buchan und blinzelte langsam.

»Ach, natürlich, danke. ›Geliebte.‹ Mir wird jetzt vorgeworfen, meine *Geliebte*«, er nickte Buchan noch einmal dankbar zu, »auf Parlamentskosten nach Inverness mitgenommen zu haben«, er senkte kurz den Blick, überprüfte etwas auf einem Blatt Papier, »und zwar am zehnten Oktober diesen Jahres, an einem Abend, als ich mit dreißig anderen Leuten bei einer Wohltätigkeitsparty war. Wir haben Spenden für ein betreutes Wohnprojekt für Erwachsene mit Lernschwierigkeiten gesammelt, um selbstständiges Leben zu fördern.«

Er schaute wieder kurz nach unten und wechselte die Tonlage: von bekümmert zu zornig. »Das kann so nicht weitergehen. Mir ging es ja bei meinem Engagement immer um Themen, lange bevor ich zum Parteipolitiker wurde. Wie einige von Ihnen vielleicht wissen, kam mein jüngerer Bruder James durch einen alkoholisierten Fahrer ums Leben, das hat mich ursprünglich zur Politik gebracht, und was ich hier vor mir sehe, ist ein Feldzug aus Desinformation, ein Untergraben demokratischer Prozesse. Jemand muss sich diesen multinationalen Organisationen mit ihrem gewaltigen Kapital in den Weg stellen. Ich bin bereit dazu. Und wie schon in früheren Streitfällen muss ich, weil ich nicht lüge, gleich zu Anfang gestehen, dass meine Gewinnchancen sehr gering sind. Aber ich kann einfach nicht zulassen, dass dieses himmelschreiende Unrecht unangefochten durchgeht.« Er blickte auf, nervöses Gesicht, halb flehend. »Mein erster Schritt wird sein, den *Globe* und Globe Media hinsichtlich dieser Vorwürfe wegen übler Nachrede zu verklagen.« Heftige Reaktionen bei allen Anwesenden, und er wusste, seine Entscheidung war richtig gewesen. »Ich trete für die kommende Wahl als Kandidat zurück, um diesen Kampf auszutragen, und wenn ich danach nicht bankrott oder im Gefängnis bin«, er lächelte, sie lachten, »dann hoffe ich, mich danach wieder zur Wahl stellen zu können. Aber ich möchte mich bei meinen Wählern für meinen Rücktritt entschuldigen. Ich hoffe, sie werden verstehen, dass ich sie nicht angemessen vertreten kann, während ich diesen Kampf ausfechte, denn ich habe eine junge Familie.«

Daraufhin schluckte er trocken, erlaubte sich ein Aufflackern von Furcht in seinem Gesicht, wusste, es würde von den Kameras eingefangen. »Gibt es Fragen?«

Drei Hände schossen nach oben. Die Mündung der Kamera schwenkte langsam auf die Moderatorin, die keck und startklar dasaß.

»Jennifer«, übernahm Peter die Moderation und deutete auf sie.

»Unterstützt Ihre Frau Annie Sie in dieser Sache?«

Kenny lächelte warm. »Ja, Jennifer, meine Frau und meine drei wundervollen Kinder unterstützen mich in dieser Sache«, sagte er und vergaß nicht, ihren Text dabei zu wiederholen, denn die Frage wurde bei der Ausstrahlung oft weggeschnitten.

Jennifer lächelte warm zurück. Die Kamera drehte sich wieder, eine leichte Verschiebung zu den anderen in der ersten Reihe. Jennifers Lächeln plumpste in ihren Schoß.

»Paddy Meehan?«

»Jill Bowman war am achten Oktober mit Ihnen in Inverness. Wer hat da ihre Spesen bezahlt?«

»Okay.« Er nickte, als wäre das eine ganz neue Frage. »Richtig: Jill Bowman ist Mitglied des Jugendausschusses. Soweit ich weiß, stammt sie aus einer normalen, anständigen, aber keinesfalls reichen Familie. Die Frage, ob ihre Spesen übernommen werden, hätte sich nie gestellt, wenn sie aus einer reichen Familie käme. Dahinter steckt der Ausschluss von Menschen der Arbeiterklasse vom politischen Prozess.« Er klang eisern, fühlte sich ehrlich gekränkt.

»Hatten Sie eine sexuelle Affäre mit ihr?«, fuhr Meehan fort.

Hier ruderte er, sah verwirrt drein. »Nein. Ich weiß nicht, warum irgendwer glauben sollte … sie ist doch … sie ist sehr jung. Ich fände es schrecklich, wenn es zu einer Hexenjagd gegen sie käme. Ich meine, sie ist …« Er zuckte die Achseln, setzte das bedauernde Gesicht eines enttäuschten Vaters auf. »Sie ist jung.«

»Sie meinen, sie wünscht sich, sie hätte eine Affäre mit Ihnen gehabt, aber es war nicht so?«

»Also gut, Meehan«, sagte Pete, »ich glaube, Sie hatten Ihre Fragezeit.«

Aber Meehan ließ sich nicht so abspeisen. »Nichts für ungut, Kenny, aber das Zimmer müsste schon furchtbar dunkel sein, damit sie Justin Bieber in Ihnen sieht.«

Alles lachte. Die Kamerafrau lachte. Kenny lachte mit und wartete ab, bis sich alle wieder beruhigt hatten, bevor er antwortete. »Wissen Sie, Paddy, soweit ich informiert bin, hat Jill nichts dazu gesagt. Dass sich junge Leute nur so zögernd am politischen Prozess beteiligen, liegt an genau dieser Art von gehaltlosem Klatsch, deshalb wäre es besonders bedauerlich, wenn Jill von einer Industrie zum Opfer gemacht würde, die erwiesenermaßen mit schmutzigen Tricks und rechtswidrigem Vorgehen arbeitet.« Pete fummelte an seinem iPhone herum, das Display leuchtete, lenkte Kenny ab. »Soweit ich weiß, sind für diese Anschuldigungen McFall und der *Globe* verantwortlich, und es ist eine Schande, dass sie eine völlig arglose junge Frau da hineinziehen.«

»Warum verklagen Sie dann nicht McFall?«

»Die haben es gedruckt.«

»Wäre es Ihnen lieb, wenn Jill Bowman mit uns sprechen würde?«

»Dazu kann ich nichts sagen, Paddy.« Pete hätte Meehan stoppen müssen, aber er tippte etwas in sein Handy. »Ich meine, wie gesagt, ich weiß nicht, wo McFall das herhat, ob es von Jill Bowman kommt oder von jemand anderem ...«

»Es ist nicht nur McFall.« Meehans Blick huschte zu Pete, als ob auch sie darauf wartete, dass er ihr Einhalt gebot. »Es gibt noch andere Parteimitglieder im Wahlkreis, die behaupten, Sie hätten eine Affäre mit ihr gehabt. Was sagen Sie ihnen?«

Gallagher schwitzte jetzt, kontrollierte seine Atmung, um nicht die Stimme zu heben. »Nun, die Leute dürfen sagen, was sie möchten. Ich denke, man muss schon noch Beschuldigungen von Mutmaßungen unterscheiden.« Ein Spucketröpfchen segelte von seinem Mund über das Mikro hinweg und fing das Licht ein. »Wir können ihnen ja nicht das Recht zum Mutmaßen verweigern. Das wäre genauso schlimm.«

Pete sah ihn an. Er wirkte leicht fassungslos. Er sah sich im Raum um.

»Ja. Buchan?« Pete war wieder da.

»Fürs Protokoll, Kenny« – eingebildeter Arsch, dieser Gordon Buchan – »Sie sagen also, sie hätten ›keine sexuelle Beziehung mit dieser Frau‹ gehabt?«

Meehan und die Dame mit dem Notizblock lächelten sich zu, die einzigen beiden außer Gallagher, die die Anspielung verstanden.

Kenny lachte traurig und hielt die Hände hoch. »Ich hatte

nie eine Beziehung mit Jill Bowman. Aber, wissen Sie, ich habe auch ihren Namen nicht in die Presse gebracht. Da müssten Sie schon McFall fragen, warum er das für angebracht hielt. Und, äh, Jill ist ein netter junger Mensch, und sie wird jetzt unter enormem Druck stehen, und ich möchte Sie bitten, fair zu ihr zu sein, falls und wenn Sie sie interviewen.«

Die Dame mit dem Notizblock hob die Hand. Pete kannte ihren Namen nicht.

»Ja?«

»Was wünschen Sie sich zu Weihnachten?«

»Frieden«, sagte er, und sie lachten alle gemeinsam.

Pete beendete die Veranstaltung mit Danke und frohe Weihnachten. Dann stand er ungewöhnlich abrupt auf und ging durch die Hintertür raus. Das war ungehobelt. Die Journalisten schauten ihm nach, überrascht und, schlimmer, interessiert.

Um es herunterzuspielen, stand Kenny auf und kam vom Podest. Er schüttelte allen einzeln die Hand, schaute ihnen in die Augen und dankte ihnen fürs Kommen. Er vergaß nicht, Gordon Buchan nach seinem älteren Bruder zu fragen – Pete hatte ihn gebrieft –, bevor er selbst lässig durch die Tür hinausging. Er schloss sie sorgfältig.

»Pete«, er hob die Hände, »was sollte denn der Scheiß?«

Pete hielt das helle Display seines Handys hoch. »Scheiß Derek Geller?« Er hatte jemanden gefragt, der Derek kannte oder etwas über Derek gehört hatte, denn Pete schien plötzlich Bescheid zu wissen. »Derek Geller? Du dreckiger Scheißkerl.«

»Wovon sprichst du?«

»Weißt du, wie viele Vorstrafen dieser Widerling hat?«

Eine SMS. Er hatte während der Pressekonferenz eine Nachricht bekommen, und was immer Pete erfahren hatte, es war schlimm. Aber das ging nur Kenny etwas an, nicht ihn. »Kein Grund, ungehobelt zu werden –«

»*Ungehobelt* ...?« Pete ließ sich gegen die Wand sinken. »*Ungehobelt?*«

Es klang schon ein bisschen tuntig. »Na ja, weißt du, ich meine, ich hab dir gesagt, ich kenne ihn nicht, und –«

»Eine dreiste, nackte Lüge. Du bist seit fünfzehn Jahren mit ihm befreundet. Ihr kennt euch über Brendan Lyons.«

Kenny hob kapitulierend die Hände. »Pete. Ich kenne etliche Leute über –«

Aber Pete schüttelte den Kopf und griff nach seinem Mantel. »Das ist nichts für mich, Mann, ich bin –«

»Du glaubst ihnen?«

Pete stand einen Moment lang still.

»Glaubst du Globe Media mehr als mir, Pete?«

Pete stand ein bisschen wacklig auf und strich sein Jackett über seinem Arm glatt. »Ich bin nicht Annie.«

»Was soll das heißen?«

»Ich bin kein scheiß Naivling.« Er öffnete die Tür zum Flur, hatte es eilig, vor den Journalisten rauszukommen. »Ich kündige«, sagte er, als die Tür hinter ihm zufiel.

Da wusste er es sicher: Pete hatte einen neuen Job.

Kenny drückte sich noch im Schatten herum und spähte durch den Spiegel, versuchte die Stimmung im Raum einzuschätzen, während Journalisten und Fernsehteam zusammenpackten und sich in ihre Mäntel kämpften.

Sie alle lächelten einander an, neigten die Köpfe, zeigten mit dem Daumen nach hinten zu dem Platz, auf dem der *Globe*-Journalist gesessen hatte, machten abfällige Bemerkungen über ihn.

Kenny hatte es hingekriegt.

24

Martin Pavel brauchte lange, um an die Tür zu kommen. Als er sie öffnete, sahen Morrow und Harris auch, warum: Das Haus war so groß, er konnte glatt vierhundert Meter weg gewesen sein, als es klingelte. Hinter der ziemlich prächtigen Haustür erstreckte sich eine Vorhalle von hochherrschaftlichen Ausmaßen. Rote Granitsäulen in der Farbe stark marmorierter Steaks erhoben sich zu der viereinhalb Meter hohen Decke hinauf. Die Türen, die von der Diele abgingen, waren gewaltige griechisch-römische Tempeltüren. Und in dieser Vorhalle stand, direkt aus der Dusche, Martin Pavel mit nassen Haaren in nichts als einer grauen Jogginghose, tätowiert wie ein menschliches Kreuzworträtsel.

»Hallo, Mr. Pavel, erinnern Sie sich an uns? Wir haben uns im Krankenhaus kennengelernt.«

Er blinzelte. »Klar.«

»Können wir reinkommen? Wir würden gern mit Ihnen sprechen.«

Er warf einen Blick hinter sie. »Klar, kommen Sie rein.« Er trat zur Seite. »Kommen Sie, es ist kalt, ich mache die Tür zu.«

Sowohl Morrow als auch Harris zögerten, der Kontrast zwischen seiner äußeren Erscheinung und seiner Umgebung weckte ihr Interesse und machte sie gleichzeitig misstrauisch. Sie wollten nur offene Fragen klären und der Ordnung halber wissen, dass die ULF kein Schützenverein war, den MacLishs Strafverteidiger in der Verhandlung auf den Tisch brachte. Sie hielten sich den Rücken frei.

»Bitte, kommen Sie rein.« Pavel öffnete die Tür noch weiter und ermunterte sie, hindurchzutreten.

Morrow ging voraus und betrat die warme Vorhalle, ihre Absätze knallten auf den viktorianischen Fliesen. Die unerwartete Grandezza des Hauses brachte sie beide dazu, sich seltsam zu bewegen, steif, und verstohlene Blicke in alle Richtungen zu werfen.

»Mr. Pavel, es war nicht ganz leicht für uns, Sie zu fassen zu bekommen. Sie sind nicht als Student an der Glasgow University eingeschrieben.«

»Ich war zu spät dran für die Einschreibung.« Er runzelte die Stirn und bat sie mit der erhobenen Linken durch die Vorhalle. »Mögen Sie mit in die Küche kommen?«

»Danke.«

Pavel nahm ein verwaschenes T-Shirt von einem Stuhl und zog es sich über den Kopf, als sie ihm an einer Freitreppe vorbei folgten, die zu den oberen Stockwerken führte. Die eleganten Geländer waren vom Lack befreit und das Holz gekalkt worden, genau wie sämtliche Türen. Selbst die Möbel wirkten, als frönte der Besitzer einer zurückhaltenderen Einrichtungsästhetik: eine kleine Kommode, die nach *Arts-and-Crafts-Bewegung* aussah, eine blasse Zweiercouch und Porzellanfiguren, Schäfer sowie hie und da Frauen, die die Röcke ihrer Ballkleider schwingen ließen.

Als sie an einer der prächtigen Türen vorbeikamen, bemerkte Morrow, wie auf den Fliesen davor eine leichte Staubwolke aufgewirbelt wurde.

»Wohnen Sie hier allein?«, fragte sie, als sie am Ende der Vorhalle durch einen Korridor gingen.

»Ja. Nur ich.«

Martin führte sie durch einen Dienstbotenflur in eine Küche, die aussah wie am Stück aus einem modernen Haus gehoben und hier wieder abgesetzt. Das Küchenfenster war ein langes Rechteck, die Decke niedrig, von Halogenlampen durchlöchert, die Küchenzeilen cremefarben, der Herd ein zu sauberer AGA-Ofen.

Er bat sie mit geöffneter Hand an einen kleinen runden Kiefernholztisch mit vier Stühlen. »Bitte.«

Eine Kaminkonsole aus Kiefernholz, mit Äpfeln und Blättern beschnitzt, ein Strauß Kunstblumen im Gitter. Auf dem Kaminsims saß ein Gips-Amor, die Knöchel kokett überkreuzt, und hielt ein Vögelchen auf der Handfläche. Morrow setzte sich an den Tisch. Sie fühlte sich gleichzeitig eingeschüchtert und versnobt.

»Orangensaft oder so?«

»Nichts, danke«, sagte Morrow.

Vor dem Fenster sah man in einen weißgetünchten Innenhof mit einem trockenen Springbrunnen in der Mitte und ein paar Bänken. In einer Ecke stand die Betonstatue einer feenhaften Frau in einem langen Kleid, die abwesend auf einen Vogel hinablächelte, der an ihrem Fuß zu picken schien.

Pavel setzte sich ihnen gegenüber, die Hände auf dem Tisch. »Was, äh, kann ich für Sie tun?«

Morrow ertappte sich dabei, wie sie seine Arme und seinen Hals musterte. Er war sehr muskulös und schlank.

»Okay, Mr. Pavel.« Sie holte ihr Notizbuch und einen Stift heraus. »Wie kommt es, dass Sie hier leben?«

Pavel wusste genau, was sie ihn fragen wollte, spielte aber auf Zeit. »In diesem Haus?«

Plötzlich wurde sie ihm gegenüber hart. »Ja. In diesem Haus.«

»Ich habe es gemietet.«

»Sie haben dieses ganze Haus gemietet?«

»Ah ha.«

Ah ha. Ein sehr schottischer Laut. Jetzt ging das wieder los.

»Okay.« Sie fing noch mal an. »Wer sind Sie und woher kommen Sie?«

»Überallher.«

Ausgesprochen mit amerikanischem Näseln.

Sie starrten sich an. Morrow kaute auf ihrer Wange und klopfte mit einem Finger auf den Tisch.

»Martin, wer hat dieses Haus gemietet?«

»Ich.«

»Von jemandem, den Sie kennen?«

»Nein. Die Vermieter sind ein altes Ehepaar. Die Frau hat Krebs, deshalb sind sie zur Behandlung nach Houston geflogen. Es gibt keine Hoffnung, sagt er, aber sie wollen es ›stilgerecht versuchen‹. Irgendwie traurig. Vor allem wenn man Houston kennt.«

»Wie viel kostet es pro Monat?«

Die Erwähnung von Geld schien ihm unangenehm zu sein. »Hm, ich weiß es nicht so genau …« Er zog eine Grimasse.

»*Warum* wissen Sie das nicht genau?«

Er schlug die Augen nieder. »Mein Anwalt bezahlt es. Er hat es ausgesucht.«

Endlich sprach sie mit seinem wahren Ich. »Ihr Anwalt?«

»Ja. Ich, ähm …« Er sah ein bisschen ängstlich drein. »Ich habe, äh, viel Geld geerbt.«

»Okay.« Er schien sich so zu schämen, dass sie das Thema wechseln wollte. »Was glauben Sie, warum ist der Großvater vorgetreten, um dem Bewaffneten zu helfen?«

Martin zuckte die Achseln. »Na ja, er wollte eindeutig von dem Jungen ablenken … oder?« Er suchte in ihren Blicken nach einer anderen möglichen Erklärung. »Ist es das nicht?«

»Wie kommen Sie darauf?«

Martin dachte zurück. »Er sagte ›du‹. Er hat den Mann erkannt, und der kannte ihn. Entweder, äh, Brendan, heißt er so?«

»Ja.«

»Ja, entweder würde Brendan ihn hinterher identifizieren, oder der Typ würde ihn dort umbringen. Also hat er mir Joseph gegeben, damit ich auf ihn aufpasse.«

Morrow schaute auf seinen Hals und las »Beasts«. »Ich will ja nicht unhöflich sein ...«

Er wurde rot und hielt die Hand darüber. »Nein, ich weiß.«

»... aber Sie würde ich mir nicht gerade als Babysitter für meine Kinder aussuchen.«

»Ich weiß.« Als wollte er sich davon distanzieren, hielt er die Hand ziemlich weit weg und deutete auf seinen Hals. »Das bedeutet in anderen Kulturen etwas ganz anderes. Glauben Sie mir, ich bin kein, Sie wissen schon.« Er nickte. »Ehrlich, bin ich nicht.«

»Warum hat er Sie ausgesucht, was meinen Sie?«

»Ich glaube nicht, dass er mich gesehen hat. Ich stand hinter ihm.«

»Okay.« Morrow machte sich Notizen und ließ eine Pause entstehen, um eine andere Richtung einzuschlagen. »Sind Sie an Politik interessiert?«

»Nein.«

»Aber Sie sind Mitglied in diversen politischen Organisationen.«

Er sah von Harris zu ihr und wieder zurück. »Wirklich?«

»FEPA und ULF zum Beispiel.«

»Oh. Das ist nichts Politisches. Die *Unity of Life Foundation* ist meine eigene Stiftung.«

»Was ist eine Stiftung?«

»Das ist eine Möglichkeit zweckgebundener Verwendung von Geld. Wenn Sie es da reinstecken, bekommen Sie es nicht zurück.«

»Spenden Sie das Geld?«

Er nickte ernst. »So schnell ich nur kann.«

»Waren Sie je arm?«

»Nein.«

»Ich schon. Das ist ziemlich scheiße, Martin.«

»Na ja, es dürfte dauern, bis ich da hinkomme.«

»Also sind Sie eigentlich nicht politisch? Und doch scheinen Sie eine Menge über Waffen zu wissen.«

»Warum ist das relevant?«

»Warum wissen Sie so viel darüber?«

Er zuckte die Achseln. »Weiß ich einfach. Hab schon ab und zu geschossen. Sport, Selbstverteidigung.«

»Mit echten Waffen?«

»Klar.« Er lehnte sich zurück. »Das machen viele. Nicht hier, aber sie tun's.«

»Bewahren Sie Waffen im Haus auf?«

»Im Grunde mag ich keine Waffen. Zum Teil bin ich hergekommen, weil es hier keine Waffenkultur gibt. Keine Entführungskultur. In Mexiko könnte ich nicht vor die Tür gehen, könnte in keinen Laden gehen. Das gilt auch für Moskau oder Kiew oder Teile der Staaten. Hier komme ich klar.«

»Ach ja?« Sie klappte ihr Notizbuch zu. »Okay, Martin, ich würd mich gern in Ihrem Haus umsehen.«

Er beugte sich langsam über den Tisch nach vorn, schaute geistesabwesend durchs Fenster. »Warum fragen Sie mich das alles?«, sagte er leise. »Ich bin nur ein Zeuge …«

Morrow nickte. »Ich möchte mich gern umsehen.«

Er sah sie an, plötzlich selbstbeherrscht, fast schon arrogant, und als er sprach, klang sein gedehnter Akzent deutlich nach Ostküsten-Oberklasse: »*Touristin.*«

Dann stand er mit gesenktem Kopf auf und hob die Hand in Richtung Tür.

Die Tour für die Touristen dauerte beinahe zwanzig Minuten, denn das Haus war riesig. Es gab acht Schlafzimmer, alle unberührt, alle bezugsbereit und jedes mit eigenem Bad. Neben fünf Salons für verschiedene Zwecke war das Haus noch mit dem Stallungscottage und dem Dienstbotentrakt verbunden.

Überall gab es Kunstblumen, überall sonderbare Puppen und Amoretten und Bilder von Damen in langen Kleidern, die in Gärten herumschlichen, sich in Ballsälen herumdrückten, alle mit schmalzigen Pinselstrichen in Pastellfarben gemalt. Morrow war klar, dass alles teuer war, ihren Geschmack traf aber kaum etwas davon.

Pavel äußerte sich überrascht über einige der Zimmer. Er schien nur in drei davon zu wohnen: der Küche, seinem Schlafzimmer und dem Bad, das davon abging. Er hatte auch nicht richtig ausgepackt: Als sie ihn fragte, was in der Reisetasche am Fußende seines Bettes sei, sagte er, das sei seine gesamte Kleidung. Sie überlegte sich, dass er vielleicht an Flucht dachte, aber Harris fragte: »Wollen Sie verreisen?«, und Pavel sagte bloß »Nein«, wandte sich ruhig ab und ging wieder in den Flur im ersten Stock hinaus.

Morrow folgte ihm. »Das hier ist abartig groß für jemanden, der in drei Zimmern wohnt.«

»*So* groß ist es auch wieder nicht«, sagte er mit der Hand am Geländer und nahm die erste Stufe.

Morrow ging hinter Pavel her die Treppe runter, schaute auf seinen Hals, auf die makellose Marzipanhaut und flaumige weiße Härchen auf der tiefen Tintenschwärze der Tätowierungen.

»Rosie Lyons sagt, sie hat Sie kennengelernt.«

»Rosie?«

Morrow sah zu, wie sich die winzigen Härchen in seinem Nacken aufstellten. »Sie sagt, Sie sind sie besuchen gekommen.«

Er drehte sich erschrocken auf der Stufe um. »Nein. Bin ich nicht.«

»Sie hat Sie getroffen. Draußen, beim Laufen.«

»Oh.« Er holte Luft. »Oh. Klar, ja. Wir sind uns über den Weg gelaufen. Nur das eine Mal.«

Es war dieser letzte Satz, der ihre Aufmerksamkeit weckte.

Sie beobachtete die gesträubten weißen Härchen in seinem Nacken, sah, wie seine Hand fester das Geländer umklammerte, und hatte so ein komisches Gefühl, dass Martin Pavel etwas quälte und Rosie Lyons ihr sagen konnte, was es war.

»Wir sind spät dran, Ma'am«, sagte Harris, als sie in die Lallans Road einbogen und parkten. »Wir haben vielleicht keine Zeit mehr, Gallagher aufzusuchen.« Er sah ein bisschen enttäuscht aus.

Morrow schaute auf die Uhr. Tatsächlich blieben ihnen noch fünfzig Minuten, um ins Büro zurückzukommen. »Ach, das schaffen wir. Wir fragen die Lyons nur schnell nach Pavel, und dann fahren wir zu ihm.«

Gleichzeitig mit Harris öffnete sie die Tür und stieg aus. Über ihnen ballten sich die Wolken zusammen, es sah nach Regen aus, der Tag wurde dunkler, als sie durch das Tor eilten und auf die Klingel drückten. Das Licht in der Diele war aus. Niemand kam an die Tür. Mit einem Schritt zurück konnte sie sehen, dass oben kein Licht brannte.

Sie legte die Hand an die Glastür. Sie fühlte sich warm an. Die Heizung war an. Sie ging zum Vorderfenster hinüber und stellte fest, dass der Christbaum ausgeschaltet war.

»Vielleicht sind sie zu einem Krippenspiel gegangen oder einkaufen oder so«, spekulierte Harris.

»Die Oma geht nicht viel raus, oder?« Es kam ihr seltsam vor, dass sie nicht da waren, ein bisschen beunruhigend, bis es ihr dämmerte: »Die Weihnachtsfeier in der Krippe!«

Harris schnippte mit den Fingern und zeigte auf sie. »Klar!«

Sie nahmen das Auto, obwohl es weniger als dreihundert Meter waren, weil sie fürchteten, es würde zu regnen anfangen. Das Außentor der Krippe war mit einer Kette gesichert, aber drinnen brannten alle Lichter. Morrow drückte auf den

Summer und fragte, ob heute die Vorführung oder die Feier sei. Die Erzieherin sagte nein.

»Ist Joseph Lyons heute da?«

»Er ist heute Morgen nur für eine halbe Stunde gekommen, dann hat ihn seine Mum wieder abgeholt.«

»War er krank?«

»Sie sagte, es sei ein Notfall in der Familie.«

Nachdem sie aufgelegt hatte, mutmaßte Harris, die Oma könnte krank geworden sein.

»Das wird es sein«, sagte Morrow, weniger überzeugt, als sie klang. »Wir verschwenden sowieso Zeit. Gehen wir Gallagher besuchen und telefonieren unterwegs herum.«

25

Morrow und Harris fuhren über die gewundene Autobahn, die der Kurve des Flusses folgte, zum Hillhead-Wahlkreisbüro. Sie riefen in jeder Notaufnahme der Umgebung der Lyons' an und fanden niemanden mit diesem Namen. Dann fiel ihr ein, dass die Oma nicht Brendans Mutter war, sondern Ritas Mutter, und sie rief im Büro an, bat Leonard, Ritas Mädchennamen zu besorgen, und rief die Krankenhäuser noch einmal an. Auch unter diesem Namen war die Oma nirgends aufgenommen worden.

»Das muss alles nichts heißen«, erinnerte Harris sie auf der Autobahnausfahrt. »Sie könnten immer noch bei einem Krippenspiel sein.«

»Aye«, sagte sie, aber es fühlte sich falsch an.

Als sie in das schmale Sträßchen mit den Lagerhäusern und dem Wahlkreisbüro fuhren, kamen sie an mehr und mehr Plakaten mit Kenny Gallaghers Gesicht vorbei. Gutaussehend für einen Politiker, aber nicht für einen Promi: Gallagher galt als einer der Guten. Was bei Karrierepolitikern selten war, er konnte über sich selbst lachen, machte Scherze über seine privilegierte Herkunft, und die Menschen, die er repräsentierte, schienen ihm wirklich wichtig zu sein. Er kaufte in einem unglamourösen Supermarkt in der Nähe des Bahnhofs ein und man konnte ihn ansprechen und von seinen Sorgen erzählen, und er hörte zu. Das sagten alle über ihn: Er hörte wirklich zu.

Die Plakate fingen die große Narbe auf seiner Wange ein. Die Verletzung hatte er von einem Hilfspolizisten, der zum zweiten Mal auf einer Demo im Einsatz war, dachte Morrow missmutig. Der Mann geriet in Panik, als er die Menge auf sich zuströmen sah, und schlug zu. Wäre die Presse nicht da gewesen, hätte es schlimmstenfalls einen Verweis gegeben. So war der Hilfspolizist nach zwei Jahren auf der Warteliste und zehn Monaten Ausbildung gefeuert worden. Jetzt lief Gallagher jedes Jahr den *Great North Run* und sammelte Geld für COPS, eine Wohltätigkeitsorganisation, die Familien von im Dienst getöteten Polizisten unterstützte.

»Da ist es, da«, sagte Harris. Er war ein bisschen aufgeregt, Morrow auch.

Eigentlich mussten sie nicht hier sein, sie hatten MacLish, aber nichts führte irgendwohin, und ihnen blieb noch eine Stunde, bis die PSU anrückte. Harris' Angst war fast greifbar; sie sah ihn immer wieder zucken, wenn ihm einfiel, was sie nach ihrer Rückkehr erwartete. Was sie sich bestenfalls von dieser Befragung erhoffen konnten, waren Hintergrundinformationen über Brendan Lyons – das hätte jeder Streifenkollege übernehmen können, aber Harris brauchte Aufmunterung, und sie wollten beide Gallagher kennenlernen.

Harris parkte und sah zu dem niedrigen Gebäude mit dem großen Parteischild über der Tür hinüber. »Ah, das *Reset*.«

»O mein Gott, *das* ist das *Reset*?«

»Und ob es das ist. Glasgower Folklore zum Anfassen.«

Gallaghers Parteibüro befand sich in einer berühmten ehemaligen Gangsterbar, damals, als Glasgow boomte. Es war kein Zufall, dass das *Reset* – die britische Straftatbezeichnung für den Handel mit Hehlerware – in der Speicherstadt lag. Der richtige Name der Bar war *Cain's*, und sie blieb die ganze Nacht geöffnet für die Lagerarbeiter mit ihren absonderlichen Schichtplänen. Über Jahrzehnte war das *Reset* der nächtliche Treffpunkt von Gangstern und Hehlern. Sie hielten sich die ganze Nacht an einem Drink fest und warteten auf Einbrecher und langfingrige Lagerarbeiter, die mit geflüsterten Lieferscheinen zu ihnen kamen: Brauchst du 'ne Vierteltonne unraffinierten Zucker? Acht Tonnen Bleibarren oder hundert Ballen Baumwolle? Es gab Gerüchte, der örtliche Zirkus habe seinen Elefanten im *Reset* gekauft, aber vielleicht hatte Cain dieses Gerücht auch selbst in die Welt gesetzt.

»Na, dann mal los.« Sie öffnete ihre Wagentür und war sich bewusst, dass sie ein untypisches Grinsen im Gesicht hatte. Harris stieg aus und lächelte übers Wagendach zurück. »Aber nur kurz.«

»Eigentlich interessiert mich ja vor allem die alte Bar«, sagte Harris und kicherte grundlos. »Weil sich da drin so viel Geschichte abgespielt hat, wissen Sie?« Das war geflunkert: Er war genauso aufgeregt wie sie, jemanden aus dem Fernsehen kennenzulernen.

Sie traten durch die alten Kneipentüren in einen verlassenen Empfangsbereich, der mit marktschreierischen Wahlkampfplakaten und Unterstützungsaufrufen gepflastert war. Die verputzten Wände waren immer noch grau und von den Händen torkelnder Betrunkener verschmiert.

»Wer sind *Sie*?« Eine Frau stand hinter einem hohen Empfangstresen auf. Sie trug eine Jogginghose mit so vollen Taschen, dass sie rautenförmig aussah. Ihr T-Shirt forderte: Macht Armut Geschichte.

»Strathclyde Police.« Morrow hielt ihren Ausweis hoch. »Wir suchen Kenny Gallagher.«

Die Empfangsfrau spie auf Gallaghers Namen hin ein unwilliges Schnalzen aus und stieß mit dem Zeigefinger in Richtung einer Tür gegenüber. »Der Mistkerl ist da drin. Räumt sein Büro.«

Harris kicherte über ihr Ungestüm und folgte ihrem Finger zu der tief in die Wand eingelassenen Tür.

Morrow klopfte. Nach einer Pause fragte von drinnen eine

Männerstimme, wer sie seien. Sie sagten es ihm. Füße schlurften, dann wurde die Tür geöffnet. Gallagher selbst spähte zu ihnen heraus.

Harris und Morrow glotzten nur, beide nicht darauf gefasst, ein so vertrautes Gesicht persönlich vor sich zu haben, doch Gallagher lächelte. »Kann ich Ihnen helfen?«

Morrow hatte sich als Erste wieder im Griff. »Mit Ihnen reden?«

Er sah leicht besorgt aus. »Ähm, bisschen viel zu tun …?«

»Es geht um Brendan Lyons.«

»Was ist mit Bren?«

»Wir sind die Polizei. Brendan Lyons wurde am Dienstag getötet«, hörte Morrow sich murmeln und den Mann unverblümt über eine haarsträubende Tatsache informieren. »Wir … müssen Fragen stellen.«

Die Tür öffnete sich weit, und da stand Kenny Gallagher. »Bren ist *tot*?«

»Ich fürchte, er wurde beim Überfall auf eine Postfiliale getötet. Er war mit seinem Enkel dort. Wir glauben, er hat den Täter vielleicht wiedererkannt.« Es war völlig schräg, in ein dermaßen vertrautes Gesicht mit so viel Vorgeschichte zu schauen. Sie bekam es fast nicht in den Kopf, dass er ein echter Mensch war. »Können wir Ihnen ein paar Fragen über ihn stellen?«

Er schaute an ihnen vorbei, fing misstrauisch den Blick der joggingbehosten Frau am Empfang auf. »Alles klar, Margaret?«

»*Bestens*«, knurrte Margaret. »Nicht dein Verdienst.«

Gallagher lächelte verlegen. »Also, das tut mir leid. Officers, dürfte ich Ihre Ausweise sehen?« Morrow und Harris übergaben sie und er inspizierte sie, ohne sie ins Büro zu lassen. »Bitte verzeihen Sie mir, aber haben Sie eine Nummer, die ich anrufen kann, um Ihre Legitimation zu überprüfen?«

Sie sollten eigentlich gar nicht hier sein, aber Morrow dachte, McKechnie könnte es ausgesprochen reizvoll finden, von Kenny Gallagher angerufen zu werden. Sie kritzelte seine Durchwahl auf ein Stück Papier aus ihrer Tasche und gab es Gallagher.

»Wer ist das?«

»Detective Inspector McKechnie. Er ist unser Chef.«

Gallagher sah wieder zu Margaret hinüber, blickte sich kurz im Vorraum um und schloss die Tür vor ihrer Nase.

Morrow und Harris grinsten sich an.

»Dieser schmierige Mistkerl hat alle sitzenlassen«, sagte Margaret, aber es klang nachgeplappert.

»Ach ja?«, sagte Morrow.

»Er denkt, Sie sind Journalisten, die nur behaupten, sie wären Polizis…tinnen, um in sein Büro zu kommen.«

Harris und Morrow drehten sich gerade wieder zur Tür um, als Gallagher sie weit aufriss. »Ja, kommen Sie rein.«

Sie schlurften in ein Büro voller Kartons und Papierstapel. »Sie packen?«, fragte Morrow.

»Eigentlich habe ich noch nicht richtig angefangen.« Gallagher trat einen leeren Karton unter einen Tisch, damit sie zu einem Holzstuhl durchkam, der durchaus ein Überbleibsel des *Reset* sein konnte.

»Hübscher Raum«, sagte Harris.

Morrow setzte sich und sah zu, wie Gallagher einen baugleichen Stuhl herüberhob, so dass Harris sich neben sie setzen konnte. »Die Bar hier war berühmt«, sagte sie, »Sie wissen schon, dieses Gebäude.«

»Ja, wir haben vom *Cain's* gehört.« Gallagher nahm hinterm Schreibtisch Platz, sie saßen seitlich von ihm nebeneinander, als wären sie Talkshowgäste, die er interviewte. »Berühmte Bar. Früher gab es hier ständig Razzien der Hafenpolizei von Partick.«

Sie wartete darauf, dass Harris etwas sagte, aber er war im Groupiemodus und hörte nicht richtig zu.

»Ach, tatsächlich?«, sagte Morrow.

»Ich glaub, es war schon so was wie eine Räuberhöhle«, raunte er verschwörerisch und ließ den Finger in der Luft kreisen. »Rundherum nichts als Lagerhäuser, Sie wissen ja, wie das früher war.«

»Hmm, aber eigentlich sind wir nicht deswegen hier.«

Er nickte schwer. »Bren Lyons.«

»Ja, Sir, Bren Lyons. Sie kannten ihn, wenn ich recht verstehe?«

»Vor langer Zeit.«

Hinter ihnen flog eine Tür auf, sie drehten sich um und sahen einen großen Mann im Jeanshemd, die langen Haare im Nacken zum Pferdeschwanz gebunden. Als er Morrow und Harris sah, blieb er stehen. »Wer sind Sie beide?«

Morrow sah Gallagher an.

»Entschuldigung«, Gallagher lächelte, »das ist mein Pressereferent Peter McIlroy ...« Sein Lächeln gefror, als Peter McIlroy eintrat.

Hinter ihm stand eine kleine Frau, fast noch ein Mädchen. Sie hatte ein verquollenes Gesicht, schien geweint zu haben. Sie blickte nicht auf. Ihre Haare waren zu einem hohen Pferdeschwanz gebunden, wodurch sie noch jünger aussah, und sie war angezogen, als hätte sie heute mal schulfrei: silberne Bomberjacke und Jeans mit silbernen hochhackigen Stiefeln.

»Wer sind die?« McIlroy zeigte auf sie beide.

»Wir sind DS Alex Morrow und DC Harris von der Strathclyde Police.«

»Pete, ich glaube, ihr solltet gehen.« Gallaghers Wärme schien komplett verpufft.

Aber Pete hatte keine Angst vor ihm und wandte sich weiter an Morrow. »Warum sind Sie hier?«

»Wir möchten mit Mr. Gallagher sprechen. Allein.«

McIlroy sah Gallagher fragend an. Der seufzte. »Brendan Lyons wurde am Dienstag getötet.«

»*Bren?*«

»Erschossen bei einem Überfall auf eine Postfiliale, haben sie gesagt.«

»Kannten Sie Brendan Lyons?«

»Aye.« McIlroy war geschockter, als Gallagher es gewesen war, er stierte den Tränen nah ins Nichts und versuchte es zu verarbeiten. »O Gott ... *Bren* ...? Wie geht es Rita? War Rita bei ihm?«

»Setz dich, Pete.«

Pete plumpste auf einen Stuhl und starrte zu Boden. Das Mädchen stand unsicher in der Tür.

Gallagher schaute zu dem traurigen Mädchen hinüber. »Na, komm einfach rein«, sagte er. »Mach die Tür hinter dir zu.«

Verlegen betrat sie das Büro und schloss die Tür, hielt die Jacke fest um sich geschlossen und nickte Morrow und Harris grüßend zu.

»Das ist, äh, Jill.«

»Hallo«, sagte Harris, der Einzige mit Manieren.

Das Mädchen schniefte ein Hallo und blieb an der Tür, lehnte sich mit den Händen hinterm Rücken an die Wand.

»Wir würden gern etwas über Brendan Lyons erfahren, was für ein Mann er war, in was er vielleicht verwickelt gewesen sein könnte.«

Gallagher prustete ein Auflachen in McIlroys Richtung. »Sie glauben doch nicht ernsthaft, Bren sei in etwas Illegales verwickelt gewesen, oder? Er war der ehrbarste Mensch, dem ich je begegnet bin.«

»Nein, das nicht, aber wir glauben, er kannte den Täter, und wir fragen uns woher.«

»Und wie dicht stehen Sie davor, ihn zu finden?«

Morrow blinzelte, sah defensiv drein, führte ihn auf eine falsche Spur. »Ziemlich dicht«, sagte sie und dachte an George MacLish, wie er in der Arrestzelle saß und die Wand anknurrte.

Gallagher nickte. »Behindert Sie etwas bei Ihrer Arbeit?«

»Wie meinen Sie das?«

»Ich meine, falls ich etwas tun kann, um Ihnen zu helfen.« Er legte den Kopf schief, während er sprach, nickte immer wieder leicht, sah von einem zum anderen. Er sah jetzt sehr gut aus, die Schultern gerade, ganz mit ihrem Problem befasst. Es war wie hypnotisiert werden, merkte sie plötzlich, sein Charisma wirkte wie ein Traktorstrahl. Morrow nickte dankend und fragte sich, ob er das gelernt hatte oder damit geboren worden war. Stirnrunzelnd schaute sie auf ihre Hände, dachte an eine Geschichte, die ein Polizeiarzt mal erzählt hatte, eine alberne Geschichte über einen Psychiater: Immer wenn er einen Gefangenen verließ und zu seinem Auto ging und dachte: »So ein netter Kerl« oder »Vielleicht ist er ja wirklich unschuldig«, war das ein klares Signal, dass er wieder reingehen und einen Psychopathentest machen sollte.

Sie sagte: »Was wir brauchen, ist ein Gefühl dafür, wer Lyons war und mit was für Leuten er in letzter Zeit zu tun hatte, warum er nicht mehr politisch aktiv war. Hatten Sie Kontakt mit ihm?«

»Ähm«, er blinzelte auf den Boden, »nein, ich habe Bren schon ein paar Jahre nicht mehr gesehen, er hat sich eigentlich ganz von der Bewegung zurückgezogen. Als Letztes habe ich gehört, er hätte vor, nach Mallorca zu ziehen. Ist er das nicht?«

»Nein.«

»Na ja, ich habe ihn seit Jahren nicht gesehen. Darf ich fragen, woher Sie meinen Namen haben?«

»Von Donald McGlyn.«

»Donald?«

»Im Zusammenhang damit, dass Brendan bleibenden Einfluss hatte. Ich habe angedeutet, er hätte wohl keine Zugkraft mehr gehabt, da erwähnte er Sie.«

»Oh, ja, ich kann mir gut vorstellen, dass Donald das gegen den Strich ging. Er ist sehr loyal, der gute Donald. Das ist eine großartige Eigenschaft.« Gallagher lehnte sich auf seinem Stuhl zurück und bekam ein bisschen glasige Augen. »Bren war Gewerkschaftsvertreter bei McTashan's, der alten Papierfabrik, ja?«

»Ja, klar.«

»Sie zwangen alle, in Teilzeit zu gehen, bereiteten die Schließung vor, sie sollten in Teilzeit gehen, damit der Sozialplan deutlich niedriger ausfiel. Die Gewerkschaft hat da mitgemacht. Er trat aus und gründete eine eigene Gewerkschaft. Winzig, aber wir haben gestreikt und demonstriert, und wir haben den Streit gewonnen.« Er lächelte Pete mit verschleiertem Blick an, als erinnerte er sich an ihre Hochzeitsreise. »Er war erst drei Monate dort, noch in der Probezeit. Sie haben seinen Vertrag nicht verlängert, er hatte nichts davon, wissen Sie. Er war ein durch und durch ehrbarer Mann.«

»Was haben *Sie* in einer Papierfabrik gearbeitet, nichts für ungut?«

Er schmunzelte. »Kein Problem. Ich hatte gerade meinen Abschluss gemacht. Wusste nicht, was ich tun wollte. Ich ließ mich treiben.«

»Pete, Sie kannten Brendan Lyons auch?«

»Aye. Annie, Kennys Frau, ihre Eltern waren mit Bren in der kommunistischen Partei. Meine Oma auch. Daher hab ich ihn gekannt.«

»War er ein netter Mann?«

Er scharrte mit den Füßen, während er darüber nachdachte. »Nett trifft es nicht. Er war *kerzengerade*. Kein Karrierist wie ich und er.« Er zeigte auf Gallagher. »Bren war ein guter Mann. Aber unbeherrscht. Wurde aus der Partei geworfen, ich wette, das hat Rita Ihnen nicht erzählt, oder?« Er lächelte, vielleicht an sie gerichtet, vielleicht an Kenny, sie konnte seine Augen durch seine Brille nicht richtig sehen.

»Weswegen?«

»Jemand hat ihn einen Lügner genannt, hat gesagt, er hätte

bei Leuten nicht hart genug auf ihrem Mitgliedsbeitrag bestanden. Bren ist ausgerastet und mit den Fäusten auf ihn los.« Er holte tief und durch die Zähne pfeifend Luft. »Ziemlich gründlich, wenn ich mich recht erinnere.«

»Hatte er einen Hang zur Gewalt …?«

»Nein. Nur in seinen jüngeren Tagen, diese Männersachen, Cowboyehre, so was eben.«

»Hey.« Gallagher starrte sie an. »Sie sehen genauso aus wie jemand, den ich kenne …« Er beäugte sie scharf. »Ich kenne Sie. Oh!« Er warf sich theatralisch auf seinem Stuhl zurück. »Oh, sind Sie womöglich verwandt –«

»Danny.«

»Mit Danny?«

»Ja. Er ist mein Halbbruder. Derselbe Vater. Verschiedene Mütter.« Sie presste die Lippen zusammen und nickte, dabei fragte sie sich, woher zur Hölle Glasgows berühmtester Labour-Politiker Danny kannte.

»Sehr verschiedene Mütter, nehme ich an.«

Sie fühlte sich seltsam überlegen. »Ich bin verblüfft, dass Sie ein Bekannter von Danny sind – gehört er zu Ihrer Wählerschaft?«

»Ich bin kein *Bekannter* von Danny. Also nicht in gesellschaftlicher Hinsicht. Wir laufen uns ab und zu über den Weg. Ich habe ihn durch Bren kennengelernt, wussten Sie das?«

»Meinen Danny?«

»Bren hat mich mal zu Danny geschickt, wegen eines Jungen. Danny hat dem Jungen geholfen.«

»Oh.« Noch nie hatte ihr jemand eine erfreuliche Geschichte über Danny erzählt, das war nett. Vielleicht hatte Danny deshalb angedeutet, Brendan hätte mit Kriminellen zu tun gehabt. Vielleicht meinte er sich selbst.

»Tragischerweise ist der Junge ein halbes Jahr später an einer Überdosis gestorben.«

»Oh.« Doch keine so erfreuliche Geschichte. Irgendwie realistischer, dass es ein trauriges Ende gab. »Also, vielen Dank. Wir sollten vielleicht gehen.«

Gallagher stand auf. »Ich hoffe, ich war Ihnen eine kleine Hilfe. Nach den Politgeschichten sollten Sie mal am Flughafen fragen.«

Sie sah ihn an. »Am Flughafen?«

»Die Taxis.« Gallagher sah, dass sie es nicht kapierte. »Wegen der Taxigenossenschaft.«

Sie schüttelte den Kopf.

McIlroy warf ein: »Bren war Anführer der Taxifahrergenossenschaft, bis sie ausgebootet wurden. Wussten Sie das gar nicht?«

»Seine Frau sagte, er sei Busfahrer gewesen.«

»Ja«, sagte McIlroy, »nachdem er aus den Taxis rausgedrängt wurde.«

Morrow merkte, dass sie in dem luftleeren Raum kaum atmen konnte. »Er war Anführer der Genossenschaft?«

Pete McIlroy sah ihr auf eine Art in die Augen, die sie ein bisschen beunruhigend fand, als wüsste er um die Bedeutung dessen, was er ihr erzählte: »Die Taxifahrer haben alle fünfzig Pfund im Jahr in den Pott geworfen, um dem Flughafen das Recht auf die Halteplätze am Taxistand zu bezahlen. Dann wurde der Flughafen von einem Großkonzern übernommen. Die haben den Stand öffentlich ausgeschrieben. Sie bekamen ein gewaltiges Angebot von einem Busunternehmen – zwölfmal so hoch wie das Gebot der Genossenschaft. Der Flughafen hat das Geld kassiert, und Bren war draußen.«

Sie sah Harris an. Sie hätten wissen müssen, dass er Taxifahrer war. An diesem Punkt der Ermittlungen müssten sie doch wenigstens wissen, womit der Mann seinen Lebensunterhalt bestritten hatte. Rita hatte gelogen. Donald McGlyn hatte gelogen. Aber es hätte trotzdem irgendwo mal auftauchen müssen. Harris sah bestürzt aus, er zuckte ganz leicht die Achseln.

Sie räusperte sich. »Und dann ist Bren in Rente gegangen?«
McIlroy zuckte mit den Schultern.

Sie sammelte ihre Notizen ein und steckte den Kuli weg, dann nahm sie ihre Sachen.

Kenny stand auf und brachte sie zur Tür. »Danke, dass Sie gekommen sind«, sagte er unpassend und zerstreut, als wäre er gedanklich schon ganz woanders.

Morrow nickte dem Mädchen zu, das an der Wand stand. »Wiedersehen.«

Das Mädchen blickte nicht auf. Sie wirkte furchtbar jung und sehr traurig. Morrow hatte kein gutes Gefühl dabei, sie dazulassen.

Gallagher sah zu, wie sich die Tür hinter den Polizisten schloss. Er fürchtete sich davor, hochzuschauen, aber er tat es, zuerst zu Jill, die an der Wand stand, als würde sie gleich erschossen. Sie erwiderte den Blick nicht, spürte aber, dass er sie ansah. Ihr Kinn zitterte, und sie fing an zu weinen.

»Ach, Jill«, sagte er mit einer müden Warnung in der Stimme.

Sie hielt sich die Hände vors Gesicht. »Ich will nicht, dass ich das bin«, schluchzte sie gedämpft. »Ich will nicht ... dass das ... *ich* bin.«

Kenny betrachtete sie und überlegte, ob sie selbstmordgefährdet war. Er sah Pete an. Pete hätte sie nicht herbringen dürfen, schon gar nicht vor anderen und nicht ausgerechnet heute. Es war nicht fair, weder ihm noch ihr gegenüber.

»Ich habe Jill hergebracht«, sagte Pete, »weil ich glaube, wir brauchen einen Augenöffner.« Dann ging er zu ihr rüber, nahm sie am Ellbogen und führte sie blind zu einem Stuhl. Jill weinte leise hinter ihren Händen.

»Jill.« Pete sah Kenny an. »Jill, was wirst du vor Gericht aussagen?«

Sie seufzte, lehnte sich zurück, umklammerte die Armlehnen, als wäre sie im Zeugenstand. »Na ja, ich werde nicht lügen.«

»Ich will nicht, dass du lügst«, sagte Kenny.

»Aber du klagst wegen Verleumdung, Kenny.« Pete sprach so laut, dass Kenny ein bisschen Angst hatte, man könnte ihn draußen hören. »Wenn man dir glaubt, macht sie das zur Lügnerin. Und sie ist jung, Kenny, die meisten Leute werden für immer nur das in ihr sehen: eine Lügnerin.«

Jill schluchzte wieder. Eine blonde Haarsträhne fiel über ihre Hand. Sie hatte schönes Haar, dicke, starke Haare und nicht gefärbt, naturblond, oben wie unten. In gutem Licht und mit dem richtigen Gesichtsausdruck war es ein bisschen wie Marilyn Monroe zu ficken.

Pete tätschelte ihren Rücken. »Du kannst jetzt gehen, wenn du willst, Schätzchen.«

Sie blickte hilflos zu Pete auf und er gab ihr den Autoschlüssel. »Na los, setz dich ins Auto, ich komme gleich nach. Ich fahr dich nach Hause.«

Langsam nahm sie den Schlüssel und stand auf, drehte sich, um Kenny anzuschniefen, etwas zu sagen, verkniff es sich aber. Sie schlurfte zur Tür und blieb mit der Hand auf der Klinke noch einmal stehen.

»Jill, das alles tut mir so leid. Es war nie meine Absicht …«

Sie wartete, hoffte vielleicht, dass er noch mehr sagen würde, irgendwas Brauchbares. Kenny fiel nichts ein. Sie ließ den Kopf hängen, öffnete die Tür und ging.

Kenny beobachtete, wie sich die Tür hinter ihr schloss. Vielleicht würde sie auf der Schwelle herumstehen und weinen, vielleicht wurde sie dabei geknipst. Pete machte sich normalerweise die Mühe, an sein Wohlergehen zu denken, und es war kaum zu fassen, dass er es diesmal nicht getan hatte. Er versuchte absichtlich, ihn fertigzumachen.

»Wozu hast du sie hergebracht?«

Pete knurrte: »Das ist dein Werk. Du zerstörst diesem Mädchen das Leben. Und dieser ganze gequirlte Mist mit dem Ausschluss vom politischen Prozess, du machst es doch erst unsicher für solche Mädchen, sich zu beteiligen, weil Arschlöcher wie du sie in die Finger kriegen und ficken. Wer wird noch alles da mit reingezogen? Du glaubst, sie werden nicht alle aufstöbern? Von Derek Geller wissen sie schon. Wer ist überhaupt auf diese bekloppte Scheißidee gekommen?«

»Ich.« Aber das stimmte nicht. In Kennys Kopf legte sich ein Schalter um: Er wusste, es war Annies Idee, aber das würde dumm und leichtfertig und kleinlich klingen, deshalb sagte er noch einmal: »Ich. Es war meine Idee. Die Zeitungen können nicht einfach –«

»Die Zeitungen sind verdammt noch mal IRRELEVANT, Kenny. Wach auf! Die Leute tweeten seit *drei Tagen* darüber. Jetzt ist es wahr.«

Schlagartig wurde Kenny klar, dass Pete recht hatte. Er fühlte sich dumm. Er hatte gar nicht begriffen, worum es ging. Pete schloss mit: »Sei ein Mann und steh dazu, verdammte Scheiße.« Er ging zur Tür und öffnete sie. »Entschuldige dich bei deiner Frau und deinen Kindern und bemüh dich, es nicht noch mal zu tun.«

Er knallte die Tür hinter sich zu.

»Ich kann nicht«, sagte Kenny leise, aber Pete war weg.

26

Morrow hörte mit versteinertem Gesichtsausdruck McKechnies Tirade am Telefon zu. Er beorderte sie beide auf der Stelle ins Dezernat zurück. Die PSU war da, die warteten auf sie, sie war die Vorgesetzte und sie brauchten die Einzelheiten von ihr.

Aber Morrow hatte ihm schon gesagt, sie würde nicht reinkommen, und sie wussten beide, dass sie ihre Meinung nicht ändern würde. »Ich muss die Lyons nach seiner Arbeit fragen, Sir, das ist von erheblichem Belang.«

»Ich habe Ihnen schon drei Stunden Aufschub gegeben.« McKechnie murmelte jetzt ins Telefon; sie hatte das Gefühl, die PSU-Beamten waren in seinem Büro oder in der Nähe und er war besorgt, sie könnten ihn hören. »Sie haben all Ihre Pluspunkte für Mullen schon aufgebraucht, indem Sie Leonard behalten haben. Verstehen Sie das?«

»Ich verstehe, Sir.«

»Sie sind aufgebraucht. Auf Sie könnte hier eine Disziplinarmaßnahme zukommen, verstehen Sie das?«

Er würde sie nicht abstrafen. Das wussten sie beide. Er mochte sie und sie ihn, und sie tat hier nichts Schlimmes oder Unvernünftiges. Im Moment konnten sie sich nur noch immer weiter in ihre Standpunkte verbeißen. Er war ihr Vorgesetzter, aber sie legte kurzerhand auf.

Vor ihnen ballte sich über der Great Western Road eine schwarze Regenwolke über der dreispurigen Fahrbahn zusammen, folgte der Straße und brachte Düsternis und Kälte mit sich.

Harris blieb an der Ampel stehen und blinkte rechts, als Morrows Telefon klingelte. Es war noch mal McKechnie. Sie hielt den Daumen auf den Lautsprecher, drückte auf Annehmen und rubbelte über das Mikrofon, bevor sie wieder auflegte. Dann wartete sie zehn Sekunden und tippte auf Rückruf, damit belegt war und es klang, als versuchte sie McKechnie zurückzurufen.

»Harris, was wissen Sie über die Flughafentaxis?«

Er zuckte die Achseln. »Die wurden von den McGregors aus Greenock übernommen, das klingt also völlig plausibel.«

»Die waschen Geld über die Taxis, Brendan ist Anführer der Genossenschaft, vielleicht schicken sie MacLish los, um jemanden einzuschüchtern, und Brendan kriegt das mit. Sie sehen einander in der Postfiliale wieder … Er müsste schon einen furchtbaren Schreck bekommen haben, dass er ihm bei dem Überfall geholfen hat.«

Harris fuhr ran und parkte in der Straße der Lyons'. Das Haus war dunkel. »Immer noch keiner da«, sagte er.

Regen begann auf die Windschutzscheibe zu prasseln, man sah kaum noch etwas. Sie zögerte unwillkürlich, ihn da rauszuschicken. »Okay, Sie gehen rund ums Haus, schauen, ob Sie was sehen.« Der Fairness halber öffnete sie ihre Tür und stieg selber ebenfalls aus ins Nasse und Kalte.

Harris schlug seinen Kragen hoch, zog die Schultern ein und stapfte zum Tor, dann verschwand er hinter der Hecke. Ihr Handy klingelte wieder.

»Tut mir leid, Sir, ich hab angerufen und bei Ihnen war belegt.«

»Nein, bei *Ihnen* war belegt, Morrow.«

»Hören Sie, Sir, bevor wir den Fall abschließen, müssen wir nicht nur wissen, warum Lyons MacLish geholfen hat, sondern auch, warum wir nicht erfahren haben, dass er Taxifahrer war.«

»Weil Zeugen lügen, Morrow, Rätsel gelöst.«

Der Regen wurde plötzlich noch heftiger, prallte vom Straßenbelag ab, spritzte an ihren Beinen hoch und übertönte McKechnies Stimme. Morrow senkte ihre. »Es hätte irgendwo zur Sprache kommen müssen, dass er Taxi fuhr. MacLish ist mit den McGregors in Greenock verbandelt, daher müssen sie sich gekannt haben, aber dass er Taxifahrer war, hätte uns garantiert irgendein Zeuge gesagt. Jemand hat das unterschlagen, Sir. Sollten wir jemanden im Dezernat haben, der in diesem Fall die Zeugenaussagen manipuliert, dann kann das auch bei anderen Fällen passiert sein. Wir können die betreffende Person drankriegen. Die PSU wird uns dafür lieben.«

Er zögerte. »Wo sind Sie?«

»Vor dem Haus der Lyons'. Sie sind verschwunden.«

»Wer von ihnen?«

»Alle.«

»Seien Sie in einer halben Stunde hier.«

»Ja, Sir.«

Sie legte auf, dachte darüber nach, sich wieder ins Auto zu setzen, raus aus dem Regen, aber das kam ihr doch etwas kaltschnäuzig vor. Sie wägte es ab, dachte daran, dass sie im Büro etwas Trockenes zum Wechseln hatte, als ein Wagen in die Lallans Road einbog.

Das Scheinwerferlicht streifte ihre Pupillen, als das Auto langsam zum gegenüberliegenden Bordstein rollte, die Straßenbeleuchtung fing das Gesicht des Fahrers ein. Er sah Morrow an, lächelnd, als kenne er sie. Er hatte rotes Lametta am Armaturenbrett, und vom Rückspiegel baumelte ein kleiner Weihnachtsmann. Sie erwiderte das Lächeln.

Er hielt, parkte vor einem fröhlich erleuchteten Haus. Im Wohnzimmerfenster erstickte ein kleiner Baum unter rotem Lametta, das zu dem im Auto passte. Hinter dem Baum flackerte graues Licht zur Zimmerdecke. Rührende Nachmittagsfilme in einem warmen Haus zwei Tage vor Weihnachten. Morrow machte sich in ihrem nassen Mantel kleiner und lächelte den Mann an, der jetzt aus seinem Auto stieg.

»Hiya«, sagte er, öffnete die hintere Wagentür und zog eine

schwere Geschenktüte mit Cartoon-Pinguinen mit Nikolausmützen heraus. Halb erwartete sie, dass er sie ihr überreichte, ein verfrühter Vorstadt-Weihnachtsmann.

»Alles klar bei Ihnen?«

»Aye.« Sie musste laut sprechen, damit man sie in dem Regen hörte. »Und bei Ihnen?«

»Her-vor-ragend.« Er hielt triumphierend die Tüte hoch. »Santa!«

Morrow musste spontan grinsen. Er schaute zum Haus der Lyons' hinüber.

»Suchen Sie Rita da drüben?«

Morrow warf einen Blick hinter sich und sah Harris' Kopf, als er seitlich ums Haus herumkam.

»Sie sind nicht da. Ich mache mir ein bisschen Sorgen.«

»Ach, die sind weg. Sind heute Morgen nach Mallorca aufgebrochen. Zumindest«, er zuckte die Achseln, »gehe ich davon aus, dass es Mallorca ist.«

»Sie hatten Koffer dabei?«

»Oh«, er überlegte, »das weiß ich gar nicht. Sie haben was rübergerufen, ›Frohe Weihnachten und gutes neues Jahr‹. Als würden wir uns bis dahin nicht mehr sehen.«

»War jemand bei ihnen?«

»Nur der Taxityp. Sie nehmen ja immer dieses Taxi.«

»Ein rotes?«

»Aye. Ach, hiya, Sie wieder.« Er sah über ihre Schulter hinweg Harris an. »Haben Sie am Ende doch noch rausgefunden, wer Brens Taxi abgefackelt hat?«

Morrow drehte sich um und sah Harris, durchweicht, frierend, mit offenem Mund auf dem Schatten des ausgebrannten Autos. Er stand wie angewurzelt im prasselnden Regen.

Der Nachbar merkte, dass er etwas Verhängnisvolles gesagt hatte. Wie um es zu entschärfen, was auch immer er getan hatte, rief er: »Wissen Sie noch? Als Sie allein hier waren?«

Harris schaute auf den Boden. Regenwasser lief ihm übers Gesicht, tropfte von seiner Nase, von seinen Lippen, von seinem Kinn. Seine Hände hingen seitlich herab, er rührte keinen Finger, um sich den Regen abzuwischen.

Hinter Morrow sagte der Mann etwas von Weihnacht und froh und eilte davon. Sie hörten ihn irgendwo eine Tür öffnen und hinter sich zuknallen, dann waren sie allein auf der Straße.

Sie hatte mit MacLish zu tun gehabt, hatte ihn mit Leonard verhört, und Harris war wieder hierhergefahren und hatte die Nachbarn befragt und sie hatten ihm erzählt, dass Brendan Lyons Taxifahrer und auf seinen Wagen ein Brandanschlag verübt worden war. Und er war allein hergekommen, was kein korrekter Polizist je tun würde, denn er hatte schon gewusst, was sie ihm erzählen würden. Dass Brendan Taxifahrer war.

Der Regen lief über sein Gesicht, tropfte von seinen Wimpern, und Harris rührte sich nicht. Morrow machte drei Schritte auf ihn zu, holte mit der Faust aus und schlug ihm so hart sie konnte ins Gesicht. Er schloss die Augen, sein Kopf wurde nach links gerissen. Morrow fühlte ein Knirschen unter ihren Fingerknöcheln und sah, wie sein Gesicht schnell anschwoll, als ihm das Blut in Augen und Nase stieg.

Straßenlaternen und Regen glitzerten auf dem plötzlichen Strom schwarzen Bluts aus seinen Nasenlöchern, es schoss wie der Strahl aus einer Regenrinne auf seine linke Schulter. Noch immer hingen seine Hände schlaff an den Seiten herab.

Er wandte sich ihr wieder zu, öffnete den Mund, um Luft zu holen, und riss mühsam seine bereits zuschwellenden Augen auf.

Alex Morrow ertrug es nicht, ihn anzusehen. Sie hob die Faust und schlug ihn noch mal.

Die PSU suchte schon nach Harris, als sie ins Dezernat kamen. Sie wollten wissen, warum sein Gesicht so aussah, und außerdem, warum er dem ersten Zwischenbericht zufolge ein Bankkonto besaß, auf dem ohne Zusammenhang mit seinem Gehalt Zehntausende Pfund eingingen.

Sie schaute über die Videoanlage zu, wie er befragt wurde, wobei er sich ein Kühlkissen ins Gesicht hielt, wie er eine ärztliche Untersuchung ablehnte und einen Anwalt ebenso.

Harris wollte nicht sagen, woher das Geld kam oder warum und wie es dorthin gelangt war. Er weigerte sich, ihnen zu erzählen, wie er an sein Auto gekommen war oder ob seine Frau davon wusste. Er weigerte sich, ihnen zu erzählen, wann er es gekauft hatte. Und er weigerte sich auch, ihnen zu erzählen, wer sein Gesicht so zugerichtet hatte.

Morrow beobachtete ihn auf dem Bildschirm und spürte die Prellungen an ihren Fingerknöcheln. Sie spürte immer noch das Brechen von Knorpeln, fühlte das Knirschen bis in ihren Ellbogen, und ihr wurde übel davon.

McCarthy kam in den Raum und stellte sich traurig hinter sie. Er sagte nichts. Das musste er auch nicht, seine Traurigkeit war mit Händen zu greifen.

Morrow wollte nicht vor anderen zuschauen, wie Harris auseinandergenommen wurde.

Sie ging hinaus, nach unten, in die Dunkelheit ihres Büros, und rief bei Abbi Cabs an.

»Abbi Cabs, wohin soll's gehen?«

»Donny, sind Sie das?«

»Aye, wer ist da?«

»DS Alex Morrow.«

»Dachte mir schon, dass Sie anrufen.«

»Wo sind sie hin?«

»Mallorca. Carrer d'Alliande 137, in der Nähe von Puerto Andratx.«

»Haben sie nichts dagegen, dass Sie uns das sagen?«

»Vor Ihnen sind sie nicht auf der Flucht.«

Sie hörte den Vorwurf in seiner Stimme. »Sie haben mir nicht gesagt, dass Brendan Taxifahrer war.«

»Doch, hab ich.«

Sie kniff die Augen zu, hatte Angst zu fragen. »Wann?« Aber ihre Stimme war zu erstickt, er verstand sie nicht.

»Wie bitte?«

Sie räusperte sich. »Wann haben Sie uns das gesagt?«

»Ihrem Kumpel, dem Typ, der beim ersten Mal hier war.«

»DC Harris?«

»Aye. Beim ersten Mal.«

»War er allein da?«

»Aye. Hat gesagt, Sie hätten zu tun.«

Sie stand in der Dunkelheit und schluckte angestrengt. Als sie endlich ihre Stimme wiederfand, dankte sie ihm für seine Hilfe und legte auf.

Jetzt bewegte sie sich plötzlich schnell. Sie zog ihr Handy heraus und Danny ging sofort ran: »Alles klar bei dir?«

»Aye«, sagte sie und horchte auf ihre eigene Stimme, ob sie normal klang. »Bei dir alles gut?«

»Aye. Was ist los?«

»Ach.« Sie wusste, warum sie anrief, dachte aber, es würde seltsam klingen, wenn sie damit herausplatzte. »Hab nur grad, äh, an dich gedacht. Heute hab ich Kenny Gallagher kennengelernt. Er hat dich in mir wiedererkannt.«

»Was meinst du damit?«

»Hat mich scharf angeguckt und gesagt, ich sei deine Schwester. Hat mir eine nette Geschichte erzählt, dass du irgendeinem kleinen Kerl geholfen hast.«

Sie konnte Dannys Grinsen hören. »Ach, hat er, ja?«

»Hat er, aye.«

»Aye, ich hab ihn neulich Abend bei so 'ner Wohltätigkeitsnummer getroffen. Ist ein Guter, der Kenny.«

»Wirklich?«

Danny prustete. »Glaubst du nicht?«

»Ich weiß nicht. Kommt mir bisschen schmierig vor.«

»Aber er hat erwähnt, dass er mich kennt, ja?«

Sie wollte etwas Nettes zu jemandem sagen. »Aye, er hat in den höchsten Tönen von dir gesprochen.«

»Ach, na dann kann er ja nicht ganz schlecht sein.«

Sie lächelte. »Aye, also, Danny, jedenfalls, was ich dich neulich noch fragen wollte. Zur Taufe nach Weihnachten: Brian und ich wüssten gern, ob du Patenonkel sein magst.«

Es wurde still im Telefon. Sie wusste nicht recht, was das bedeutete, bis Danny leise in den Hörer sprach: »Aye, Alex. Gern.« Seine Stimme war belegt, seine Lippen streiften den Hörer. »Das möchte ich.«

Sie saß am Schreibtisch in ihrem stillen Büro und horchte auf das Treiben draußen, hörte geflüsterte Gespräche und Ausrufe, als sich die Neuigkeit über Harris in der Abteilung verbreitete.

27

Jill Bowman ließ sich von Pete McIlroy in der Stadt absetzen. Er hatte sie zu Hause abholen und wieder dort hinbringen wollen, aber sie wusste nicht recht, ob sie wollte, dass ihm klar war, wo genau sie wohnte. Jill mochte Pete nicht. Er hatte sie mit einem Trick dazu gebracht, heute ins Büro zu kommen: Er sagte, sie solle kommen und Kenny helfen, mit Kenny reden. Dann wollte er sie nicht mal was sagen lassen, schnauzte nur Kenny an, dass er Jill wehtat. Es war nicht Petes Aufgabe, für sie einzustehen. Das konnte sie selbst.

Sie ließ sich von ihm an einer Ampel in der Stadt absetzen, sodass der Abschied schnell ging. Sie wollte Pete nicht in der Nähe ihres Hauses haben. Dann verbrachte sie zwei Stunden damit, in den weihnachtlichen Geschäften herumzustreifen. Sie hatte schon alles Weihnachtsgeld von ihrem Dad aufgebraucht, aber sie wusste, ihre Tanten würden ihr Geld schenken, und ließ sich ein bisschen bei Zara gehen, probierte Sachen an, die vielleicht in den Schlussverkauf kommen würden, paillettenbestickte Minikleider, die sie als Top über Hosen tragen konnte, probierte Stiefel an. Als ihr die Beine lahm wurden und sie keine Geduld mehr für die Menschenmassen hatte, nahm sie den Bus nach Hause, setzte sich im Oberdeck ans Fenster und sah zu, wie sich die Leute draußen durchs Unwetter kämpften. Sie hatte Glück, denn der Bus hielt direkt vor ihrem Haus. Sie musste nicht mal mehr über die Straße.

Trotzdem rannte sie die fünfzig Schritte zur Tür, weil es so heftig regnete und so kalt war. Mit tauben Fingern fummelte sie den Schlüssel ins Schloss.

Als sie die Tür öffnete, wehte ihr der Mief von Zigarettenrauch in die Nase. Ihr Dad war da.

»Dad?«

»Aye. Hier.« Er saß in seinem »Büro«, einer Ecke unter der Treppe, und surfte im Internet nach der *wahren* Geschichte hinter diversen großen Weltereignissen, keins davon aktuell. Die Ermordung von Erzherzog Ferdinand, 9/11, AIDS, nigerianische Ölarbeiter, alles, was mit seinem eigenen Leben nichts zu tun hatte, beherrschte zwanghaft seine Aufmerksamkeit. Er misstraute allem außer dem Internet.

Sie ging zu ihm. »Was schaust du dir an?«

»Nur was über die Unruhen. Ich geh Kippen holen, willst du irgendwas?«

Jill ging in Gedanken die Tankstellenregale durch. »Nee.« Was sie wirklich wollte, war eine Tasse Tee und ihren Pyjama und irgendeinen Mist im Fernsehen gucken.

»Okay.« Er stand auf, ohne den Blick vom Bildschirm zu lösen. »Fass nichts an, damit komme ich zu einem Link, den ich brauche.« Er sah sie an. »Wo warst du heute?«

»Bloß in der Stadt.«

»Mit Shelly?«

»Aye, mit Shelly.«

»Na dann.« Er zog seinen Mantel an und setzte eine dicke Wollmütze auf. »Gleich wieder da.« Er knallte die Tür hinter sich zu.

Jill zog die Jacke aus und hängte sie auf einen Bügel, damit sie in der richtigen Form trocknete. Sie setzte sich auf die unterste Stufe und zog ihre silbernen High Heels aus. Sie hatte sie getragen, weil sie wusste, sie würde Kenny sehen, aber er hatte sie nicht mal angeguckt, nicht richtig. Sie erinnerte sich, wie er sie richtig angesehen hatte. Sie erinnerte sich, wie er nicht aufhören konnte, sie anzusehen, sie zu berühren. Sie erinnerte sich an die Erregung des ersten Mals, als er in Inverness in ihr

Zimmer kam und sagte, er habe noch nie jemanden wie sie kennengelernt und ob sie es auch so empfand, und sie wurde fast ohnmächtig, weil er sie bemerkt hatte, er, Kenny Gallagher.

Als sie auf dem Bett lagen und er sie verschlang, sie küsste, sie liebte, ohne sich auch nur die Hose richtig auszuziehen, weil er es so eilig hatte, da fühlte sie sich so besonders, so außergewöhnlich, weil sie Fotos von seiner Frau gesehen hatte, sie wusste, sie war umwerfend, und trotzdem war er bei Jill. Sie war sogar noch besser als seine Frau.

Sie dachte gerade an Annie Gallagher, als es an der Tür klingelte, und zuckte erschrocken zusammen. Ihr Dad hatte seinen Schlüssel dabei. Er würde nicht klingeln, außer er wusste, dass sie immer noch direkt hinter der Tür saß. Jill rührte sich nicht, sah die Tür an, wartete auf einen Hinweis. Es klingelte wieder, sofort gefolgt von einem dringlichen Klopfen an der Tür. Nicht ihr Dad. Ein Journalist. Sie hatten ihre Adresse rausgekriegt. Oder noch schlimmer, es war Pete.

Geduckt schlich sie auf Zehenspitzen zur Tür und hörte eine Singsang-Stimme, ein Mann: »Ich weiß doch, dass du da bist!«

Er sagte es, als wäre es ein Witz und er ein Freund, aber sie kannte die Stimme nicht. Nicht Pete.

Sie schaute durch den Spion. Ein junger Typ, ziemlich gutaussehend, sie kannte ihn nicht. Er trug Jeans und eine grüne Jacke, ziemlich cool, und hatte eine Tasche, den Riemen quer über die Brust geschlungen, mit einer Messingschnalle daran. Es regnete, aber er sah nicht besonders nass aus. Er war mit dem Auto gekommen. Er erwiderte ihren Blick durch den Spion und lächelte leicht. »Machste die Tür auf? Es schüttet hier draußen.«

»Sind Sie ein Journalist?«

»Nein.«

Jill ließ sich wieder auf die Fersen sinken. »Wer sind Sie dann?«

»Gott, ehrlich, ich bin so weit entfernt von einem Journalisten, wie man nur sein kann.«

Er war gutaussehend, ungefähr ihr Alter, und er war kein Journalist.

Jill strich sich die Haare aus dem Gesicht, zog ihr Top gerade und die Jeans hoch, bevor sie die Haustür öffnete, nur einen Spalt, und hinausspähte. »Wer sind Sie dann?«

Er musterte sie von oben bis unten, schien zu mögen, was er sah, denn ein breites warmes Lächeln zog sich über sein Gesicht. Er sah so gut aus, dass sie einen Moment brauchte, bis sie den anderen Mann bemerkte, der von rechts um die Ecke kam. Er hatte dicht an der Hausmauer gestanden, und das war eine andere Art Mann: schmuddelig, eingefallene Wangen und Augen, ein zähnefletschender Mann. Er rammte den Fuß in den Türspalt, als ob er auf eine Spinne trat.

Jill warf noch einen Blick auf den gutaussehenden Mann, und der hatte das Knie zur Brust hochgezogen, wie bei einem Tanz.

Der Fuß flog nach vorn, die Sohle trat flach gegen die Tür, die aufkrachte, sie wurde nach hinten in den Flur geworfen und zerriss sich ihr Top an der Schulter. Blut an ihrer Schulter, es lief ihr richtig den Arm runter, und sie schrie: »Was soll der Scheiß?« und »Ihr habt mir den Arm verletzt, Scheiße noch mal!«

Als ob sie sie gar nicht hörten, traten die Männer ungeniert in den Flur, und Jill hielt sich den Arm und ihr wurde klar, dass dies eine andere Ordnung der Dinge war. Ihnen war egal, dass sie sie verletzt oder ihr Top zerrissen hatten.

Sie schauten sich um, der Schmuddelige beugte sich nach hinten, als er in alle Zimmer spähte und sicherging, dass sonst niemand da war.

»Raus hier«, sagte sie schwach. »Sie können doch nicht …«

Da schaute der Schmuddelige, der böse Aussehende sie an und leckte sich den Mundwinkel. Hinter ihnen kratzte ein

Schlüssel am Schloss, und Jill rief nach ihm. »Dad!«, schrie sie. »Hilf mir!«

Der gutaussehende Mann drehte sich blitzartig um und riss die Tür auf, da stand ihr Vater auf der Stufe, hielt seinen kleinen Haustürschlüssel wie eine winzige Pistole. »Wer –«

»Sie sind eingebrochen«, schrie Jill. »Dad!«

Ihr Dad schaute die Männer um Erklärung heischend an, aber der Schmuddelige streckte den Arm aus, schlug ihrem Dad die Wollmütze vom Kopf, packte eine Faust voll von seinen Haaren und zog daran, dass ihr Dad sich vornüber krümmte und in den Flur gezerrt wurde, und der Gutaussehende knallte die Tür zu.

Der schmuddelige Mann schwenkte ihren Dad im Kreis herum, zog und zog, schneller und schneller, lächelte, und irgendwann ließ er ein kleines Quietschen hören und ihren Dad über seine eigenen Füße stolpern. Da wurde das Gesicht des schmuddeligen Mannes plötzlich ausdruckslos, als hätte er das Interesse an dem Spiel verloren, und er knallte ihren Dad Stirn voraus an die Wand neben dem Wohnzimmer. Ihr Vater rutschte an der Wand herunter.

Der Schmuddelige beugte sich über ihn und schrie: »*Er* hier, siehste«, Spucke spritzte ihrem Vater ins Gesicht, »will mit seiner Freundin reden. Also hältste jetz mal dein scheiß Maul?«

Sie sah zu, wie sich ihr Vater zusammenkrümmte, die Augen zugekniffen, die Knie an die Brust gezogen, als der schmuddelige Mann schrie: »Weil dich das einen feuchten Scheiß angeht.«

»Dad«, schrie Jill und schluchzte jetzt. »Das ist nicht mein Freund.«

Aber sie wusste nicht, ob ihr Vater sie hörte, denn er machte die Augen nicht auf.

»Tja.« Der schmuddelige Mann senkte die Stimme. »Noch nich, aba wer weiß.«

Ihr Dad hielt die Augen geschlossen, doch dann versuchte er

sich zu bewegen, hielt sich immer noch den Kopf und schob sich an der Wand hoch. Sie sahen kurz zu, wie seine langen Beine auf dem Läufer scharrten, wie bei einem Fohlen, das zum ersten Mal aufzustehen versucht. Dann hob der schmuddelige Mann langsam die Hand und knallte ihm noch mal die Faust auf den Kopf. Jills Dad fiel schwer auf die Seite. Er bewegte sich nicht mehr.

»Dad!«

Der Gutaussehende legte Jill die Hand auf die Schulter, drehte sie zur Treppe herum und schubste sie, zwang sie hochzugehen, boxte sie in den Rücken, als sie stolperte.

Jill drehte sich auf dem Treppenabsatz um, sah die Füße ihres Vaters zucken. Sie hörte ein Husten, nass, ein Rasseln.

Er boxte sie bis zu ihrer Schlafzimmertür und sie stand zitternd da, das rosa Schild *Jills Zimmer* verschwommen von den Tränen. Jill wusste, dass sie da besser nicht reinging, aber ein Schlag gegen den Rücken stieß sie vorwärts, sie fiel schwer gegen die Tür und er öffnete sie, sodass sie in die Dunkelheit stürzte, auf den Boden.

Jill Bowman war chaotisch. Sie machte die Vorhänge in ihrem Schlafzimmer nicht auf, weil die Nachbarn gegenüber sonst reinguckten. So war hier drin immer Halbdunkel.

Er trat gegen ihre Sohlen, trat ihre Füße aus dem Weg, als wäre sie eine Tasche, die einen Gang verstopft, und schloss die Tür hinter ihnen.

Er knipste das Licht an. »Setz dich«, sagte er mit einem Blick auf das unordentliche Bett.

Jill rappelte sich hoch. Sie sah auf ihre Bücher, auf ihren Schreibtisch, wo die Collegearbeiten offen herumlagen, auf ihre Tasche neben dem Stuhl. Sie schaute auf die Fotos an ihrer Wand, sie in Madrid mit der Schule, sie im Faschingskostüm, sie in Inverness, und sie fing an zu weinen, die Hände schlaff an den Seiten. Sie hatte keine Ahnung, was sie tun sollte.

»Scheiß …« Genervt boxte er ihr seitlich gegen den Kopf, ein scharfer, harter Hieb, und sie drehte sich und fiel Gesicht voran aufs Bett, ihr eigenes kleines Bett, kam mit dem Gesicht auf, immer noch heulend, ihr Mund starr weit offen.

Sie wandte den Kopf, um den Mund freizukriegen, und sah zu ihm hoch. Von hier unten war er ein anderer Mensch. Er sah wütend aus, angeekelt, und fletschte die Zähne.

»*Warum zwingst du mich, dir das anzutun?*«

Er wartete auf eine Antwort. Jill wusste nicht, was er meinte, und ihr fiel auch nichts ein, was es nicht noch schlimmer machen würde. Sie weinte, keuchte, und er sah beängstigend aus. Da machte sie die Augen zu, fühlte, wie das Bett unter ihr federte, als er sich schwer mit dem Knie neben ihrer Hüfte aufstützte. Sie roch Chips in seinem Atem, Cheese & Onion-Chips. Er beugte sich vor und greinte leise: »Das tust du, wo du doch *weißt*, was ich dann mache?«

Sie war froh, dass sie ihn nicht sehen konnte. Er boxte sie in den Rücken, in die Niere, und sie krümmte sich reflexartig, aber es tat gar nicht so weh. Als wollte er seinen Fehler korrigieren, boxte er sie genau auf dieselbe Stelle, diesmal mit vorgestrecktem mittlerem Fingerknöchel, und ein Spinnennetz aus Schmerz verkrampfte ihren Rücken zu einem scharfen Bogen. Dann nahm er sich ihren Bauch vor. Kein Boxhieb, schlimmer als ein Boxhieb: Er packte den Bund ihrer Jeans und stieg vom Bett, versuchte sie runterzureißen, packte mit der anderen Hand ihre Unterhose und zog auch daran. Aber Jill blieb auf der Seite und überkreuzte die Beine, bis sie spürte, wie sein Gewicht wieder auf dem Bett landete. Er war über ihr, hielt ihre Jeans vorn und hinten und zog sie runter, bis sie um ihre Knöchel lag.

Dann war sein Mund an ihrem Ohr, saurer Käse, seine Hand war an ihrer Hüfte und er schlug und boxte ihre Beine auseinander und stieß seine Finger in sie hinein.

»Siehste: Das passiert mit Schlampen, die Stuss reden.« Noch mal stieß er hart seine Hand in sie. »Sag, dass dich Kenny Gallagher nie angefasst hat, oder ich komm wieder und reiß dir die Fotze raus.«

Ihre Augen waren jetzt offen. Sie waren weit offen, starrten an die Wand, sahen alles am Rand ihres Sichtfelds. Er stieg von ihr runter, stand auf, wischte sich die Finger am Hosenbein ihrer Jeans sauber und rückte den Gurt seiner Umhängetasche zurecht.

»Siehste, Puppe? So was passiert, wenn man mit den großen Jungs spielt. Große Jungs spielen Große-Jungs-Spiele. Nicht schön, was?«

Jill starrte weiter an die Wand, an die rosa Wand, als die Zimmertür aufging. Ein grüner Fleck verließ den Raum.

Ganz weit weg hörte sie ihren Dad stöhnen. Dann ging die Haustür auf. Dann ging sie wieder zu. Und dann waren sie weg.

28

Heißer Regen, ein feuchter Wind vom Mittelmeer und die Anstrengung, die trügerisch steilen Hügel um Puerto Andratx zu erklimmen, brachten Morrow in ihrem Mantel furchtbar zum Schwitzen. Der Urlaubsort wirkte ausgestorben in der Pause zwischen Weihnachten und Neujahr, oder vielleicht wussten es die Einheimischen auch einfach nur besser und liefen zur Mittagszeit nicht herum. McCarthy schien es belebend zu finden. Lächelnd keuchte er neben ihr die steile Straße hinauf und las die Nummern an den Mauern, die kleine Häuser am Hang abstützten, damit man aufs Meer schauen konnte.

Sie merkten, dass sie an der Hausnummer der Lyons' vorbei waren, gingen wieder zurück, schauten noch mal in ihre Notizen, bevor sie eine kleine Lücke fanden, die zu einer hohen schmalen Gasse hinter einem der größeren Häuser führte. Es war ein kahler Trampelpfad zwischen dunkelgrünem Gestrüpp, der kalkige Boden feucht und grau.

Morrow war unsicher, horchte auf ihre Sinne, hielt am Ende der Gasse nach Hinweisen Ausschau, war sich bewusst, dass McCarthy hinter ihr war und ihr den Rücken freihielt.

Schließlich öffnete sich der Weg und gab ein bescheidenes Haus frei, mehr Hütte als Heim. Plump kauerte es mit geschlossenen Fensterläden, blassrosa gestrichener Putz mit einem schrägen Ziegeldach und einem schlichten Kamin. An der Seite zum Garten hin lehnte an einer Wand ein großes blaues Schild mit der Aufschrift »Se Vende«.

Ihr war heiß und sie war wütend, weil sie an Harris dachte. Morrow eilte über das unebene Pflaster zu der splittrigen grünen Haustür und klopfte heftig.

Drinnen hörten sie ein Radio, Popmusik, die in den niedrigen Steinzimmern von den Wänden widerhallte, und eine Frau rief etwas mit der hohen, misstönenden Stimme, die Mütter benutzen, damit man sie im Verkehrslärm hört.

Rita öffnete die Tür. »Oh, Sie sind doch nicht etwa zu Fuß gegangen, oder?«

McCarthy antwortete: »Der Taxifahrer hat uns unten am Hügel rausgesetzt, er hat die Adresse nicht gefunden.«

Aber Rita hörte nicht zu, sie las Morrows Gesichtsausdruck. »Sie kommen besser rein.«

Rita, Morrow und McCarthy saßen auf einer Steinbank unter den Zitronenbäumen in dem kleinen Garten, die Zitronenblüten rochen süß und penetrant, wenn die leise Brise durch den Baum strich. Rosie, die glücklich und zufrieden aussah, brachte ihnen auf einem Tablett eine große Flasche 7Up, drei Plastikbecher und eine Tüte Chips.

Morrow und McCarthy trugen schwere, dunkle Kleidung, dicker Stoff, völlig unpassend für das Klima. Rita trug Sandalen und ein Hängerkleid mit grünem Muster.

Sie entschuldigte sich, dass sie Schottland verlassen hatten, ohne die Polizei zu informieren. Sie mussten weg, sagte sie, es war gefährlich.

»Was macht Sie so sicher, dass Sie hier weniger in Gefahr sind?«, fragte Morrow und wunderte sich selbst über den Anflug von Bosheit in ihrem Ton.

Rita winkte ab. »Das sind keine internationalen Akteure«, sagte sie. »Sie wollen uns aus dem Weg haben, hier sind wir aus dem Weg. Sie könnten uns finden, aber wozu die Mühe? Es ist was anderes, wenn wir nur um die Ecke sind.«

Morrow fragte, was sie wirklich wissen wollte: »Woher haben Sie das Geld für den Kauf des Hauses hier?«

»Das hat uns Martin Pavel gegeben.«

»Er hat es Ihnen einfach geschenkt?«

»Er hat uns mit einem Privatflugzeug vorausgeschickt. Rosie sagte, wir müssten weg, und innerhalb von zwei Stunden waren wir in der Luft.«

»Er hat Sie ›vorausgeschickt‹?«

»Er ist da drüben eingezogen.« Sie deutete unbestimmt den Hügel hoch.

»Martin Pavel ist auch hier?«

»Ja.« Rita blinzelte missbilligend. »Er ist menschlich so gar nicht mein Fall, aber …«

»Ach, sind Rosie und er …?«

»Nein.« Rita starrte Morrow in die Augen. Mit einem hoffnungslosen kleinen Achselzucken sagte sie: »Nicht mal das. Wer weiß das schon? Er kümmert sich um unseren Garten.« Sie nahm einen Kartoffelchip und aß ihn entrüstet. »Er legt einen Gemüsegarten an.«

»Also sind sie nur Freunde?«

Sie zuckte die Achseln und kaute. »Wer weiß das schon. Ich hasse junge Leute. Sie verwirren mich.«

Morrow schaute den Hügel hinauf. Villen rangelten um den Blick aufs Meer. Keine davon sah besonders schick aus.

»Rita, Sie haben mir zu Brendans Arbeit Lügen aufgetischt.«

»Ja.« Rita hob die Flasche 7Up und schenkte ihnen ein. »Wir trauen der Polizei nicht. Wir waren wegen alldem bei der Polizei, und nichts ist passiert.«

»Das verstehe ich«, sagte Morrow.

Rita schaute zu ihr auf. »Erklären Sie mir, wie das passieren konnte?«

Morrow sah zu, wie die Bläschen an der Oberfläche zerplatzten. Sie wusste nicht, was sie sagen sollte. Die Menschen, denen ich vertraut habe, waren verlogene Arschlöcher. »Es ist Teil einer laufenden Ermittlung ...«

»Zu welchem Gegenstand?«

Sie wollte, dass Morrow »Polizeikorruption« sagte.

»Die Geschäfte verschiedener Gangs in Glasgow und den Randbezirken ...«

»Bestechung«, sagte Rita höhnisch.

Morrow schaute in Ritas selbstgefälliges Gesicht und dachte an das Übelkeit erregende Knirschen in ihrem Ellbogen. »Okay, Rita, wir sind zwei Tage vor Neujahr hier und versuchen herauszufinden, was wirklich mit Ihrem Mann passiert ist.«

»Zum Arbeiten auf Mallorca. Wie schrecklich für Sie.«

»Tja, es ist schrecklich für mich. Ich habe vor vier Monaten Zwillingsjungs bekommen und möchte zu Hause sein. Aber ich bin nicht zu Hause. Ich bin heute früh um halb vier aufgestanden, um herzukommen, weil ich nicht will, dass so was noch jemandem zustößt. Helfen Sie mir?«

Rita hielt Morrows Blick, während sie ihre Limonade zum Mund hob, plötzlich schoss ihre Zunge vor zur Kante des Plastikbechers, wie um ihn heranzuführen. Sie trank und stellte den Becher aufs Tablett. »Also gut«, sagte sie und genoss die Machtverschiebung zwischen ihnen. »Sie werden mir sagen müssen, was Sie nicht wissen ...«

»Greenock.«

Rita zog ihre Zigarettenspitze aus der Tasche, öffnete sie und setzte einen frischen Plastikfilter ein. Dann holte sie eine Zigarette heraus, steckte sie ins Ende und zündete sie an. »Brendan wurde nach Greenock gebracht.«

»Der Täter kam aus Greenock.«

Rita nickte. »Das hab ich gehört.«

»Erzählen Sie mir, was in Greenock passiert ist.«

Rita zog heftig an ihrer Zigarette. »Bren ist zur Arbeit gefahren.« Sie verlor sich ein Weilchen in der Erinnerung und riss sich dann zusammen. »Er ist zur Arbeit gefahren, kam am Taxistand an, reihte sich hinten ein. Zwei Typen sind eingestiegen. Bren sagte ihnen: ›Nein, tut mir leid, Sie müssen zum vordersten Taxi gehen‹, aber dann hat er nach hinten geschaut und sie hatten eine dicke Pistole. Sie haben gesagt, wir sind von den McGregors, fahr uns nach Greenock. Der Boss will mit dir reden. Also hat er sie nach Greenock gefahren. Sie haben von den McGregors gehört? Stehen ständig in der Zeitung.«

»Ich habe von ihnen gehört. Wohin in Greenock haben sie sich von Brendan fahren lassen?«

»Irgendein Club, er kannte ihn nicht, sie mussten ihm den Weg sagen. Meinte, es war eine Kaschemme. Eine alte Bar, außen schwarz angestrichen, und sie brachten ihn runter in den Keller und durch ein paar dicke Stahltüren. Keine Fenster, nur zwei Stühle, so alte Bürostühle. Und sie haben ihn auf einen gesetzt. Auf dem anderen saß ein Mann, und sein Gesicht war so schlimm zerschlagen, dass Bren nicht mal sehen konnte, ob es ein junger Mann war oder ein alter. Er war an den Stuhl gefesselt und hing da nur einfach so und stöhnte, während sie mit Bren geredet haben. Um ihn herum war Blut auf dem Boden …«

»Was haben sie zu Bren gesagt?«

»›Sei vernünftig.‹« Tränen zitterten in ihren Augen. »Es klang lächerlich, aber genau das haben sie gesagt: ›Sei vernünftig.‹«

»Es ging ihnen bei alldem um die Kontrolle über die Taxis? Das ist ganz schön viel Mühe für ein Geldwäschegeschäft. Hätten sie nicht einfach Nagelstudios eröffnen können?«

»Nein, nein, es geht um viel mehr. Bren hat immer gesagt, Taxis sind die Arterien der Stadt. Sie benutzen sie, um Geld zu waschen, klar, aber sie können damit Pakete transportieren, Leute abholen, Leute kidnappen, sie wissen, wo alle sind und wo sie hinfahren. Bren hat immer gesagt, wenn einem die Taxis gehören, gehört einem die Stadt.«

»Wer war der andere Mann in dem Keller?«

Sie zuckte die Achseln. »Sie haben ihn kein einziges Mal erwähnt. Bren sagte, es war, als wäre er gar nicht da. Er war bloß dort, um Bren Angst zu machen, ihm zu zeigen, was sie tun könnten. Dann haben sie gesagt, sie kennen Rosie und Joe und mich und Mum, sie kennen den Kindergarten, und er soll aussteigen. Und haben ihn gehen lassen.«

»Was ist dann passiert?«

»Er hatte solche Angst, dass er auf dem ganzen Heimweg geweint hat. Er musste auf der Autobahn auf den Randstreifen fahren und anhalten. Er war nicht der Typ, der weint.«

»Hat er da die Politik aufgegeben?«

»Nein. Am nächsten Tag ist er aufgestanden und zur Arbeit gefahren und hat weiter mit anderen über ein Gegenangebot geredet und dass sie sich organisieren müssen. Dann wurde das Taxi vor dem Haus abgefackelt, und das war's dann. Er hat es eurer Mafia gemeldet, hat ihnen alles erzählt, und sie haben sich nie bei ihm zurückgemeldet. Er hat immer wieder angerufen, aber sie hatten nie irgendwelche Neuigkeiten.«

»Wissen Sie, mit wem er gesprochen hat?«

»Nein. Er wollte nicht, dass ich es weiß. Sagte, so wäre es sicherer.«

Morrow dachte an Leonard, wie recht sie gehabt hatte, dass ein Cop beauftragt würde, eine Akte verschwinden zu lassen, ein anderer, jemanden zu warnen, alles winzige Regelverstöße, die sich zu etwas derartig Großem auftürmten: bis ein guter Mann wie Brendan Lyons zu seiner eigenen Sicherheit das Land verlassen musste.

»Und dann hat er aufgegeben?«

Rita zögerte. »Wissen Sie, die ganzen Siebziger und Achtziger hindurch konnte ihn nichts aufhalten. Am Ende habe ich zu ihm gesagt, Bren, du hast es versucht, lass uns einfach nach Mallorca ziehen. Das ist nicht mehr unser Kampf.«

»War das der Plan?«

»Aye.«

»Was war mit Rosie und Joe?«

»Sie sollten dableiben, wegen der Schule. Deshalb wollten wir das Haus behalten. Wir haben uns gedacht, sie kann das Haus haben, und wir kommen ab und zu und übernachten dort, und alles wird gut.« Sie senkte den Blick. »Wahrscheinlich können sie jetzt nicht mehr zurück. Joe kann auf keinen Fall wieder in den Kindergarten. Am Tag nach Brens Tod stand da ein Kundschafter rum.«

»Hat Brendan Namen genannt? Von den Typen in Greenock?«

Rita sah sie an, als wäre sie dumm. »Woher soll ich wissen, dass Sie besser sind als die?«

Sie erwischten den Abendflug nach Hause und Morrow war froh, dass McCarthy vier Reihen von ihr entfernt saß. Sie schaute aus dem Flugzeugfenster und folgte der Flugroute des Bordfernsehens. Durch eine Wolkenlücke sah sie Spanien und die wolkenbedeckten Gipfel der verschneiten Pyrenäen. Während sie runterschaute, dachte sie an Harris und an Francesca Costello und MacLish und an den stilvollen, ehrbaren Brendan Lyons, der auf dem Rückweg von Greenock auf den Randstreifen fuhr, um über das, was er gesehen hatte, zu weinen.

Sie stellte sich vor, sie wäre an seiner Stelle, wartete in der Schlange in der Postfiliale, in Wunschzettelträumereien versunken, die Zwillinge in ihrem Doppelbuggy vor sich. Und dann kam MacLish rein, irgendwer kam rein, mit einer Waffe. Sie schaute ihn an und erkannte ihn und er schaute zurück und erkannte sie. Sie spürte, wie sich ihre Blicke trafen, spürte den schwammartigen Buggy-Griff, den sie fest umklammerte.

Er konnte nicht zulassen, dass sie ihn bei einer Gegenüberstellung erkannte: Seine Bosse würden ihn killen, weil er auf eigene Faust losgezogen war. Ab dem Moment, wo sich ihre Blicke trafen, war klar: MacLish würde Brendan Lyons töten.

In der lauten Flugzeugkabine, aus der sie nach unten in die Dunkelheit der schneebedeckten Pyrenäen schaute, sah Morrow den schmutzigen Fußboden vor sich, spürte, wie sie sich von dem Doppelbuggy wegbewegte, einen Unbeteiligten ermunterte, näherzutreten, die Jungs als seine eigenen auszugeben. Sie sah sich selbst zu dem Bewaffneten rübergehen und ihm helfen. Sie fühlte das Brennen ihrer Handfläche, als sie eine unschuldige Frau schlug, und den kalten Luftzug von der Tür an ihren Knöcheln, als er vor ihr stand und die Waffe auf ihren Bauch richtete. Sie schaute hinauf zu einer Sonne, die über einer weiten, flachen Prärie aus flauschig weißen Wolken unterging, und wusste, sie wäre geradezu froh gewesen, als der Lauf sich senkte, denn sie hatte ihn zur Tür gelotst und ihre Jungs waren in Sicherheit.

An allen Zeitungsständern im Flughafen brachten sämtliche landesweiten und Lokalzeitungen dieselbe Titelstory: Jill Bowman stritt ab, eine Affäre mit Kenny Gallagher gehabt zu haben. Es war eine bitterböse Verleumdungskampagne gegen einen tapferen Mann.

»Dafür wird er ein Vermögen kassieren«, sagte McCarthy.

Sie hatten kein Gepäck und waren deshalb die ersten draußen am Taxistand.

Ein Mann, der für einen arktischen Winter gekleidet war, fragte, wohin sie wollten.

»Glasgow«, sagte McCarthy, von dem kurzen Abstecher in wärmeres Wetter dazu verleitet, erhobenen Hauptes im Regen zu stehen.

Der Mann winkte sie zum vordersten Taxi.

Sie stiegen ein, ließen die Tür hinter sich zugleiten, und das Taxi fuhr los.

»Ist das der Flug aus London?«, fragte der Taxifahrer mit einem Blick in den Rückspiegel.

Morrow war in ihre eigenen Gedanken versunken. »Nein.«

Er umkurvte zwei Kreisverkehre und nahm die Auffahrt zur Autobahn. Sein Blick huschte immer wieder zum Rückspiegel, als versuchte er zu erraten, wer sie waren, wo sie herkamen.

»Wir sind bei der Polizei«, sagte sie schließlich. »Wir ermitteln zum Mord an Brendan Lyons.«

»Brendan?« Er richtete sich in seinem Sitz auf. »Im Ernst? Ich hab davon gehört.«

»Kannten Sie ihn?«

»Nein, war vor meiner Zeit, ich hab meine Lizenz erst seit acht Monaten. Hab aber von ihm gehört.«

»Haben Sie von den McGregors gehört?«

»Oh, aye.«

»Haben Sie keine Angst, hier zu arbeiten?«

»Was hab ich denn für eine Wahl? Ich fahr ja nicht in der Innenstadt, dort ist es schlimmer. Mein Cousin ist in der City Taxi gefahren, nur am Wochenende. Abends am Wochenende, das ist ein Paralleluniversum, alles voller Drogengeschäfte, aber das wissen Sie ja.«

McCarthy nickte liebenswürdig. Morrow nicht.

»Ich meine, mein Cousin, ja? Der hatte keine Ahnung, als er angefangen hat, wissen Sie, er hat es bloß zwei Jahre gemacht, und es war schon gutes Geld, aber er hatte keine Vorstellung davon, wie weit das Problem ganz Glasgow durchdringt, einfach keinen Schimmer. Hat man ja nicht, wenn man nicht in der harten Szene unterwegs ist, oder?«

»Hm.«

»Die Geschichten, die er uns erzählt hat, also ehrlich …«

»Was zum Beispiel?«

»Ach, Besoffene, Lapdance-Ladys, Opfer von Messerstechereien, die ins Krankenhaus müssen. Chaos. In der Stadt tobt das Chaos.«

Der Fahrer verstand nicht, dass sie diese Geschichten als Vorwurf auffassten, als Tadel an ihrer Arbeit, also machte er weiter, erwärmte sich für seine Story.

»Ein Typ war bekannt dafür, dass er sich ein Taxi rief und sich dann die ganze Nacht zu verschiedenen Läden fahren ließ, wo er kurz reinging und das Taxi so lange warten ließ. Hat das die ganze Nacht gemacht. Gab auch gutes Trinkgeld. Mein Cousin hat in einer Nacht mal dreihundert Pfund von ihm gekriegt. Er hat's gehasst. Er meinte, er kam sich vor wie ein Drogendealer.«

Morrow hielt es nicht mehr aus. »Was können wir schon tun, solange Leute wie Sie deren Geld nehmen?«

Er hörte den Zorn in ihrer Stimme und antwortete ihr leise: »Na ja, zu seiner Verteidigung: Er hat den Ruf nie wieder angenommen, hat es den anderen überlassen, da schleunigst hinzubrausen und ihn abzuholen.«

Sie näherten sich der Kingston Bridge, wo der Verkehr normalerweise langsam floss, aber die Straßen waren wegen der Feiertage nahezu ausgestorben, und sie rasten die Senke entlang und auf die Brücke und über den Fluss.

»Was meinen Sie mit ›den Ruf nie wieder angenommen‹? Woher wusste Ihr Cousin denn, dass der Anruf von ihm kam?«, fragte Morrow. »Kam er immer von derselben Adresse?«

»Nein, nein, das sieht man an der Telefonnummer. Wenn man einmal anruft, ist die Nummer im System gespeichert. Wohin man sich fahren lässt, woher man kommt, alles.«

Die hatten Leonards Nummer und die von Gobby. Die hatten alle ihre Nummern. Sie hatten die Adresse der Postfiliale. Sie wussten, wer wohin fuhr, wer woher kam, wer mit Koffern zum Flughafen wollte, und es war alles in den Computern eines Taxiunternehmens gespeichert, das den McGregors gehörte.

»Ist das bei allen Taxiunternehmen so?«

»Oh, aye«, sagte er, »bei jeder Taxifirma mit digitalem Switchboard.«

29

Kenny Gallagher saß an einem Tisch und genoss die Wärme der Silvestersonne auf seinem Gesicht, die Gesellschaft seiner schönen Frau und den Luxus, im Winter eine Sonnenbrille zu tragen. Annie hatte ebenfalls eine auf. Sie stand ihr. Ihr schwerer Mantel war offen, um die Wintersonne aufzunehmen, und sie trug ein enges weißes Kleid. Er liebte sie. Er war froh, dass bei ihnen alles wieder normal war. Er hatte seine Karriere aufs Spiel gesetzt, um sie zu behalten, und gewonnen.

Es war ein gutes Restaurant, mitten in einer Fußgängerzone mit allerlei netten Läden, umzäunt von Plastikhecken, gewärmt von Heizstrahlern. Eigentlich war dies der Raucherbereich, aber an einem sonnigkalten Tag war es ein hübscher Platz zum Essen.

Vor ihm lag der Abfall eines hervorragenden Mahls: Seezunge mit Zitrone auf einem Bett aus gedämpftem Spinat, serviert mit warmem Brot. Üppig, aber nicht zu üppig. Warm, aber nicht zu warm. Und jetzt, unerwartet: reich, aber nicht zu reich. Globe Media hatte einen außergerichtlichen Vergleich angeboten, noch bevor die Tinte auf Jill Bowmans Interview getrocknet war.

Kenny war zum ersten Mal seit langer Zeit zufrieden. Sie waren an diesem Morgen bei der Bank gewesen, um den Scheck einzulösen, und er hatte das Mittagessen vorgeschlagen. Wenn sie heute von hier weggingen, wenn Kenny sie zu Hause absetzte, würde er unter dem Vorwand, die Kinder sehen zu wollen, mit reinkommen, noch ein bisschen bleiben, vielleicht zum Abendessen. Er würde warten und die Kinder ins Bett bringen und dann, wenn die Glocken geläutet wurden, würde er das Thema anschneiden, wieder einzuziehen. Annie hatte nichts davon gesagt, aber sie war mit ihm hier beim Mittagessen, und es war nett.

Passanten beim Einkaufen in der Buchanan Street schauten sie an, ihre Blicke angezogen von Kenny Gallagher, vom Galanten Gallagher und seiner schönen Frau.

Der Kellner kam, räumte ihre Teller ab und befreite das Leinentischtuch mit einer kleinen Bürste von Krümeln.

»Darf ich Ihnen noch etwas bringen, Sir?«

Er sah Kenny an, sein Gesicht zuckte, er erkannte ihn.

»Ich hätte gern einen Kaffee und einen Cognac. Haben Sie Delamaine?«

»*Extra de Grande Champagne*, Sir?«

»Was kostet der? Pro Glas?«

»Ich glaube, dreiundzwanzig Pfund.«

Kenny sah Annie mit hochgezogenen Augenbrauen an.

»Nein«, sagte sie, »das ist irre viel Geld …«

»Komm schon, es ist Silvester.« Er zeigte dem Kellner zwei erhobene Finger.

»Zweimal Kaffee Cognac, Sir?«

»Ja bitte.«

Als der Kellner weg war, machte sie ein vorwurfsvolles Gesicht. »So viel Geld haben wir auch wieder nicht bekommen, Kenny. Du darfst nicht vergessen, dass du dieses Jahr nicht arbeitest.«

Er nahm ihre Hand und drückte sie. »Dieses eine Mal.«

Annie zog ihre Hand weg. »Zum Thema, dass du nicht wieder antrittst, Kenny: Ich wurde, ähm, angesprochen.«

Er grinste. »Ach, wirklich? Wer hat dich angesprochen?«

Sie sprach leise. »Alison Collins.«

Die Meuchelmörderin. Das überraschte ihn. »Gott, ich dachte, sie hasst mich. Hätte nie gedacht, dass sie mich wiederhaben will.«

»Nein.« Annie streckte ihre Hand halb über den Tisch nach seiner aus und zog sie dann zurück, als könnte sie sich nicht überwinden, ihn zu berühren. »Nein, Kenny, Alison hat mich angesprochen und gefragt, ob *ich* mich aufstellen lasse.«

»*Du?*«

Der Kaffee kam. Der Kellner servierte mit großer Geste: die French Press mit dem Kaffee, die Milch, Rohrzucker, Petits Fours und zwei riesige Cognacschwenker mit leuchtendem, karamellfarbenem Brandy.

Er hielt ihnen mit volltönender Stimme eine kleine Rede über den Brandy und seine Geschichte. Annie beschäftigte sich damit, nur sich selbst Kaffee einzuschenken, gab Milch dazu, überließ das Zuhören Kenny.

Der Kellner befahl ihnen, es zu genießen, und ließ sie allein.

Kenny beugte sich zu ihr hinüber. »*Du* willst dich zur Wahl stellen?«

»Warum nicht?«

»Na ja.« Er lachte kurz auf. »Zunächst einmal hast du keinerlei Erfahrung.«

»Die hattest du auch nicht, als du das erste Mal kandidiert hast. Und ich bin genauso lange in der Partei wie du.«

Es war Unsinn. Die Meuchelmörderin wollte nur Ärger machen, das war alles. Es war Unsinn. Wer sollte den ganzen Tag nach den Kindern sehen? Sie hatte es einfach nicht richtig durchdacht. Kenny lächelte und hob sein Glas, um ihr zuzuprosten. »Na dann.« Er versuchte ganz locker zu klingen. »Öfter mal was Neues.«

Aber Annie ging nicht auf seinen Ton ein. Sie sagte bedeutungsschwer: »Nicht für mich, Kenny. Du weißt, dass ich immer Ambitionen hatte.«

Kenny dachte, die hätte sie aufgegeben. Sie hatte es schon lange nicht mehr erwähnt. Aber er wollte nicht mit ihr rechten, nicht heute, nicht wenn er hoffentlich bald wieder einzog. Er lächelte unverbindlich und schwenkte sein Glas, schnupperte an dem süßen, holzigen Bukett, hob den gehaltvollen Brandy zum Mund und nippte. Warm und tief glitt der Cognac in ihn, verströmte Wärme und Wohlbehagen, strahlte von seinem Magen bis in die Fingerspitzen. Das war eine billige Nummer von der Meuchelmörderin. Sie war eine Zicke.

Annie hob ihr Glas. »Gott, dreiundzwanzig Pfund ...«

Sie nahmen je eine Schokoladenpraline und bissen hinein. Die vereinten Aromen von Kaffee, Cognac und Schokolade waren köstlich, lukullisch, und sie beruhigten ihn, gaben ihm das Gefühl, alles würde gut. Er würde zum Abendessen bleiben. Dann konnten sie darüber sprechen. Er dachte daran, wie sie vor ihm gepisst hatte, und seine Hand tastete am Haaransatz nach der kleinen Erhebung, die von der Schramme geblieben war, welche sie ihm zugefügt hatte.

Hinter ihnen ging die Restauranttür auf. Eine betrunkene Frau in einem sehr teuren Pelzmantel wurde den schmalen Weg zur Straße hinuntergeführt und kicherte vor sich hin, während sie sich auf den Arm eines verärgerten Mannes stützte, vermutlich ihr Gatte.

Sie wandte sich dem Publikum zu, als der verlegene Gatte sie aus dem umzäunten Bereich schleifte. »Hippy New Year, alle miteinander!«

Alle hoben die Gläser und riefen: »Frohes neues Jahr!«, und sogar der Gatte lächelte und sagte: »Ihnen auch.« Als das Paar am Ende der Straße ankam, gingen sie Arm in Arm und lachten.

»Hiya.« Danny McGrath stand vor der Hecke und grinste sie an. Er trug keinen Mantel, nur einen verwaschenen schwarzen Pulli, als wäre er gerade aus einem Auto gestiegen.

»Danny«, rief Annie ihm neckisch zu, »trägst du denn nie einen Mantel?«

Danny grinste. »Manchmal schon ...«

»Wäre das nicht die richtige Zeit dafür? Es ist so kalt.«

»Hey, Danny«, sagte Kenny, »komm, setz dich zu uns. Trinken wir zusammen aufs neue Jahr.«

Danny trank nicht, das wusste jeder. Er verlor nie die Kontrolle. Er grinste. »Haben die da Irn-Bru?«

»Die haben hier alles«, sagte Kenny, nicht sicher, ob sie wirklich Irn-Bru servierten.

Danny wollte sich offenbar nicht zu ihnen setzen. Er zögerte vor der Hecke, doch dann überlegte er es sich anders. »Ach, warum nicht?«

Grinsend kam er zum Eingang herum und sah sich nach einem Stuhl um. Er entdeckte einen an einem anderen Tisch und zerrte ihn herüber, die Beine kratzten über den Beton und besudelten die milde Stimmung auf der Terrasse.

»Wo ist der Kellner?« Annie setzte sich auf und blickte sich um.

»Ich glaube, drinnen«, sagte Kenny und sah zu, wie Danny den Stuhl näher zu ihr als zu ihm stellte.

»Ich hole ihn.« Annie nahm die Serviette von ihrem Schoß und legte sie auf den Tisch, stand auf, knickte anmutig auf einem Knöchel leicht ein, fing sich aber gleich wieder. »Puh«, sagte sie. »Ich trinke nie tagsüber, und ich weiß auch, warum.« Und sie ging nach drinnen.

»Also«, sagte Danny und lehnte sich zurück, »du hast gewonnen, Mann.«

Kenny prostete Danny mit Dreiundzwanzig-Mäuse-Cognac zu. »Ich hab gewonnen.«

»Gratuliere.«

»Danke, danke«, sagte Kenny. »Ich weiß zu schätzen, was du an dem Abend gesagt hast, Danny, über den großen Fisch im kleinen Teich.«

Danny sog Luft durch die Zähne. »Aye«, raunte er. »Sie werden über dich herfallen.«

»Mir Mist andichten«, sagte Kenny.

»Genau das«, nickte Danny. »Was immer dir echt schaden kann, sie schwindeln es herbei.«

»Ziehen einen runter auf ihr Niveau.«

»So ist es, Mann.«

Sie nickten gemeinsam, im Rhythmus, brüderliche Metronome.

»Wo feierst du heute noch?«, fragte Danny.

»Wahrscheinlich nur zu Hause mit Frau und Kindern.«

Das schien ihn zu überraschen. »Echt?« Dann grinste er und nahm ohne zu fragen eine Schokopraline, stopfte sich das ganze Ding in den Mund, obwohl jede davon zwei bis drei Bissen groß war.

Kenny sah ihm zu, dachte an Annie und die Meuchelmörderin und hatte urplötzlich das Gefühl, dass alles irgendwie bedrohlich aufgeladen war.

»Tja«, grinste Danny mit braun verschmierten Zähnen, »ich wünschte, ich könnte das auch. Muss noch zu 'ner Feier. Voll mit kleinen Fischen. Großen und kleinen.«

Er beugte sich zur Seite, zu Kenny herüber, und flüsterte leise: »Ich hab die Taxis.«

»Für die Feier?«, fragte Kenny und dachte, es sei eine Wohltätigkeitsveranstaltung für Rollstuhlfahrer oder ihre Familien oder so.

»Nein. *Ich hab die Taxis*.«

Kenny lächelte. Es klang wie eine Pointe oder ein Code, aber Danny lächelte nicht zurück. Kenny hatte das Gefühl, etwas sagen zu müssen. »Ja?«

»Ja«, wiederholte Danny, also war es wohl in Ordnung. »Seriös. Es ist alles seriös. Das wusstest du nicht über mich, oder?«

»Ähm, nein.«

»Das weiß keiner. Ich kriege keine Lizenz, ich muss es auf den Namen von wem anders laufen lassen.«

Das Gespräch lief in eine merkwürdige Richtung; Kenny wünschte, Annie würde wiederkommen.

»Ist doch 'ne Schande, oder?«, fuhr Danny fort. »Weil man dann gar nicht die Anerkennung kriegt, klar?«

»Klar.«

»Die Leute wissen eigentlich gar nicht, wer man ist …« Danny sah ihn eindringlich an. »Und saubere Geschäfte sind nervtötend, weißt du? Muss alles dokumentieren. Bei Taxis muss man Aufzeichnungen haben, wo sie hingefahren sind und wann, damit der Fiskus weiß, dass du nicht bescheißt. Geht mir tierisch auf den Sack.«

»Das ist die moderne Welt«, sagte Kenny und fragte sich, ob Annie auf die Toilette gegangen war, und wenn ja, ob sie auf die oben gegangen war oder auf die weiter entfernte unten.

Danny hörte gar nicht mehr auf: »Das muss man ja für Steuerzwecke alles genau dokumentieren. Wann du eingestiegen bist, wann du abgesetzt wurdest, das wird alles aufbewahrt.« Er sah Kenny an. »Über *Jahre*.«

Plötzlich wurde Kenny klar, dass Danny nicht nur plauderte, die Sonne genoss und plauderte, sondern dass Danny ihm etwas Wichtiges mitteilte.

»Sie hat ja ihre Geschichte geändert, nicht?« Danny lächelte. »*Bowman.*«

Kenny zuckte die Achseln. Das hier gefiel ihm nicht.

»Darf ich …?« Dannys große Hand schwebte über dem Teller mit den Petits Fours, ein zartes Porzellanschälchen mit einer Reihe von sechs exquisiten Schokoladenpralinen.

»Bitte.«

Er suchte sich den dunklen Kakaotrüffel aus und warf ihn sich in den Mund wie eine Pille. Kenny hörte den harten Schokoladenüberzug zwischen seinen Zähnen knacken.

Danny sagte: »Hab ein paar von meinen Jungs zu der Kleinen geschickt, dass sie mal mit ihr reden.«

»… Jungs?«

Eine Frau hastete an Kenny vorbei, quetschte sich zwischen ihm und dem Stuhl neben ihm durch und warf einen tiefen, eiskalten Schatten über ihn. Auch nachdem sie weg war, kam es Kenny kälter vor als bisher.

»Hab Aufzeichnungen darüber, dass du zu ihr gefahren bist, Mann. Hin und zurück. Fünfzehn Mal in einem Monat. Zu Hause absetzen nach langen Abenden im Büro. Taxis von Zügen und Hotels. Du und sie. Mit Datum, Uhrzeit, allem.«

Kenny erkannte Danny jetzt ganz deutlich, ein Gangster in einem billigen Pulli, kalt, furchteinflößend, und wie er all die Jahre auf eine Schwachstelle gewartet hatte, die er ausnützen konnte.

»Verstehst du, ich will eine Lizenz für die Taxis«, sagte Danny leise. »Ich will eine Stufe aufsteigen.«

»Danny, das kann ich nicht machen. Das ist Sache des Gemeinderats, und ich bin Parlamentsmitglied. Und auch das nicht mehr lange.«

Danny beugte sich zu ihm und sagte sehr leise: »Du findest einen Weg. Oder ich mach dich fertig.«

Annie erschien in der Tür des Restaurants, immer noch mit der Sonnenbrille auf, und stolzierte auf sie zu. Mit einer schmalen Hand strich sie sich über die rechte Hinterbacke, glättete den Rock hinterm Knie, als sie sich setzte. »Der Kellner kommt gleich. Worüber habt ihr zwei gesprochen?«

Kenny überließ Danny die Antwort. »Gute Vorsätze.«

Annie schaute skeptisch drein, und Danny schenkte ihr ein träges Lächeln. »Nee, schon gut, hast mich erwischt. Geschäfte.«

»Nicht heute. Nehmen wir uns mal zehn Minuten frei. Das ist langweilig.«

»Für uns ist es nicht langweilig, oder, Kenny?«

Kenny hob seinen Cognacschwenker und leerte ihn, hielt den Brandy so lange im Mund, dass er ihm die Zunge versengte. Er stellte das Glas auf das gebügelte weiße Leinen. Dreiundzwanzig Mäuse. Jetzt schmeckte er das Gute daran nicht mehr, nur noch das Brennen, und dann sah er an der Innenseite des Glases eine ölige Schmiere kleben, die bernsteingelb in der hellen Neujahrssonne schillerte.

Dank

Ich habe zu vielen Leuten zu danken, dafür hat der Tag nicht genug Stunden, aber die folgenden kommen mir sofort in den Sinn: Peter Robinson, Jon Wood und Jemima Forrester, Susan Lamb und Graeme Williams, den Gott schützen möge, aus Utrecht. Von der scheidenden Regierung: Jade, Sophie und Hellen, vielen Dank und einen freundlichen Knuff gegen den Oberarm.

Dank an Margery Laird mit den Adleraugen (die ich im *Barnes and Noble* auf der Upper East Side kennengelernt habe), weil sie es für sich behalten hat.

Dank an Richard Halligan, weil er mir Kenny McLachlans Autobiografie *One Great Vision* geschenkt hat …

Dank an Prof. Graeme Pearson für seine Zeit, seinen Rat und ein Grundgerüst auf dem Silbertablett.

Dank an Mr. Willie Mottram, der uns noch zum Flieger am Edinburgh Airport geschafft hat, als wir aus Versehen nach Glasgow gefahren sind.

Dank an meine ganze Familie und alle Freunde für eure Unterstützung, eure Liebe und euer Verständnis.

Denise Mina im Argument Verlag mit Ariadne

Klare Sache
Anna McDonald liebt True-Crime-Podcasts. Aber der über eine versunkene Jacht samt ungelöstem Mordfall erwischt sie eiskalt. Denn die Story ist mit ihrer sorgsam gehüteten Vergangenheit verknüpft! Anna muss sich aufmachen und für Klarheit sorgen.

»Mit breitem Pinsel aufgetragen, aber nie zu dick: großes Kino!« *Buchkultur*

»Screwball-Noir mit Komik und wachem Blick für gesellschaftliche Verhältnisse, nebenbei wird vorgeführt, was man mit Social Media so anstellen kann. Zentrales Thema dieses wunderbaren Buchs ist das Geschichtenerzählen.« *Tagesanzeiger*

Fester Glaube
Anna McDonald und Fin Cohen podcasten über eine verschollene YouTuberin. Die hat in einem verlassenen Château ein religiöses Artefakt gefunden, für das jemand anscheinend über Leichen geht.

»Mina schert sich nicht um Genre- oder Erzählkonventionen. Ihr wunderbarer neuer Roman ist kein düsterer Tartan Noir, sondern eine ungewöhnlich realistische Abenteuergeschichte. Mit eleganten Kniffen und klugem Witz wirft sie das Sakralthriller-Genre verwegen in den Mixer. Ihr Gespür für Rhythmus, Sprache und Timing garantiert großes Lesevergnügen.« *Kulturnews*

Totstück
Endlich erfährt Ärztin Margo Dunlop, wer ihre leibliche Mutter war – aber erbaulich ist das nicht: Sie ist die Tochter einer Prostituierten. Und ihre Tante schwört, dass in Glasgow einer seit Jahren ungestraft Huren ermordet. Gibt es den Mann wirklich? Hat er jetzt Margo im Visier?

www.argument.de

Attica Locke im Unionsverlag

Bluebird, Bluebird

Abseits des Highway 59 in Texas dröhnt in Genevas Café unablässig der Blues aus der Jukebox, und Stammgäste und müde Trucker bekommen einen anständigen Ochsenschwanzeintopf serviert. Eine halbe Meile die Straße runter in Wallys Eishaus sieht das Bild anders aus: Konföderierten-Flaggen, Pin-up-Girls und Countrymusik. Als innerhalb einer Woche im nahe gelegenen Bayou die Leichen eines schwarzen Mannes und einer jungen weißen Frau gefunden werden, sind die Schuldzuweisungen schnell zur Hand. Der Texas Ranger Darren Mathews vermutet eine Verbindung zur Arischen Bruderschaft und beginnt, sich in der gespaltenen Kleinstadt umzuhören. Er stößt auf steife Höflichkeit, offene Ablehnung und schwelenden Hass – der mit jedem Tag, den das Verbrechen ungeklärt bleibt, gefährlicher wird.

Heaven, my Home

Bei Einbruch der Nacht verwandelt sich der Caddo Lake im texanischen Marion County in ein bedrohliches Labyrinth aus Bayous und stummen Zypressen. Als der neunjährige Levi King mit seinem Boot nicht zurückkehrt, soll Texas Ranger Darren Mathews ermitteln – denn Levi ist der Sohn eines Captains der Arischen Bruderschaft. Und gegen die braucht das FBI dringend eine Anklage, bevor Trump Präsident wird und sich die Grenzen der Justiz verschieben. Mathews, entsetzt darüber, was eine Handvoll verängstigter Weißer einer Nation antun kann, stapft durch einen Sumpf aus Hass und Anschuldigungen, der ständig droht, ihn zu verschlingen. Attica Locke zeichnet das gnadenlose Porträt eines brodelnden Amerikas in der Trump-Ära.

»Attica Locke verknüpft erstklassige Kriminalfälle mit klugen Betrachtungen über die gegenwärtigen Spaltungen innerhalb der USA.« *NPR*

Mehr über Autorin und Werk auf *www.unionsverlag.com*